KB043559

차아제국 열애사

下

정연주·양효진 쓰다

차아제국 열애사

茶亞帝國 熱愛史

下

가하epic

차아제국 열애사 下

지은이 정연주, 양효진
펴낸이 이형기
펴낸곳 도서출판 가하

초판인쇄 2014년 8월 27일
초판발행 2014년 9월 2일
출판등록 2008년 10월 15일 제 318-2008-00100호

주소 서울 영등포구 양평로 67, 1209 (당산동5가, 한강포스빌)
전화 02-2631-2846 **팩스** 02-2631-1846

www.ixbook.co.kr

ISBN 979-11-5682-334-6 04810
979-11-5682-332-2 04810(set)

값 10,000원

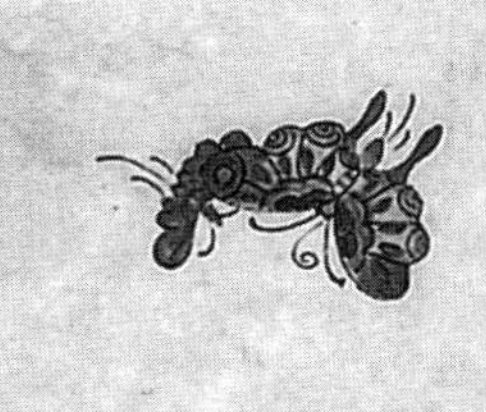

十五章

폭풍의 시작, 나비는 날아오른다

저택을 덮은 공기는 무겁기 그지없었다. 쓴 약의 냄새가 쉴 새 없이 방 밖으로 흘러나왔고 피곤한 기색이 역력한 의원들도 그 약과 같이 들어갔다 나왔다.

하얀 수건을 꼭 쥔 채로 지야희는 서 있었다. 아버지인 가주의 병세가 악화된 건 추석 차례가 막 끝날 무렵이었다. 마치 촛불이 사그라지는 것처럼. 가주는 그렇게 무너졌다. 그리고 지금까지 정신을 붙잡았다, 놓았다. 수없이 반복하여 주변 사람들의 애를 태우고 있었다.

마침 명절이라 본가에 전부 모였던 집안사람들은 명절이 끝난 지금 시점에도 본래의 자리로 돌아가지 못하고 있었다. 마음의 준비를 해야 한다고 의원이 통보한 탓이었다. 차아에서 제일가는 명의인 황궁 전의가 단언했다. 당장 숨이 끊어져도 이상하지 않다고. 그래서 지금 원로원은 다급하게 가주의 장례 뒤 해야 할 일들을 정리하고 있었다. 매정하다 생각할 이도 있겠지만 이 큰 집안을 건사하려면 어쩔 수가 없었다.

죽은 사람은 죽는 것이고 산 사람은 살아야 하니. 아무리 귀하다고 하되, 한 사람의 죽음으로 집안의 이 많은 사람들의 삶까지 내버려둘 수는 없는 노릇이었다.

"어제도 거의 못 자지 않았니. 조금 눈을 붙여라."

"잠이 안 와요, 오라버니."

"그래도 이러다 큰일 난다. 너마저 쓰러지면……."

어두운 지야훈의 표정을 본 지야희는 잠시 생각하다 고개를 끄덕였다. 안 그래도 머리가 아픈 오빠들의 걱정을 조금이나 덜고 싶었다. 그녀는 시녀에게 혹시 무슨 일이 생기면 꼭 깨우라며 신신당부를 하고 몸을 이불 위로 던졌다.

"야희는?"

"방으로 보냈습니다."

"너도 좀 쉬어라."

"전 괜찮습니다. 형님이야 말로 계속 회의에 참석하셨으니 의자에서 눈이라도 붙이시는 게……."

"피곤하지 않아. 어차피 같은 소리의 반복인 것을."

"하긴 그렇기도 하군요."

예정되어 있던 일이기에 두 형제는 그리 놀라지 않았다. 다만 씁쓸할 뿐이었다. 피곤해 눈이 벌겋게 변한 동생을 억지로 자신이 앉아 있던 긴 의자에 눕힌 지야곤이 밖으로 나왔다.

차가운 공기가 볼을 때리고 바람이 휘잉 소리를 내며 불었다. 정원은 가을의 색을 두르고 한껏 아름다움을 뽐내는 중이었다. 노란색, 붉은색, 고운 갈색. 그는 눈을 감았다. 잎이 다 떨어져 시든 자신의 아버지도 저렇게 찬란하던 때가 있었다.

막내가 어머니의 배 속에 있고, 자신도 어린아이이던 시절, 보기 드물게 볼 수 있었던 아버지는 그 튼튼한 팔에 자신을 올려두고 크게 웃었었다. 그리고 아장아장 걷던 남동생을 목에 태우고 산책을 하기도 했다. 꿈처럼 느껴지는 시간이었다.

"후우."

그는 한숨을 쉬었다. 이것저것 머릿속에서 뒤엉켜 기분이 복잡했다.

바삭. 낙엽을 밟으며 그는 좁은 길을 걸었다. 그런데 어디선가 옅은 차향기가 나기 시작했다. 뒤를 돌아보니 두툼한 잔을 들고 오는 유모 서윤경이 다가오고 있었다.

"유모."

"차 드세요."

다들 정신이 없는 와중인데도 유모는 세끼 밥때며 차며 꼬박꼬박 세 남매를 챙겼다. 그는 김이 모락모락 나는 찻잔을 받아 들었다. 한 모금 머금으니 조금은 마음이 가벼워지는 듯했다.

"힘들지 않나?"

"저는 괜찮답니다. 한번 겪어봤으니까요."

말갛게 웃는 서윤경의 얼굴을 보며 그는 눈을 껌벅였다. 그러고 보면 유모는 가족을 모두 잃고 지 가문에 들어와 아기였던 지야희에게 젖을 물렸었다. 남편도 아기도 모두 떠나보낸 어린 새색시는 그렇게 어미 잃은 아이들을 품에 안고 아픔을 삭였던 것이다. 서윤경의 나이는 그다지 많지 않았다. 그는 속으로 꼽아보다가 유모가 아직 삼십 대 초반이라는 사실을 깨닫고 자신의 무심함을 반성했다. 지금은 힘들지만 상황이 정리되면 짝을 찾아주어야겠다는 생각이 들었다.

적당히 식은 차를 지야곤은 단숨에 비웠다. 그리고 천천히 서윤경이 들고 있던 쟁반 위에 올려놓았다. 그런데 그녀는 잔을 받은 후에도 발을 그 자리에서 떼지 않았다. 의아함에 지야곤이 그녀를 빤히 보는데 서윤경은 오히려 쟁반을 그에게 떠넘겨 버렸다. 그리고 품속에서 무언가를 꺼내어 그의 소매 속에 찔러 넣어 주었다.

"완성되었답니다."

나직한 그 목소리에 지야곤은 고개를 끄덕였다. 비녀, 그가 부탁한 비녀가 완성된 것이다. 비단 손수건에 곱게 싼 이유는 아마도 나비의 연약함을 보호하기 위함이리라.

서윤경이 안으로 총총히 들어간 후 그는 조심스럽게 단단히 묶인 끈을 풀고 고운 그 자태를 뚫어져라 보았다.

파르르 떨릴 것 같은 날개. 벚꽃처럼 곱고 여린 색을 머금은 자개나무 장식이 아스라이 빛났다. 섬세한 금속세공을 통해 가운데 장식된 곳에 박힌 보석은 영롱하게 반짝이는 녹색의 빛이었다. 가문의 보석은 검이나 보석함, 혹은 가락지로나 만들어졌었다. 그런데 지금 보니 비녀가 가장 잘 어울리는 것 같았다.

여리고도 화사하게 빛날 줄 아는 나비 비녀. 지야곤은 밝게 웃는 민주려가 생각났다. 아마도 그녀의 평소 모습을 아는 이들이라면 경악하겠지만, 이 고운 비녀는 민주려를 닮았다. 그가 생각하기엔 그랬다.

"너도 이런 기분이었을까."

그는 작게 읊조렸다. 민주려도 자신의 유모처럼 가족을 잃었다. 그것도 성인이 되기 전인 어린 나이에. 게다가 부모님을 잃는 것도 모자라 동시에 경제적인 어려움까지 극복해야 했다. 그는 거대한 가문의 그늘이 있지만, 민주려는 오롯이 뜨거운 햇살과 싸우면서 자신과 집을 돌본 것이다. 정말 강한 여자였다.

마음이 아프지 않았을 리가 없다. 혈육을 잃었는데 태연하게 견딜 수 있는 사람이 몇이나 있을까. 겉으로는 아무렇지 않아도 틀림없이 마음은 산산조각이 나서 쓰리고 따가웠을 것이다. 하지만 늘 활기차게 민주려는 일하고 웃었다. 마치 봄날, 꽃밭 위를 힘차게 나는 나비처럼 그렇게 춤을 추었다. 그 모습이 대견하고도 안쓰러웠다. 더할 나위 없이 사랑스러워, 당장이라도 끌어안고 싶었다. 하지만 지금은 그럴 수 없었다.

그는 손가락을 오므려 비녀를 감쌌다.

민주려를 꼭 끌어안아주고픈 마음을 대신하듯이.

△▼△

"괜찮으려나……."

민주려는 척척 빨랫방망이를 두들기다가 잠시 허리를 펴고 멍하니 하늘을 올려다보았다. 둥실둥실, 지야곤의 얼굴이 구름 대신 자리를 차지했다. 아마도 그는 지금 정신이 없을 것이었다. 아버지가 오늘, 내일 하고 있으니 말이다.

그녀는 자신이 옛날에 어땠는지 떠올렸다. 그때는 어려서 뭘 해야 할지도 몰랐다. 멍하니 넋을 놓고 있는데 주변 어른들이 그런 민주려를 도와줬다. 그녀는 그들이 시키는 대로 일을 했었다. 장례를 준비하고 들어온 부조금으로 이것저것 돈도 치렀다. 어떻게 할 줄 모르는 민주려를 본 마을 부녀회에서 팔을 걷어붙이고 나선지라 문제가 생기지는 않았었다.

홀로 남을 어린 딸이 걱정되어 부모님은 병석에 누워 있는 와중에도 여기저기에 부탁을 해놓았기 때문에 생각보다 몸이 힘들지는 않았던 것 같다. 그저 혼 한구석이 텅 비어버린 것 같은 허한 느낌이 들 뿐. 그다음에 민주려가 느낀 것은 막연함이었다. 부모님이라는 울타리는 생각보다 훨씬 커서, 그 울타리가 사라지자 앞으로 어떻게 살아야 할지 암담함이 먼저 들었다.

민주려가 그러했는데 지야곤은 어떠할까?

소가주이니 대놓고 울지도 못할 것이었다. 동생들을 보듬으며 그저 아픔을 삭이겠지. 어깨에 짊어진 무거운 책임감 때문에 숨만 간신히 쉬고 있을지도 몰랐다. 얼굴이라도 볼 수 있다면 위로의 말 한마디나마 해줄 텐데. 하지만 그는 지금 거대한 저택 안에 있고 자신은 이렇게 냇가에서 빨래를 두들기고 있다.

사실 민주려는 평소에 어지간하면 주술로 빨래를 해결했다. 이 방망이를 휘두른다는 것이 굉장한 노동이라 아무리 일에는 이골이 난 그녀라도 주술로 해치우는 것이 더 나았기 때문이었다. 또한 공동 빨래터는 사용료를 내야 하기도 했고. 하지만 오늘은 머릿속이 복잡하기도 하고 그가 걱정도 되어서 이렇게 대야를 들고 나온 것이었다. 방망이를 두들기면 그래도 좀 기분이 나아질 것 같아서 말이다. 혹시나 보이지 않는 그에 대한 소식을 더 들을 수 있을지도 모르고.

때가 쫙쫙 빠지게 빨랫감을 골고루 두들겨댄 그녀는 힘차게 흐르는 물에 옷들을 하나씩 넣고 흔들었다. 탈탈 털어야 말끔하게 헹궈진다. 그리고 그녀의 그런 모습을 지켜보고 있던 마을의 아주머니들은 슬금슬금 엉덩이를 옆으로 옮겼다.

"주려야, 무슨 일 있니?"

"아니요."

"그래?"

하나를 보면 열을 안다. 아주머니들은 심상치 않은 민주려의 손놀림에서 깊은 근심을 읽어내었다. 재빠르게 소리 없는 대화가 오고 갔다. 그리고 나름대로 아주머니들의 결론이 나왔다. 걱정, 그리고 불안함. 아무래도 추석 때 말이 나왔던 청년과 뭔가가 잘 안 된 것 같았다. 최근 민주려는 계속 혼자서 일을 하러 다녔으니 말이다.

'에그, 불쌍해라.'

'저만한 신붓감도 없는데. 부모가 없다고 뭐라고 했나 보오.'

'그게 어디 저 아이 탓인가. 다 그놈의 나라 탓이지. 몸 부서져라 일한 게 죄는 아닌데. 어쩌누.'

'이럴 게 아니라 우리 좀 나섭시다. 저대로 애를 뒀다가 큰일 나. 안 그래도 올해 초에 남자들이 그러지 않았소. 집에서 다 큰 처녀가 혼자 사는 게 영 보기 그렇다고. 짝을 찾아주라고 말이오.'

'우리 쪽도 사실 말이 들어온 게 있어.'

'나도, 나도.'

아주머니들은 결심했다. 자세한 상황을 물어보는 건 여린 처녀 가슴에 상처를 내는 예의 없는 짓이다. 자신들도 처녀 적에 그렇게 눈치 없이 물어보는 사람들 입을 가래떡으로 틀어막고 싶었던 적이 한두 번이 아니었다.

따뜻한 눈을 한 아주머니들은 입을 열었다.

"주려야."

"네, 아주머니."

"저 건너 마을에 유씨네 집안이라고 아니? 그 왜, 너도 일하러 간 적이 있을 건데. 벼농사도 크게 하고 배추 농사도 크게 하는."

"아, 알아요. 독이 삼백 개나 있는 그 집안 말이죠? 어르신이 임금을 후하게 주셔서 한 서너 번은 갔었어요."

"그 집에 아들이 넷인데 첫째가 너보다 나이가 두 살 정도 많거든. 지금 궁에서 관리로 일하고 있어. 직급이 그렇게 높지는 않지만 곧 승진한다더라. 너도 봐서 알겠지만, 집안이 아주 탄탄해. 사실 그 집 어르신이 널 좋게 보셔서 한번 말을 넣어 달라고 하더구나."

유씨네 어르신은 민주려가 일 도우러 왔을 때부터 눈여겨보고 있었다. 손끝이 야무진데다가 성격도 싹싹하고, 열심히 살고 있는 모습이 예뻤다는 것이다. 게다가 집안 나무랄 데가 없지, 대학관 출신으로 어지간한 교육은 다 받았지, 이만한 신붓감이 없었다. 그래서 유씨네는 미리 중신을 잘 서기로 유명한 민주려네 마을의 아주머니에게 꿀을 발라두었던 것이다. 꼭 자신의 집안부터 먼저 말을 넣어달라고 말이다.

나쁜 일은 아니었다. 차아제국에서는 민주려처럼 부모님이 일찍 돌아가시는 경우, 주변 어른들이 이렇게 선을 대신 받아 진행시켜 주는 것이 풍습이었다. 가정을 일찍 잃은 만큼, 외로움과 경제적인 어려움을 빨리 해결하고자 혼인시키는 것이다. 차아제국에서는 이것을 아주 좋은 풍습이라고 여겼는데, 그래서 이걸로 자존심을 세우는 경우도 종종 있었다.

내가 이렇게 좋은 일을 했어!

물론 그 좋은 일이란 좋은 선 자리를 의미했다. 만약 혼인해서 나중에 못 살게 되거나, 선 본 상대가 최악일 경우 마을에서 평판이 바닥까지 떨어지기 때문에 보통은 자신의 인맥에서 들어오는 최고의 자리를 넘겨주었다.

"어, 음. 어르신을 뵌 적은 있지만 인사나 한 것이 다인데요."

"에이, 그 정도면 다 본 거지. 나이든 분들이야 얼굴만 딱 봐도 알어. 혹시 일하면서 첫째 아들은 본 적 없어? 내가 미리 봤는데 아주 훤칠하고 잘생겼어. 성품도 차분하니 좋고. 학관에 다녔기 때문에 수준도 맞아. 그냥 우리 마을 길가에서 돌아다니는 놈들하고는 차원이 다르다니까?"

민주려는 파도처럼 귀에 꽂히는 아주머니의 말에 정신을 차릴 수가 없었다. 안 그래도 생각이 많아 머리가 복잡해 죽겠는데 난데없이 선이라니. 게다가 유씨네라면 정말 이 근방에서는 모르는 사람들이 없는 집안이다. 아들 넷이 전부 다 공부를 잘해 죄다 대학관에 들어갔기 때문이었다.

지금은 그런 걸 생각할 여유가 없는지라 민주려는 평범하게 할 수 있는 거절의 말을 했다.

"집안이 너무 큰 곳이라서 전 자신이 없네요."

"그래?"

아주머니의 얼굴이 실망으로 가득 찼다. 그러자 이번에는 반대쪽에 가만히 있던 다른 사람이 나섰다.

"그럼 내 쪽으로 들어온 자리가 맞춤이겠네. 윗마을에 김씨네 알지? 그 할아버지는 훈장이신. 둘째 아들이 나이가 차서 사람을 찾고 있어. 대학관을 같이 다녔다던데."

"같이 다녔다, 아! 누군지 알겠네요."

"모르는 사람보다는 아는 사람이 낫지. 둘째 아들이라서 집안일도 그렇게 많지 않고 혼인 하면 따로 분가시켜 준다고 하더라. 아니면 주려, 네 집에서 계속 살아도 괜찮다고 그랬어. 부모님 제사도 다 챙길 거고 재산도 미리 떼어준대. 하기사, 너 정도면 열 배로 불리는 것도 어렵지 않으니 걱정이 없지."

모르는 사람이 들으면 민주려가 이미 혼인을 허락한 줄 알 것 같았다. 생각보다 더 자세한 이야기가 오고 가서 듣는 그녀가 더 놀랐다. 그 외에도 아랫마을 박씨네, 황궁 옆에 있는 큰 시장에서 포목점을 크게 여는 송씨네 등등. 그냥 아주머니들에게 말만 넣은 것도 열 개가 넘었다.

"아따, 전부 다 좋은 자리네."

"아들들도 소문이 괜찮은 사람들뿐이고."

모인 사람들은 환한 얼굴로 손뼉을 치고 난리가 났지만 민주려의 마음은 무거웠다. 그래서 어물어물 얼버무리고 재빠르게 집으로 도망쳤다.

△▼△

"에휴, 빨래 널어야지."

구깃구깃한 빨래를 탕탕 허공에 내리친 후 빨랫줄에 거는데 대야를 든 누군가가 민주려의 대문 안으로 들어섰다.

"주려야!"

"아, 순이 아주머니."

아까 빨래터에서 송씨네 선 자리를 말했던 구순이가 보다 못해 집까지 쫓아온 것이다. 그녀는 민주려의 집 가장 가까이에 사는 이웃으로, 민주려의 부모님이 살아 있을 적에 특별히 딸을 부탁해놓은 사람이기도 했다. 마당발인데다가 마을 부녀회 활동도 열심히 해서 친해져 나쁠 것이 없었기 때문이었다. 게다가 초반 민주려가 '돈귀신 민주려'로 이름을 날리기 전에 일거리를 알아봐 주기도 했다. 요즘이야 마음이 급한 의뢰인들이 뛰어오기 때문에 가만히 있다가 고르기만 하면 되지만 말이다.

"벌써 빨래 다 하셨어요?"

"응. 오늘은 양이 적었거든. 수건, 이리 줘. 내가 널어줄게."

통통한 손이 네모진 수건을 들고 척척 널기 시작했다. 민주려의 빨랫감도 그리 양이 많지 않은 터라 대야는 금세 텅 비어버렸다. 구순이는 민주려의 손을 잡고서 마루 쪽으로 달려갔다.

"주려야, 아줌마가 말한 그 송씨네. 잘 생각해봐. 집안 어른들도 인품이 좋고 아들도 아주 성실해. 그냥 빈손으로 와도 대환영이라더라. 비단집이니까 옷이며 혼수며 전부 다 그쪽 집에서 할 거라고. 셋째 아들이라서 같이 사는 거도 아니고 가게를 아예 하나 따로 내어줄 거래. 무거운 비단은 집에서 부리는 사람들이 다 나르고 넌 그냥 장부 정리만 하면 된다더라. 애기 낳으면 시어머니가 전부 키워줄 테니 아무 걱정 안 해도 돼."

"그게……."

"네가 대학관을 다니다가 그만뒀잖니. 그 집에서는 네가 공부를 더 하고 싶으면 그 학비까지도 전부 다 대줄 거라고 하더라. 장사를 하는 사람들이라서 시부모가 정말 보기 드물게 깨인 사람들이야. 이 집이 부담스러워서 싫으면 다른 집도 아줌마가 알아봐줄게. 그 김씨네랑 유씨네도 줄을 못 대서 안달하는 집안들이거든."

말을 들을수록 민주려의 마음은 점점 더 무거워졌다. 그녀도 들은 것이 있는데 왜 지금 자신에게 들어오는 자리가 좋다는 걸 모르겠는가. 하지만 이런 마음을 가지고 선을 볼 수는 없었다. 상대방에 대한 예의도 아니고 혼인이라는 것에 대해 생각해 본 적도 없고. 지야곤에 대한 마음은 낙엽처럼 쉬이 날려버릴 수 있는 것이 아니었다. 감정이라는 것은 물건처럼 들었다 놨다 할 수도 없고 불에 태워 없앨 수도 없으니.

대답이 없자 답답해진 구순이가 결국 볼을 씰룩거리며 무겁게 말을 던졌다.

"주려야, 그 도령은 안 돼."

그 말을 들은 민주려의 눈이 왕방울만 하게 커졌다.

"아주머니도 봐서 알어. 참으로 잘난 사내더구나. 그런데 딱 봐도 귀티가 나 보이는 것이, 집안이 보통이 아닌 것 같던데. 그런 집안에서는 끼리끼리 혼인하지 절대 아랫사람을 들이지 않아요. 그러니까……."

그녀는 주먹을 움켜쥐었다. 온몸이 깊은 물속에 잠긴 느낌이었다. 숨을 제대로 쉴 수가 없었다. 안 돼, 안 돼. 그 말이 귓가에서 윙윙거렸다.

"그 도령이 나쁜 사내가 아니더라도 그 집안에서 아마 허락을 안 할 거야. 큰 집안일수록 못되게 굴 때는 가차 없어요! 내가 네 엄마에게 부탁받은 말이 있어서 그 꼴은 못 봐. 주려야, 네 엄마랑 아빠를 생각해. 얼른 자리 잡아야지."

구순이의 말이 맞았다. 지야곤은 지 가문의 소가주이고 항상 본인의 의사와는 다르게 살아왔다. 떡국도 맘대로 못 먹고 살았다는 말을 들었을 때 얼마나 기가 막혔는가. 그러니 중요한 혼사는 당연히 어른들의 뜻대로 진행이 될 것이었다. 정말 현실적인 사람이라면 그를 포기하고 들어온 선 자리 중 가장 좋은 곳을 골라서 시집을 갈 것이다.

하지만 그녀는 그럴 수가 없었다. 머리카락에 입 맞추던 그 밤의 일이 기억에 남아 있는 이상, 지금은 아니었다.

"중요한 일이니까, 좀 더 생각해볼게요. 선 자리가 들어온 집안들을 제가 다 아는 것도 아니고요."

"꼭 잘 생각해봐. 알았지? 어휴, 벌써 시간이 이렇게 되었나. 가야겠다."

주부는 바쁘고 집안일은 해도 해도 끝이 없다. 구순이도 마냥 민주려의 옆에 눌러 앉아 있기에는 할 일이 많은 몸이라 저물어가는 해를 보고 허겁지겁 일어나 자신의 집으로 달려갔다.

"에휴, 밥이나 먹자."

기운 없이 비척비척 민주려는 부엌으로 들어갔다. 허전한 마음은 당장 채울 수 없어도 빨래를 하느라 텅 비어버린 배 속은 밥으로 채울 수 있으니 말이다.

△▼△

"야단났군."

담 옆에 기대어 서 있던 이기호가 난감한 얼굴로 중얼거렸다. 본의 아니게 사정을 들어버렸다. 바쁜 지야곤이 급하게 휘갈긴 서신을 가지고 왔다가 심상찮은 분위기에 미처 전해주지도 못하고 이렇게 밖에서 머리를 싸매게 되었다.

그는 품속에 넣어온 편지의 주인이 과연 이 이야기를 들으면 어떻게 반응할지 떠올려보았다. 왠지 좋지 못한 꼴을 볼 것 같아 등에 땀이 주르륵 흘러내렸다. 지금은 한창 날씨가 쌀쌀해지는 가을인데도 말이다.

"생각보다 눈독 들이는 이가 많은 아가씨였네. 아무리 본인이 굳게 마음을 먹어도 주변에서 저러면……."

이기호는 볼을 긁적였다. 옆에서 본 바로 둘의 마음은 정말 명확하게 답이 나와 있었다. 하지만 그 답을 쭉 이어가기 위해서 둘이 넘어야 할 고난이 만만찮다. 과연 어떻게 대처할는지. 그는 걱정이 되기 시작했다. 뭐, 걱정은 걱정이고 그가 여기에 온 일은 해야겠지만. 이기호는 품속에서 서신을 꺼냈다.

"이크."

그런데 서신을 놓칠 뻔했다. 낮게 불기 시작한 바람이 제법 세진 것이다. 여름이 다 지나가고 가을도 슬슬 깊어가는 와중에, 불길한 바람이다. 태풍의 조짐이라도 되는 것일까. 이기호는 심호흡을 한 다음 대문을 두드렸다. 그러자 쪼르르, 민주려가 주걱을 들고 달려 나왔다.

"어라, 안녕하세요. 무슨 일로 오셨나요?"

"서신입니다."

두 손으로 공손하게 내미는 서신을 민주려는 받아 들었다. 유려한 글씨로 봉투의 앞에는 그녀의 이름 석 자가 적혀 있었다. 아마도 궁금한 내용은 다 여기 적혀 있으리라. 그래서 민주려는 고개를 꾸벅 숙이고 다시 집안으로 들어갔다.

그리고 이기호는 바쁘게 발을 놀리기 시작했다. 얼른 말을 해줘야 저 소가주가 무슨 대책이라도 세울 것 아닌가.

사람들이 북적거리는 저택으로 돌아온 그는 바로 지야곤의 방으로 달려갔다. 마침 서류를 다 처리한 참인지 사람들이 전부 밖으로 나가고 있었다.

'기회가 좋군.'

고요한 눈으로 도장을 서랍 안에 집어넣고 있던 지야곤이 그를 보고 쓱 눈짓을 했다. 보고하라는 뜻이었다.

"서신은 잘 전해드렸습니다."

"건강해 보이던가?"

"네."

"바쁘진 않고?"

"저녁을 만들고 계시더군요. 그리고……."

이기호는 단어를 잘 골라가면서 자신이 본 장면에 대해 설명했다. 최대한 객관적이고 간결하게. 무사인 그는 말주변이 없어서 듣기 좋게 풀어 말하는 재주는 가지지 못했다. 그러니 차라리 군에서 보고를 하는 것처럼 말하는 게 나았다.

지야곤의 표정이 그의 말을 들으면 들을수록 점점 더 안 좋아졌다. 이기호는 '그리하여 아가씨는 생각해보겠다는 말을 대충 해서 아주머니를 내보냈다.'까지 말하고 입을 딱 다물어버렸다.

"……."

"……."

불편함을 넘어서 괴로운 침묵이 흘렀다. 차라리 소가주답지 않은 평소의 멍한 표정이 더 나았다. 잘생기고 신분 높은 사람이 안타깝게 자꾸 맹하다고 혀를 끌끌 찼던 자신을 혼내고 싶어진다. 그가 맹한 기색을 지우고 표정을 굳히자 간담이 다 서늘했다. 평소 '인물 하나는 훤하군.'이라고 평했던 그 얼굴이 무시무시한 압박감을 자아내었다.

"그런가. 선이란 말이지……."

이기호는 침을 꿀꺽 삼켰다. 어둡다. 지야곤의 표정뿐만 아니라 분위기가 어두워졌다. 단순하게 침울하다는 의미가 아니었다. 칙칙하도록 검은 기세가 피어오른다. 갈 곳 없는 짜증과 화가 무겁게 주변을 맴돌고 있었다. 가뜩이나 창밖은 비라도 내릴 듯 어둑한데 지야곤까지 이러니 정말 이 시기에 태풍이 몰려와도 이상하지 않을 것 같았다.

"미안하지만 한 번 더 다녀와야겠군."

지야곤이 품속에서 비녀를 꺼냈다. 화려하고 고운 나비. 오로지 민주려를 위해 준비한 것이다. 원래는 직접 줄 생각이었지만, 지금 자신은 나갈 수 없었다.

달칵. 비녀가 그의 손에서 반짝거리며 빛난다. 이 비녀를 그의 손으로 직접 꽂아 주고 싶었다. 그래서 기다렸던 것인데, 그가 잠깐 없는 사이에 눈독 들이는 사람이 그렇게 많을 줄은 몰랐다. 하긴 그가 보기에도 참으로 예쁜 사람이다. 고난 속에서 활짝 피어난, 씩씩하고 향기로운 꽃.

다들 손대고 싶겠지.

하지만 그 꽃은 처음부터 그의 것이었다.

지야곤은 비녀에 제 입술을 묻었다. 애정을 담아 몇 번을 깊숙이 입 맞춘 그는 곧 비단 손수건을 꺼내 꽁꽁 싸맸다.

"그녀에게 전해줘."

이기호는 그의 기세에 눌려 얌전히 비녀를 받아 들었다. 참으로 직설적인 의사표현이다. 아예 쇄기를 박아버릴 작정이 분명했다. 비단에 싸이기 전에 보았던 나비의 가운데 박힌 그 보석, 분명

청녹라였다. 지 가문의 적자에게 대대로 내려온 보석. 그들이 아니고서야 쓸 수 없게 국법으로 정해놓았던 것이다. 하물며 그것이 비녀일 줄이야.

차아제국에서 비녀는 아무에게나 선물할 수 없었다. 여성이 가장 자주 사용하는 장신구이자, 그 속에 담긴 의미가 참으로 은밀하기 때문이었다. 차아에서 성인 여성이 비녀를 빼는 순간은 여자가 잠자리에 들기 전 몸단장을 할 때밖에 없었다. 그러니 즉, 비녀를 선물한다는 것은 '당신과 밤을 함께 보내고 싶습니다.'라는 의미가 담겨 있는 것이다. 평생을 두고 말이다.

그래서 아무리 살림이 궁색한 집안이라도 혼사를 치를 때는 꼭 비녀를 준비해 부인 될 사람에게 주었다. 굳이 옥이나 금으로 만든 비싼 것이 아니라도 상관없었다. 직접 손으로 깎아 만든 나무 비녀라도 무조건 주어야 했다. 그로 인해 차아제국에서는 여성의 머리카락 역시 중요한 의미를 갖게 되었다. 가족이나 연인이 아닌 이상 여성의 머리카락을 만지는 것은 굉장한 실례가 된다. 비녀를 꽂게 될 머리카락이니까.

"……마음은 알겠으나, 너무 급한 결정이 아닙니까?"

이기호의 말에 지야곤이 고개를 저었다.

"처음부터 그러했어."

"?"

"그녀가 바람과 함께 달렸을 때부터……."

봄, 골목길에서 부딪힌 인연. 대학관 여학생들이 고루하다 평했던 소설의 한 장면처럼 민주려와 다시 재회했다. 그저 후배인 줄로만 알았던 그녀는 그에게 많은 것을 맛보여줬다. 비단 음식뿐만이 아니었다. 수많은, 세상과 감정을 일깨워줬다.

"그래. 내게 다시 나비처럼 날아왔던 그때부터."

깜짝 놀랄 신맛을, 때로는 고된 매운맛을, 서글픈 짠맛을, 인생의 쓴맛을.

"내 것이었어."

그리고 사랑의 달콤함을.

민주려는 지야곤에게 무수히 쏟아부었다. 너무 큰 그릇이라 평생 채울 수 없으리라 생각했던 그의 감정에 소복소복 많은 것을 쏟고, 채웠다. 이제 그의 감정은 흘러넘친다.

"그녀는 내 거야."

다섯 가지 맛 그 이상으로, 민주려에게 흘러넘치고 있었다.

△▼△

이기호를 내보내놓고 지야곤은 이마를 손으로 짚었다. 당장 그녀에게 달려가고픈 마음을 가라앉혀야 했다. 그래도 비녀를 민주려에게 보내니 마음은 후련했다. 그는 아무도 없는 복도를 걸어 그 끝에 있는 가주의 방으로 나아갔다. 피곤한 동생들은 잠시 밖으로 쉬러 나간 터라 방 안에는 숨을 색색 내쉬고 있는 그의 아버지밖에 없었다.

이미 쓸 수 있는 치료법은 다 써보았다. 환자의 생기가 거의 빠져나가서 더 이상은 힘들다고 하였다. 마르고 거칠거칠한 손을 잡았다. 자신과 꼭 닮았지만 한껏 지친 얼굴. 오랫동안 병마에 시달리면서도 어린 자식들이 걱정되어 끝내 숨을 놓지 못했다. 지 가문의 가주는 예상보다 훨씬 오랜 기간을 산 것이었다. 최근 몇 년은 거의 의지로 버텼다고 해도 과언이 아니다.

"아버지."

장남이 나직하게 부르는 말에 아버지는 힘겹게 눈을 떴다. 희미한 시야에 예전의 자신과 닮은 얼굴이 들어왔다. 언뜻 보이는 눈매는 죽은 부인을 닮은 것 같기도 했다. 몸이 약했지만 착하고 고왔던 부인은 그에게 삼남매를 남기고 먼저 먼 곳으로 떠나버렸다. 그리고 지금 그도 부인이 있는 곳으로 가기 위해 발을 내딛는 중이었다.

지야곤은 조금씩 낮아지는 아버지의 숨소리를 들으며 한마디, 한마디를 꾹꾹 눌러 내뱉었다.

"좋아하는 사람이 있습니다. 착하고 예쁘고 다정한 사람입니다."

아버지는 그 말을 듣고 마지막 힘을 쥐어짜 아들의 손을 쥐었다. 아무래도 아들은 평생을 같이 살아갈 짝을 찾은 모양이었다.

"세상 누구보다도 강한 여자입니다. 저는 그 사람과 오래도록 함께하고 싶습니다. 미리 인사시켜드리지 못해서 죄송합니다."

그 말에 아버지는 안심했다. 아들의 눈을 보니 왠지 보지 않아도 알 수 있었다. 자신이 죽고 나면 아마도 앞으로 어려운 일이 수도 없이 일어날 것이리라. 혼자보다는 둘이 더 헤쳐 나가기가 수월하다. 떨리는 입술을 움직여 그는 마지막으로 축복의 말을 해주었다.

"행복……할 거다."

예언이었다. 이미 아름다운 삶을 살아본 자의 확신이었다. 행복해지라는 말도 아닌 행복할 거라는 단언. 그 말에 지야곤은 활짝 웃으며 고개를 끄덕였다.

"네, 아버지."

다시 눈이 감겼다. 그리고 조금씩 잦아들던 숨소리는 이윽고 들리지 않게 되었다. 지야곤은 천천히 자리에서 일어났다. 그리고 아버지의 마른 손을 이불 속에 넣고 문을 열고 나왔다.

"형님!"

"오라버니!"

동생들이 마구 뛰어오는 모습이 보였다. 그는 팔을 벌려 동생들을 끌어안았다.

"흐어어엉, 아버지! 아버지가!"

여동생은 꽉 끌어안는 오빠의 몸짓에서 죽음을 읽어내고는 봇물이 터진 듯 울음을 쏟아내었다. 어른스럽게 참고 있던 지야훈도 형의 팔을 붙잡고 울기 시작했다. 커다란 저택은 순식간에 곡소리로 가득 찼다.

△▼△

지 가문의 저택에서 민주려의 집까지 거리는 결코 가깝지 않았다. 그걸 두 번이나 왕복하게 된지라 이기호는 공기가 서늘한

밤인데도 이마에서 땀이 절로 배어나올 정도였다. 다행히도 늦은 시간이지만 민주려는 아직 자고 있지 않았다. 환하게 불을 밝혀두고 무언가를 하고 있는 모양이었다. 그는 대문을 쾅쾅 두드렸다.

"계십니까아!"

익숙한 목소리에 놀란 민주려가 파다닥 뛰어나왔다. 그는 혹시라도 떨어뜨릴까 무서워 몇 번이나 품속에 제대로 있는지 확인한 문제의 그 물건을 민주려의 손에 얹어 주었다. 이제야 부담이 사라져 좀 살 만했다.

"이게 뭔가요?"

"소가주께서 전해드리라고 하셨습니다."

민주려는 천천히 끈을 풀었다. 그리고 안에 들어 있는 물건이 비녀라는 것을 알고는 얼굴이 새빨개졌다. 마치 가을볕에 잘 익은 사과 같았다.

그 모습을 확인한 후 이기호는 발걸음을 돌렸다. 딱히 대답을 듣지 않아도 저 얼굴 표정으로 알 수 있었다.

민주려는 순식간에 어둠 속으로 묻힌 이기호의 뒷모습을 멍하니 보다가 다시 손 안에 있는 비녀를 쳐다보았다. 이렇게 예쁜 물건은 처음 보았다. 딱 봐도 공을 들여 만들었다는 걸 알 수 있는, 아름다운 장신구. 가슴이 두근거렸다.

"정말 내가 못 살아……."

푹 익은 얼굴 때문에 민주려는 얼굴을 들지 못했다. 밀려드는 선 자리 때문에 그녀는 무던히 고민해야만 했다. 올해 봄부터 함께한 지야곤과의 추억, 그가 몰래 표현해 온 애정과 호감을 무시하기에 민주려의 마음도 이미 기울어져 있었기 때문이었다. 대체 언제부터 그에게 마음을 내어줬는지 모르겠다. 하지만 분명한 건, 그가 그녀의 머리카락에 입을 맞췄을 때 어렴풋이 알게 되었다.

이 사람이 날 좋아하는 만큼, 나도 좋아한다고.

"누군 안절부절못하고 막 헤매게 만들어놓고 말이지."

그래도 믿을 수 없어서 회피했다. 애써 고개를 돌렸다. 지야곤에게 향한 마음을 슬그머니 모른 척 넘어가려고도 했다. 나중에는 아예 의심까지 했다. 그가 정말 그녀를 좋아하는 것일까? 그래서 선을 권하는 구순이의 말에 흔들렸던 것도 사실이었다.

그런데 지야곤은 정말 대단한 사람이었다. 어쩜 그렇게 멍한 얼굴로 이런 대담한 청혼을 하는 것일까?

"비녀……."

연인이 비녀를 선물한다는 것은 곧 청혼의 의미. '나랑 결혼해 주세요.'라고 말하는 것이다. 민주려는 비녀를 두 손에 꼭 쥐고 두 눈을 스르르 감았다.

그가 보고 싶다.

손가락으로 슬며시 날개를 쓰다듬다가 그녀는 곧 고개를 가로저었다. 서신에서는 아버지가 위독하셔서 당분간은 만나기 힘들다는 내용이 적혀 있었다.

"아, 답장!"

민주려는 유일한 연락수단이었던 이기호를 멍하니 떠나보낸 자신의 어리석음을 자책하면서 머리를 콩콩 때렸다. 뭐라도 적어서 전해줘야 했는데! 지금 틀림없이 힘들 그에게 말하고픈 것들이 잔뜩 있었는데 비녀에 정신이 팔려서 그만 잊어버렸다.

"으, 저택 앞에 가봤자 안 될 거고. 선배의 손에 간다는 보장도 없어. 괜히 눈에 띄어봤자 좋을 것이 없고. 어떻게든 답을 해야 하는데……. 아!"

한참을 고민하던 그녀는 곧 해결책을 찾아내고 방 안으로 뛰어 들어갔다. 그리고 조그만 책장에서 학관 시절 사용하던 주술책을 꺼내어 마구 뒤지기 시작했다.

"찾았다!"

응용주술에 있었다. 이럴 때 쓰기 좋은 전달 주술이! 문제는 민주려의 집이 대학관처럼 넓은 것이 아니라서 주술진을 그릴 만한 공간이 없다는 것이었다. 마당에 나가는 수밖에 없었다.

"거리도 꽤 있으니까 크기가 엄청 커지네."

민주려는 간만에 보는 복잡한 주술용어들을 중얼거리며 나무 막대기로 진을 그리기 시작했다. 정석대로라면 힘을 담은 주술용구 몇 가지가 필요하지만 지금은 없으니 급한 대로 그녀의 힘을 쏟아붓는 수밖에 없었다. 그래서 큰 물건은 보내기가 힘들었다. 그녀는 잠시 고민하다가 자신의 머리끈을 풀어서 진의 중간에 놓았다. 이 정도는 가능하리라.

"가라, 나의 의지여. 날아라, 바람을 타고!"

두둥실 높게 뜬 머리끈이 주문대로 바람을 타고 무서운 속도로 날아가기 시작했다. 민주려는 그 모습을 지켜보며 두 손을 꼭 모아 빌었다.

알아줘요, 내 마음을.

풀린 머리가 진에서 흘러나오는 바람에 나부꼈다. 하늘을 올려다보며 입을 꾹 다문 그녀의 모습은 지금 그 어느 때보다도 아름다웠다.

△▼△

끔찍한 슬픔이 가문을 내리눌렀다. 지야희가 결국 울다가 쓰러지고, 지야혼이 무너져 내리듯 주저앉았다. 그리고 지야곤은, 자신의 방으로 돌아와 천천히 옷을 벗었다. 스르륵 소리와 함께 평소 즐겨 입던 평복이 바닥에 떨어진다. 훤히 드러난 잘 단련된 몸은 예전보다 조금 야위었다.

피곤한 기색을 지우지 못한 그는 제 앞에 놓인 옷을 집어 들었다.

새카만, 한없이 새카만 상복.

옷만큼 그의 눈빛도 어둡고 까맣게 가라앉았다.

이 옷을 입을 날을 되도록 늦추고 싶었거늘. 그는 한숨조차 쉬지 못하고 새카만 옷을 걸쳤다. 흘긋 옆을 보자 동경에 자신의 모습이 비친다. 온통 새카만 사내가 서 있었다. 단지 그 안색만이 창백하여 저승사자처럼 보이기도 했다.

휘이잉.

바람이 창문을 두들겼다. 그러고 보니 오늘 날이 어두웠다. 바람의 주술을 썩 잘 쓰는 그는 신령들에게 말을 들었다. 거센 바람이 몰려올 것이라고. 태풍이 슬쩍 지나갈 것이니 조심하라는 경고를 말이다.

힘든 상을 치르게 될 것이다.

휘이잉.

재차 창문이 흔들린다. 지야곤의 눈썹이 꿈틀했다. 아무리 바람이 거세도 주술이 걸린 창문을 재차 흔들 순 없었다.

그는 슬그머니 창문을 열었다. 그러자 스르륵 붉은 끈이 그에게 날아왔다.

"주술?"

물건을 전달하는 주술이라니. 대학관에서 배웠던 것이 아니던가. 그는 손을 뻗었다. 그러자 붉은 끈이 그의 손에 얌전히 내려앉았다.

"주려……."

붉은 머리끈은 익숙한 것이었다. 민주려. 그녀의 머리끈이다. 차갑게 굳어 있던 그의 입매가 부드럽게 풀렸다.

화답이 왔다.

비녀를 받은 여성이 머리끈을 준다는 것은, 당신의 마음을 허락한다는 뜻이었다. 그래. 이를 테면 이렇게 붉은 머리끈으로 준다는 것은 '은애'의 의미도 담긴다.

"네게 닿고 싶어."

열린 창문 밖에서부터 거센 바람이 불어왔다. 그는 끈이 날아가지 않도록 꼭 쥐고 밖을 바라보았다. 어두어둑한 하늘, 습기를 머금은 바람이 불온하게 분다.

지야곤은 그 너머를 응시했다. 마치 저 먼 곳에 민주려가 있다는 듯이.

△▼△

다음 날 민주려는 지 가문의 가주의 부고 소식을 들었다. 태풍 속에서도 그 소식은 차아제국 곳곳에 퍼졌다.

민주려, 그녀의 머리에 꽂힌 나비의 날개가 거센 바람에 파르르 떨렸다. 마치 태풍 속에서 날갯짓하듯이.

十六章

혼사결단

"참으로 안된 일입니다."

수많은 사람들이 지 가문의 대문 안으로 들어왔다. 모두 예의를 갖춘 검은색의 상복을 입고 고개를 숙여, 지 가문의 전(前)가주의 죽음을 슬퍼했다. 부고를 듣자마자 다들 황망한 표정으로 지 가문에 찾아왔다. 가까이에 있는 이들은 착잡한 마음을 감추지 못했고, 멀리 있어 이곳까지 오는 데 시일이 걸린다던 이들은 서신으로나마 안타까운 마음을 전했다.

명문가(名文家).

그 이름값은 전 가주의 장례식에 드러났다. 지 가문과 연결된 사람들은 수없이 찾아와 방문자 목록을 빼곡하게 채웠다. 두루마리에 적는 이름과 가문의 행렬은 끝이 없었고, 적는 사람의 손에 들린 붓에 먹이 마를 틈이 없었다.

장례를 치르는 기간은 총 이레.

첫 날은 사자(死者)가 영면에 들 수 있도록 준비하는 날이었다. 목석처럼 딱딱하고 차가운 그 몸을, 물에 적신 깨끗한 면포로 닦아내고 수의를 입힌다. 그리고 주술로 그 모습을 일시적으로 유지

시켰다.

둘째 날, 가문에서는 장례 음식을 준비하고 부고를 알린다. 살아 있는 핏줄 및 가문 내의 사람들은 검은 옷을 입고 방문객을 맞이한다.

셋째 날에는 주술로 피워 낸 새하얀 국화를 가득 따 사자의 주변에 장식하고, 향을 피운다. 자욱한 연기가 퍼질 때면 마침내 곡(哭)을 했다. 높은 가문에서는 핏줄이 곡을 하지 않고 따로 곡만 하는 사람을 불러 대신하게 하였다.

그리고 넷째 날인 오늘, 사자를 관에 넣는 날이었기 때문일까. 곡을 하는 사람의 목소리가 유독 크고 구슬펐다. 아이고, 아이고. 이제 가면 언제 오시려나. 아이고 아이고. 곡이 울려 퍼질 때마다 찾아온 사람들 대부분이 눈물을 훔쳤다. 체면을 지키려 노력하면서도 비집고 나오는 눈물은 참을 수 있는 것이 아니었다. 덕이 높고 인망도 두터웠던지 가문 전 가주의 부고는 받아들이기 어려운 것이었다.

△▼△

"황궁에서 온 사자는 가셨나?"

"방금 배웅해드렸지."

수염이 희고 긴 원로원 소속의 집안 어른들은 이리저리 대소사를 처리하느라 정신이 없었다. 아직 소가주의 나이가 그리 많지 않으므로 자신들이라도 제대로 움직여야 한다고 생각하는 이들이 대부분이었다. 그래서 밤을 새고 가끔은 지나칠 정도로 소소한 것에 신경을 쓰기도 했다.

「회의를 한 후에 분담하십시오.」

넘치는 의욕은 일을 꼬이게 만들었다. 한 사람이 처리하던 일을 여러 사람이 손을 대니 자연스럽게 헝클어졌던 것이다. 결국 지야곤이 한마디를 해야만 했다. 장례를 치를 때 상주(喪主)의 역할을 하느라 정신없던 그는 가문의 일을 원로들에게 맡길 수밖에 없었다. 마음 같아서야 그가 처리했으면 싶지만, 원로들의 고집은 만만하지 않았다.

회의하기 위해 지팡이를 짚고 부지런히 방으로 달려와 쌓인 일들을 처리할 정도로 말이다.

"오시는 손님들에게 음식은 넉넉하게 나갔고?"

"주방에 들러 일렀지. 여기저기서 조의금이 많이 들어와서 얼추 적자는 면했어."

"덕이 많아서 친한 이들도 많았으니."

동그란 탁자 주변에 둘러앉은 사람들이 동시에 한숨을 쉬었다. 꼬부랑하게 늙은 자신들도 아직 정정하게 살아 있는데, 아직 젊은 가주가 이렇게 가버리다니. 다, 그놈의 내란 탓이었다.

"다복하게 애들 낳고 사는 거 볼 때는 천년만년 그리 계속될 줄 알았는데."

"세상 일이 언제 우리 마음대로 되던가. 그래도 이리저리 말을 많이 해놓았으니 이제 정신 바짝 차려야지."

빈 가주의 자리를 어서 채워야 했다. 다행히 건강이 급속히 나빠지기 전부터 가주는 아들 둘의 교육에 많은 신경을 썼다. 첫째인 지야곤도 둘째인 지야혼도 충분히 한몫을 할 수 있도록 성장했기 때문에 미래가 딱히 걱정되지는 않았다. 막내인 지야희도 나이가 어리긴 하지만 이미 훌륭한 숙녀였다. 현명하고 어질게 성장했으니 때가 되면 좋은 집안에 시집갈 수 있을 것이었다.

"서둘러 취임을 할 수 있도록 날짜를 잡지."

"한 열흘가량 간격은 둬야 하겠지만 되도록 올해 안에 해버리지요."

"미뤄봤자 일이 줄어드는 것도 아니고."

지야곤의 성격상 아마 취임식은 간소하게 치러도 될 것이었다. 아니, 아예 생략하겠다고 할지도 몰랐다. 하지만 절차를 중요하게 여기는 그들로서는 아무리 바쁘고 돈이 들어도 해야 할 건 해야 한다고 생각했다.

"그리고 이것도 얼른 결정을 합시다."

"아, 그것도 있었구만."

노부인 원로 중 한 명이 비단으로 곱게 싸여진 보따리를 풀었다. 수북하게 쌓인 두루마리가 데굴데굴 굴러 나오기 시작했다. 전부 아름다운 종이를 덧대어 튼튼하게 만든 것이었다.

"많기도 하지."

"이것도 골라낸 겁니다."

원로 중 가장 나이가 많은 이가 두루마리를 하나 펼쳤다. 이름, 가문, 태어난 생년월일이 적혀 있는 사주단자였다. 즉, 혼인을 하기 전 보통 보내는 그 두루마리인 거다.

그랬다. 지 가문의 소가주인 지야곤은 아직 약혼자가 없었다. 이런 큰 가문의 직계인 것치고는 드문 일이긴 했지만 일단 상대를 정해줄 부모가 하나는 일찍 돌아가시고 하나는 아파 누워 있었으니 도통 여기까지 신경 쓸 수가 없었다. 물론 원로들도 빈 가모의 자리와 아픈 가주의 자리를 채운다고 여기에 관한 사항들은 뒤로 미뤄둔 상황이었고 말이다. 소가주의 혼인보다 당장 다음 분기에 써야 하는 결제 예산안을 짜는 것이 급했다.

하지만 지금은 달랐다. 젊은 나이에 한 집안을 책임져야 하는 지위에 지야곤이 앉아야 하는 이상 결혼은 꼭 해야만 하는 것이었다. 어린 지야희의 혼기도 곧 다가올 것이었다. 그럼 이 큰 집안은 대체 누가 돌본단 말인가. 원로 중에서도 특히 여자인 노부인들은 그것이 걱정되어서 이렇게 들어온 혼담을 열심히 정리해 둔 것이었다.

"최근에 들어온 곳들 중 괜찮은 데가 많더이다."

"그랬소? 그것 참 기쁜 일이구만."

매파들은 그 집안의 부인들에게 말을 넣는 것이 일반적이다. 게다가 지 가문 정도 되면 혼담이 기본 몇십 건은 들어오기 때문에 매의 눈으로 몇 번을 거른 후 어딜 봐도 훌륭한 규수들만 최종적으로 원로들의 손에 올라갔다.

"소가주는 오늘도 바쁘지?"

"잘 시간도 부족하여 유모가 걱정이 이만저만이 아니랍니다."

"그렇겠지."

직계인 지야곤, 지야혼, 지야희는 모두 몸에 세 개라도 모자랄 만큼 바빴다. 그러니 이런 건 어른인 자신들이 정하는 것이 나을 것이었다.

"자, 한번 봅시다."

도르르, 두루마리가 탁자 위에 펼쳐지고 또 펼쳐졌다.

△▼△

"이 아가씨는 집안이 조금 아쉽네. 평판은 아주 좋군."

"그 아가씨보단 이 아가씨가 낫습니다. 내 한번 본 적이 있는데 조신하더군요."

"에잉, 이 집안이 어디 보통 집안인가. 너무 얌전해도 힘들어! 어느 정도 강단이 있어야지. 아랫사람들에게 휘둘릴 거 같은데?"

원로들은 깐깐했다. 그래서 하나라도 걸리는 점이 있으면 무섭게 파고들어 집요하게 아가씨의 점수를 낮춰버렸다. 품성, 외모, 집안, 지식 등등. 전부 다 보았다.

그래서 이리저리 쳐 내고 나니 마지막에는 두루마리가 다섯 개 정도밖에 안 남았다.

"이 아가씨가 괜찮구만."

"오호, 풍씨 가문이군요."

스무 명이 약간 넘는 원로들 중 반 이상의 입에서 합격이란 판정을 받은 사람은 풍씨 가문의 아가씨였다. 직계에 이런저런 기량도 나쁘지 않았고. 무엇보다 혼담을 넣은 아가씨들 중 가문이 가장 좋았다.

“요즘이야 예전보다 못하지만, 내란 전에는 정말 대단한 가문이었지.”

원로 중 한 명이 수염을 쓰다듬으며 눈을 지그시 감았다. 내란 전의 풍씨는 황가 다음으로 위세를 떨쳤더랬다. 만약 그 집안의 분가더라도 연을 맺으면 다들 어깨를 두들겼었다. 아주 튼튼한 동아줄을 잡았다고 말이다.

“지금도 훌륭하지 않소? 뭣보다 황위계승권을 가진 가문이 이제 풍씨밖에 남지 않았소이까. 다른 가문이야 내란 때 외국으로 도망가거나, 대가 끊겼으니 말이오.”

“그렇게 따지면 풍씨도 도망을 갔지 않소?”

“허흠. 내란이 끝나고 돌아오지 않았소. 과거보다는 현재가 중요한 거지.”

그 정도 흠이야 눈감아 줄 수 있는 수준이었다. 뭣보다 내란 때 도망갔다가 돌아와서 나라를 부강하게 만들겠다고 아등바등 달려든 가문이었다. 풍씨 가문의 시조가 초대 황제의 자식 중 하나였던 것을 떠올리면 혈통 면에서도 규씨 다음이었다. 만약 황가인 규씨에서 대를 이을 자가 나오지 않을 경우 풍씨에서 황위를 이을 수도 있었다.

“지 가문에 부족한 것은 혈통뿐이지.”

한 원로원의 말에 다들 고개를 끄덕였다. 지 가문도 예전부터 유서 깊은 가문이었지만, 손꼽히는 명문가로 거듭난 것은 내란 이

후였다.

만약 풍씨와의 혼담이 성사된다면 황가의 핏줄까지 이어져 누구도 손댈 수 없는 차아 제일의 가문으로 거듭나리라.

"나이도 잘 맞는군요. 궁합도 보지 않는 네 살 차이!"

"이렇게 집안 좋고 재기 넘치는 아가씨가 아직 약혼조차 하지 않았다니 놀랍군."

"들리는 소문에 따르면, 풍 가문의 가주가 애지중지 아끼는 금지옥엽이라고 하더이다. 들어온 혼담이 다 눈에 차지 않아 약혼조차 하지 않았다고 하였으니……."

"그럼 외간 사내와 손 한번 잡아본 적이 없겠소!"

"어흠흠. 그것이야 당연한 것 아니오. 어디 아녀자가 사내의 손을 덥석덥석 잡더이까."

만약 이 자리에 민주려가 있었으면 샐쭉한 눈으로 그들을 노려봤을 것이다. 그녀는 원로들이 그토록 아끼는 지야곤과 손도 잡고, 안기기도 하고, 업히며, 머리카락에 쪽도 당했으니까! 하지만 모르는 게 약이라고 원로들은 쑥덕쑥덕 이야기를 자기들 멋대로 진행시켰다.

"그럼 풍씨 가문에 서신을 보내는 것으로 합의하는 것이오?"

"이보다 좋은 신붓감을 없을 테니, 그렇게 되겠지."

"역시 소가주요. 회의를 통해 일을 정하더라니, 덕분에 훌륭한 사돈을 얻었군!"

지야곤이 들었으면 기함할 말이다. 이럴 줄 알았다면 그는 절대 원로들에게 회의하라는 말을 하지 않았으리라.

하지만 어쨌거나 일은 그렇게 진행되었다.

△▼△

풍 가문에서 조문이 왔다. 풍 가문의 가주 풍각장과 소가주 풍허융이었다. 그들을 맞이하고, 일이 끝난 후 배웅하게 된 것은 다름 아닌 지야혼이었다. 지야곤이 아닌 까닭은, 그가 맞이하고 있는 조문객이 너무도 많았기 때문이었다.

"안타깝고, 또 안타까운 일일세."

풍각장이 지야혼과 대화를 나누는 사이에 원로 중 한 명이 다가와 이야기에 끼었다. 풍허융은 지야혼과 요즘 일을 꺼내며 이야기의 물꼬를 텄다. 젊은이 둘은 서로의 관심사를 말하는 척하며 흘긋흘긋 풍각장과 원로의 대화를 엿들었다. 가문의 가르침 덕분에 윗사람의 말은 항상 무엇이든지 머릿속에 넣어두는 습관이 들어서였다.

"최근 풍 가문의 위세가 높아짐을 들었습니다."

"허허허. 이곳에서 자랑하기 부끄러운 일입니다."

"아닙니다. 듣기로, 내란 이후 떨어졌던 황위계승권 순위도 회복하고 계시다고요?"

"이게 다, 나라를 생각하는 보잘것없는 저희 가문에게 내려지는 황제 폐하의 은혜입니다."

황위계승권이란 마음대로 떨어졌다가 올라갈 수 있는 것이 아니었다. 지야혼은 흘끔 풍허융을 보았다. 그는 저 이야기가 나오는 것이 썩 달갑지 않은 모양이었다. 황위계승권을 회복하고 있다는 것은 떨어진 적도 있다는 것을 드러내기 때문이었다.

십여 년 전의 내란.

차아제국은 뒤집어졌었다. 반역의 무리들이 들끓었고, 규씨가 황궁을 버리고 잠깐 굴로 숨어들 만큼 난(難)이었다. 내란은 오래도록 지속되었다. 원래대로라면 늦어도 삼 년 안에 끝났어야 할 그 일이 그토록 길게 이어진 까닭은, 함께 싸워야 할 유훈 가문들이 대거 외국으로 도망갔기 때문이었다. 반역의 무리가 심상치 않은 것을 미리 안 그들은 자신들이 피해를 입을까 봐 지레 겁먹고 발을 내뺐다. 그 때문에 나라는 더더욱 혼란스러워졌고, 회복하는 과정은 더디기만 했다.

도망 간 가문은 총 다섯 가문.

그중에 황위계승권을 가진 가문이 무려 세 가문에 이르렀다. 가씨, 신씨, 풍씨. 세 가문 중에 차아제국으로 돌아온 가문은 오로지 풍씨뿐이었다. 가씨와 신씨는 외국에서 자리도 잡았거니와 내란이 다 끝나고 나서 차아에 돌아와도 좋은 취급을 받지 못하리라는 것을 계산하고 돌아오지 않았다. 하지만 풍씨는 외국에서 무슨 고생을 한 것인지 재산의 절반 이상을 탕진하고 아쉬운 소리를 하며 슬그머니 귀국했다.

물론 그들을 반갑게 받아들일 사람은 없었다. 황가에서는 그들이 갖고 있던 황위계승권을 십 위 아래로 끌어내렸다. 사실상 황위가 계승될 가능성이 전혀 없는, 빛 좋은 개살구로 만든 것이다.

풍 가문에선 발등에 불이 떨어졌다. 재산이 절반으로 줄어들고, 위신이 떨어진 것은 물론이요 황위계승권까지 유명무실해지니 이대로 가다가는 차아제국의 정치판에서 버티기가 힘들었다. 그래서 그들은 발 벗고 나라를 위한 일을 하기 시작했다.

"귀중한 나라의 보물을 되찾는 일에 많은 신경을 기울인다고 들었습니다."

"그저 해야 할 일을 몸소 실천한 것뿐이오. 어흠."

"어디 그게 쉬운 일이겠습니까? 국보는 하나같이 신묘한 힘이 깃들어서, 찾는 것도 가져오는 것도 쉽지 아니하지요. 풍 가문이 적극적으로 힘을 쓰지 않았으면 여섯 점의 국보는 아직도 수거되지 않았을 겁니다."

'국보를 찾아?'

이건 듣지 못했던 말이다. 국보를 풍 가문에서 직접 찾는다니. 내란 때 황가에서 잃어버린 국보는 얼추 추려도 스무 점. 그런데 여섯 점을 찾았다는 것은, 잃은 국보의 약 삼 할을 찾아 풍 가문에서 나라에 바쳤다는 뜻이 된다. 과연, 그런 방법이라면 황위계승권이 서서히 회복될 만도 했다. 당장 국보가 없어서 아쉬운 것은 황실이니 말이다.

"곧 있으면 예전 풍 가문의 위상을 되찾을 수 있겠습니다!"

"어흠. 어흠흠."

"그때도 저희 지 가문을 잊으시면 안 됩니다. 아니지요, 그때쯤이면 이미……."

그의 말은 다 이어지지 못했다. 가문의 대문에 가까워졌을 때,

험상궂게 생긴 사내가 버럭 소리 질러 그들의 대화를 가로막았다.

"풍 가문의 가주는 들으시오!"

어찌나 그 소리가 쩌렁쩌렁한지 대문 가까이 있던 이들의 시선이 다 그리로 갔다. 사내는 한 명이 아니었다. 여러 명이 우르르 모여 있었는데, 입은 옷이 상복도 아니고 연장 같은 것을 들고 있는 게 조문객은 아니었다.

'아니, 저자들은!'

그들을 본 풍각장은 깜짝 놀랐다. 그는 자신의 아들인 풍허융에게 눈치를 줬다. 저들이 왜 여기에 왔느냐는 무언의 질책이었다. 그러나 풍허융도 고개를 절레절레 저었다. 즉, 이 사달은 저들의 독단이라는 뜻이었다.

"국보사냥꾼이 왔소. 우리를 고용한 풍 가문의 가주는 어디에 있는 것이오오오!"

국보사냥꾼! 그 말에 지야혼의 눈이 반짝 빛났다.

△▼△

"약속한 것은 제대로 줘야 하지 않겠소이까!"

수염이 더부룩하게 난 대장처럼 보이는 사내는 가슴을 펴고 당당하게 대문 앞에서 고함을 쳤다. 사정을 모르는 지 가문의 문지기들은 일단 위에서 아무 명이 내려오지 않았으므로 그냥 두고 보기만 했다. 초상을 치르는 중이라 소란이 일어나는 것은 달갑지 않지만, 그렇다고 고인을 보내는 자리에서 무기를 들고 싸울 수도 없는 노릇이었다. 아무도 자신들을 막는 이가 없자 국보사냥꾼 무리는 더 기세등등해졌다. 그들은 발을 쿵쿵 구르면서 더욱 가까이 다가왔다.

"풍 가문의 가주는 어서 나오시오! 그리고 약속한 대가를 치르시오! 다 줄 때까지 우리는 여기서 움직이지 않을 것이외다!"

그 말을 들은 지야혼은 일이 어떻게 굴러가는지 어느 정도 짐작이 갔다. 즉, 풍 가문에서 국보사냥꾼을 고용해 국보를 순조롭게 찾은 것까지는 좋았는데 제대로 보수를 지급하지 못한 것이다. 도피했을 때 가문의 자금을 많이 소진했으니 아마 거액을 쉽게 구하기 어려웠을 것이었다. 재산을 처분하는 것도 한계가 있고 말이다.

이제까지는 가문의 권위로 적당히 억눌러 왔는데 그것도 한두 번이지. 결국 돈을 못 받은 국보사냥꾼들이 나름대로 머리를 써서 가문까지 찾아온 것이다.

"이제까지 지급한 돈으로는 경비도 나오지 않소! 차아 전역을 돌아다니면서 국보를 찾는 일이 어디 쉬운 줄 아는가! 어서 나와서 고생한 우리에게 정당한 보수를 지급하시오! 나오시오!"

주술을 따로 쓰지도 않은 거 같은데 사내의 목소리가 너무 커 저택 전체가 우릉우릉 울리는 것 같았다. 새파랗게 질린 풍 가문의 부자를 본 지야혼은 한숨을 쉬었다. 안 그래도 일이 많고 아버지가 돌아가셔서 심란한 판에 이런 골치 아픈 문제까지 생기다니. 아직도 틈만 나면 구석에 숨어서 우는 여동생이 이 꼴을 본다면 아마 쓰러질지도 몰랐다.

'전후 사정을 자세히는 모르지만 일단 저대로 둘 수는 없지.'

지야혼은 냉정한 눈으로 근처에 서 있던 사람들을 불렀다. 그리고 최대한 오신 손님들에게 폐가 가지 않게 해결하라 일렀다.

곧 안에서 검은색 상복을 입은 병사들이 우르르 나와 국보사냥꾼들을 둘러싸기 시작했다. 주변 상황이 심상치 않자 국보사냥꾼들의 표정이 점점 일그러졌다. 공개적으로 압박하면, 체면을 위해서라도 풍각장이 대금을 치러줄 줄 알았다. 그런데 풍각장은 가만히 있고 오히려 다른 이들이 방해를 했던 것이다. 더 강짜를 부리고 싶었으나, 여기서 더 나대다가는 손해만 볼 위험이 컸다. 장례식장에서 행패 부리는 것은 굉장한 무례였으니 말이다.

"이곳이 어딘 줄 알고 함부로 나선단 말이냐."

병사를 다스리는 조장까지 나서서 눈을 부라리자, 결국 국보사냥꾼들은 후다닥 물러나는 수밖에 없었다.

"거참 송구하오이다. 이런 실례를……."

그들이 사라지자 식은땀을 흘리며 풍각장이 고개를 숙여 사과했다. 원로와 지야혼은 둘 다 짜증이 불같이 솟아오르기는 했지만, 지금은 초상 중이니 참는 것이라 되뇌며 그 사과를 받아들였다. 본인들이 생각하기에도 민망한지 풍 가문의 사람들은 그 뒤 허겁지겁 말을 타고 본인들의 가문으로 돌아갔다.

"저런 쯧쯧. 그래도 잘하면 우리 가문에 유리하게 이용할 수 있겠어. 역시 사……."

원로가 혼잣말을 중얼거리며 안으로 들어가는 모습을 보던 지야혼은 왠지 드는 불길한 예감에 잠시 자신의 방 안으로 들어갔다. 아까 전의 대화와 방금 전의 말. 전부 뭔가 이상했다.

"아버지가 위독하셔서 한동안 신경을 안 썼는데. 가만히 있으면 안 되겠군. 흑일, 흑삼."

지야혼의 손짓에 스르륵 검은 옷을 차려입은 사내 둘이 천장에서 튀어나왔다. 직계를 호위하는 비밀 그림자들이었다.

"좀 알아봐야 할 것이 있습니다. 원로들의 동태와 풍 가문의 최근 움직임. 그리고……."

조곤조곤 말하는 내용을 전부 귀담아 들은 그림자들은 살짝 고개를 끄덕이고는 바로 다시 몸을 숨겼다.

"둘째 도련님, 손님이 또 가신다 합니다. 잠깐 나와 보셔야겠어요."

"알았어요, 유모."

의자에 엉덩이를 붙일 새도 없이 지야혼은 다급하게 문을 열고 복도로 뛰어나갔다.

△▼△

'어떻게 해야 한다…….'

벽에 기대어 서서 오늘도 호위에 여념이 없던 이기호는 평소와는 다르게 안에서 들려오는 이야기를 듣고는 고민에 빠졌다. 완벽하게 단어 하나까지 다 잡은 건 아니었지만, 대충 대략적인 단어만 봐도 보통 일이 아니었다.

혼담, 풍 가문, 형님, 가주. 그는 안 굴러가는 머리를 팽팽 돌려서 지야곤을 찾아온 동생 지야혼이 하고 싶은 이야기가 무엇인지 이해하는 데 성공했다.

"말해주는 것이 맞겠지."

한참 고민하던 그는 하늘을 한번 보고 대략적인 시간을 가늠해본 다음 밖으로 나가는 문을 향해 달리기 시작했다. 차아에서 태어나 자란 남자로서 비녀가 가지는 의미가 무엇인지는 잘 알고 있었다. 끝이 어떻게 되든지 일단 민주려는 지금 이 사실을 알아야만 했다.

「도련님께 마음에 두는 사람이 생기다니. 호위무사님도 알고 계셨나요?」

무엇보다 둘을 지지하는 사람이 이기호뿐만이 아니었다. 그는 서윤경을 떠올렸다. 부드럽게 웃으며 흐뭇해하던 모습. 비록 가문의 상황은 좋지 않았지만, 그녀는 지야곤에게 연인이 생겼다는 것에 많은 힘을 얻었다.

"……은혜는 갚아야겠지."

지야곤을 따라다니느라고 지친 그에게 항상 차와 간식을 챙겨주던 좋은 사람이다. 때때로 주먹밥을 종이에 싸서 주기도 했는데, 그는 뭉클한 마음으로 감사히 먹었다. 자고로 밥 주는 사람에게 입은 은혜는 갚아야 하는 법이었다.

소가주가 도망 다니지 않고 장례를 치러서 다행이었다. 그를 쫓아다니느라고 헉헉대던 이기호의 힘은 넘치다 못해 철철 흐를 정도여서, 민주려의 집까지 오는 데 오래 걸리지 않았다.

"계십니까!"

"네."

민주려는 집 안에 있다가 어째 낯설지 않은 목소리가 들려와서 신발을 신고 나갔다. 역시나, 이기호였다. 지 가문은 지금 상중이라 그런지 검은색의 상복을 입고 있었다.

"무슨 일이신가요?"

"드릴 말씀이 있습니다."

혹시나 지야곤이 무슨 말이라도 전하라 한 건가 싶어서 민주려는 일단 그보고 들어오라 손짓을 했다. 그리고 따뜻한 옥수수수염차를 한 잔 내놓았다.

적당하게 우러나 구수한 차를 단숨에 마신 이기호는 살짝 그녀의 눈치를 보다가 깊게 심호흡을 하고 말을 꺼내기 시작했다. 최대한 간결하게, 주술 실력이 대단한 그녀의 화가 덜 나도록!

"정말이에요?"

파르르 그녀의 목소리가 떨렸다. 이기호는 마른침을 꿀꺽 삼켰다. 민주려가 쥔 옥수수수염차가 출렁출렁 흘러넘칠 것만 같았다. 어찌나 찻잔을 세게 쥐고 있는지, 여자의 악력으로는 잘 깨지지 않는다는 사기 찻잔에 금이 가고 있었다. 노동으로 단련되고 흔들리는 마음에 이끌리는 주술이 요동치고 있는 것이다.

"그러니까 지금 간단하게 요약해서, 가주께서 돌아가셔서 선배가 가주 위에 올라야 한다. 그런데 가주인 사람이 어찌 혼자서 그 큰 가문을 꾸려가겠느냐, 혼인을 해야지. 마침 혼담이 들어온 가문 중 좋은 가문이 있다. 이 가문의 여식하고 연을 맺으면 지 가문에 무척 도움이 될 것이니 잔말 말고 얼굴도 이름도 모르는 처자랑 정략……."

후우. 잠깐 한숨을 내쉰 민주려는 다음 말을 꺼냈다.

"정략결혼을 해라?"

빠드득.

이기호는 민주려가 쥔 찻잔에서 시선을 떼지 못했다. 그녀의 이 가는 소리가 찻잔에 금이 가는 소리까지 감춰주진 못했다.

"도대체 사람을 뭐로 보는 거야!"

쨍강!

민주려의 분노가 폭발했다. 그리고 찻잔도 폭발했다. 뛰어난 주술사인 그녀는 자신의 손도 다치지 않게 하고, 찻잔 조각도 잘 모아뒀지만 흐르는 옥수수수염차까지 어떻게 할 순 없었다. 주르륵. 겁에 질린 이기호가 옥수수수염차가 흐르는 턱을 조심스럽게 닦았다.

"아니, 그 원로원인가 뭐시깽이인가는 왜 그 모양이야? 자기 아들 아니라고 너무한 거 아니에요? 막말로, 그건 사람을 소처럼 팔아넘기는 거잖아! 저 소를 팔면 돈이 많이 들어오고 나중에 소 산 집에서 우리 집에 쌀도 줄 터이니 팝시다. 이거랑 뭐가 다르냔 말이에요! 선배의 의사는? 마음은? 왜 고려해주지 않아요? 소중하고 소중한 가주라면서요!"

이기호는 그걸 왜 자기한테 묻냐고 속으로 외쳤다. 하지만 입을 꾹 다물었다. 민주려의 말이 아주 틀리지도 않거니와 무서웠기 때문이었다. 무슨 여자가 찻잔을 부술 수가 있는지.

"요즘이 어떤 세상인데 그렇게 혼인을 해요? 무슨 호랑이 풀 뜯어 먹던 시절 이야기를 아직도 하고 있어! 요새는 중매를 해도 당사자들이 얼굴을 몇 번 본 다음에 최종 합의를 하는데! 아무리 명문가라고 해도 선배가 넋 놓고 있을 때 후루룩 혼사를 결정하냐고요. 애초에 가주가 될 사람인데, 함부로 할 수 없는 거 아니었어요?"

구구절절 옳은 말이었다. 확실히, 이번에 원로원에서 지나치게 간섭하고 있었다. 게다가 민주려의 말대로 요즘 혼사는 예전보다 많이 유연해졌다. 내란 전에야 격식과 조건을 깐깐하게 따졌다지만, 내란 후에는 죽은 사람도 워낙에 많고 아이가 적어져서 누구든 혼사라면 대환영이었으니 말이다.

"보나마나 이 사안, 아직 선배 모르죠? 아저씨야 그냥 제가 알아야 할 것 같아서 왔겠죠."

"그건 어찌 아셨습니까?"

"제가 언제부터 아저씨 밥을 선배와 함께 드렸는데요? 가장 훌륭한 일꾼은 사람을 파악하는 일꾼이죠. 그것보다 조금 더 자세하게 말해봐요. 지금 이대로 있다가는 선배가 소가 된다니까요? 팔려가는 소!"

민주려의 다그침과 달리 이기호는 대답할 수 없었다. 누가 대문을 쿵쿵 두드리는 소리가 들렸기 때문이었다. 그녀는 평소와 달리 조금 뭉그적거리며 대문을 열러 나갔다.

"어, 아주머니."

"주려야, 이거 좀 먹으렴."

구순이가 큰 바구니를 들고 찾아왔다. 민주려는 재빠르게 표정관리를 하면서 내미는 바구니를 받아 든 다음 덮은 보를 슬쩍 들췄다. 안에는 노릇하게 구운 호박전과 가래떡 몇 개가 들어 있었다. 갓 만들었는지 아직도 따뜻했다.

"잘 먹겠습니다. 그런데 호박전은 어쩐 일로 만드신 거예요?"

"아, 늙은 호박 하나를 나르다가 떨어뜨렸어. 금이 가버렸지 뭐야. 놔두면 썩으니까 할 수 없이 죽하고 전하고 이거저거 만들었어. 가래떡은 내가 한 게 아니라 저쪽 시장에 왜 어물전 크게 하는 한씨네 손자 돌이라 돌리는 거고."

"그렇구나."

"원래는 돌잔치를 성대하게 하려고 했는데 저기 지 가문 가주님이 돌아가셨잖아. 그래서 시끌벅적하게 하기가 그래서 그냥 이렇게만 하는 거래. 아, 그러고 보니 내가 밀가루 사러 갔다가 들었는데 지 가문의 첫째 도련님이랑 풍 가문의 아가씨랑 혼인을 한다네?"

"네?"

"혼인을 한다고 그러더라고. 풍 가문에서 장을 보러 나온 찬모가 말했대. 뜬소문은 아닌 거 같아. 하긴 집안에는 자고로 중심을 잡을 며느리가 딱 있어야지."

그 말을 끝으로 구순이는 적당한 안부를 전하고 나갔다. 쿵. 대문이 닫혔다. 이기호는 옥수수수염차를 후루룩 마시다가 사레가 들리는 줄 알았다. 웃는 얼굴 그대로 굳어서 온 그녀의 머리카락이 올올이 서고 있었다.

'……귀신?'

화가 났다. 분명, 화가 났다. 아까 전에도 좋은 상태는 아니었지만 지금만큼은 아니었다. 그도 바깥에서 무슨 소리가 났는지 들었다. 벌써 소문이 퍼졌던가. 이렇게 빨리 퍼졌다는 건 역시 위에서 손을 쓴 것이다. 문제는 그 말을 들은 민주려의 심정이었다.

"아저씨."

방긋, 그녀가 웃는다. 이기호는 잘못하지도 않았는데 자세를 바로하고 경청했다.

"당장 선배를 불러와요."

"지금 상중이신데……."

"오늘로 넷째 날이죠? 조문객이 밤새 머물면서 자리 지키는 것은 옛새잖아요. 지금 저녁인데, 선배 아주 잠깐 시간 나지 않나요? 그렇죠?"

파라락 파라락 옷자락까지 흩날린다. 이대로 있다가 엉뚱한 불똥 튀는 건 그가 될 것 같았다.

"불러와요, 어서!"

그래서 그는 그대로 지야곤에게 달려갔다. 뒤에 귀신이라도 쫓아오는 것처럼 급박하게!

△▼△

날이 어둑어둑해지자 대부분의 손님이 돌아갔다. 상을 치를 때 밤새 곁에 있어주는 것은 피를 이은 팔촌 내의 친척이거나, 땅에 묻히기 직전인 여섯째 날이나 가능했다. 그나마 친척들도 심신이 지쳐 지 가문에서 마련해준 방에서 쉬고 있었다. 얼추 일이 정리되자 지야곤도 자신의 방 의자에 길게 누워 잠깐 쪽잠을 잘 수 있었다.

아주 잠시 자고 일어나면 다시 일을 해야 했다. 장례식은 무려 칠 일이나 이어지니 말이다. 그는 이 잠깐의 휴식이 깨지는 것을 원하지 않았다. 아무리 단련을 한 사내라도 연일 계속되는 밤샘은 이기기 힘들었다.

“무슨 일이지?”

그래서 이기호가 찾아와 몸을 흔들었을 때는 울컥 짜증이 치밀었다. 상복 때문에 허리춤에 검을 빼지 않았으면 검집째로 쳤을지도 모른다.

“중요한 일입니다.”

“중요한 일? 대부분의 사안은 따로 보고를 받고 있는데.”

“보고가 올라오지 않아서 더 커진 사달이지요.”

사달이라. 지야곤은 몸을 바로 세웠다. 찌잉. 울리는 머리를 꾹꾹 누르면서 이기호의 이야기를 들었다. 그러다가 흠칫 어깨를 굳혔다.

“혼사? 그것이 벌써 소문으로 퍼졌다?”

“그렇습니다.”

“그리고 그걸 주려가 들었고.”

“당장 오시랍니다. 안 그러면…….”

"안 그러면?"

송장 하나 치우는 거다. 민주려의 기세는 정말 대단했다. 만약 지야곤이 가지 않으면 쳐들어와서 멱살을 짤짤 잡고 흔들지도 몰랐다. 아니면 누구 하나 잡아서 치도곤을 내든가. 그 정도로 무시무시했다.

이기호는 지야곤을 보고 속으로 혀를 끌끌 찼다. 하필 골라도 그런 아가씰 고르다니. 정말 범상치 않은 안목이었다.

"이 말을 전해달라고 했습니다."

「부술 거예요.」

그가 떠나기 직전에 민주려는 반짝이는 것을 손에 들고 말했다.

「안 오면 이거 부순다고 전해줘요.」

그녀가 들고 있는 것은 벚꽃 색의 예쁜…….

"문을 열어."

설명이 끝나지도 않았는데 지야곤은 자리에서 일어났다. 아무리 고되어도 담담한 안색과 말투를 쓰던 그가 보기 드물게 거칠었다. 이기호가 소리도 나지 않게 조심스럽게 창문을 열자 지야곤의 신형이 흐릿해졌다. 그리고 후욱 하고 사라졌다. 저걸 어찌 잡으리오. 이기호는 혀를 차며 그 뒤를 따랐다.

그들은 아무도 모르게 비밀통로로 지 가문을 빠져나갔다.

△▼△

"왔어요?"

얼음이 꽝꽝 얼 것 같은 추위에 부는 바람도 저것보다 더 매섭고 차갑지 않을 것이다. 이기호의 말대로 정말 민주려는 머리끝까지 화가 나 있었다. 그가 오자마자 찬물 한 잔과 비녀를 척 내놓았으니 말이다.

찬물이라니. 여름도 아니고 이런 쌀쌀한 계절에 차도 아닌 찬물이라니. 지야곤은 잘못한 것도 없는데 슬금슬금 민주려의 눈치를 봤다.

"소문이 아주 쫙 퍼졌더라고요."

"……."

"알아요. 선배 잘못이 아니라는 거. 고리타분한 위의 분들이 오지랖 거나하게 떨어주신 거라는 걸 제가 왜 모르겠어요. 처음에는 화가 나고 안타깝더라고요. 선배를 소가주로서 소중히 여기는 게 아니라 가문을 위한 산제물 쯤으로 여겨서. 그런데 소문을 들었을 때는요."

"주려."

"제가, 어떤 심정이었을 것 같아요?"

어느덧 그녀의 동그랗고 까만 눈에는 물기가 고여 있었다. 민주려는 겉으로 보기에 씩씩한 만큼 자기 것에 욕심 많은 사람이었다. 이미 가족을 잃은 경험이 있는 그녀는 제 것에 대해 굉장히 예민했다. 더 이상 소중한 것을 잃는 슬픔을 겪는 것이 싫어서, 일정 이상 선 안에 다른 사람을 들이지 않았다.

그런데 그 자리에 지야곤이 들어왔다. 가랑비에 옷 젖듯이 천천히, 민주려에게 스며들었다. 게다가 증표도 주었다. 함께 살자며 청혼까지 받았는데, 위기를 겪게 되었다. 민주려는 화가 났다. 또다시 사랑하는 사람을 잃고 싶지 않았기에, 그녀는…….

"무서웠어요."

겁이 났다. 그리고 겁은 얼마 지나지 않아 지야곤을 향한 분노로 변했다. 이렇게 상황이 흘러가도록 내버려둔 그가 원망스러워서 민주려는 눈물을 그렁그렁 매달았다.

"저예요? 아니면 정략결혼이에요?"

작고 아담한 손에 들린 것은 지야곤이 준 비녀였다. 그 가녀린 모습에 지야곤의 마음이 미어졌다. 그는 당장 손을 뻗어 그녀의 어깨를 감싸 안고 싶었다. 하지만 단단히 마음 상한 것 같아 머뭇거리는데 민주려의 표정이 와자작 구겨졌다.

"정략결혼이면 이 비녀 부술 거예요."

"그거 팔면 집 한 채인데."

"……보, 보석만 빼서 팔 거예요!"

주춤했다. 당차게 비녀를 부순다고 협박한 것치고 여전히 돈과 관련된 것에는 약했다. 변하지 않는 그 태도에 지야곤의 입가가 허물어졌다.

"팔아도 돼."

"네?"

"부숴도 되고, 그냥 망가뜨려도 좋아."

민주려의 손을 감싸듯이 잡았다. 꼭 쥐자 그녀의 손에 자개나비 비녀가 가둬진다. 여기서 힘을 더 주거나 주술을 부린다면 연약한 자개장식은 망가질 것이다. 민주려의 눈이 흔들렸다.

"그러면 다른 것을 줄 거니까."

가느다란 손목에 찬 팔찌는 짤랑짤랑 어여쁘겠지. 손가락에 낀 가락지는 기품이 흐를 것이고, 목걸이나 귀걸이는 민주려의 얼굴을 더 돋보이게 해줄 것이다. 소탈해서 그녀가 차지 않는 노리개도 괜찮으리라. 하지만 그 어느 물건이든, 청녹라는 박힐 것이다. 지야곤이 민주려에게 주는 선물에 담긴 마음은 변하지 않을 테니까.

"그 누구도 내게 비녀를 받지 못할 것이다."

왜냐하면,

"내겐 너밖에 없으니까."

지야곤에게 민주려는 이 세상에서 단 하나뿐인 사랑하는 사람이기 때문이었다.

十七章
그래서 뭐가 어쨌다고요?

장례식을 끝내고 나자 가문은 폭풍이 한차례 쓸고 간 듯 어수선했다. 객마저 다 나가자 집이 텅 빈 기분이 들었다. 지 가문의 가주가 죽었다는 사실을 받아들이기 어려운 상황에서 한바탕 난리를 치르고 나니 더 허탈한 기분이 들기도 했다.

정확히는 아직도 가주가 죽었다는 것이 믿기지 않았다는 것이 옳으리라.

"끝났네요."

지야희가 작은 한숨을 내쉬었다. 그리고 의자에 등을 기대었다. 여동생의 힘없는 중얼거림에 오라버니들은 안쓰러움을 담아 바라보았다. 가장 고생한 것은 다름 아닌 지야희였다. 가문의 상이라고 할지라도 그 안의 음식준비 등은 가모가 해야 하는데, 그 몫을 아직 어린 여동생이 떠맡았으니 말이다.

"시작이란다."

걱정을 듬뿍 담아 위로를 주고 싶었지만, 아쉽게도 지야혼의 말대로 이제 시작이었다. 앞으로 가주 없이 이 가문을 이끌고 가야만 했다. 도와줄 어른은 많지만, 그래도 버거운 것은 사실이었다. 앞으로 원로원이 사사건건 간섭하는 것을 다 견뎌야 한다고 생각하니 벌써 아찔한 기분에 사로잡히는 것 같았다.

"그런데 무슨 일로 부르셨습니까? 형님."

장례식이 끝나고 이틀. 그들을 부른 것은 지야곤이었다. 곧 가주로 올라갈 사람으로서, 전가주의 죽음을 기리는 상복을 입고 있는 지야곤은 다른 사람 같았다. 예전에는 어딘가 멍하고 붕 뜬 기분이었다면, 지금의 그는 차분하고 묵직했다.

"아버님께, 마지막에 드린 말씀이 있다."

두 동생은 지야곤의 말에 귀를 기울였다. 마지막이라니, 그 말은 돌아가시기 직전에 한 말이라는 뜻이었다. 아주 중요한 것이리라. 피곤함도 잠깐 미뤄두고 눈을 초롱초롱 뜬 그들에게 지야곤이 뜻밖에 희미한 웃음을 지었다.

지야혼과 지야희는 깜짝 놀랐다. 항상 담담한 표정이었던 그가 웃음이라니.

하지만 둘이 진정으로 놀라기는 아직 일렀다.

"내게 정인이 있노라고."

그야말로 마른하늘에 날벼락이었다. 어버버 굳어 있는 동생들에게 지야곤은 그답지 않은 부드러운 표정으로 민주려에 대해 설명했다. 그리고 방 밖에서는, 누군가가 은밀하게 그 말을 다 듣고선 원로들이 있는 거처로 달려가고 있었다.

아주 잠깐의 시간이 흐르고 지야곤의 설명은 끊겼다. 원로원에서 회의를 급히 열었다는 말을 들었기 때문이었다. 그는 야트막한 한숨을 쉬고는 지야혼과 지야희에게 나중에 보자는 말을 남기고 떠났다.

△▼△

"진심……일까요?"

"형님께서 농을 하실 리 없다."

"맞아요. 매사 시큰둥하셨지만, 허언을 하실 분은 아니요. 그런데 작은오라버니."

"그래."

"진짜면 이거 정말 큰일이네요."

"……."

지 가문의 가주가 타계하고, 새로이 가주 취임식까지만 하더라도 눈 뒤집어지게 바쁠 게 뻔했다. 그런데 가주가 될 사람이 정인이 있다고 발표한다? 결혼하고 싶다고? 평범한 상황이었더라면 쌍수 들고 환영할 일이긴 했다. 그래, 가주가 되었으면 얼른 가정 꾸리고 안정을 되찾아야지, 라고 했겠지. 문제는 현재 그럴 상황이 영 아니라는 거다.

지 가문은 지난 내란으로 인해 급부상하여 명문가의 자리로 올라섰다. 이렇게 가문의 급이 높으면 가모를 쉽게 들이려고 하지 않는다. 원로원을 봐라. 가주가 죽자마자 지야곤의 신부 후보부터 고르지 않던가. 가장 유력한 신부 후보가 풍 가문의 금지옥엽이라고 하였다. 그 정도의 유서 깊은 가문의 아가씨를 고르기도 쉽지 않다. 그런데 다른 아가씨를 데려온다? 그것도 평범한 8급 관리의 아가씨를?

"정실부인은 힘들 텐데."

"아무래도 그렇죠. 첩이라면 한 발 물러설지 모르지만, 텃세가 만만하지 않을 거예요."

"그 첩실도 어려울 거다. 정실부인으로 밀어붙이고 있는 풍 가문의 아가씨가 곱게 보지 않을 터이니. 잘못하면 쫓겨날 수도 있어."

"처와 첩의 싸움 때문에 집안이 흔들리는 경우도 많죠. 그래서 아버지께선 어머니 외의 부인은 들이지 않으셨잖아요. 어머니를 사랑한 것도 있으시지만, 가문을 위해서는 그게 더 이득이라고 본 거죠."

"아버지는 현명하셨으니까."

"예……."

어느덧 말이 이미 땅에 묻힌 전 가주로 흘러가고 있었다. 지야희는 아버지의 이야기가 나오자 슬쩍 눈물을 비쳤다. 하지만 그건 아주 잠깐이었다.

씩씩한 그녀는 눈물을 소매로 훔쳤다.

"그래도 큰오라버니가 고르신 아가씨잖아요. 분명 뭐가 있겠죠?"

"아마도 그렇겠지. 난 그것보다 형님께서 연애라는 것을 하실 줄 몰랐다."

"아, 그건 저도 그래요. 정략결혼으로 참한 아가씨를 붙여주지 않으면 여자 손도 안 잡을 것 같았거든요. 그마저도 밥상 차려놨으니 예의상 수저질하는 느낌?"

둘 다 지야곤을 아끼는 것치고 평가가 박했다. 만약 원로원에게 불려가 자리를 비우지 않았더라면 그는 저 말을 고스란히 들었을 것이다.

"참 궁금하네요. 큰오라버니를 휘어잡은 아가씨가 있다니."

"차라리 유명한 가문의 아가씨였다면 평판을 알아보기 쉬웠을 텐데 말이다."

"아무래도 안 되겠어요. 결혼까지 생각하신 모양인데, 이대로 저희가 모를 순 없잖아요. 마침 짬이 나니 우리 나가볼까요?"

"나가다니, 염탐이라도 할 생각이냐."

"염탐이라뇨!"

지야혼의 말이 마음에 들지 않은 지야희가 뾰족하게 화를 냈다.

"큰오라버니에게 어울리는 아가씨인지 아닌지, 조금 조사하는 것뿐인데!"

'그걸 세상 사람들은 염탐이라고 한단다.'

하지만 자상한 오라버니인 지야혼은 그 말을 꿀꺽 삼켰다. 그리고 여동생이 무슨 사고를 칠까 걱정되어 함께 나가기로 했다. 염탐, 아니 지야곤의 신붓감을 조사하기 위해서!

△▼△

원로원은 마른침을 꿀꺽 삼켰다. 오늘은 처음으로 있는 회의였다. 지야곤이 정식으로 가주 후보가 되어 치르는 회의. 처음엔 다들 쉽게 생각했다. 아직 어린 소가주를 보조하는 식으로 하면 되겠지 싶었던 거다. 게다가 그들은 지야곤을 어렸을 적부터 봤던 사람들이다. 총명하고 능력도 좋지만, 매사 흥미가 없다는 식으로 구니 아무래도 이것저것 자신들이 해야겠다고 마음먹었는데…….

'저거 소가주 맞나?'

'노안 때문인가. 잘못 본 것 같은데.'

'분위기가 묵직하군. 분명 예전에는 안개처럼 희미했건만.'

'……쉽지 않겠어.'

지야곤은 바뀌어 있었다. 장례식을 치르기 전까지만 하더라도 그는 낙엽 같은 사람이었다. 물가에 떨어뜨리면 그 흐름에 맡겨 쭉쭉 내려오는 것처럼 수동적이었다. 시키는 일은 잘하지만 스스로 하고자 하는 것은 없었다.

물론 능동적이지 못하다고 욕을 먹지는 않았다. 누누이 말하지만 그는 능력이 좋은 사람이고, 해야 하는 일은 항상 잘해냈기 때문이었다. 게다가 '시키는 일'은 거의 거절하지 않으니, 원로들의 입맛대로 움직일 수 있는 사람이었다.

그래. 그런 사람이'었'다.

"회의를 시작하겠습니다."

하지만 지금의 그는 그렇지 않았다. 지야곤은 원탁의 한 자리를 차지하고 앉았다. 다들 상복을 입고 있지만, 지야곤만큼 잘 어울리는 사람은 없었다. 새카만 머리카락을 단정하게 묶어 늘어뜨린 그는 언뜻 저승사자와 닮아 있었다. 흰 피부를 제외하고 그의 모든 것이 새카맣고 어두웠다.

"큼. 크흠흠."

분위기가 새파랗게 어린 소가주에게 눌리자, 불편했던 원로 중 한 명이 헛기침을 터뜨렸다. 조금 순화가 되자 그들은 안건을 올리기 시작했다.

전 가주의 빈자리를 채우기 위해 가장 급한 것은 지야곤의 가주 취임식이었다. 하루빨리 이루어져야 하는 일이지만, 그 외에도 산적한 다른 일이 많아 올해 안에는 어렵다는 결론이 나왔다.

"대신에 소가주께서 안정을 찾았으면 합니다."

슬슬 원로들 입이 터지기 시작했다. 그때까지 지야곤이 가만히 듣고만 있었기 때문이었다. 역시 전 가주가 죽고 난 뒤 상심해서 분위기가 침체된 것뿐이라며, 자신감을 얻었다.

"그렇습니다. 한 가문을 이끌기 위해서는 우선 가정부터 일구셔야지요."

"작게는 가정을, 크게는 가문을!"

"오오. 초대 지 가문의 가주가 한 유명한 말씀이지요."

"흠흠, 말이야 바른말이지 사실 조금 늦은 감이 있습니다. 보통 유훈(遺勳) 가문은 열다섯에서 열여덟 살 사이에 혼례를 올리지 않습니까? 소가주께서 하루빨리 신붓감을 들여야 하는 이유가 여기도 있지요. 지금 소가주와 동갑인 다른 가문의 자제들은 벌써 아이를 한 명이나 두 명을 보았더군요."

점점 그들의 언성이 커졌다. 지야곤이 가만히 있자 옳다구나

서로 떠들기 시작했는데 엄숙해야 할 원탁이 소란스러울 정도였다.

"전 오래전부터 안살림을 야희 아가씨 혼자서 하는 것이 안타까웠습니다. 게다가 막내 아가씨는 이제 적령기에 접어드시니 슬슬 시집갈 때도 되었지요. 그 뒤에 가문의 안살림은 어쩔 텝니까?"

"그렇지요. 야희 아가씨 혼처도 슬슬 잡을 때가 되었고 말입니다."

"그러니 우선 소가주의 혼처부터 정하도록 합시다. 뭣보다 이번에 아주 좋은 조건의 아가씨가 있지 않습니까?"

"풍 가문의 아가씨! 아주 좋지요, 좋고말고요. 지 가문과 풍 가문의 결합이라니 이보다 더 좋을 수가! 소가주, 어떻습니까? 이만하면 아주 만족스러운……."

화악.

원로들의 떠드는 소리는 바람에 흩어졌다. 입을 열고 아무리 떠들어도 그들 사이로 맴도는 바람이 말을 가로챘다. 회의실은 누가 엿들어선 안 되기 때문에 예로부터 지하에서 이루어졌다. 그래서 창문도 없고, 문도 주술을 걸어 소리가 밖으로 나가지 않았다. 당연하지만 바람이 불 리가 없었다.

바람은 지야곤으로부터 흘러나오고 있었다. 그는 서리처럼 차가운 표정을 하고 한 손을 원탁 위에 놓아두었다. 그의 손 위에 반투명한 손이 얹어졌다. 원로들의 눈이 손을 타고 천천히 위로 올라갔다.

『이제야 이곳을 보니? 깔깔.』

그곳에는 바람의 신령이 씩 웃고 있었다. 바람의 주술의 최상으로 치는 신령을 불러내다니. 원로들은 생각보다 훨씬 뛰어난 지야곤의 솜씨에 감탄하면서도 슬쩍 질리는 기분이었다.

그들의 소가주는 이미 무술로 뛰어남을 알렸다. 지금도 무관 못지않은데, 주술 실력까지 뛰어나다니! 지 가문의 홍복이라고 할 수 있겠으나 이 상황에서는 그 복이 반대로 작용하는 듯했다.

『시끄럽게 하지 마렴. 너희의 입은 내가 다 막아놨단다. 어떤 말을 해도 다 내 손에서 흩어질 뿐이야.』

바람의 신령이 지야곤과 겹치지 않은 손을 휘저었다. 그러자 바람이 원로들의 몸을 휘감았다. 바람의 감옥에 갇혔다는 것을 안 그들의 낯빛이 희게 질렸다.

"벌써 제 혼처가 정해졌다니……."

지야곤의 목소리가 뚜렷하게 그들의 귀에 박혔다. 바람의 신령의 도움을 받은 것이 틀림없었다. 원로들은 소름이 쭉 돋는 것을 느꼈다. 소가주는 말수가 적었다. 그래서 그의 목소리를 제대로 들은 사람은 별로 없었다.

하지만 지금 귀에 들리는 지야곤의 목소리는 죽은 전 가주와 똑같았다.

"보고를 받은 적도, 허락을 한 적도 없습니다만."

낮고, 묵직하며, 칼처럼 날카로웠다. 누가 다루기 쉬운 소가주라고 하였던가?

"누가 선동한 것입니까?"

원로들은 식은땀을 흘렸다.

△▼△

지야희는 어색하게 장의를 만지작거렸다. 높은 가문의 여식이 종종 시장에 나올 땐 꼭 장의를 썼다. 함부로 얼굴이나 신분을 드러낼 수 없으니 적당히 가리는 것이었다. 그에 비해 지야혼은 죽립만 하나 썼다. 옷은 되도록 평범한 것을 입고 나왔음에도 고급스러운 것은 어쩔 수 없었다. 그나마도 유모 서윤경이 한숨을 쉬며 구해준 것이었다.

"번잡하네요."

"길을 잃지 않도록 조심해라."

"알고 있어요."

둘은 비밀호위 두 명만 대동한 채 시장에 나와 있었다. 이곳이 지야곤의 정인, 민주려가 사는 곳 근처라고 하였다. 밖에서부터 차근차근 조사할 예정이었다. 사람을 시켜도 될 일이지만 역시 이럴 땐 직접 귀로 듣고 눈으로 봐야 하는 법이었다.

"저기……."

"응? 아가씨는 누구인가?"

"아뇨, 저어. 물어볼 것이 있는데요."

익숙한 하대가 나오기 전에 재빨리 존대로 바꾼 지야희가 길을 지나는 사내를 붙들었다. 그는 어깨에 지게를 지고 있었는데, 양 끝에 달린 항아리를 봐선 물장수인 것 같았다. 무거운 물 항아리를 날라야 하는데 자신을 붙잡은 지야희를 보고 사내는 인상을 찌푸렸다. 척 보기에도 물을 살 것 같지 않았기 때문이었다.

"어서 물어봐. 아니면 물을 사든가!"

"무, 물을 살게요!"

"진즉 그렇게 말하지 그랬나. 그래. 찬찬히 말하라고. 알고 있는 건 다 대답해줄 테니까."

물장수의 박력에 지야희의 어깨가 움츠러들었다. 그러자 지켜보고 있던 지야혼이 나섰다. 아무래도 거친 시장바닥에 그의 여동생은 대처하기 어려운 것 같았다.

"민주려라는 아가씨를 아십니까?"

"뭐?"

"분명 묘령의……."

그 순간 물장수는 지게를 바닥에 내려놓았다. 그리고 눈을 부릅떴다. 어찌나 험상궂던지 비밀 호위대원이 슬그머니 나타나 제압할 준비를 마칠 정도였다.

"누구기에 우리 주려를 찾아? 엉? 뭔데!"

"아니, 그것이……."

"뭐야? 뭐여? 돈귀신 민주려를 찾는 사람이 있어?"

"일 맡기려는 거 아니야? 그러고 보니 최근에 일하러 나오는 모습이 보이질 않네."

"아니 그것보다 저 분위기 봐봐. 분명 주려에게 뭔가 일이 있나 봐."

"나쁜 사람들이야?"

"저 두 사람이 민주려를 해코지하려고 했대!"

"뭐얏!"

지 가문에서 곱게 자라난 남매는 입을 딱 벌렸다. 시장의 무시무시함을 아주 제대로 체험하고 있었다. 순식간에 소문이 퍼지더니 왜곡되고 있었다. 걷잡을 수 없을 만큼 커진 사태는 마침 그들 사이를 지나고 있던 기친친 덕에 해결되었다.

"길 막지 마, 이놈들아!"

△▼△

혼이 나간 남매는 찻집 안에서 넋을 놓고 있었다. 그들을 보는 기친친은 혀를 쯧쯧 찼다. 척 보기에도 부잣집 자식들이었다. 입은 옷감이 아예 달랐다. 자기들 딴에는 평범하게 입으려고 애를 썼지만, 그녀의 눈을 벗어나긴 어려웠다. 기친친의 눈길이 특히 지야희의 장의로 향했다. 저 옷감은 분명 저 남쪽의 특산물인 매미비단이었다. 매미날개처럼 얇고 곱다고 하여 붙은 매미비단! 무려 한 필에 금 백 냥에 달하는 값비싼 것이었다. 저것을 장의로 해서 쓰고 다니다니. 보통 집안사람이 아니로다.

"그래. 부잣집 도련님 아가씨께서 이 누추한 시장바닥에 무슨 일인가?"

그렇다고 기죽을 기친친은 아니었다. 그녀가 축적한 재산은 어마어마했고, 이만큼 나이가 드니 무서울 것도 없었다. 게다가 이 둘은 새파랗게 어리지 않은가. 산전수전 다 겪은 그녀의 눈에 남매는 그저 만만한 밥으로 보일 뿐이었다. 푹 떠서 냠냠 먹을 수 있는 밥 말이다.

"……민주려라는 아가씨에 대해 물었을 뿐인데, 반응이 흉흉하더군요."

빨리 정신을 차린 지야훈이 대답했다. 기친친이 클클 웃었다. 거, 예의범절 하나는 잘 교육받은 젊은이였다.

"흉흉할 수밖에. 이곳 사람도 아닌데 주려에 대해 물어보지 않았는가."

"그게 무슨 문제가 됩니까?"

"되고말고. 모르는 사람이 대뜸 그년을 찾으니 의심부터 들지 않고 배기겠어? 혹시 나쁜 사람들일까 봐 다들 걱정한 게야."

"이런 일이 자주 있었습니까?"

"설마! 처음 있는 일이니까 다들 지레 놀란 거지. 그래 보여도 그년은 사랑받고 있으니까!"

지야희가 장의를 만지작거렸다. 시장바닥에 있던 사람들이 모두 들고일어났었다. 그게 민주려라는 사람을 위해서였다니. 그만큼 사랑받는다는 것은 인망이 두텁다는 의미도 되었다. 성품은 괜찮은 듯했다.

"지독한 돈귀신이지만!"

……괜찮은가? 돈귀신이라는 단어에 지야희가 장의를 벗었다. 그러자 앳되고 고운 외모에 찻집 손님들의 눈이 휘둥그레졌다. 지야훈이 혀를 차며 여동생을 나무랐지만, 지야희는 어르신 앞에서 뭘 쓰고 있는 것도 예의에 어긋난다며 혀를 내밀었다. 그

말이 옳은지라 지야혼도 죽립을 벗었다. 역시 수려한 외모였고, 기친친은 그들의 외모가 왠지 익숙하다는 걸 눈치 챘다.

"오호라. 민주려 뒤를 졸졸 쫓아다니는 놈의 가족들이었구나!"

"오라버니가 뒤를 쫓아다녔다고요?"

"올해 봄부터 징그럽게 붙어 다녔지! 어휴, 눈꼴시어서 정말."

"믿기지 않아요. 그런 분이 아니신데?"

처음부터 세다. 믿기지 않은 진실에 지야희가 휘청했다. 지야혼은 차를 후루룩 마시며 묘령의 아가씨 뒤를 졸졸 쫓는 자신의 큰형님을 상상해봤다. ……뜻밖에 잘 어울렸다. 맹하고 긴장감 없는 표정을 철판처럼 깔고 뒤를 쫓았으리라. 딴 사람 신경 안 쓰는 성격의 지야곤이라면 능히 그럴 것도 같았다.

"왜, 둘이 결혼한대?"

"쿨럭."

대놓고 찌르고 들어오는 기친친의 말에 차를 마시던 지야혼은 사레가 들렸다.

"그게 아니라면 가족들이 떡하니 찾아올 리가 없지. 밑간 보러 온 것이 뻔한데!"

차를 호로록 마신 기친친이 빈 찻잔을 내려놓았다. 그리고 한숨을 내쉬었다. 어째 민주려의 앞날이 가시밭길인 것이 훤히 보였다. 그래도 든 미운 정이라고 나름 좋은 이야기를 해줘야겠다 싶었다.

"뭐, 나쁜 애는 아니야."

특유의 불친절한 말이 나왔지만 말이다.

“조실부모하는 바람에 대학관은 졸업도 못 하고 나왔다던가. 아무튼, 그래서 혼자 이 시장바닥에 나와 일을 해주고 있지. 어린 여자애가 세상에 살아남기 위해 아등바등 일하더니 결국 모르는 이가 없을 정도로 유명해졌고.”

“유명하다고요?”

“돈귀신 민주려. 이 근방에 모르는 이가 없다. 아주 독한 년이야! 저번에 대중목욕탕 대청소 한번 부탁했다고 금 일곱 냥이나 가져갔다니까! 다음에는 금 한 냥을 더 얹어갈지도 몰라! 어째 가면 갈수록 몸값이 비싸지는지 이해할 수가 없어. 더 짜증나는 건 그년만큼 일 잘하는 사람이 없어서 쓸 수밖에 없다는 거야!”

도중에 말이 이상한 곳으로 흘러갔지만, 요약하자면 이러했다. 대학관 출신에, 주술을 잘 부리고, 생활력 강하고, 독하다. 그럭저럭 건실한 사람이었다. 지야희는 최악의 상황은 면한 평가에 만족한 듯 고개를 끄덕였다.

“괜찮네요.”

“응? 괜찮으냐? 아니, 독하기가 어지간한 독사보다 더하다니까?”

“저희 큰오라버니가 워낙에 맹…… 아니, 무관심해서요.”

“그건 그렇더니만. 무슨 술에 술 탄 듯, 물에 물 탄 듯 굴었지.”

“맞아요. 정말 걱정이었어요. 물론 시키는 일은 잘하고, 실수도 없지만 불안하달까.”

“멀쩡한 허우대와 달리 알맹이가 허술했군! 그렇다면 민주려와 궁합이 잘 맞겠구나. 자고로 허술한 남자 옆에는 꼼꼼하고 야무진 여자가 있어야지. 다른 건 몰라도 그년이 손해 보는 일은 절대 안 하거든. 그 토끼처럼 순한 외모에 속아서 크게 당한 사람이 한둘이 아니지!"

깐깐해 보이는 기친친의 평가가 박하지 않자 지야희는 묘하게 안도감이 들었다. 그래도 지야곤이 여자를 제법 괜찮게 고른 것 같았다. 인망도 넓고, 능력도 좋고, 생활력도 강한 듯하니 나쁘지 않았다.

다만 가문이 아쉬웠다. 조금만 좋았어도 꼬장꼬장한 원로원을 설득하기 유리했을 텐데 말이다. 8급 관리의 자식이라니 어중간했다. 적어도 5급 관리 이상이었더라면 더 좋았을 텐데.

"감사합니다. 많은 도움이 되었어요."

"글쎄. 앞으로 힘들걸."

"예?"

"딱 봐도 지체 높은 가문의 사람인 듯싶은데. 주려에게 붙어 있던 청년이 장남이지? 집안을 잇는데 윗사람들이 뭐라고 하지 않던?"

"……."

"가엾구먼."

역시 지야곤과 이어질 민주려가 가엾다는 이야기일까. 그렇게나 사랑받는 사람이 고생할 것을 안다면 많은 사람이 안타까워할 것이다. 그렇게 여기며 미안한 감정이 드는데 기친친은 예상과 영 다른 소리를 뱉었다.

"그 윗사람들이."

"네?"

"고년과 붙으면 득 볼 것이 하나 없는데 말이야. 클클. 얼마나 크게 화를 당할지 기대가 되는데? 돈귀신 민주려와 싸워서 여태까지 이긴 사람이 아무도 없었거든!"

"설마 그러려고요."

"설마아? 돈귀신 민주려 사전에 설마 따위 없어! 두고 봐라. 아주 재미있는 일이 펼쳐질 게다."

영 이상한 말이지만, 어쨌든 민주려에 대해서 지야혼과 지야희는 합격점을 주기로 했다. 사람이 바르기만 하면 되었지 싶었다. 그 외에도 기친친과 헤어져 여기저기 물어보니 유명하기야 했다. 아주 싹싹하고 좋은 아가씨라며, 훌륭한 신붓감이라나.

그 정도까지 되자 지야혼이 결론을 내렸다.

"이제 돌아가서 지켜보자."

"아직 그 아가씨를 만나지 못했는데요?"

"직접 만나서 할 이야기도 없다. 어련히 형님이 잘 골랐을까. 게다가 평도 좋고, 인물도 괜찮다고 하였으니 되었다. 이 이상은 우리가 관여할 것이 아니야."

"그렇겠죠?"

"그래. 가문을 비울 수만도 없으니 돌아가서 추후 상황을 보자꾸나."

둘은 그렇게 시장바닥을 나오기로 했다. 지야혼의 뒤를 종종종 따라가던 지야희는 고개를 갸웃하며 뒤집어쓴 장의를 슬쩍 끌어내렸다. 어쩐지 익숙한 사람을 본 기분이 들었기 때문이었다.

"뭐 하느냐. 그러다가 놓칠라."

"가요!"

잘못 봤겠지 싶어 그녀는 지야혼의 뒤를 서둘러 따랐다.

△▼△

회의실은 싸늘했다. 분위기만이 아니라 정말로 추워졌다. 온기가 퍼질 틈도 없이 바람의 신령이 부리는 힘에 서늘해졌다. 숨을 쉬는데 입김이 흘러나오니 늙은 원로들은 부들부들 떨었다. 그 와중에 입김 하나 나오지 않는 지야곤이 사람처럼 느껴지지 않았다.

"지 가문이 어째서 풍 가문과 결합해야 하는지, 설명하십시오."

바람의 감옥이 풀렸다. 대답하라는 의미였으니 해야 하지만, 누구 하나 먼저 나서는 이가 없었다. 서로 눈치를 보다가 나선 것은 뒤에서 지켜보고 있던 지만복이었다.

"가문의 격이 올라가기 때문입니다, 소가주님."

"격?"

"예. 현재 지 가문에 부족한 것은 없습니다. 전 가주님께서 이루신 가문의 업적은 뛰어납니다. 권력, 부, 인재까지 두루 갖추었죠. 딱 하나를 빼고 완벽합니다."

풍 가문이 가진 것 중에 지 가문에서 없는 것이라. 지야곤은 미간을 찌푸렸다. 딱 하나, 걸리는 것이 있었다.

"황위계승권입니다, 소가주님."

결국 그것이었나. 지야곤의 눈빛이 어두워졌다. 한층 가라앉은 그의 표정에 지만복이 헛기침을 흘렸다. 항상 일하다가도 도망가는 그에게 철없는 도련님이라는 인식이 강해서였는지, 어색하고 당황스러웠다.

"그것만 있으면 저희 가문은 차아 제일의 가문이 될 수 있습니다."

"아무짝에도 쓸모없는 황위계승권 때문에?"

"쓸모가 없다니요!"

"그들의 계승권은 분명 십 위 권 뒤라고 들었다. 게다가 황위계승권이란 풍 가문의 직계에게 우선으로 돌아가는 것, 출가외인이 된 여인의 핏줄까지 순서가 돌아올 리가 없을 텐데."

"혹시 모를……."

"그럼 그대들은."

지만복의 말을 끊은 지야곤의 기세가 한층 사나워졌다.

"황가인 규씨가 모두 멸족되고, 풍씨마저 쓰러질 것을 염두하는가."

"그, 그게 아니옵니다!"

"그렇지 않고서야 황위계승권을 운운할 수가 없지 않은가. 그렇지들 않습니까? 지 가문의 지성이 뛰어난 원로 분들."

여기저기서 헛기침이 쏟아졌다. 그렇게 물고 늘어지면 할 말이 없었다. 게다가 지야곤이 꼬집고 들어온 부분이 무척 아팠다.

저걸 밖에 드러내놓고 다녔다가는 황실모독죄로 끌려가도 할 말이 없었다.

"허면, 하필 풍 가문과의 결합을 왜 당사자와 상의도 없이 진행하려는지 설명하게."

"……."

지만복은 슬슬 원로들의 눈치를 살폈다. 나설 원로가 아무도 보이지 않았다. 결국 희생양은 자신뿐이었다. 어흑흑, 줄을 잘못 선 것 같다며 그는 속으로 눈물을 훔쳤다.

"혹시 모를 상황에 대비함이 아닙니까. 그럴 리는 없지만, 나라의 환란에 대비하여 황위계승권을 가진 이가 명문가에 있으면 최악의 경우는 모면할 수 있지요. 게다가 계승권 순위야 차근차근 풍 가문에서도 올리고 있지 않습니까?"

옳지. 잘 모면하고 있었다! 원로들의 응원을 받으며 지만복은 잘 변명했다. 그러나 그것도 오래가지는 못했다.

"국보사냥꾼을 풀어, 백성들의 원망을 사면서 말인가?"

"원망……이요?"

"그들에게 향한 원성이 얼마나 대단하던지 민원이 끊이지 않는다. 농번기에 밭을 주인의 허락도 없이 뒤집는가 하면, 추잡하게 여탕에 들어가서 국보가 있는지 없는지 확인해야겠다고 행패를 부렸지. 국보를 찾는데 도움을 준 사람들이지만, 그 손속이 난폭하기 짝이 없어 나라에서도 처분을 고심하고 있는 자들이다. 아마 늦어도 내년이면 제재에 들어가겠지."

이건 또 몰랐던 일이라 지만복은 울상을 지었다. 그는 원망스럽게 원로들을 쏘아보았다. 문제가 있다는 것은 재깍재깍 알려주란 말이다! 만약 알았더라면 지만복은 절대 지야곤 앞에 나서지 않았을 것이다. 하다못해 당당하게 주장하지도 않았을 텐데. 이런 망신살이 또 있나.

"격이란 오랜 세월, 노력하고 또 노력하여 다른 이들의 칭송을 받을 때야 비로소 높아지는 것. 결코 욕심내서 올라가는 것이 아니다."

이쯤 되니 다들 염치없이 격을 탐내는 사람이 되어 버렸다. 이들을 대표하여 맨 앞에서 매를 맞게 된 지만복은 영혼이 나간 모습으로 네네 거려야만 했다. 그는 흑흑거리며 이제 망했어를 중얼거렸다.

"그럼 이제……."

그런데 아직 끝난 것이 아니었다. 바람의 신령이 지야곤을 흘끔 보더니 모습을 감췄다. 사라진 것이 아니라 아직 그들 사이를 맴돌고 있었다. 바람은 잠잠해졌지만, 기온은 더욱 내려가고 칼처럼 날카로운 바람이 불었다. 눈에 보이지 않는 신령 때문에 커지는 것은 두려움이었다. 그리고 그 두려움의 대상은 지야곤이 되었다.

원탁 위에 올려놓고 깍지 낀 손이 묵색 옷소매 때문에 더더욱 도드라졌다. 사람들의 시선은 그리로 향했다. 차마 그의 얼굴을 보기 어려웠다.

"내게, 또 숨긴 것은 없는가?"

……안타깝게도, 숨겼던 비장의 한 수가 되돌릴 수도 없이 가

문을 떠나 있었다.

원탁의 비워져 있는 한 자리를 보는 원로들의 안색은 해쓱해지고 말았다.

△▼△

'고얀 소가주 같으니라고!'

원로 중 가장 정정하고 성질이 불같은 지화성은 흥흥 콧바람을 뀌었다. 그는 지 가문과 풍 가문이 결합하기를 가장 바라는 사람이었다. 그래서 소가주 몰래 해도 될까? 하고 주저주저하는 원로들을 후려치듯 몰았다.

「지 가문을 위해 해야 하는 일일세!」

원로란 가문을 위해서라면 그저 뭐라도 해주지 못해서 안달인 족속들이니 그 말이 즉효였다.

「게다가 소가주를 보게. 그 맹탕이 어디 여자 손목을 잡아 오기라도 하겠는가!」

어째 이 말이 가장 효과가 좋았지만 말이다. 덕분에 풍 가문과 서신도 자주 오가고 있고 분위기도 무르익어 가는데 일이 터졌다. 장례식을 치를 때부터 집안 분위기가 뒤숭숭해 은근슬쩍 원로의 사람을 복도마다 심어둔 적이 있었다.

그런데 그 심복이 복장 터지는 정보를 물어왔다.

"어디 거둘 여자가 없어서 그런……!"

차마 말도 안 이어졌다. 여자 손목은커녕 눈길도 안 줄 것 같았던 지야곤에게 정인이라니! 그야말로 청천벽력이 따로 없는 소리가 아닌가. 설마 싶어서 사람을 부려 알아봤더니 정말로 있었다. 뿐만 아니라 봄부터 붙어 다녔단다! 들으면 들을수록 불안해서 어디 앉아 있을 수가 없었다. 최악에는 지야곤이 본부인으로 민주려를 앉힐 수도 있다!

"아니 되지, 암! 아니 되고말고!"

그는 따라붙으려는 호위대와 하인까지 뿌리치고 씩씩거리며 가문을 벗어났다.

백발이 성성한 노인이 상복을 입고 기운차게 걷는 모습은 눈길을 끌었다. 그것을 아는지 모르는지 지화성은 고개를 빳빳이 들고 걸었다.

마침내 물어물어 민주려의 집까지 찾아왔을 때 지화성은 혀를 찼다.

"이렇게 좁고 협소한 집이라니. 어디 격이 맞아야, 에잉."

들었을 때부터 마음에 안 들었는데 집까지 여엉, 성에 안 찬다. 하지만 안 만날 순 없다. 풍 가문과 조속히 연을 맺기 위해서는 방해물을 정리할 필요가 있었다. 그러기 위해 무거운 엉덩이 들고 직접 몸소 나선 것이 아닌가.

"어흠. 어흠흠."

그는 낡고 오래된 대문 앞에서 헛기침을 했다.

"여봐라!"

"……."

"어허험. 여봐라!"

대문은 묵묵부답이었다. 아예 집 안에 인기척이 없었다. 그는 딱 두 호흡 기다리고 열이 뻗쳤다. 아니, 여염집 아가씨면 얌전히 집에 있을 것이지 어딜 싸돌아다닌단 말인가! 지화성은 민주려의 첫인상 점수를 확확 깎았다.

"커헉!"

그런데 지화성은 갑자기 옆으로 튕겨졌다. 뭔가 거대하고 폭신폭신한 것에 얻어맞은 것 같은데 그게 뭔지도 모르고 바닥에 데굴데굴 굴렀다.

"아이고, 허리야! 아이고!"

나이는 못 속이는지 허리가 뿌드득 아팠다. 화가 나서 삿대질이라도 해야지 분이 풀릴 것 같았다. 그래서 고개를 드는데, 그의 눈앞에 거대한 솜뭉치가 보였다.

"어라?"

말했다. 솜뭉치가 말했다!

"누구 있어요?"

심지어 덜렁덜렁 움직이는 것이 아닌가! 해괴한 광경에 지화성이 입을 딱 벌리는데, 솜뭉치가 저 높이 날아오르더니 자그마한 소녀가 나타났다.

"우리 집 대문 앞에서 뭐 하세요?"

그녀는 지화성이 만나고자 했던 지야곤의 정인, 민주려였다.

△ ▼ △

사태 수습은 지화성의 몸을 민주려가 주술로 띄워 세움으로서 해결되었다. 그는 제대로 선 뒤에야 자신이 뭐에 튕겨나갔는지 알 수 있었는데, 그건 거대한 솜뭉치였다. 푹신푹신하고 몽글몽글한 솜뭉치!

“이건 뭔가!”

“솜이요.”

“아니, 솜인 걸 누가 몰라. 이 커다란 걸 왜 바리바리 띄워가지고 다니는 것이야!”

빽빽 소리치는 지화성에게 민주려가 따박따박 대답했다.

“서리가 내리기 시작했으니, 여름 이불을 계속 쓸 순 없잖아요. 겨울 이불을 꺼내서 솜을 다시 채워 넣어야죠. 그리고 누비옷도 만들고요. 천이란 천에 다 솜을 넣어야 하니 이만큼은 당연히 필요하죠!”

이렇게 많은 솜을 얻어오는 것도 쉽지 않았다. 민주려 집에 있던 솜이불의 속은 다 죽어서 쓸 수 없었다. 그래서 전부 새로이 바꿔야 했는데, 들어가는 양이 어마어마했다. 게다가 솜은 종류가 여러 가지였다. 목화솜도 있고, 양의 터럭에서 얻는 솜도 있다. 어느 것을 쓰느냐에 따라 감촉이나 보존도가 확확 달라지곤 했다.

제일 좋은 것은 오리털이지만, 안타깝게도 보송보송한 오리털은 값이 비쌌다. 막 뽑아낸 목화솜도, 양 털도 값이 비쌌다. 그래서 민주려가 사오는 솜은 주로 삼 년 정도 된 것들이었다. 이것들은 무겁고 뭉쳐져 있는데, 그녀가 주술로 잘 빨아 말리면 금세 보송보송해졌다. 지금은 손을 대기 전이라 돌처럼 딱딱하게 뭉쳐져 있을 뿐이었다.

운도 나쁘지. 하필 거대한 바위처럼 똘똘 뭉쳐 있는 솜뭉치에 맞을게 뭐람. 민주려는 자신의 앞에서 파르르 수염을 떠는 지화성을 보며 작은 소리로 중얼거렸다.

"살다 살다 저런 돌덩이 같은 솜은 처음이구나."

지화성이 투덜거리며 탁탁 옷을 털었다. 민주려는 그제야 그가 상복을 입고 있음이 보였다. 최근에 이 동네서 상을 치른 사람은 없었다. 단 한 가문을 제외하고 말이다.

"지 가문에서 오셨나요?"

"눈까지 나쁜 것은 아니군."

지 가문에서 그녀를 찾아올 일이라면 단 하나밖에 없지 않은가. 민주려는 솜뭉치를 주술로 가볍게 튕겨 올렸다. 허공에 붕 뜬 솜이 담장을 넘어서 빨래통에 텅 하고 들어갔다. 그리고 손도 대지 않고 또 주술을 이용해 대문을 열었다.

"어서 오세요."

지화성은 침을 꿀꺽 삼켰다. 뭔가 이상했다. 그가 나타나면 당연히 당황해서 우물쭈물했을 거라고 예상했다. 그런데 그녀는 뭔가 달랐다. 뭐랄까, 오히려.

"기다리고 있었답니다."

스산하게 웃는 얼굴이 '요거 잘 걸렸다!'라는 느낌이었다.

△▼△

오만 가지 생각이 다 났다. 그에게서 청혼 아닌 청혼을 듣고 난 뒤 민주려는 머릿속이 차가워졌다. 그의 고백이 마냥 기쁘게만 느껴지지 않은 것은 지독한 현실이 기다리고 있기 때문이었다. 사랑하는 사람과 마음이 통했음에 세상을 다 가진 것처럼 느껴져도 실제는 다르다는 걸, 이제는 아는 나이니까.

그래서 지야곤을 가문으로 돌려보낸 뒤 민주려가 가장 먼저 한 일은 재산을 확인하는 것이었다. 자신이 그의 곁에 온전히 서기 위해서는 힘이 필요했다. 그녀는 냉정하게 자신에 대한 것을 하나하나 따져보았다.

8급 관리의 자식은 국가에서도 나름 돌봄을 받는다. 물론 물질적인 부분은 미성년자일 때만 조금 나오고, 혹시 나중에 당사자가 관리가 된다고 할 때는 가산점을 줬다. 특히 내란 당시에 열심히 일했던 관리의 자식이라면 말이다.

연금도 나오지만, 그건 부모님의 약값으로 다 끌어다 쓰느라고 이젠 한푼도 남아 있지 않았다. 하지만 얼마만큼 나라에 공훈을 했는지 척도는 될 수 있다. 뭣보다 나라에서는 관리에게 집을 내려준다. 민주려가 살고 있는 집도 나라에서 내려준 집이었다. 이 땅과, 집은 민주려가 상속해 온전히 그녀의 것이었다.

수도에 있는 집값은 생각보다 비싸다. 수성용으로 만들어진 길고 긴 성벽 안에 자리하고 있기 때문에 외세로부터 안전하다는 장점이 있고, 차아에서 가장 확실한 신분을 증명할 수단이 되기도 한다. 신분이 불분명한 이는 절대 집을 가질 수 없으니 말이다.

이 정도만 하더라도 민주려는 훌륭한 신붓감이었다. 그래서 다들 선 자리를 들이미는 것이고 말이다. 부모는 없지만, 그들은 나라에 공훈을 한 관리였고, 그녀는 그들의 자식으로서 학관까지 들어간 인재였다. 게다가 조실부모한 뒤에도 꾸준히 재산을 늘렸다. 오히려 부모님을 잃기 전보다 재산이 많아졌다는 것은 주변에서도 공공연한 비밀로 취급하고 있었다.

빚 없고, 병 없이 몸도 튼튼하고, 나쁘지 않은 재산을 가진 민주려다.

전혀 꿀릴 것이 없었다!

'그래도 유비무환.'

물론 이 정도 기준에도 성에 차지 않는 경우가 있는 법이다. 자고로 있는 집이 더하다고, 별거 가지고 꼬투리를 잡고 늘어질 수가 있었다. 그런 경우에도 결코 흔들리지 않기 위해 민주려는 철저하게 대비했다. 아마 지야곤을 소처럼 팔아넘기려고 했던 전적을 떠올려볼 때, 그들은 그녀를 좋게 보지 않을 것이었다.

'있는 대로 깎아내리겠지.'

아마 잔뜩 겁주고 위축되게 해서, 떨어져나가게 하지 않을까? 혹은 협박을 하거나 아니면 반대로 살살 꼬드길 수도 있었다. 그녀는 많은 것을 고민했고, 생각하고, 상상했다. 때론 머릿속이 너무 헝클어져 지끈지끈 아파올 때도 있었다. 그럴 때는 주저 없이 빨래들을 한짐 싸서 빨래터로 향했다. 비싸서 평소에 내지도 않았던 빨래터 비용을 대고, 빨랫방망이를 들어 퍽퍽 두들겼다. 그래서 어느 정도 속이 정리되면 다시 고민하는 식으로 반복했다.

"그냥 넘어가선 안 돼."

지야곤이 알아서 잘해줄 거라며 손 놓고 있을 수만은 없었다. 혼인이란 상대방에게 자신의 삶을 묶는 행위다. 부부는 동등하게, 서로의 삶을 손에 쥐게 된다. 한쪽에게 마냥 기댈 수는 없다는 뜻이다. 그가 노력하는 만큼, 그녀도 노력해야만 했다.

"확실하게 굳혀야 해."

민주려가 지야곤을 절대 포기하지 않을 거라는 그 굳은 결심을, 지 가문의 원로들에게 알려야 했다. 그런데 때마침 기회가 왔다. 알아서 원로 중 한 명이 찾아온 것이다. 첫인상부터 곱게 나가지는 못했다. 우연히 그를 솜뭉치로 퍽 쳐버리고 말았으니까. 하지만 민주려는 애초에 곱게 나갈 생각이 없었다.

"만만하게 당하지는 않겠어."

불끈 결심하고는 옥수수수수염차를 전투적으로 우렸다. 그리고 다과상에 따끈따끈한 차와 찻주전자, 간식을 담았다. 규석이 와도 다과상에 과자 한 조각 없는 것에 비해 제법 신경을 썼다. 하지만 비싼 값을 하는 과자는 없었다. 못 만드는 것은 아니지만 시간도 없고, 원로에게 주기도 아까웠다. 그래서 그녀가 선택한 것은 무말랭이를 조청에 오랜 시간 졸인 무말랭이 졸임이었다. 겉보기에 수수해 보여도 먹으면 쫀득하면서 달달한 것이 굉장히 맛있는 간식이자 반찬이었다.

"좋아."

완벽하다. 그녀는 고개를 끄덕이고는 다과상을 들고 부엌에서 나왔다. 그리고 방 안에서 불편하게 앉아 있는 지화성 앞에 내려놓았다.

"허흠."

쌀쌀한 밖에 있었으니 목도 타고 추웠을 것이다. 지화성은 곧바로 찻잔에 손을 가져갔다. 그리고 후루룩 차를 마시는데, 따뜻하고 고소한 맛이 좋았다. 한 번도 마셔본 적 없는 맛에 그는 고개를 끄덕였다.

"비싼 차를 마시는가 보군."

손님 대접은 나쁘지 않다고 그가 고개를 끄덕였다. 그러고는 무말랭이 졸임에 손을 대는데 또 고개를 끄덕인다. 달달하고 쫀득한 것이 새로운 다과인가 싶었다. 마치 고급스러운 다과를 즐기는 듯한 모습에 민주려는 속으로 흥흥 웃었다. 만약 그가 마시고 먹는 것이 평소에는 거들떠보지도 않는 옥수수수염차와 무말랭이 졸임이라는 것을 알면 어떻게 반응할지 궁금했다.

"아직 인사도 변변찮게 나누지 못했군."

차를 반이나 비우고 나서 한다는 말이 저거다. 이미 예의 차리기에는 그른 것 같은데도 굳이 따지는 것이 무척 꼬장꼬장한 듯싶었다.

민주려는 흠은 되도록 잡히지 않는 것이 좋다고 여겨서 자세를 바로 하고 앉았다. 허리를 곧게 펴고, 어깨를 조금 뒤로 잡아당겨야 했다. 여자의 신체 특성상 평소 자세가 구부정한 경우가 많기 때문이다. 어깨를 당겨 부드럽게 내려뜨리고 시선을 살짝 아래로 내려뜨리며 단정하게 인사했다.

"민 가문의 장녀, 민주려입니다. 이름은 구슬 주(珠)에 고울 려(麗)를 씁니다."

지화성의 눈썹이 꿈틀한다. 제대로 된 인사다. 깔끔하고, 더 붙이고 덜어낼 것도 없었다. 대학관 출신이라더니 인사는 괜찮게 배운 모양이었다. 그는 짤막하게 자신이 지 가문의 원로인 지화성이라고 소개했다. 그의 인사도 틀리지는 않았지만 지나치게 짧았다. 뭣보다 말투가 퉁명스러웠다.

"그래. 네가 소가주의 내연녀렷다."

게다가 처음으로 끊은 말부터 대단히 무례했다. 부부로서 정식으로 허락받지도 않고 몰래 살림을 차렸을 때, 보통 내연의 관계라고 한다. 그런데 민주려와 지야곤은 그런 것이 아니었다. 살림은커녕 이제 겨우 뽀, 뽀뽀나 간신히, 허험, 하지 않았는가!

"말씀이 지나치세요."

"뭣이?"

"지금 어르신께서는 선배를 내연이나 하는 사람으로 몰고 계시는군요. 지금 지 가문의 장남이자 소가주, 그리고 이후 가주가 될 분을 깎아내리시나요?"

"!"

"그게 아니시라면 말을 달리 해주세요. 누가 들으면 오해합니다."

한 방 먹었다. 지화성은 파르르 떨리는 자신의 손을 감추려 수염을 쓰다듬었다. 처음에 만만하게 봤다. 집안도 변변찮은 것 같고 생김새도 순하고 자그마해서 적당히 겁을 주면 엉엉 울며 떨어져나갈 줄 알았다. 그런데 지금, 지화성 그가 말로 밀렸다. 새파랗게 어린 계집에게!

'그래. 소가주가 택한 만큼 평범하지는 않다는 것인가.'

틀린 말도 아니고 구구절절 옳은 소리를 하며 걸고넘어지니 지화성도 두 눈 멀쩡히 뜨고 당할 수밖에 없었다. 이거, 생각보다 훨씬 귀찮아질 것 같았다.

차라리 적당히 연약하고 예쁘장한 미녀였으면 훨씬 다루기 쉬웠을 것을. 지화성은 괜한 아쉬움에 입맛을 다셨다.

"실수했군. 아직까지는 내연녀가 아니지."

앞으로 내연녀가 될 수 있음을 꼬집자 이번에는 민주려의 눈썹이 꿈틀했다. 그 말은 허락하지 않는다는 뜻인가, 아니면 선전포고인가. 그녀는 내색하지 않으려고 노력하면서 찻잔을 들어 다소곳이 마셨다. 따끈따끈한 옥수수수염차가 그나마 속을 진정시켰다.

"그렇죠. 선배와 제가 내연 사이는 될 수 없을 테니까요."

지화성의 말을 가뿐하게 받아치며 다시 차를 호로록 마셨다. 찌릿 지화성의 시선이 느껴졌지만 아주 쉽게 흘려보냈다.

"하지만 지 가문의 높으신 분이 벌써 찾아올 줄은 몰랐습니다."

"찔리는 것이 있나?"

"설마요. 그저 청혼을 받은 지 한 달은커녕 보름도 안 되었는데 따로 인사드린다고 말하기도 전에 찾아오셔서요."

"……."

"선배가 분명, 집안이 뒤숭숭하니 장례식은 다 끝내고 난 다음에야 정식으로 말씀을 올린다고 했는데……, 그러기도 전에 어찌 아시고 또 찾아오셨는지."

이번에도 할 말이 없다. 확실히, 지야곤이 정식으로 말을 꺼내기도 전에 원로 쪽에서 급하게 움직인 것이니 말이다. 그의 허락을 받지 않고 무단으로 행동한 것을 들킨다면 반드시 나중에 문책을 당할 것이다.

하지만 지화성은 나름대로 이유가 있었다. 만약 몰랐더라면 원로 쪽에서 손을 쓰기도 전에 민주려를 부인으로 앉혔을 것 아닌가. 그 사태가 일어나는 거 보다는 문책이 훨씬 나았다.

물론 통보도 없이 무작정 찾아오는 것 자체가 굉장히 예의 없는 짓이기도 했다. 민주려는 그것까지 짚고 넘어가려다가 애써 참았다. 이걸 일일이 지적해봤자 어차피 꿈쩍도 안 할 테니 말이다.

"집안의 대소사는 지금 원로들이 돌보고 있지. 소가주께서 아직 어리시니 우리가 보필해드려야 옳은 법. 그중에서도 혼인은 아주 큰일이기 때문에 급히 움직일 수밖에 없었다."

그녀의 예상대로 지화성은 구렁이 담 넘어가듯이 위기를 모면했다.

"오히려 이 일을 일찍이 알리지 않은 것에 대해 당혹스러워하고 있지."

"누누이 말씀드렸지만, 얼마 전에야 청혼을 받았어요."

"그 전에 연애놀음을 하지 않았나! 그때부터 지 가문에 알렸어야 했어."

'뭐 저런 게 다 있어!'

민주려는 속으로 버럭 소리를 질렀다. 연애놀음이라니! 설령 했다고 치더라도 그걸 왜 알려야 한단 말인가. 자고로 청춘의 남녀가 서로 함께 어울리면 어른들은 멀찍이서 떨어져 지켜봐야 하는 것 아닌가. 게다가 연애를 한 기억이나 있으면 이렇게 억울하지도 않지. 그녀와 그가 만나서 한 것이라곤 노동, 노동, 노동! 그리고 그 노동을 계속할 수 있도록 끊임없이 요리해서 먹은 기억밖에 없다. 가끔, 아주 가아아아끔 가슴 울렁거리고 가슴이 선덕선덕 뛰는 일이 없지 않아 있긴 했는데!

'그건 아주 조금이었다고오오오!'

다시금 돌이켜 보니 조금 억울하기도 하다. 청혼 받기 전에 꿀처럼 달달한 만남을 실컷 즐겨볼 수도 있었을 텐데! 달콤새콤한 연애는 그냥 후딱 보내버리고 바로 혼인하자니 속이 쓰렸다.

"어쨌거나, 귀가 어둡지 않다면 알겠지. 소가주께서는 이미 혼약자가 있으심이다."

"혼약자요?"

"대단한 집안의 아가씨지. 이 나라에서 규씨를 제외한다면 유일하게 황위계승권을 가진 가문의 금지옥엽! 그쯤 되어야 우리 가문의 품격에도 맞지 않겠나."

민주려는 찻잔을 꽉 움켜잡았다. 그리고 속을 식히기 위해서 마저 다 마셨다. 텅 빈 찻잔. 하아, 하고 한숨을 내쉬며 화를 털어내 보려고 했다. 하지만 도저히 안 된다. 자기도 귀가 있고 눈이 있는데. 게다가 비녀를 받은 건 분명히 민주려 자신이었다. 그런데 뭐?

'어디서 사기를 쳐?'

아무래도 안 되겠다. 민주려는 부들부들 떨리는 손에 찻잔이 예전처럼 부서질까 봐 내려놓았다. 그리고 입꼬리를 억지로 끌어올렸다.

"혼인하기로 이미 약조되어 있었나요?"

"그야 당연……."

"저는 선배에게서 한 번도 듣지 못했는데요. 이거 혹시 선배도 알고 계시나요? 지금 제가 바로 연락해볼까요?"

"……하지 않고 그렇게 될 예정이네. 크험험."

것 봐라. 아주 당당하게 사기 칠 준비를 하고 있다. 만약 민주려가 만만했으면 살살 있는 거짓말 없는 거짓말 다 했을 것이다.

깽판 치고 싶다.

당장 그녀는 다과상을 엎고 지화성과 한판 하고 싶었다. 감히 지야곤을 가격 매겨 소처럼 팔려고 했던 사람에게 예를 다 차려야 하는지 회의감이 들었다. 하지만 여기서 너 죽고 나 살자 식으로 붙었다가는 지야곤이 곤란해질 터이니 함부로 움직일 수도 없었다. 그래서 그녀의 속은 아주 그냥 새까맣게 타들어갔다.

'두고 보자.'

참을 인을 세 번 삼키면 사람도 살린다는데, 까짓 여섯 번인들 못 삼키랴!

"제가 풍문으로 듣기에 지 가문의 위세가 아주 대단하더라고요."

"그건 그렇지."

"차아 제일의 가문이라고도 하고요."

"그렇고말고!"

"선배만 봐도 알 수 있지요. 엄격하게 질서를 지키고 탄탄하다는 것을요."

"음……?"

지 가문을 적당히 추어올려주자 좋아하던 지화성이 움찔했다. 민주려도 어색하게 웃었다. 이번에는 실수했다. 기분 좋을 만큼만 칭찬해줘야 하는데 좀 지나쳤다. 그녀도 지야곤의 성격에서 엄격함과 질서를 찾기 어려웠다. 이건 좀 무리수였을지도.

"소, 소가주께서도 엄격한 교육을 받으셨지!"

다행히 지화성이 적절히 감쌌다. 그의 입장에선 지야곤까지 완벽하게 잘 포장해야 좋았으니까. 이렇게 대단한 집안임을 민주려가 더 팍팍 느껴서 작아지면 더 좋을 것이다. 그런데 이후에 들어오는 공격은 예상외의 것이었다.

"네. 그런 지 가문의 소가주인 선배가, 굳이 풍 가문과 이어져야 할 필요가 있을까요?"

"그렇기에 더 이어져야지!"

"황위계승권이라고 하여도……."

민주려가 말끝을 흐렸다. 풍 가문이 다시 돌아왔을 적에 얼마나 나라에서 수군수군 말이 많았는지 모른다. 여전히 명문가로 이름을 드날렸지만, 추문은 끊이지 않았다. 내란 때 다들 얼마나 고생했는지 모른다. 관리들은 물론이고 서민들은 정말 눈물을 쏟으며 생활했다. 그들을 지켜야 했던 황위계승권을 가진, 대단한 가문 몇몇이 다른 나라로 피신 갔을 때는 이가 다 갈렸더랬다. 만약 그들이 남아 있었더라면 내란은 그렇게 오래가지 않았을 것이었다.

도망갔던 이들 중에 풍 가문이 돌아왔을 때, 사람들의 시선은 싸늘했다. 그리고 그것을 반증하듯이 황가에서는 풍 가문의 귀환을 허락하되 황위계승권을 대폭 내렸다. 사실상 그 순위란 없는 것이나 다를 바가 없었다.

「외국에 나가도 내세울 게 없었던 거죠. 먼저 튄 다른 가문들이 이미 다 차지하고 있었거든요. 이리저리 재보다가 결국 안 될 것 같으니까 돌아온 가문이 풍씨입니다. 그리고 그들에게 황위계승권을 아예 빼앗지 않은 것은 고도의 정치입니다.」

「고도의 정치요?」

「네.」

학관에서 근대사를 배울 때 어김없이 풍 가문을 깎아내렸던 선생님의 말이 떠올랐다.

「언젠가 다시 예전의 위명을 찾으며 떵떵거리며 살 수도 있다는, 희망고문을 한 것이죠. 아등바등하면서 일이란 일은 다 시키고, 당근은 주지 않는 식으로요. 황제 폐하는 참으로 훌륭하신 분입니다.」

대놓고 교육기관에서 깎아내렸으니, 실제 평판이야 어땠겠는가. 예전의 풍 가문의 위명을 기억하는 어른들이야 주저리주저리 그래도 좋다는 식으로 이야기하지만. 그래 보았자 이미 쓸 수 없게 폐가가 된 물레방앗간이 예전에는 잘 돌아갔다는 이야기에 불과했다.

"황위계승권이 아주 낮아서, 차라리 추문 도는 것을 생각한다면 평판상 이어지지 않는 것이 나을 텐데요."

민주려의 지적은 정확했다. 그러나 지화성은 코웃음을 쳤다.

"이래서 모르는 것들은, 쯧쯧."

노인만 아니었더라면 따귀를 한 대 날렸을 얄미운 표정을 지은 그가 선처하듯 알려주었다.

"풍 가문의 황위계승권이 최근에 두 단계나 높아졌다는 것을 모르는지."

"높아져요?"

"그렇지. 무려 두 단계! 앞으로도 오를 것이네."

뭔가 이상했다. 두 단계라니. 계승권이란 것이 그렇게 쑥쑥 오르는 것일 리가 없었다. 민주려는 재빨리 머리를 굴렸다. 대학관에서 배웠던 지식을 뽑아내는데, 역시 말도 안 돼는 소리였다.

"황위계승권을 올리기 위해서는 업적이 필요할 텐데요? 가령, 나라에 공훈을 쌓는 방법이라든가요. 하지만 내란이 끝난 뒤 공훈이라고 해보았자 고작 한 개……!"

그녀의 말이 끊어졌다. 내란이 끝난 뒤 차아는 나라를 다시 다스리는 데 총력을 기울였다. 하지만 백성들의 힘들어진 삶을 다시 원상복귀 시키는 것만큼 급한 것이 있었으니, 내란 때 잃어버린 국보들이었다. 그저 나라의 보물이라고 하여 그것들을 정말 귀물 정도로 취급하면 곤란했다.

나라를 부강하게 하는 고강한 주술의 결정체, 그것이 바로 국보(國寶)였기 때문이었다. 하나하나가 무시무시한 힘을 담고 있으며 그것이 없어 내란의 피해가 아직 다 수습되지 않고 있다는 말까지도 돌 정도였다. 전쟁이 터지고 반역의 무리가 가장 먼저 노린 것이 국보였다고 하니, 얼마만큼 중요한지 이제 두말하면 입이 아플 정도다.

만약 풍 가문에서 이 국보들을 되찾아 나라에 바쳤다면 황위 계승권이 올라간 것은 이해가 되었다. 하지만 그럼에도 불구하고 두 단계는 지나치게 높았다. 그만큼 국보를 찾았다는 것인데, 그녀가 알고 있기로 되돌아온 국보가 모두 풍 가문이 찾았다고 하지 않는 한 말이 안 되었다.

"국보……사냥꾼!"

민주려의 안색이 변했다. 국보사냥꾼. 이제야 말의 아귀가 딱 딱 맞아 떨어졌다. 나라에서 국보를 찾아오라고 한 대대적인 명이 퍼지기 시작하면서 나타난 국보사냥꾼들의 행패는 정말 어마어마 했다. 그처럼 많은 이들이, 관리조차 무시하고 무모하게 행동하는가 싶더니 다 이유가 있던 거였다.

무려 풍 가문이 뒤를 봐주고 있는데 남의 눈치 볼 것 하나 없었을 테지!

"풍 가문이 앞으로 하나의 국보를 더 바칠 예정이지. 황제 폐하께서 가장 애타게 찾았다는 국보, 청수경이라고 하네."

"청수경이요?"

지화성은 흡족하게 고개를 끄덕이며 말했다.

"어떤 물이든 맑고 깨끗하게 정화한다는 청수경. 차아의 삼대 국보에 들어가는 귀중한 물건이지. 그것을 풍 가문에서 찾았고, 곧 바칠 것이라고 하니 황위계승권이야 적어도 한 단계 더 오르지 않겠는가."

"……."

"그로 인해 입지를 굳히고 나면 풍 가문은 예전의 위상을 찾겠지. 그러니 풍 가문이야말로 우리 가문과 격이 맞는 혼처가 되는 것일세."

그 말이 사실이라면, 지화성이 왜 이렇게 아등바등 밀어붙이는지 대충 짐작이 갔다.

하지만 민주려는 그에 굴하지 않았다. 아니, 굴할 이유도 없었다.

"예정이라니, 뭔가 이상하지 않아요?"

"뭣이?"

지화성의 말에서 논리의 허점을 찾았으니까.

"황위계승권을 높여주는 물건이라면서요. 그렇다면 상황 재지 않고 곧장 바쳐야 하는 것 아니에요? 그런데 왜 아직도 바치지 않은 건데요?"

"그야 신중하게……."

"그러니까 이상하다는 거예요."

다른 사람이었더라면 풍 가문의 이야기를 듣고 혹했을지도 모른다. 하지만 대학관에서 배운 정치 수업이 민주려의 머리를 쾅쾅 때리며 경고하고 있었다. 이건 분명 어딘가 꺼림칙하다고. 자고로 정치에서 말이란 아 다르고, 어 다르다고 했다.

"당장 청수경을 바쳐 황위계승권을 높인 다음에, 혼인을 진행하는 것이 풍 가문에 더 이득이잖아요. 소위 말하는 그 '격'이라는 것이 높아진 상태에서 혼담을 진행해야 풍 가문에서 더 체면도 차리고, 할 말도 많아질 것 아니에요. 그런데도 차일피일 미룬다? 미뤄봤자 아무런 이득도 없는데?"

국보를 바쳐서 계승권의 순위를 높인다면 빠를수록 좋다. 늦출 이유도 없거니와 늦춰서 풍 가문이 가져갈 이득이 없다.

정치란 무릇 철저하게 이득으로 돌아가는 관계다. 그 이득을 포기한다면, 분명 그 안에는 남들이 모르는 사정이나 위험요소가 있다는 뜻이었다.

"무엇을 말하고 싶은 것이냐."

슬슬 지화성도 낌새가 나쁘다는 것을 느낀 모양이었다. 하기야 그도 지 가문의 원로다. 그 긴긴 세월, 평지풍파 다 겪으며 살아왔는데 그 정도 눈치가 없을 리 없다.

"풍 가문은……."

말끝을 흐리던 민주려는 곧, 또렷한 눈빛으로 지화성을 응시하며 마무리를 지었다.

"지금 청수경을 가지고 있지 않는 거예요."

△▼△

"이게 그 보고서인가."

지야곤은 앞에 수두룩하게 쌓인 두루마리들을 뒤적였다. 원로들과 한바탕 회위를 끝마친 뒤 그는 자신에게 온 것들을 살폈다. 민주려를 만나러 갔다 온 뒤부터 그가 뿌린 사람들이 모아 온 정보들이었다.

"국보사냥꾼들의 동향."

두루마리를 펼치고 내용을 살펴보니, 짧은 시간 안에 추린 것 치고는 제법 알차다. 그는 풍 가문에서 벌어진 일에 초점을 잡지 않았다. 그들이 명령을 내렸으나, 나름대로 바깥으로부터 연막을 쳤을 테니까. 하지만 그 밑에 있는 국보사냥꾼들은 다르다. 철저하게 관리하지 못한 탓에 그들의 행적과 만행, 그리고 흔적이 훤히 다 드러났다.

"거짓말을 했군."

지야곤은 두루마리들을 휘리릭 다 읽어보고 난 뒤 결론을 내렸다. 풍 가문에서는 청수경을 가지고 있으며, 그것으로 황위계승권을 높인다고 하였다. 그것이 원로들이 최후의 최후에 내민 비장의 한 수였었다. 하지만 조사결과, 사실이 아님이 탄로 났다. 왜냐하면, 국보사냥꾼들이 최근까지도 청수경을 부지런히 찾아다니고 있기 때문이었다.

청수경의 위치는 이 근방에 있을 거라고 이미 확신을 한 모양인데, 어디에 있는지 찾기 위해서는 더 많은 부와 권력이 필요했다. 국보사냥꾼을 통해 국보를 찾는 것은 좋았으나 그들에게 줄 임금을 계속 연체하고 있는 모양이었다. 하긴 몇 년을 많은 사람을 풀어서 이 잡듯이 뒤져 찾았는데, 들어간 비용이 적을 리가 없다. 하물며 외국으로 피신했다가 돌아왔을 때 깨진 뇌물과 돈 등을 떠올리면 지금 풍 가문의 재정은 적자라고 봐야 했다.

'속이 뻔히 보여.'

지야곤은 코웃음이 나올 것 같았다. 그들은 지 가문의 위상을 보고 혼담을 제의한 것이 아니다. 정확히 부와 권력을 보고 손을 뻗은 것이었다. 먼저 지야곤, 그와 자신들의 여식을 혼인시킨 다음, 돈을 끌어다 쓰면서 적자를 메우고 밀린 임금을 지불하여 국보사냥꾼을 독려할 생각이었을 것이다. 그리고 빠른 시일 내에 청수경을 찾아서 신중한 척 시간 끌다가 바친 것처럼 꾸몄을 테지.

물론 그러기 전에 그에게 다 들통 났지만.

"도련님. 차 드세요."

서윤경이 따뜻한 차를 가지고 왔다. 그녀가 지야곤의 주의를 끄는 경우는 두 가지가 있었다. 정말 급한 일이거나, 약간의 휴식을 취하라는 신호이거나. 이번에는 둘 다인 모양인지 쟁반에 찻잔이 세 잔이나 있었다. 자연스럽게 이기호가 곁으로 다가오자 그녀는 부드럽게 웃었다.

지야곤은 두루마리를 내려놓고 차를 마셨다. 맑지 않고 불투명한, 숟가락으로 떠 먹어도 좋을 것만 같은 차였다. 후루룩 마시자 혀를 감싸는 단맛에 절로 웃음이 지어졌다.

"맛있군요."

이기호가 썩 마음에 드는지 차를 금세 마셨다. 짭짜름하면서 단맛이 도는데다가, 다 마시고 나니 은근히 배도 든든했다. 그가 다시 찻잔을 내밀자 서윤경이 더 따라주면서 말했다.

"율무차예요. 마시면 속이 든든하고 보양도 되는 좋은 차죠."

"서 유모가 직접 타주셔서 더 좋은 것 같습니다."

"어머나. 빈말이라도 고마워요."

둘의 훈훈한 대화를 들으며 지야곤은 묵묵히 율무차를 마셨다. 예전이었더라면 저 둘의 모습을 보고 무던히 넘어갔을 것이다. 혹은 서윤경에게도 드디어 짝이 될지도 모르는 사내가 나타나 좋아하든가. 다만 지금은 지야곤이 그렇게 넘어가줄 만큼 사정이 여의치 않았다.

'주려가 보고 싶다.'

그녀와 있었으면, 저 둘보다 훨씬 따끈따끈 폭신폭신한 분위기로 대화를 나눴을 텐데. 지야곤은 아쉬움에 입맛을 다셨다.

똑똑똑. 그의 마음을 알아챘는지 적절한 시기에 누군가가 찾아왔다. 이기호와 서윤경의 대화가 멈추고, 지야곤의 시선이 문으로 향했다. 그가 허락하자 들어온 이는, 뜻밖에도 지야희였다.

"오라버니, 큰일 났어요!"

헐레벌떡 뛰어왔는지 그녀답지 않게 머리카락이 조금 헝클어져 있었다. 서윤경이 자연스럽게 다가가 정리해주었지만, 지야희는 그게 문제가 아니라는 듯이 다급하게 말했다.

"세상에, 원로들도 너무하지. 어쩜 그럴 수가 있지요?"

"무슨 일인데 그러하느냐. 진정 하여라."

"진정할 수가 없어요! 아버지 장례식이 끝난 지 얼마나 되었다고, 상의도 없이 오라버니 혼담을 추진하다니. 게다가 지금 원로 중에 누가 무슨 짓을 했는지 아세요?"

그다음 말을 듣자마자 지야희를 제외한 세 사람의 행동은 재빨랐다. 이기호는 창문을 열어주었고, 지야곤이 탈출하듯 튀어나갔으며, 서윤경이 뒷정리를 했다. 마치 아무도 나가지 않은 것처럼. 그 광경을 보고 있던 지야희가 멍하니 넋을 뺀 것은 어찌 보면 당연한 일이었다.

"이, 이게 어떻게 된 거예요?"

"큰일이니 급히 나간 것이지요."

"아니요. 그것보다 어쩜 이리 익숙해요? 마치 빠져나간 것을 수십 번 한 것처럼!"

"그래서 도련님이 정인을 만나신 것 아니겠어요?"

"……."

아무렇지도 않은 척 서윤경이 호호 웃어넘겼다. 지야희의 시선이 새쭉해졌다. 지야곤이 연애한다는 것을 서윤경도 알고 있었음이다. 그런데도 입을 꾹 다물고 모른 척했다니, 조금 섭섭했다.

"그것보다 난리 나겠네요."

"아……."

"그냥 넘어갈 사안은 아니니까요."

서윤경의 말이 옳다. 지야희가 고개를 끄덕이면서 수긍했다.

"그렇죠. 오라버니가 정식으로 정인이 있음을 발표하지도 않았는데, 무단으로 만나러 갔으니까요."

이렇게 무례한 사건이 일어나다니. 지야희는 당분간 시집 갈 생각을 버리고 집안단속에 들어가야겠다고 마음먹었다. 장례식을 하느라 손을 놓았더니, 집안 돌아가는 꼴이 점점 엉망이 되어 가는 것 같았다. 시집가기 전에는 가문에서 가모역할을 해야 하는 그녀다. 이번 일로 인해 드높은 자존심에 상처가 생겼다.

"두고 보세요. 그냥 두지 않을 테니까요!"

이로써 원로원은 적을 한 명 더 만들었다.

△▼△

지야곤이 민주려의 집에 도착했을 때는, 대문 밖에서도 대화가 훤히 들릴 정도로 소란스러웠다. 그가 깜짝 놀라 집 안으로 들어서자 바락바락 소리 지르는 지화성의 모습이 보였다.

"이 고얀 것이! 어디서 할 말이 있고, 못할 말이 있지!"

"저는 추측을 말한 것뿐이에요."

"설령 그렇다고 하더라도 어찌 이렇게 못된 심보를 가질 수 있단 말이냐! 뭐? 풍 가문이 청수경을 안 가지고 있어? 우리 가문과 혼담을 청한 것이 돈을 노리고 했다고?"

지화성이 머리끝까지 화가 났는지, 얼굴이 아주 그냥 불고구마처럼 벌게져 있었다. 그 말을 잠자코 듣고 있었던 지야곤은 민주려가 혼자서 거기까지 추리했음을 알아차렸다. 과연 민주려. 그녀는 대학관에서도 소문 자자한 수재답게 아주 똑똑했다. 고작 몇 가지 단서만을 가지고, 혹은 지화성과의 대화만으로도 진실에 가깝게 상황파악을 한 것이다.

"네. 그렇지 않고서야 납득이 안 되니까요."

"아직 머리에 피도 안 마른 것이 감히 어른들 머리 꼭대기에 올라서려고 해? 어떻게 그런 말도 안 되는, 쿨럭쿨럭, 엉뚱한 상상을 할 수 있단 말이냐!"

지화성이 흥분할수록 민주려는 오히려 차분해졌다. 그녀는 그가 이토록 흥분한 이유를 알 것 같았다. 풍 가문을 향했던 자신의 믿음에 금이 갔기 때문이었다. 만약 지화성이 풍 가문을 여전히 신뢰했더라면 민주려의 추측에 코웃음을 쳤을 것이다. 흔들릴 이유가 없으니까.

"풍 가문이 정말로 청수경을 가지고 있다면, 그것을 보여달라고 하세요."

"그, 그건……."

"그래야 옳죠. 황위계승권을 올릴 수 있다, 그러니 우리랑 혼인하자. 그런데 언제 올릴 수 있는 건데요? 정확히 짚고 넘어가야죠."

요목조목 옳은 말들뿐이다. 지화성은 이렇게 어린, 그리고 만만하게 봤던 민주려에게 당하고 있자 얼굴이 다 붉어졌다. 남들에게 이 모습을 들켰으면 수치스러워 얼굴도 못 들었을 것이다.

"이, 이 어린것이!"

그는 부들부들 떨며 민주려를 노려보았지만, 그녀는 꿈쩍도 하지 않았다.

"처음에는 오냐오냐 좋게 봐줄 생각이었다만, 이제는 그렇게 하지 않으마."

"……."

"그래, 지 가문의 집은 넓으니 작은 방 하나 정도는 마련해주려고 했다. 까짓것 첩 자리 하나쯤이야 들여도 괜찮을 테니까."

"하?"

"그런데 지금 보아하니 첩으로도 들이기 아깝구나! 어디 버르장머리 없이 어른의 말에 꼬치꼬치 따지는지. 너는 내연녀의 자리가 딱이다. 그마저도 풍 가문과 혼사가 이루어지면 본부인 되는 가모께서 내치겠지. 그것이 네 미래다!"

점점 말이 심해지는가 싶더니, 마지막의 정점을 찍었다. 지화성은 이 자리에 지야곤이 와 있음을 아직도 모르는 것 같았다. 그러니까 저렇게 막말을 하지. 이기호는 조마조마한 심정으로 지야곤을 살펴봤다.

'……저 늙은이 오래 살기는 글렀군.'

그런데 아뿔싸. 그의 표정을 보니 살별을 넘어서 저승사자가 강림했다. 이기호는 식은땀을 뻘뻘 흘리는데, 지야곤보다도 먼저 빡친 사람이 있었으니.

"지금, 뭐라고요?"

들썩들썩.

"할아버지. 말 좀 해보세요, 네?"

"뭣? 할아버지?"

“뚫린 입이라고 다 말해도 되는 것이 아니잖아요.”

그죠? 하고 민주려가 말할 때마다 땅 밑이 출렁거렸다. 그것은 착각이 아니었다. 또한, 갑자기 일어난 지진은 더욱 아니었다.

드드드드드드드드. 그들이 있던 곳 전체가 울리고 있었다. 집이 흔들리는 것은 물론이요 마당의 흙들이 퍽퍽 튀어 올랐다. 놀란 닭들이 꼬끼오 하고 울고, 담벼락을 타고 지나가던 고양이가 이야아아아옹! 하고 날카롭게 입을 벌렸다.

그 무시무시한 광경에 어쩐지 평온을 찾은 지야곤이 덤덤하게 말했다.

“주려가 뿔났구나.”

‘이 난리가 고작 뿔났다고 일어난단 말이야?’

그런 귀여운 단어로 설명할 수 있는 게 아닐 텐데! 이기호가 기겁하든 말든 기현상은 계속해서 일어났다. 지화성은 이미 겁을 잔뜩 먹어서 창백하게 질렸으나 그렇다고 해서 민주려의 분노가 가라앉을 리는 없다.

“하하하. 첩? 내연녀? 쫓겨나?”

“아, 아니 그게…….”

쿵!

“진짜 보자 보자 하니까 사람을 보자기로 아나!”

쿵!

숫제 지진수준을 넘어선 울림은 사람의 가슴도 쿵쿵 두들겨댔다. 민주려는 하하하 웃었지만, 그 웃음을 보는 지화성은 엉엉 울고 싶었다. 그래, 이 집 대문 앞에서 느꼈던 그 불길함을 무시해서는 안 되었다.

“제게 땅의 주술을 알려주신 선생님께서 말하셨죠.”

하지만 이미 늦었다.

“왜 땅의 주술이 좋으냐면…….”

그는 뭣도 모르고, 폭탄을 빵빵 찼던 것이다.

“싹 다 갈아엎을 수 있으니까!”

쿵! 땅이 솟아올랐다. 분노한 와중에도 가느다란 이성이 아직은 남아 있던 민주려는 대문과 담장 밖으로 주술력을 퍼뜨려 집이 상하는 것을 막았다. 민주려의 집 밖이 마치 미친 소가 쟁기를 끌고 마구 달린 것처럼 울룩불룩 일어나기 시작했다. 마치 흙이 바다에 치는 파도처럼 마구 요동치고 흔들렸다.

“히이익!”

이기호의 입에서 절로 비명이 터져 나왔다. 너무 무서웠다. 그 모습을 가만히 바라보던 지야곤이 손을 한번 휘둘렀다. 그러자 바람의 신령이 나와 부드럽게 팔을 뻗어 둘의 주위를 감쌌다.

발밑이 단단해지자 간신히 이기호는 안도의 한숨을 쉬었다. 하지만 이를 어쩌나. 지야곤이 마음을 써준 건 오로지 자신의 옆에서 오들오들 떨던 부하뿐이었다. 멋대로 연인에게 찾아가 난장판을 만든 원로는 냉정하게도 그에게서 버려졌다.

“그, 그만! 그만하게!”

지화성은 바닥을 손으로 짚으며 고래고래 소리를 질렀다. 내란의 와중에도 몇 번 느끼지 못했던 생명의 위협을 갑자기 느끼게 되니 등에서 저절로 식은땀이 흘렀다. 들판에서 한가로이 풀을 뜯는 토끼처럼 생긴 처자가 대단한 실력을 가진 주술사일 줄은 몰랐던 자신의 실수였다.

앞을 보고 뒤를 봐도 좀처럼 이곳을 무사히 빠져나갈 방법이 보이지 않는다. 물론 지화성, 그도 주술을 사용할 수 있었다. 하지만 이미 나이도 있고, 게다가 지금 주변의 땅을 마음대로 움직이는 민주려의 모습을 보니 아무래도 자신이 없어지는 것이었다.

"아까 전에는 잘만 말하시더니. 갑자기 입이 딱 붙어버리셨나요? 첩? 내연녀? 어찌 한 가문의 원로라는 사람의 입이 그리도 무게가 없습니까! 기본적인 예의조차 없으시네요! 자신의 잘못을 인정하지 않는 태도는 정말 최악! 최악이라고요오오오오!"

쿠쿵! 우르르! 다시 한 번 거세게 땅이 흔들렸다. 그리고 엄청난 충격에 집이 들썩거리면서 앉아 있는 지화성의 몸이 허공에 붕 떠올랐다 푸드득 내팽개쳐졌다. 순식간에 바닥에 데굴데굴 구르게 된 지화성이 아무거나 손에 잡히는 걸 쥐었다. 눈을 껌벅이며 보니 그가 잡은 건 어느새 열린 방문의 끝이었다.

"억!"

지화성의 이마에 딱딱한 무언가가 부딪쳤다. 바닥에 떨어진 찻잔이었다. 얼얼한 이마를 손으로 문지르고 싶었지만 상황이 여의치가 않았다. 그는 어떻게든 지금 도망을 가야겠다는 생각을 하고 몸을 일으켜 세우려고 했다. 그러나 또 다른 찻잔이 그의 이마를 다시 강타했다!

"어이쿠!"

대수난이었다. 지화성은 위를 보다가 입을 쩍 벌렸다. 도자기로 만들어져 꽤 무거운 찻주전자가 아직이었다. 슬프게도 그의 머리 위 허공에 붕 떠 있었다. 고철로 만들어져 맞으면 엄청나게 아플 것 같이 생긴 받침대도 위험스러워 보였다. 그가 엉덩이를 최대한 뒤로 쭉 빼는 순간 갑자기 땅의 요동침이 멈추었다.

"어?"

지화성도 그리고 밖에서 보고 있던 지야곤과 이기호도 전부 깜짝 놀랐다. 하지만 가장 놀란 건 화가 잔뜩 나 있던 민주려였다. 갑자기 주술이 어디론가 흡수되기 시작했다.

반짝, 옅은 빛이 방 안에 번져나갔다. 그리고 빙그르르 뒤집힌 찻주전자의 뚜껑이 지화성의 정수리 위에 꽁! 소리를 내며 안착했다. 꽤 큰 주전자였기 때문에 아직 차가 반 너머 남아 있었다. 당연히 뚜껑이 열렸으므로 안에 있던 뜨거운 차도 지화성에게로 떨어졌다.

옥수수수수염차이니 차의 색은 구수한 갈색이어야 한다. 그런데 놀라운 일이 벌어졌다. 맑고 투명한 물이 찻주전자에서 콸콸 쏟아진 것이었다. 지화성은 난데없이 차가운 물세례를 받자 어안이 벙벙해져 입만 벌리고 멍하니 있었다. 그리고 밖에서 모든 걸 지켜보고 있던 두 남자 또한 깜짝 놀랐다.

"어, 어라?"

민주려의 조그만 입술에서 말이 새어나왔다. 그리고 그녀의 고개는 천천히 들려 천장 쪽으로 향했다. 자신의 주술력이 흡수되는 방향을 찾은 것이었다.

방의 중심에는 분명히 바닥으로 떨어져야 할 동그란 받침대가

희한하게도 둥둥 떠 있었다. 원래 낡고 적당히 더러웠었는데 어째 지금은 반들반들하고 빛나 보였다.

"저, 저것은!"

지화성이 받침대를 유심히 보다가 자신도 모르게 입을 틀어막았다. 받침대의 표면에 나타난 독특한 식물의 무늬가 그를 경악하게 했다. 작은 잎, 볼록한 줄기 부분, 그리고 중간에 핀 꽃 한 송이. 부레옥잠 무늬였다.

물을 정화하는 기능이 있는 부레옥잠 무늬가 새겨진 동그란 거울, 세간에 널리 알려져 있는 청수경의 특징이었다.

'가짜일 거야. 그럴 거야!'

지화성은 쫄딱 젖은 머리카락과 얼굴을 긴 소매로 마구 닦아내었다. 그리고 깨달았다. 그가 마셨던 구수한 차는 차갑고 맑은 물로 정화가 되었다는 것을.

둥실둥실 동그란 받침대는 민주려의 앞으로 날아가 그녀의 쫙 편 두 손 위에 살포시 내려앉았다. 화가 조금 가라앉았는지라 그녀의 뇌는 평소처럼 빠르게 돌아갔다. 그리고 오목조목한 작은 얼굴에 미소가 떠올랐다.

소중히 받침대, 아니 청수경을 끌어안고 민주려는 당당하게 지화성의 앞에 섰다. 그리고 빙글빙글 웃으며 물었다.

"첩이랑 풍 가문이랑 조그만 방 어쩌고저쩌고 그러셨는데, 그래서 뭐가 어쨌다고요?"

아아, 재수가 없으면 뒤로 넘어져도 코가 깨진다더니. 지화성은 생각했다. 오랜 세월 살아오면서 오늘만큼 운이 없던 날은 없었다고. 그리고 열린 대문 사이로 들어오는 소가주와 호위무사를 보자 더더욱 확신은 짙어졌다.

참 되는 일이 없는 날이었다.

十八章

물은 깊을수록 소리가 없다

민주려는 멀뚱멀뚱 청수경을 쓰다듬었다. 그렇게 반질반질했던 것이 지금은 예전의 받침대 모습으로 돌아가 있었다. 부레옥잠의 무늬는커녕 누가 봐도 뜨거운 돌솥이나 냄비 아래 깔기 좋은 받침대 같다. 그런데 이게 청수경이란 말이지.

"신통방통하단 말이야."

청수경은 마치 살아 있는 것처럼 민주려의 주위를 맴돌았었다. 그녀가 손을 놓아도 허공에 둥실둥실 떠돌아 다녔는데, 도중에 지화성이 낚아채려고 시도했으나 번번이 실패했다. 오히려 그는 청수경에게 찰싹 뺨까지 맞았다. 손바닥으로 치는 것처럼 대차게 빙그르르 돌아 휙 후려치는 모습이 얼마나 잽싸던지. 민주려는 속으로 박수를 칠 정도였다. 특히 지화성의 얼굴이 붉어져 부들부들 떠는 그 모습이란. 참 꼬시다 싶었는데, 어느 정도 시간이 지나니까 이렇게 친숙한 모습으로 돌아왔다.

"이렇게 해도 안 되고, 저렇게 해도 안 되고."

지화성도, 뒤늦게 느긋하게 다가온 지야곤도 주술을 집약해보았지만 청수경은 그 모습을 드러내지 않았다. 그건 민주려도 마찬가지였다. 그냥 힘을 불어넣으면 받침대다.

"하지만 요렇게 하면 되고."

그러나 땅의 주술을 쓰듯이 힘을 불어넣으면 뾰로롱 청수경의 모습이 나타난다. 그것도 꽤 욕심쟁이라 힘을 많이 잡아먹었다.

"요물이란 말이야."

툭 하고 던지면 쪼르르 다가와 민주려 주변을 빙글빙글 돌았다. 요 조그만 것 때문에 지화성의 주장은 모두 물거품이 되었고, 지야곤은 그를 데리고 가문으로 돌아갔다. 나중에 이기호가 잔뜩 질린 낯으로 지야곤의 말을 전달해줬는데, 조만간에 누군가와 찾아올 것이라는 거였다. 그 조만간이 과연 며칠 안일지 몰라서 민주려는 일도 안 나가고 얌전히 집에 있었다.

어차피 할 일도 많겠다, 그녀는…….

"여기 물 좀 깨끗하게 하자."

요리하려고 뜬 물에 청수경을 담갔다. 그러자 물이 반짝반짝 빛나더니 더 투명하고 차가워졌다. 한 바가지 떠서 마시니 아주 시원하니 맛있었다. 역시 이렇게 깨끗한 물이라야 요리도 맛있는 법이다.

"오늘일 것 같단 말이지."

그녀의 날카로운 촉이 말하고 있었다. 지야곤과 손님이 오는 날이 오늘이라고. 그래서 그녀는 한 상 차릴 참이었다. 날도 쌀쌀하니 겨울을 코앞에 두고 있는데, 몸이 으슬으슬 추웠다. 이런 날에는 자고로 뜨끈뜨끈한 찌개가 최고였다. 크게 마음먹고 구한 돼지고기를 숭덩숭덩 썰고, 몇 년 묵은 시큼한 묵은지를 꺼내 적당한 크기로 썰었다. 빨건 국물이 묻은 손가락을 쪽 빨아 먹으니 크으, 시큼하기 짝이 없었다.

"좋아. 맛있겠어!"

갓 지어낸 쌀밥 위에 올려 먹기에는 부담스러울 만큼 시큼하지만, 이런 묵은지가 찌개 끓일 때는 또 최고인 법이었다. 가마솥에 돼지고기 비계 몇 점을 깔고 볶았다. 곧 비계가 노릇노릇하게 익고 기름이 흘러나왔다. 기름이 얼추 가마솥에 둘러지자 묵은지를 넣고 달달 볶았다. 들기름을 쪼로록 따라낸 뒤 볶자 고소한 냄새가 솔솔 풍겼다.

"으음."

츄르릅 흘러나오는 침을 막기 위해서 묵은지의 시큼한 맛이 살짝 배어든 비계 한 점을 날름 입에 넣었다. 시큼하면서도 고소한 돼지기름이 혀를 녹게 했다. 뭣보다 살짝 바삭할 정도로 익혀서 그렇게 느끼하지도 않고, 적당히 심심한 입을 달래줄 만큼은 되었다.

흥얼흥얼 콧노래가 절로 나왔다. 느낌이 좋았다. 정말 맛있는 밥이 완성될 것 같은 느낌! 그녀는 김치가 얼추 익으려고 하자 돼지고기를 재빨리 넣고 같이 볶았다. 예전이라면 있는 듯 없는 듯 콩알만 하게 고기를 넣고, 두부와 버섯 등으로 잔뜩 채웠을 김치찌개! 하지만 오늘은 오로지 돼지고기만 들어갔다. 그야말로 푸짐한 돼지고기 김치찌개였다.

청수경으로 정화한 물을 떠서 붓고, 다진 마늘과 쫑쫑 썬 고추 몇 개. 이제 그녀가 할 일은 끝났다. 나중에 거의 다 끓으면 대파나 좀 넣으면 되었다.

"마, 맛있겠다."

보글보글 찌개가 끓기 시작하자 잘 간수한 줄 알았던 침이 주르륵 흘렀다. 괴로움에 민주려가 몸을 배배 꼬았다. 돼지고기가 익어 기름이 배어나오기 시작하자 김치찌개 냄새가 아주 죽이게 풍겨오기 시작해서였다. 황홀함에 비틀거리며 그녀는 밥을 지었다. 하지만 어떻게 지었는지 기억도 안 날 만큼 정신이 혼미했다.

"그러고 보니 최근에 고기를 먹지 못했어."

왜 이렇게 괴롭나 했더니, 최근에 고기 먹을 일이 없었다. 딱히 일을 나가지도 않았으니 주인집에서 내어 오는 풍성한 새참을 먹을 일도 없고 수입은 당연히 줄었고. 그래서 돈을 아껴야 했다. 뭣보다 겨울이 다가오면서 지출이 많았다. 솜도 사야 했고, 찬 바람이 솔솔 들어오는 부분을 메울 창호지나 자재도구도 사야 했다. 그러다 보니 가장 먼저 허리띠를 졸라매야 했던 것이 식비였다. 이렇게 고기를 살 일이 감히 어디에 있을까.

지야곤과 손님만 아니었으면 겨울 내내 고기는커녕 고기국물도 못 먹었을 텐데 말이다. 하지만 이번에는 다르다. 무려, 저, 정인, 어흐흠! 정인과 그 손님이 찾아온다고 했으니 상다리 부러지게 차려줄 생각이었다. 오늘 비장의 한수는 돼지고기 김치찌개가 아니었다. 물론, 그것도 정말 맛있지만! 오늘은 무려!

"고갈비다!"

내륙에 위치하는 차아의 수도 특성상 바다에서 나는 생선은 아주 귀했다. 그중에 고등어는 맛 좋고 몸에도 좋아 그냥 소금구

이만 해도 맛있는 생선이었다.

하지만 민주려는 비싼 값을 치르고 산 고등어를 그런 간단한 조리법으로 끝내고 싶지 않았다. 자고로 생선이란 바로바로 잡았을 때 구워야 그 맛을 가장 잘 느낄 수 있는 법이다. 내륙으로 흘러들어오기까지 시일이 좀 걸린 고등어는 아무래도 신선도가 떨어질 수밖에 없으니, 다른 방식으로 맛을 끌어올려야 했다.

"흐흐. 고등어 갈비, 고등어 갈비!"

고등어에 갈비처럼 양념해 굽는 요리, 이름하야 고갈비였다. 민주려는 음침하게 웃으며 고등어의 배를 시원하게 갈랐다. 내장을 빼고 잔가시를 대충 긁어낸 뒤 말끔하게 펼쳤다. 그리고 껍질 부분에 칼집을 낸 다음 굽기 시작했다. 고등어가 살짝 익을 무렵 양념을 바르고, 굽고, 양념을 살살 바르고, 굽기를 반복했다.

이렇게 정성을 들이면 더 맛이 좋아지는 법이다. 고갈비가 완성되자 민주려는 밥이 다 되었음을 깨달았다. 적당히 뜸들이다가 주걱으로 밥을 뒤집고, 김치찌개도 살폈다. 돼지고기 기름을 흠뻑 머금은 묵은지는 정말 맛있어 보였다. 찌개며 생선구이며 다 밥도둑들 뿐이라 그녀는 오늘 따라 밥을 더 많이 지었다.

"왔구나."

대문을 똑똑 두들기는 소리에 주려는 한달음에 달려 나갔다.

"선배! 오셨……."

그러나 그녀의 즐거운 기분은 오래가지 못했다.

"오랜만이로군, 민주려 후배?"

"아오!"

"그 반응은 뭐지?"

지야곤의 곁에는, 능글능글하고 뺀질뺀질한!

"규석 선배가 왜 여기에 있어요?"

"야곤의 친구가 나 말고 누가 있겠어?"

규석이 서 있었다!

△▼△

붕붕 떴던 민주려의 기분은 바닥으로 떨어졌다. 고생고생 땀 흘려 만든 맛있는 요리가! 고기고기 님들이!

"뭐, 나쁘진 않네."

"뿌득."

'저 얄미운 입에 다 들어가다니이이이!'

숟가락을 쥔 그녀의 손이 부들부들 떨렸다. 만약 규석이 올 거라고 예상했으면 저렇게 푸짐한 상을 차리지 않았을 것이다. 정신없는 와중에도 잘 지어진 흰 쌀밥은 윤이 반들반들했다. 민주려는 우울한 기분으로 숟가락으로 밥 한술 푹 뜨는데, 그 위로 고갈비 한 점이 얹어졌다.

"응?"

"많이 먹어."

고갈비를 얹어준 젓가락의 주인은 지야곤이었다. 민주려는 가슴이 찡했다. 항상 맛난 밥 해주면 잘 먹던 그가, 자신의 반찬을 그녀에게 양보한 것이다. 마치 '잘했어?'라고 묻는 것 같은 지야곤의 눈빛에 민주려는 입을 크게 벌려 고갈비가 얹어진 밥 한술을 쏙 물었다.

뜸이 잘 든 고슬고슬한 밥은 달짝지근했고, 고갈비는 정말 이루어 말할 수 없이 맛있었다. 생선의 비림이 하나도 없고 양념이 느끼함을 잡아줬다. 게다가 고등어 살의 그 촉촉함이라니! 껍질은 바삭하고, 속살은 촉촉하니 부드럽고, 양념은 맛깔났다.

"맛있으허……."

왜 다들 고등어, 고등어 하나 싶었는데 비싼 값을 한다. 한참 감동에 빠져 있는데 지야곤이 부지런히 그녀의 밥 위에 이것저것을 올려주었다. 이번에는 돼지고기를 묵은지에 예쁘게 싸준다. 민주려는 또 숟가락을 크게 퍼서 냠냠 먹었다.

이번에도 몸을 부르르 떨 정도로 맛있었다. 돼지고기의 기름을 듬뿍 먹은 묵은지는 새콤하면서 고소했다. 그리고 묵은지에 돌돌 싸인 돼지고기는 그렇게 부드러울 수가 없었다. 육즙이 화악 퍼지면서 새콤한 묵은지랑 같이 씹으면, 고소하고 새콤한 맛의 연쇄에서 벗어날 수 없었다. 게다가 이 강한 맛들의 균형을 흰 쌀밥이 적절하게 잡았다.

'멈출 수 없어!'

규석을 미워하는 건 아주 잠깐이었다. 민주려는 전투적으로 밥을 먹어치웠다. 그리고 그녀를 흐뭇하게 보던 지야곤도 슬슬 젓가락을 들어 제 입에 가져갔다. 토끼가 당근 먹는 것처럼 오물오물 민주려가 밥을 비워나가면, 지야곤은 복스럽게 한입 가득 물었다. 그리고 우물우물 씹으며 젓가락으로 규석을 적절히 견제했다.

그가 아구아구 맛난 음식을 다 먹어 치우지 않도록 막은 것이다.

민주려의 밥은 모두 지야곤의 것이었다. 정인이 해준 밥을 외간 사내가 많이 먹는 것을 좋게 바라볼 수가 없었다. 그 사내가 자신의 벗이라도 마찬가지였다. 지야곤은 은근슬쩍 김치찌개의 돼지고기를 민주려에게 몰아넣었다. 고갈비도 가장 맛있고 좋은 부분을 한 움큼 떼어 그녀의 숟가락 위에 얹었다.

'치사하다!'

밥을 먹는 중간중간 규석이 그런 눈빛으로 바라보았지만 지야곤은 과감히 무시했다. 지금 한 자리 차지해서 먹는 것도 감지덕지해야 할 판국에 뭐가 불만스럽단 말인가.

그는 규석을 외면한 채 민주려에게 반찬을 얹었다. 중간에 목마르지 말라고 물도 챙겨주는 등 옆에서 보는 사람 눈꼴 시리게 했다. 잘만 밥공기를 비우던 규석이 도중에 입맛 뚝 떨어질 정도로.

"흠흠. 잘 먹었습니다."

지야곤이 주는 반찬을 덥석덥석 받아먹은 민주려는 배가 부르고 나서야 주변이 보였다. 그녀는 규석의 시선을 느끼고는 헛기침을 연신 터뜨렸다. 반면 지야곤은 통통하게 튀어나온 민주려의 배를 보고 흐뭇한 표정을 지었다. 마음 같아서야 토실토실하게 살을 찌우고 싶지만, 아직 때가 아니었다.

"차를 내올까요?"

"……."

"선배?"

이제는 규석에게 차까지 주는 것도 싫은데. 지야곤은 슬슬 많아지는 제 욕심을 어쩔까 하다가 결국 고개를 끄덕였다. 규석이 자주 이곳에 올 것도 아니고, 자신은 앞으로 평생 마실 터이니 너그러워지기로 마음먹었던 탓이다.

"차 내올게요."

밥상 치우는 건 좀 뒤로 미뤄야 할 것 같았다. 배가 너무 불러서 움직이기 귀찮았다. 그래서 그녀는 앉아서 모든 것을 해결했다. 밥상은 냄새가 잘 빠지는 창가 가까이로 밀어놓고, 주방에 있을 다기와 찻잔, 그리고 옥수수수수염 등을 불러들였다. 규석은 속으로 휘파람을 불었다. 이렇게 한 번에 여러 일을 할 정도면 주술 실력이 뛰어나다는 의미였다.

주술을 이용하면 이렇게 여러 일을 할 수 있어서 편안하다. 하지만 그만큼의 섬세한 조절과 힘을 쏟아야 하기 때문에 평소에는 그냥 몸을 움직이는 것이 나았다. 지금이야 몸을 움직일 수 없으니 비효율적으로 힘을 쓰고 있지만 말이다.

"드세요."

"또 이건가."

"이것밖에 없어요. 그냥 드세요!"

옥수수수수염차를 받으며 규석이 입상을 떨었다. 민주려가 화를 내든 말든. 하지만 그것은 오래갈 수 없었다. 지야곤이 서늘하게 그를 노려봤기 때문이었다. 규석은 그 시선에 뜨끔해 어색하게 웃음을 흘렸다. 맹해 보이는 주제에 눈치 좋은 저 친구는 벌써 알아본 모양이었다.

'그만 놀려야겠네.'

그가 유독 민주려를 성질을 건드린 이유가 재미있어서라는 것을. 만약 규석에게 여동생이 있었으면 민주려에게 하는 것처럼 놀림을 당했을 것이다. 더 놀리고 싶었지만 이제 지야곤의 여자가 될 사람이다. 이 이상은 엄청난 무례가 될 터이니 아쉽지만 그만둬야 할 것 같았다.

"그래. 무슨 일로 날 불렀지?"

궁둥이 무거운 그를 지야곤이 먼저 부른 적은 처음이었다. 그것도 서신이 아니라 인편으로 왔다. 이기호라는 호위무사가 직접 와 말을 전했는데, 그마저도 정확한 내용은 없고 만나길 바란다는 것이 고작이었다.

"국보 때문에."

그의 질문에 지야곤이 차를 마시며 말했다. 무덤덤하지만, 그리 쉽게 담을 수 있는 말은 아니었다. 규석은 인상을 찡그렸다. 국보는 황가인 규씨에게 아주 예민한 사안이었다. 아직도 수거하지 못한 국보가 대체 몇 점이던가. 그것만 온전히 지켰더라면 내란의 상처를 좀 더 빨리 치유할 수 있었을 것이다.

고단한 백성을 보며 안타까워하던 황제 폐하를 떠올릴 때마다 아주 이가 박박 갈렸다.

"국보를 찾았다."

"뭐?"

"그런데 그 국보, 풍 가문과 지 가문이 얽혀들었다. 더불어서 주려도."

민주려는 지야곤이 왜 규석을 불러들였는지 눈치 챘다. 국보가 얽혀든 이 복잡한 상황에서 가장 확실하게 조언해줄 사람은, 국보를 돌려받을 황가의 사람인 규석이었기 때문이었다.

지야곤은 천천히 설명하기 시작했다. 풍 가문과 지 가문 사이에 오가던 혼담과, 그때 알게 된 국보사냥꾼의 배후, 그리고 그들이 찾던 국보와…….

"얍! 보이세요? 이게 청수경이래요."

"보시다시피 주려의 힘에만 반응하는 국보 때문에 지금 지 가문도 소강상태지."

민주려의 손 위에 둥둥 뜬 청수경에 대해 설명을 끝냈다.

그는 규석이 적당히 놀라고, 능글거리며 이득을 잔뜩 취한 뒤 해결방안을 알려주리라고 생각했다.

"그, 그거!"

"네? 청수경이요."

"그걸 왜 민 후배가 들고 있어!"

"그러니까 저희 집 받침대로 쓰고 있었다니까요."

"아니, 그게 아니라 네가 내……."

하지만 지야곤이 바라던 반응은 나오지 않았다.

"내, 약혼녀라니!"

"네에에에?"

"이럴 순 없어! 설마하니 기다리고 있었는데! 운명적인 내 만남이이이이!"

뭔가 혼돈의 도가니였다. 뜬금없이 터져 나온 약혼녀라는 말에 지야곤은 이 사태를 진정시키기로 했다.

설컹.

"헉."

다만 그 방법이 조금 과격했다. 주저 없이 날 선 검을 뽑아 들어 규석의 앞머리를 베어낸 그는 살벌하게 물었다.

"……방금 뭐라고?"

"서, 선배. 칼 집어넣으세요! 여긴 집 안이에요!"

이때는 민주려가 말리는 것도 몰랐다. 그가 다시 진정하기까지 약간의 시간이 더 필요했고, 규석은 기겁했으며, 그간 쌓인 게 많던 민주려는 말리는 척만 하지 열심히 옆에서 부추겼다.

△▼△

"친구 백날 사귀어봤자 소용없다더니."

배신감에 치를 떨며 규석은 앞머리를 만지작거렸다. 얼마나 깔끔하게 잘려나갔는지, 굳이 다듬을 필요도 없었다. 그래도 벗이랍시고 지야곤이 섬세하게 조절하지 않았더라면 그의 이마는 빨간 줄이 그어졌을 것이다.

"말은 끝까지 들어야지! 다짜고짜 검을 휘두르다니, 어이가 없어서!"

"……."

"듣고 있나? 응?"

버럭버럭 화를 내는 규석과 달리 지야곤은 뚱한 낯이었다. 지금 규석보다 더 많이 참고 있는 쪽은 그였다. 감히 자신의 정인에게 약혼녀라고 부르다니. 그건 당장 네 여자 내 여자로 삼을 테니 싸우자는 의미나 다를 바가 없었다. 그걸 규석도 알기 때문에 투덜거리는 것으로 넘어가는 것이고.

"뭐, 말실수했다."

"실수?"

"그런데 어쩔 수 없었다고. 저걸 하필, 왜, 민 후배가 들고 있느냐는 말이야. 식겁했네."

"국보라면 좋아해야 할 것이 아닌가? 하물며 너희 황가에서 가장 간절하게 찾던 청수경인데."

"그래서 더 문제라는 거야."

머리를 긁적이던 규석은 이내 한숨을 푹 내쉬었다.

"청수경은 아주 귀중한 국보야. 왜냐하면, 차아를 왕국에서 제국으로 격상시키는 데 지대한 공헌을 했거든."

"이게요?"

"그래, 그게."

민주려가 이 조그만 것이 대체 뭐기에 그 정도로 대단한지 이해할 수 없었다. 그런 그녀를 보며 규석은 혀를 끌끌 찼다.

"청수경은 물을 맑게 해주는 효능이 있어. 그뿐만이 아니라 물이 마르지 않도록 해줘."

"물이 마르지 않는다고요?"

"세 사람 정도 더 달라붙어야 하긴 하는데, 힘을 더 불어넣으면 맑은 물이 콸콸 나와. 만약 물의 주술사 여섯이 보조하면 어떻게 되게?"

그럼 맑고 깨끗한 물이 더 늘어난다. 하지만 단순히 늘어나는 수준이 아니었다. 고작 그 정도라면 규석이 정색하고 말할 리가 없으니까.

"나라의 온 백성이 깨끗한 물을 마실 수 있다."

민주려는 소름이 돋는 것을 느꼈다.

"만약 내란 때 잃어버리지만 않았어도 깨끗하고 풍부한 물을 무상으로 풀 수도 있었어. 그랬다면 굶주리고 지친 백성들이 병에 덜 걸렸을 거다. 하지만 그것이 되지 않았지. 청수경이 없었으니까! 결국 무리를 해서 수도(水道)를 만들고, 백성들에게 정해진 분량의 물만을 공급해야만 했다. 물의 주술사들이 무리해서 정화한 물을 흘려보내 병이 확산되지 않게 막고, 그나마 오염되지 않은 개울은 엄격히 관리해 혹시 모를 사태에 대비해야만 했어."

그녀의 손에 들린 국보 하나에 걸린 가치가, 생각보다 훨씬 무거웠다.

"그 청수경을 잃어버렸기 때문에, 내란의 상처는 더디게 치유될 수밖에 없었지."

"주려의 잘못이 아니야."

"나도 안다. 이미 지나간 것이고, '저것'은 원래 빨리 찾을 수 있는 것이 아니었으니까. 게다가 전의 황가에서는 너무 국보에 의존했어. 고작 몇 개가 사라졌다는 이유로 내란의 수습이 늦어지고 우왕좌왕했으니까. 이제는 학습해서 무얼 하든 대안을 늘 고려하고 있다. 나름 교훈을 얻은 것이겠지."

진지하고 무거웠던 분위기는 곧 풀렸다. 규석이 복잡 미묘한 눈빛으로 청수경을 보고 한숨을 푹푹 내쉬었기 때문이었다.

"저게 민 후배네 집에 가게 된 경위는 별거 없었을걸. 특별한 자격을 갖추지 못하면 본모습을 드러내지 않으니 평범한 냄비받침대, 크흠! 청동거……울로 보였겠지. 그래서 별 의심 없이 썼을 것이고. 국보들 대부분이 저러다 보니 솔직히 아직 발견되지 않은 것들은 용광로에 들어가지 않았을까 걱정도 되는 편이라."

"그럼 묻지. 왜 저 청수경이 주려의 힘에만 반응하지?"

"그건 민 후배가 더 잘 알고 있을 것 같은데? 지금도 능숙하게 사용하는 것으로 보아선, 사용방법을 찾았지?"

민주려가 고개를 끄덕였다. 힘을 빼니 청수경은 평범한 받침대……가 아니라 청동거울로 돌아왔다. 하지만 그녀가 다시 힘을 불어넣자 예전의 모습을 되찾아 공중에 두둥실 떠올랐다.

"땅의 주술이에요. 그 힘에만 반응해요."

"정답이야. 청수경의 발동 조건은 땅의 주술이거든."

"그게 이상한데요, 규석 선배. 아무리 생각해도 청수경은 물을 정화하는 귀물인데 왜 땅의 주술만 받아들이나요? 이럴 때는 보통 물의 주술이어야 하지 않나요?"

"청수경의 함정이 그거지. 물을 정화시켜주니 물의 힘을 써야 한다. 심지어 이름에도 푸를 청에 물 수가 들어가니 다들 착각하지 않을 수가 없어."

규석이 힘을 끌었다. 그 역시 대학관을 버젓이 다녀 졸업한 인재, 간단한 주술쯤이야 손쉽게 사용할 수 있었다. 그가 사용한 힘은 물의 주술이었다. 찻잔 안에 들어 있던 옥수수수염차가 빙글빙글 돌며 위로 솟아올랐다.

"하지만 다들 잊고 있는 게 있다. 물을 정화하는 것은 물이 아니라 땅이라는 것을."

"아하!"

"물의 주술을 백날 써봤자 정화 효과는 기대도 하지 않는 게 좋아. 그 정도는 대학관에서 배운 상식일 텐데, 민 후배?"

참 잊기 쉬운 상식 중에 하나였다. 더러운 물은 땅이 정화해서 깨끗해진다는 거. 게다가 물은 땅 위에 흐르기 때문에, 물의 주술의 상위에 땅의 주술이 군림하고 있었다. 물의 주술은 다루기 쉬우나 그 고급 과정이 어려워진 까닭은 땅의 주술을 함께 익혀야 하는 숙제가 있기 때문이고 말이다.

민주려는 땅의 주술에 재능이 있었기 때문에 비교적 물의 주술을 잘 다루는 편이었다. 덕분에 쏠쏠히 벌어들이기도 했지. 청소라든가, 빨래라든가. 온갖 자질구레한 일을 알차게 써먹었었다!

"하긴, 물을 물의 주술로 완벽히 정화할 수 있었으면 그 비싼 수도요금을 낼 필요도 없었죠."

"청수경이 국고로 돌아가면 수도요금이 내려간다."

"헉! 정말요?"

"그럼. 지금 수도로 흘려보내고 있는 물은 모두 비효율적인 막노동의 결과라고. 상급 물의 주술사들이 삼교대로 물을 팍팍 정화하고 있다는 걸 알고 있어? 그들이 그나마 땅의 주술을 쓸 수 있으니까 그 얄팍한 실력으로나마 어마어마한 양의 물을 정화해 내보내고 있는 거라고."

"설마 여태까지 거둬들인 수도요금은……."

"인건비. 그리고 물의 주술사들이 졸도할 때마다 나가는 치료비."

"으아아아아!"

여태까지 비쌌던 수도요금의 비밀이 이것이었다니! 민주려는 당장에라도 관청에 달려가 청수경을 바치고 싶었다. 수도요금이 지금의 반, 아니 반의 반이라도 내려간다면 정말 살 것 같았다. 그렇다면 집에서 좀 더 편안하게 빨래도 하고 목욕도 하고 그럴 텐데!

"진정해, 민 후배."

"진정하게 생겼어요? 규석 선배, 당장 불어요. 청수경이 돌아가면 도대체 수도요금이 얼마나 줄어드는 거예요?"

"으, 응? 사실 공짜로 줘도 되지만, 그러면 무분별하게 물을 낭비할 테니까 아마 조금씩 낮추겠지. 하지만 오 년 안에는 절반 이하로 내려갈 거다."

"안 되겠어요! 지 가문이고 풍 가문이고! 난 청수경을 관청에 신고할 테야!"

"그건 안 돼! 잠깐! 멈춰어어어!"

이성을 잃은 민주려를 황급히 붙잡은 것은 규석이었다.

"네가 그걸 신고하면 큰일 난단 말이다!"

"왜요? 이것 당장 놔요!"

"민 후배가 청수경을 신고하면!"

규석은 정말 필사적이었다. 만약 민주려가 청수경을 신고하면 어마어마한 일이 닥칠 것이다. 나라나 풍과 지 가문은 물론이고.

"나랑 혼인해야 한다고오오오!"

그가 먼저 지야곤에게 살해당할 테니까!

△▼△

사정은 이러했다. 과거부터 국보는 아주 중요했고, 그중에 청수경은 더더욱 중요했고, 청수경을 완벽하게 다룰 수 있는 땅의 주술사는 더더더! 귀중했다고 한다. 청수경의 비밀이 바깥에 밝혀지는 순간 탐을 내는 나라가 이루어 말할 수 없이 많을 것이기 때문에, 규씨는 최대한 감추기로 했다. 그래서 청수경을 다루는 사람이자 땅의 주술사를 꼭! 꼬오오옥 황가의 일원으로 만들었던 것이다.

"땅의 주술을 쓰는 남자? 황실의 여자랑 무조건 혼인이야. 땅의 주술을 쓰는 여자? 당장 미혼이고 성인은 나밖에 없으니 당연히 나랑 혼인하겠지!"

"싫어요!"

"나도 싫어!"

규석이 버럭버럭 소리쳤다.

"내 이상형은 얌전하고 순한 여자야. 아침이 되면 부드럽게 웃으며 일어나셨냐고 묻고, 일할 때는 내 기분에 맞춰 차를 내오고,

밤이 되면 날 위해……. 어흠흠. 아무튼 참한 현모양처를 운명적으로 만날 거라고 생각했다고! 그런데 민 후배라니! 빼도 박도 못한 최악의 선택지야!"

"뭐라고요?"

듣자 듣자 하니 속이 북북 긁어대는 것이 점점 기분이 나빠진다! 민주려는 청수경을 번쩍 치켜들고 그걸로 규석을 때리려고 했다. 그래도 실낱같은 이성은 남아 있어서 모서리 부분 대신 평평한 부분으로 노렸다. 하지만 지야곤이 그녀를 붙든 덕에 그녀는 그의 품에서 바동거리는 수밖에 없었다.

"아니 진짜 이 선배가! 읍! 으읍!"

"묻고 싶은 것이 있다."

그의 품에서 발버둥 치는 그녀는 참 사랑스러웠다. 볼이 불퉁하게 나와서 입술을 오물조물 움직이는 것이 귀엽다. 하지만 그것과 별개로 지야곤은 머릿속을 차갑게 식혔다.

"너와 혼인하지 않으면, 주려는 어떻게 되지?"

"……."

"지금 청수경의 주인은 주려밖에 없을 테지. 땅의 주술을 그녀만큼 잘 다루는 사람은 차아에서 드물 테니까. 젊고, 어리며, 처녀이기까지 한 주려를 황실에서 놓아줄 리 없어. 말하도록 해. 너와 혼인하지 않으면 주려는 어떻게 되지?"

"한 가지의 선택지밖에 안 남겠지."

정말 곤란하기 짝이 없다. 지야곤이 벌써 그렇게 찌르고 들어올 줄은 몰랐는데. 그는 혀를 찼다.

"이야기가 새어나가선 안 되기 때문에 평생 황실에서 살게 돼."

"그 말은……."

"황실에 뼈를 묻어야 한다는 거야. 무녀가 되어서 평생을 황실에서 봉사하게 된다. 혼인은 당연히 못 하고. 황궁 밖으로 나가는 것조차 쉽지 않은 삶을 살아야 하지."

"……."

"그래서 말했잖아. 빼도 박도 못하게 최악이라고."

지야곤의 입이 꾹 다물어졌다. 그리고 민주려는 그의 품속에서 딱딱하게 굳었다.

"예외는 없는 건가?"

팔에 힘을 주어 좀 더 민주려를 단단히 안은 지야곤이 친우에게 조용히 물었다. 규석은 맹렬하게 돌아가고 있을 것이 분명한 지야곤의 머릿속을 짐작하려고 애썼다. 아마 쓸 수 있는 수단은 모조리 다 쓸 생각이겠지. 필요하다면 지 가문의 금력과 권력도 동원될 것이었다.

그렇게 되면 황실도 곤란해진다.

규석은 냉정하게 계산을 해보았다. 과연 황실과 지 가문이 줄다리기를 할 경우 누가 이길 것이냐. 그리고 민주려의 삶은 어떻게 변할까.

입에서 나오는 건 깊은 한숨이요, 지끈거리는 건 머리였다. 그래도 어떻게든 답을 주기는 해야 한다. 그는 마음을 정리하고 입을 열었다.

"예외는…… 없었다. 그리고 아마 앞으로도 없을 거야."

구구절절한 설명이 없어도 이것만으로 충분했다. 지야곤의 고개가 이해했다는 듯 작게 움직였다.

△▼△

지야곤의 팔에서 풀려난 민주려는 똑똑한 머리를 굴려서 이런 저런 '예외'가 될 만한 것을 따졌다. 하지만 황궁이란 것이 그렇게 녹록한 곳이 아니라, 예외는 정말 원천 봉쇄 되어 있었다.

"내란 때 허술하게 대처했다고 무시하지 마라. 그래도 황실이다."

규석이 쯧쯧 혀를 찼다. 다른 건 다 몰라도 국보에 관한 관리만큼은 굉장히 까탈스럽게 진행되어 왔었다. 결혼한 유부녀 신분에서 청수경의 주인이 되었다? 그럼 남편에 자식까지 끌려들어가는 수가 있다. 힘이란 자고로 혈통을 타고 물려받는 일이 많아서, 오히려 얼씨구나 '좋다.' 하고 함께 입궁한다.

중요한 것은 청수경의 주인이, 절대, 밖에 함부로 나갈 수 없는 생활을 한다는 것에 있다. 규 가문의 목적은 그것이다. 비밀을 아는 자가 결코 입 밖으로 발설할 수 없게 가둬두는 것. 그렇기 때문에 사실상 민주려는 끝이었다. 즉, 지야곤과 민주려가 혼인을 한다 하여도 결국은 부부가 생이별하게 된다 이 말이다. 지야곤은 지 가문의 가주가 될 것이니 궁에 가두지는 못하고 주말부부 신세가 될 확률이 높았다.

"선배가 입 다물면요?"

그래도 포기를 모르는지 그녀는 규석에게 물었다. 그가 입을 다문다. 그렇다면 해결될 것인가? 하지만 규석은 대답하는 대신에 그녀의 이마를 검지로 쿡쿡 찔렀다.

"머리 좋은 후배. 알면서 고집 부리지 마라."

"으윽."

"이걸 지연시킬 수는 있겠지. 하지만 결과가 바뀔 일은 없을 것이야."

착잡하기 이를 데가 없다. 아무리 괴랄한 취향이라지만, 하나뿐인 친구가 장가 든다는데 초를 치게 생겼으니. 규석은 입맛을 쩝 다셨다. 그리고 말없이 생각에 잠겨든 지야곤을 흘끔 보았다. 저거 조용하니 더 무서워지네. 원하는 것이 없었기에 움직이는 일이 없던 귀재가 지야곤이다. 그러나 이제 지켜야만 하는 것이 생겼으니, 무슨 수단이든 강구할 것이다. 그래서 더 무섭다.

과연 저 잠룡이 무슨 짓을 저지를까, 하고 겁을 먹게 되는 것이다.

'저걸 감시하는 게 규씨로서 내가 할 수 있는 최대의 임무였는데.'

자고로 황실은 인재에 한하여 무한한 애정과 감시를 동시에 해야 함이다. 그래야 나라가 옳게 돌아가도록 유도할 수 있으니까. 일하기 싫다고 노래를 부르는 규석이라고 하여도 결국 황실의 사람이고, 그 때문에 최소한의 일은 해야 했다. 황제라서 엉덩이 무거운 제 사촌형님을 대신해서 학관에도 들어가고 인재들도 두

루두루 살피지 않았는가.

그중에 가장 백미는 뭐라고 해도 지야곤이었다.

세상 만사 흥미 없는 속내마저 저 뛰어난 능력을 자제하기 위한 하늘의 배려라고 생각할 정도로 그는 뛰어났으니까. 그런데 그걸 하필 황실에서 건드리게 생겼다. 아이고, 두야.

"가문으로 돌아가는 즉시, 너희 가문의 늙은이들 간수 잘해라."

규석의 말에 지야곤이 그제야 시선을 돌렸다.

"일단 상황이야 어떻게든 최대한 늦춰볼 거다. 어차피 어디서 꼰지른다고 한들, 지금 외교가 복잡하게 돌아가고 있어서 보고가 일찍 올라가진 않을 테니까.

하지만 지 가문과 풍 가문이 합작해서 청수경을 찾았다고 보고하게 되면……."

"황실에서 주려의 정체를 알아채게 된다, 이건가?"

"그래. 내가 형님께 말을 잘 올려서 평생 입 다무는 최적의 상황이 나오려면, 두 가문이 조용히 있어줘야 해."

"선수 쳐서 먼저 보고를 올리려는가?"

"너 내게 빚 진 거다. 그 무시무시한 사촌형님을 설득한다는 것이 쉬운 일은 아니니까."

"……고맙다."

"기대는 하지 마. 성공확률이 극히 낮으니까. 어쨌거나 내가 해줄 수 있는 것은 이게 한계야."

둘이 대화를 하는 내내 민주려는 입을 꼭 다물었다. 그녀 탓도 아닌데, 그녀 때문에 일이 복잡하게 돌아가고 있었다. 얄밉지만 자신이 한 말에 책임을 질 줄 아는 규석이 무리를 하고 있었다. 그리고 그에게 빚을 지게 된 지야곤이 감사의 인사를 한다. 그녀는 이 상황이, 참으로 싫었다.

아무것도 할 수 없다니.

우울함이 땅 밑 저 끝까지 떨어지는 기분이었다.

"그런데 청수경의 주인은 땅의 주술사이기만 하면 되는 건가?"

"뭐? 그거야 그렇지. 근데 개나 소나 다 할 수 있는 건 아냐. 실력이 뛰어난! 땅의 주술사여야 하지. 하지만 이 나라에는 말이지. 그냥 평범한 땅의 주술사도 적어. 황실에 있는 주술사들 사이에서도 고급 주술을 자유자재로 사용하는 땅의 주술사는 없어. 사실 청수경 때문에 하도 땅의 주술사를 끌고 들어가니까 예전에는 금지 술법처럼 여겨진 적도 있다니까?"

아마 그것 때문에 더 희귀해진 것은 아닌가 싶었다. 가뜩이나 익히기도 어려운데, 어느 정도 대성을 했다 하면 족족 황실에 끌려가 행방이 묘연해지니 말이다. 이것도 결국 규씨 탓이다.

규석은 이 내용들도 함께 자신의 사촌형님에게 말하기로 마음먹었다. 잘못된 것이 있으면 바로 잡아야지. 얍삽하고 요령만 피우는 그는 답지 않게 사고관이 제법 바른 편이었다.

"뭣보다 뛰어난 땅의 주술사……. 그런 건 아무래도 쉽지가 않지. 민주려 후배가 특이한 거야. 그 대학관에서 다른 유용한 주술이 많은데도 땅의 주술을 파다니."

"뭐 어때서요. 저 이래 봬도 청 선생님에게 예쁨 많이 받았거든요?"

"그래, 그래."

"번개 주술사도 있는 마당에 땅의 주술사가 없어서……."

안타까움에 민주려는 중얼중얼 입을 댓 발 내밀었다. 하하하 웃던 규석은 이내 으잉? 하고 괴상한 소리를 내었다.

"번개 주술사?"

"네. 우르르 쾅쾅 하고 비 내리는 우천에만 쓸 수 있다던데요."

"그러니까, 그 번쩍번쩍 번개 주술사?"

"신기하죠? 어떻게 보면 땅의 주술사보다 더 희귀……."

"하고말고! 맙소사, 아직 그 맥이 안 끊겼다니!"

어두침침했던 분위기가 순식간에 반전되었다. 이건 또 뭐시당가.

민주려가 여전히 지야곤의 품 안에서 맹하니 그를 바라보는데, 규석은 흥분해서 당장 그 사람은 어디에 있느냐고 물었다.

"왜요. 설마 또 끌려가나요?"

"그럴 리가! 번개 주술사는 차아제국의 창립 때 큰 도움을 준 국빈인데 어찌 끌고 가나! 워낙에 희귀한 능력이라서 한 이백 년 전에 맥이 끊긴 줄 알았지!"

"우와, 누군 무녀 아님 선배의 아내로서 최악의 선택지만 있는데 누군 국빈이라니!"

억울해서 못 살겠다. 민주려는 꺼이꺼이 땅을 쳤다. 아이고, 땅의 신령님들! 왜 하필 저였어요! 하고 소리쳤지만 씨알도 안 먹혔다. 에잇.

△▼△

슬픈 건 슬픈 거고. 골치 아픈 것은 골치 아픈 것이며.

"솜씨가 그세 늘었군."

"그만 먹어라."

"안 본 새에 넌 좀 치사스러워진 것 같다."

"……."

맛난 건 맛난 거였다.

한참 심각한 주제로 논쟁하듯이 말하고 나니 배가 고팠다. 머리를 오죽 썼어야지. 입에 단내가 나는 것은 물론이고 어지간한 노동보다 더 기진맥진한지라, 민주려는 초탈한 표정으로 추가요리에 들어갔다. 그렇게 밥을 먹었음에도 금세 꺼진 배를 위해 선택한 요리는 볶음밥이었다.

남은 돼지고기 김치찌개의 건더기만 일부 건져서, 기름을 두른 가마솥에 넣고 달달 볶다가 누룽지밥을 넣었다. 그 뒤 비장의 양념 고추장과 참기름을 넣고 주걱으로 쑤걱쑤걱 열심히 볶아주면 완성. 간단한 요리지만 기본재료가 맛있다면 이보다 침이 흐를 수는 없었다.

거기에 좀처럼 꺼내지 않았던 달걀도 준비했다. 노른자, 흰자를 분리한 다음에 흰자만 모은 바가지를 들고 그녀는 열심히 휘저었다. 거품이 몽실몽실 피어오른 흰자에 노른자를 다시 섞고 지지면 아주 빵실빵실한 계란부침이 된다. 그것을 각자 덜어놓은 볶음밥 위에 올려놓으니 시각적으로 굉장한 효과를 발휘했다.

"이거 보들보들하네."

숟가락으로 쿡 찌르니 튀어 오른다. 그런데 좀 더 힘을 주면 바르르 소리를 내며 계란찜마냥 보드라운 식감을 내었다. 규석은 흘끔 민주려를 보았다. 그녀는 닥친 상황을 어떻게든 이겨내기 위해 뭐라도 열심히 하는 것 같았다. 요리면 요리, 먹는 거면 먹는 거. 특히 지금은 여자에 대한 환상을 와르르 부수듯이 냠냠 먹고 있었다.

"그런데 안 알려줄 건가, 민 후배?"

"뭘요?"

"번개 주술사. 만약 알아간다면 그걸로 협상할 수도……."

"제가 선배의 뭘 믿고요. 그리고 국빈이라는 걸 좋아……하실지도 모르지만! 어쨌든 지금 제 코가 석자인데 누굴 맡겨요?"

아마 기친친이라면 국빈취급을 아주 당연하게 받으며 뜯어올 거 다 뜯어오지 않을까? 민주려는 지금 규씨를 생각해서 일부러 소개해주지 않는 것이었다. 남춘기의 부인인 기친친은 그녀보다 한술 더 뜨는 사람이다. 민주려가 산에 사는 호랑이라면 기친친은 이미 한 단계 더 진화한 영물이었다.

"뭣보다 지금 후계자도 안 나타나서 맥이 끊긴다 뭐다 하시던데."

"여전히 그쪽도 후계가 걱정이구나. 그런데 민 후배 그거 알아? 다른 특이한 주술사들도 후계 때문에 맥이 반절 이상 끊긴다는 거."

"번개보다 더 희귀한 것도 있어요?"

"술이라든가, 꽃이라든가, 벌레라든가……."

거짓말 같지만 거짓말은 아닌 듯, 지야곤도 고개를 끄덕였다. 가끔 돌연변이처럼 괴이한 주술을 부리는 사람이 나타난다고 하였다. 하지만 거의 후계자를 찾지 못해 한 세대에서 끝난다나. 그 사정을 들어보니 번개는 정말 용케 맥이 이어왔다는 생각이 들었다.

"아무튼 민주려 후배애애애애."

"지금 제 사정 심각한 거 누구보다 잘 아시면서 어디서 떼쟁이 질이에요?"

"내가 형님께 말 잘해볼게. 그러니까 번개 주술사가 누군지나 좀 알려주라. 진짜 그거 하나만으로도 형님과 말할 때 유리해진다니까?"

"누구 팔아먹는 것은 싫다니……."

쨍강!

그들의 말싸움은 오래가지 않았다. 뭔가 깨지는 소리가 난 것이다.

"장독!"

그리고 무엇이 깨졌는지, 그리고 그 안에 무엇이 들어 있는 것까지 알고 있는 민주려가 자리에서 벌떡 일어났다. 자리에서 일어나 문을 드르륵 열자, 웬 복면을 한 사내들이 집에 침입해 있었다.

"이, 이이!"

도둑? 습격자? 무엇이든 상관없었다. 지금 그녀의 두 눈 안에 꽂힌 것은 오로지!

"내 된장 내놔라, 이놈들아아아!"

깨진 장독과 바닥에 흐른 된장이었다!

△▼△

지야곤은 검을 빼들고 눈치를 살살 살피는 이들을 냉담하게 바라보았다. 습격한 이들은 바로 그들에게 달려들지 않았다. 아니, 달려들 수 없었다는 것이 더 옳으리라.

'누가 보냈을까?'

그들의 시선은 이글이글 타오르는 민주려에게 꽂혀 있었다. 목적은 그녀다. 거의 본능적으로 그것을 알아챈 지야곤의 신경은 올올이 섰다. 황실과 그녀의 관계에서 어떻게 하면 빼내올 수 있을까 고민하느라 열이 났던 머리가, 금세 차갑게 식었다.

머리를 굴릴 틈도 주지 않고, 감히 그의 정인에게 손을 대려고 했기 때문에.

"신중하다고 하여, 무슨 일이든 해결되는 법은 없지."

움찔. 복면의 사내들이 어깨를 떨었다. 그들은 아마 민주려 혼자 집에 있다고 생각한 모양이었다. 하지만 그것은 큰 오산이다. 너무나도 큰, 오산.

"내가 그녀를 홀로 둘 리가 없다는 것을……. 몰랐던 모양이야."

스산한 냉기가 그의 검으로부터 피어올랐다. 가뜩이나 날카로운 검에, 바람의 주술이 덧입혀진다. 예기는 이미 보검수준을 넘어 스치기만 해도 살갗이 갈라질 정도로 날카롭게 벼려졌다.

"그렇지 아니한가?"

그닥지 않게 긴 말. 그것은 약간의 방심을 유도했다. 흔들리는 눈빛을 주시하며 지야곤이 검을 든 순간, 국보사냥꾼들의 뒤를 먼저 덮친 것은 그림자로서 호위하고 있던 이기호였다.

"끄악!"

첫 비명은 이내 다른 비명에 묻히고 말았다. 지야곤과 이기호가 달려들자, 복면의 사내는 무려 열에 달하는데도 쉬이 공격도 못하고 오히려 하나 둘 쓰러졌다. 그 모습을 보고 한 몫 하겠다고 소매 걷어붙이는 민주려를 달래는 것은 규석의 몫이었다.

"참아, 참아."

"하지만 된장이! 아니, 선배가!"

"……거, 그놈 취향과 안목이 다시 의심 드는 말이군. 어쨌든, 민주려 후배가 나서봤자라니까."

오히려 다칠 수가 있다. 주술을 적절하게 써서 도움을 줄 수도 있겠지만, 저렇게 칼부림 날 때는 오히려 가만히 있는 게 낫다. 검사의 감각은 예민하기 때문에 타인이 끼어들면 호흡이 흐트러진다. 규석은 얼핏 복면의 사내들의 움직임을 보고 전문적으로 살수를 익힌 사람들은 아니라고 판단했다. 저 정도라면 지야곤과 그의 호위무사만으로도 제압이 가능하다.

"그런데 민주려 후배. 대체 누가 후배를 습격한 거지?"

"……이것 역시, 저 때문인가요?"

"아니라면? 그 외에 이유는 없을 듯한데."

"지 가문은 아닐 거예요. 너무 대놓고 습격했잖아요. 선배가 절 마음에 두고, 두…… 커허험. 두고 있는데 손 뻗어봤자 의심만 사죠. 그러니까 이건 아마도……."

아마도고 자시고 할 것 없이 확신이다.

"풍 가문이겠지요."

이건 순전히 민주려의 추측인데, 지화성은 지 가문에서 얌전히 입 다물고 있을 사람은 아닌 것 같았다. 아무리 지야곤이 주의를 줬어도 원로들은 서로 쑥덕거리기 바빴을 것이고, 그 와중에 풍 가문을 닦달했을 가능성이 높다. 청수경을 정말로 가지고 있느냐, 그걸 왜 의심하느냐, 사실을 말해라 우리는 다 알고 있다, 그게 무슨 소리냐. 그런 언성이 오가는 와중에 민주려가 청수경을 가지고 있다는 사실이 흘러들어가지 않는 게 더 이상했다.

결론은, 풍 가문이 민주려의 손에 청수경이 있다는 것을 알게 되었고, 그로 인하여 사람을 불러 습격하라고 지시했을 것이다.

"증거 없는 추측인데?"

"누가 증거 없대요? 저기 훤히 있구만."

쯧쯧 혀를 차며 민주려가 손가락으로 가리킨 끝에는 쓰러져 있는 복면인이 있었다. 그는 개구리처럼 엎어져 있었는데, 허리춤에 무얼 그리 많이 주렁주렁 달고 있는지 바닥에 쏟아진 게 꽤 많다. 그것들은 사람을 해치는 도구라기보다는, 뭔가를 파헤치는 종류였다. 곡괭이, 붓, 올가미, 밧줄 등등. 그것을 본 규석이 미간을 찡그렸다.

"국보사냥꾼이군."

복면인들의 정체는 순식간에 밝혀졌다. 하지만 배후를 알았다고 좋아할 리가 만무한 것이, 최악의 사태가 벌어졌다. 지 가문만 알고 있어야 할 그녀의 정체를 풍 가문에서도 알았다. 청수경의 주인에 대해 자세한 사정을 모르기 때문에 습격했다는 것이 유일하게 안심이었지만, 그것도 오래가지는 못할 것이었다.

시간이 흐를수록 불리해지는 것은 민주려다.

"민주려 후배."

"예?"

"아무래도 한 번에 정리를 해야 할 것 같은데, 생각 있나?"

기왕 들킨 것, 차라리 묻어버려야지.

음습하게 웃는 규석에게 민주려가 야무지게 고개를 끄덕였다. 그렇죠. 한꺼번에 묻어버립시다. 그는 까닥거리며, 이번에도 훌륭히 받침대 역할을 하고 있던 청수경을 가리켰다. 민주려는 척하면 착이라고 청수경을 들고 와서 그의 앞에 섰다.

"청수경 쓰는 법을 알려줄게. 전에 썼던 것처럼 땅의 힘을 팍팍 붓는 거야."

"그건 저도 아는데요."

"거기에 물의 주술력도 불어넣어봐. 아주 재미난 일이 벌어질 터이니."

고개를 끄덕이고 민주려는 힘을 팍팍, 아주 팍팍 불어넣었다. 오갈 데 없던 짜증과 울분을 담아서!

땅의 주술력을 쑥쑥 잡아먹은 청수경이 반지르르 빛나기 시작했다. 거기에 물의 주술력을 더하니 거울의 한가운데에 뭔가가 비쳤다.

"오오."

밑 빠진 독처럼 주술을 빨아먹는 청수경의 한가운데, 비친 것은 남우세스럽게도 서로를 끌어안고 있는 남녀였다. 반듯한 이목구비가 아름다운 미남 미녀다.

"헉."

꼬오오옥 끌어안고 있는 남녀의 모습에 놀란 것도 잠시, 잠든 것처럼 두 눈을 감고 있던 거울 속의 사람들이 눈을 떴다.

△▼△

『시끄러운 것은 싫단 말이야.』

와드득.

지야곤과 이기호로부터 살아남기 위해 죽기 살기로 발악하던 국보사냥꾼들의 발목이 잡혔다. 우두둑. 와드득. 기묘한 소리와 함께, 발목을 옭아맨 것은 흙이었다. 그것은 진흙처럼 꿀렁거리며 그들의 발목을 타고 올라와 굳었다. 딱딱하기가 돌 못지않아서 움직임이 둔해졌다. 다만 다행인 것은 국보사냥꾼들이 멈출 때 지야곤과 이기호도 검을 거뒀다는 것에 있었다.

"주려?"

땀 한 방울 흘리지 않은 지야곤의 시선이 민주려에게로 향했다. 정신을 놓고 어버버 하고 있는 그녀의 곁에 두 사람, 아니.

『그래도 시끄러운데?』

『…….』

『휴식을 방해하는 것들은 입도 막아야지.』

두 '신령'이 자리하고 있었다. 그중에 젊은 사내의 모습을 취하고 있는 신령이 서늘한 웃음을 머금고 손을 들려 했다. 그런데 젊은 여인의 모습을 한 신령이 고개를 살며시 저었다.

『내가 하마.』

가느다란 손가락이 유려하게 움직였다. 모든 사람들은 그 움직임을 마치 홀린 듯 쳐다보았다. 푸른 물방울이 점점이 허공에 만들어졌고 곧 그 물방울들은 국보사냥꾼들의 얼굴로 날아갔다.

"으악!"

찰싹! 맵게 물방울들이 묶여서 옴짝달싹 할 수 없는 사냥꾼들의 볼을 때렸다. 소리가 얼마나 차진지 모르는 사람들이 소리만 들으면 떡을 만드나, 라고 생각할 정도였다.

지야곤은 왠지 그 모습이 익숙하다는 걸 느꼈다. 어디선가 본 적이 있는 것 같았다.

『마무리는 내가.』

젊은 사내의 모습을 한 신령이 웃으며 팔을 들었다. 짙은 구릿빛의 손이 휘저어질 때마다 국보사냥꾼들의 움직임이 굳어져 갔다. 꿀렁거리는 흙이 점점 그들의 몸을 타고 올라가 입까지 틀어막았기 때문이었다. 자신의 손을 쓸 수도 없이 묶인 것에 두려움과 공포를 느낀 이들이 발버둥을 쳤지만 소용없었다.

『이제 조금 조용하군.』

퍽 만족스럽다는 듯이 신령이 웃었다. 그리고 푸른 머리카락을 시냇물처럼 늘어뜨린 신령을 끌어안았다.

『아주, 마음에 들어.』

주변이 고요해지자 남자 신령이 빙긋 웃었다. 지야곤은 그에게서 느껴지는 익숙한 기운에 고개를 옆으로 기울였다.

"땅의, 신령?"

지야곤이 익숙함을 느낀 것은 종종 민주려가 부탁을 하던 땅의 신령들과 같은 기운이 느껴졌기 때문이다. 물론 작달만하고 거름 내놔, 낙엽 내놔라고 외치던 떼쟁이들과 엄청난 차이가 있긴 했다. 생김새도 차원이 달랐고. 하지만 분명히 이 기운은 그때 느꼈던 것과 같았다. 코끝을 스치는 흙냄새가 증거였다.

사내가 그를 보더니 빙긋 눈웃음을 쳤다. 새카맣고 깊은 눈빛 또한 그들과 동일했다. 이제 지야곤은 확신했다. 눈앞에 있는 신령은 땅의 신령이라는 것을.

『네가 아가의 짝이었던가.』

"아가?"

"딸꾹!"

대화가 매끄럽게 이어지려는데, 딸꾹질이 크게 울렸다. 모두의 시선이 한쪽에 쏠렸다. 그곳에는 청수경을 들고 딸꾹딸꾹 딸꾹질을 크게 하는 민주려가 있었다. 몹시 놀란 듯 그 크고 동그런 눈이 토끼처럼 동그래졌다.

"처, 청수, 딸꾹!"

그녀는 자신의 손에 들린 청수경을 들고 흔들었다. 청동거울로 만들어진 그것은 새하얗게 물들어 있었다. 그러나 그녀가 하고 싶었던 말은 다른 것이었다.

거울에서, 무려 청수경에서 두 신령이 튀어나왔다!

『놀라지 마렴.』

그때 가만히 땅의 신령에게 안겨 있던 물의 신령이 스르르 움직였다. 그녀는 긴 소맷자락으로 민주려의 몸을 감쌌다. 차갑고 청명한 기운이 민주려의 몸에 스며들었다.

찰랑찰랑 기분 좋은 기운이다. 민주려는 텅텅 비어 있던 주술력이 다시 차오르자 놀라서 물의 신령을 바라보았다. 그녀는 잔잔하지만 다정함을 가득 담아 민주려를 마주 보았다.

『너와 대화를 나누기를, 항상 바랐단다.』

"누구세요?"

민주려는 간신히 딸꾹질을 멈추고 조심스럽게 물었다.

『나는 수아.』

『그리고 나는 청아다.』

물의 신령 수아와 그 곁에 있던 땅의 신령 청아가 서로의 이름을 소개하며 빙긋 웃었다.

『우리는 청수경의 신령들이란다.』

민주려의 입이 동그랗게 벌어졌다. 그리고 고개는 저절로 청수경에 대해 가장 많이 알고 있는 규석에게로 돌아갔다. 빙글빙글 웃고 있는 얼굴을 보니 정말인 듯 했다.

그녀의 머리는 맹렬하게 돌아가기 시작했다. 처음 냄비 받침인 줄 알고 청수경을 고물상에게서 구입한 것부터 지금에 이르기까지. 국보답지 않았던 생김새, 숨겨져 있던 힘. 까다로운 조건. 그리고 온 나라의 물을 정화할 수 있을 정도로 뛰어난……. 그 기능.

'아.'

민주려는 깨달았다. 국보가 왜 못나게 생겼고 그다지도 찾기가 어려운지. 황실은 왜 주술사를 황궁 안에서 살도록 했는지. 물은 깊을수록 소리가 없다. 바로 그 이치였다. 벼는 익을수록 고개를 숙이는 법. 국보가 가진 그 힘이 크면 클수록 평소의 생김새는 반대로 더욱 못나고 평범하다. 그래서 지금 이렇게 잃어버린 국보를 찾는다고 애를 먹고 있는 거였다.

아마 아직 찾아내지 못한 국보들은 청수경보다 더욱 강력한 힘을 가지고 있으면서 평범한 모양을 띠고 있을 것이다. 어느 집 개밥그릇으로 사용되고 있을지도 모르는 일이었다.

이 비밀도 다른 곳에 널리 알려지면 안 된다. 혹시나 타국의 손에 국보가 넘어가면 차아에는 참으로 불리해지니 말이다. 그래서 규석은 황제를 설득하는 일이 어렵다고 했었던 것이었다.

'나 괜찮을까?'

슬그머니 걱정이 되기 시작했다. 그녀는 눈을 한번 껌벅거린 다음 아름다운 미소를 짓고 있는 신령들과 눈을 맞추었다.

안심하라는 듯 신령들이 입꼬리를 끌어올렸다. 그러자 조금 불안하던 마음이 진정되었다. 마치 포근한 흙과 부드러운 물결에 휩싸이듯이.

十九章

하늘이 무너져도 솟아날 구멍은 있다

“대화도 좋지만, 저대로 놔두면 저놈들이 죽을 것 같은데.”

미묘한 분위기를 깨고 규석이 끼어들었다. 그제야 다들 아차 싶어 국보사냥꾼들을 확인하자, 이기호로부터 기절했다는 말을 들을 수 있었다.

물론 중요한 증인이긴 했다. 하지만 작금의 상황으로 보고 판단할 때, 저 국보사냥꾼들이 입 한번 벙긋하면 민주려가 위험해졌다.

그래서 그녀는 진지하게, 좌중에 있는 사람들에게 물었다.

“그냥 묻을까요?”

『산에다 가져다 두면 그곳의 신령들이 좋아할 거야.』

“그럴 때는 말려주셔야죠, 청아 신령님.”

규석이 못 말린다는 듯이 투덜거렸다. 그러자 청아가 눈을 가늘게 뜨고 규석을 내려다보았다. 뚫어져라 보는 그 시선에 그는 멋쩍게 웃었다.

『네놈, 기운이 익숙하다 싶더니. 그때 황실의 그 꼬맹인가.』

“절 아십니까?”

『네가 어렸을 적에 황태자라는 놈의 품에 안겨 있던 건 기억난다. 태어난 지 몇 달 안 된 아기였어. 날 보자마자 울어재꼈지.』

안타깝게도 규석은 기억이 나지 않았다. 청아의 말대로 그는 너무도 어렸을 때였으니까.

규석은 한숨을 푹 내쉬고 지야곤을 불러들였다. 피가 묻은 칼을 대충 털고 온 그는 청아와 수아를 보고 정중하게 인사를 했다. 그가 마음에 들었는지 청아와 수아의 눈빛이 부드러워졌다.

『다들 앉으렴.』

수아가 마치 사람처럼 마루에 앉았다. 그리고 그 뒤로 청아가 앉아 그녀를 감쌌다.

『할 이야기가 많을 것 같구나.』

△▼△

예전에 물의 신령이 있었다. 그녀는 형태도 없이 세상을 떠돌았다. 때로는 이슬이 되기도 하고, 때로는 하늘에서 우수수 쏟아지는 눈송이가 되기도 하였다. 시냇물에서 강물, 바다로 흘러들어 갔다가 다시 하늘에 올라가 내려오는 순환을 끝없이 이었다.

그러던 어느 날이었다. 그녀의 순환에 누군가가 끼어들기 시작한 것은.

『가지 마요.』

한 방울의 비가 되어 내린 그녀를 붙든 것은 작은 웅덩이였다. 너무도 작은 그 웅덩이를 만든 것은 이제 갓 태어난 땅의 신령이었다.

『나와 있어줘요.』

하지만 물이란 고여 있을 수 없었다. 그녀는 땅의 신령을 한번 쓰다듬어주고는 다시 순환했다. 그러나 항상 어느 시점에 그것이 뚝뚝 끊겼다. 그래, 이를 테면 그녀가 땅에 내려올 때나 어딘가를 스쳐 지나갈 때였다.

『가지 마.』

어린 땅의 신령은 어느덧 힘이 제법 강해졌다. 그는 그 힘으로 제 땅을 가꾸기보다 그녀를 붙드는 데 썼다. 그것이 수없이 반복되고, 씨앗에서 새싹이 트고 나무가 되었을 때 물의 신령은 순환할 수 없었다. 다른 땅의 신령들처럼 땅을 가꾸지 않으면서까지 기른 그의 힘은 어느덧 그녀를 넘어서 있었다. 그는 아름다운 사내의 모습을 하고 그녀를 붙들었다.

『내 곁에 있어.』

주변의 지형이 바뀌고, 인간들의 나라가 다섯 번 이상 바뀌었을 무렵, 결국 그녀가 졌다. 그녀는 땅의 신령 곁에 고여 있기로 정했다. 조금씩 떨어지는 물방울이 바위를 뚫는다는 인간들의 속담이 무색하게, 그녀는 자신의 주위를 철저하게 감싸버린 땅에게 갇히고 만 것이다.

하지만 언제나 함께 있을 수는 없었다. 물의 신령은 떠돌아야 하고, 땅의 신령은 땅을 가꾸는 것이 순리였다. 그것을 어긴 둘은 아슬아슬한 상황이었다.

특히 물의 신령은 땅의 신령이 조금이라도 약해지면 세상 밖으로 강제로 떠돌지도 몰랐다.

『그것을 해결해준 것이, 이 차아라는 제국의 초대황제였단다.』

수아의 손짓에 민주려가 들고 있던 청수경이 두둥실 떠올랐다. 소중하다는 듯이 그것을 끌어안은 수아는 청아에게 기대었다. 청아는 그런 수아를 보듬었다.

『그는 우리에게 부탁했지. 백성이 깨끗하고 좋은 물을 마시게 하고 싶다고. 목이 말라 죽는 이 없도록, 오염된 물을 마시고 아픈 사람 없도록, 도와 달라고 하였어.』

『물을 정화하고 불려주기만 하면 헤어지지 않도록 머물 장소를 준다고 하였단다. 그게 바로 이 청수경이지. 이것 안에 있으면 우리는 헤어질 필요가 없단다.』

청수경의 비사는 그러했다. 자연의 순리를 어기고 사랑의 감정을 깨달은 두 신령과, 차아의 백성을 그 누구보다 걱정했던 초대황제. 소중한 것을 두고 서로 돕게 된 것이다.

『이를 테면, 청수경이 우리의 신방인 셈이야.』

어마어마한 이야기를 듣고 넋이 빠진 이들을 향해 청아가 장난스럽게 덧붙였다. 그리고 그 말을 듣자마자 민주려의 얼굴이 벌겋게 달아올랐다. 그녀는 허리를 팍팍 숙이며 사과했다.

"죄송합니다!"

하필이면 남의 신방을 받침대로 쓰다니! 이거야말로 천벌 받을 짓이었다. 으아악 소리치며 어쩔 줄 몰라 하는 민주려를 진정시키는 건 지야곤의 몫이었다. 그는 지나치게 펄쩍 뛰는 그녀를 붙들었다. 그리고 청아가 수려에게 하듯이 뒤에서 안았는데, 효과가 과했다.

민주려가 흐물흐물하게 녹아버린 것이다.

아무튼 상황은 진정될 기미가 보였다. 규석은 한숨을 푹 내쉬고는 때를 가늠했다. 아무래도 지금 돌아가지 않으면 곤란할 것 같았다. 누가 뭐래도 그는 황실의 사람이었고, 차아제국 현 황제의 사촌동생이었으니 말이다. 그는 자리를 파하겠다며 일어섰다. 그리고 정신없는 민주려를 대신해 나머지 사람과 두 신령에게 몇 가지 당부했다.

"저 사람들은 황실에서 사람을 보낼 터이니 걱정 말고, 신령님들은 이야기를 잘해주십시오. 그리고 지야곤, 너는 네 가문 사람들 잘 단속해라."

어찌 되었든 황제를 만나 설득해야 하는 막중한 임무를 지고 있는 규석은 한숨을 푹푹 내쉬었다. 그리고 손을 대충 휘젓고는 정말로 가 버렸다. 특별히 부탁해 홀몸으로 온 그를 위해 지야곤은 이기호에게 눈짓해 배웅하게 하였다. 그러자 두 사람과 두 신령만이 남게 되었다.

『후후후.』

수아가 작은 웃음을 터뜨렸다. 그녀는 지야곤의 품에서 이러지도 저러지도 못하는 민주려가 퍽 재미있는 듯했다. 눈이 빙글빙글 소용돌이치며 돌아가는 것이 훤히 보인다. 지야곤은 그들의 곁에 비슷하게 앉았다. 민주려를 품에 안고 앉으니, 그는 청아를 이해할 수 있을 것 같았다.

'따뜻해. 좋다.'

인생의 선배는 역시 다르구나 싶었다. 지야곤의 미약한 존경이 담긴 눈빛에 청아가 진하게 미소 지었다.

『아가.』

"네, 네?"

『네가 실례를 저지른 것은 없단다. 걱정하지 마렴.』

"어, 그렇지만 제가 받침대로! 으아아, 그게 정말 몰랐거든요!"

『알고 있단다. 그리고 우리의 신방은 고작 받침대로 쓰였다고 망가지지도 않으니 괜찮다.』

상대방이 괜찮다고 하여도 민주려가 괜찮지 않았다. 그녀는 지야곤의 품에 안겨 있는 것도 잊고 손짓발짓 했다. 이걸 어쩌면 좋지! 하고. 그것을 어린아이가 재롱부리는 것을 보듯이 즐기던 청아가 입을 열었다.

『우리는 오히려 편히 쉴 수 있어 좋았으면 좋았지, 싫지는 않았어.』

"쉬어요?"

『그래. 신방을 차린 것은 좋았는데, 차아의 규씨라는 인간들은 하나같이 들들 볶아댔으니까. 거의 쉬지도 못하고 물을 정화하고 불렸어. 느긋하게 신혼을 즐기지 못했지.』

"엄, 그렇다면 얼마나……."

『차아가 제국이라는 가장 큰 나라가 된 이후부터 얼마 전까지.』

민주려의 표정이 딱 떫은 감을 먹은 것처럼 구겨졌다. 차아가

제국이 된 지 벌써 몇백 년이다. 한 달을 내리 일하는 것도 힘든데 무려 몇백 년 동안 막노동을 하다니! 정말 질릴 만도 했다. 차아의 백성으로서 내란은 씻을 수 없는 상처였겠지만, 이 신령 부부에게는 정말 꿀 같은 휴식이었을 것이다.

『무엇보다 네 곁에 온 것은 정말 행운이었단다.』

수아가 만든 물방울이 민주려의 구겨진 미간에 톡 닿았다. 차갑고 시원한 느낌에 민주려의 표정이 펴졌다.

『어렸을 때부터 아가는 정말 작고, 바지런했지. 널 지켜보는 것은 즐거웠고, 무엇보다…….』

부드럽고 상냥한 그녀의 눈빛에 민주려는 가슴이 뭉클했다.

『정말 우리 둘에게 아이가 생긴 것 같아서.』

참으로 행복한 때를 보냈단다. 뒤이어 이어진 말에 민주려는 얼굴이 다시금 발갛게 물들었다. 이런 말하긴 그렇지만, 하늘에 계신 부모님께는 죄송해도 또 다른 어머니 아버지가 생긴 기분이었다. 든든한 보호자랄까. 아니면 거친 세상으로부터 자신을 지켜주는 울타리랄까. 어찌 되었든 가족이 늘어난 것 같아 마음이 따땃해졌다.

『그러니 위험이라면 당분간 막아줄 수 있단다.』

『하지만 영원하지는 않아. 우리가 힘을 낼 수 있는 것은, 아가의 힘이 유지되고 있을 때뿐이니까. 주술의 힘이 떨어진다면 우리도 손을 쓸 수 없어.』

민주려의 보호책은 얻었다. 그러나 그 보호는 한시적인 것에 불과했다. 민주려는 고마움과 미안함이 뒤섞인 감정으로 그들을 보았고, 지야곤은 뭔가를 골똘히 생각했다.

"사흘. 그 정도면 괜찮겠습니까?"

『사흘?』

"해가 세 번 뜨고 질 때까지 주려를 보호해주실 수 있다면 다른 방도를 찾을 수 있습니다."

그는 뭔가 다른 수가 있는 듯했다. 그 정도야 할 수 있다. 청아와 수아는 고개를 끄덕였고, 다만 도움이 되지 못한 민주려는 꼼질꼼질 거렸다. 이렇게까지 아무것도 하지 못한 적은 처음이었다. 그런데, 처음과 달리 지금은 그것이 싫지 않았다. 누군가에게 기댄다는 것은 생각보다 아늑하고 편안했다. 상대방을 향한 믿음이 강할수록 마음이 안정된다는 것도 좋았다.

"저기."

가만히 있던 민주려는 한 사람과 두 신령에게 인사했다.

"도와주셔서 감사합니다."

끝은 조금 목소리가 작아졌다. 수줍어하는 그 모습을 보는 이들의 입가에 자연스럽게 웃음이 걸쳐졌다.

△▼△

"피곤하시죠?"

달그락 놓인 찻잔에서 뜨거운 김이 피어올랐다. 이기호는 제 투박한 손을 뻗어 찻잔을 쥐었다. 이제 그도 차를 즐길 줄 안다. 우선 뽀얀 찻잔 안에서 말간 빛깔을 내는 찻물의 색을 눈에 담았다. 마음이 다 차분해지는 노란색. 그 안에는 꽃송이가 피어 있었다.

국화차.

차를 우린 이와 퍽 닮아 있는 모양새였다. 그는 찻잔을 코 가까이 가져와 향을 맡았다. 향기롭고 따뜻해서 속이 벌써부터 데워지는 것 같았다. 후후 불어 식혀서 한 모금 마시니 그제야 언 몸이 녹았다.

“괜찮습니다.”

그의 말에 서윤경이 후후 웃었다. 그녀도 세월은 어쩔 수 없어서 눈가가 주름졌다. 하지만 그 주름이 추함의 상징이 될 수 없었다. 적어도 이기호가 보기에, 서윤경의 주름은 다른 여인들의 화장보다 훨씬 아름다운 장신구였다.

“최근에 도련님 때문에 가장 고생을 하고 계시잖아요.”

“서 유모만 하려고요. 밤늦게까지 걱정되어 잠도 못 이루지 않습니까. 항상 내색하지 않고 그 옆을 보필하는 것이 존경스럽습니다.”

“보필이 아니라 보살피는 것이지요. 도련님은 제 아들과 같은 걸요.”

아들이라는 말에 서윤경의 눈이 잠깐 젖어들었다. 우수에 찬 눈빛에 이기호는 머쓱한 표정을 지었다. 이제 그도 안다. 서윤경이 어떤 과거를 가지고 있는지. 한때 지아비 모시는 평범한 아내였으나, 내란 때 남편도 자식도 잃었다고 했다. 자식 대신에 지 가문의 직계 남매를 돌보며 그 외로움과 상처를 돌보았다고.

‘이제 잊을 때도 되지 않았나.’

이기호는 한 번도 혼인해본 적이 없어서 그녀의 심정을 알 수 없었다. 하지만, 적어도 그녀가 조금은 편안하고 행복해졌으면 좋겠다고 생각했다. 누가 뭐래도 그림자처럼 따라붙는 호위무사에게 이다지도 상냥한 사람이지 않는가. 따뜻한 차 한 잔은 이제 그에게 없어서는 안 될 낙이 된 지 오래였다.

“그런데 밖에서 무슨 일이 있었나요?”

“음?”

“도련님 눈빛이 흉흉해서요. 화라는 것을 모르던 분이, 이번에 아주 제대로…….”

딱히 떠오르는 단어가 생각나지 않아 그녀는 말끝을 흐렸다. 하지만 그것을 아주 적절하게 받아치는 사람이 있었으니.

“귀신같죠?”

“네, 그거예요!”

항상 지야곤의 곁에 붙어 있는 이기호였다. 손뼉을 치며 웃는 서운경을 보며 그의 심정은 복잡해졌다. 그렇게 웃으며 좋아할 때가 아니었다. 어찌 되었든 간에 풍 가문이 지야곤의 정혼자를 해치려고 했고, 그것을 아닌 척 도와준 것이 지 가문의 원로이며, 궁극적으로 이 일이 황궁에 들어가면 하극상이 일어날지도 몰랐다. 이를 테면 지야곤이 일으키는 두 번째 내란? 농담이 아니라 정말 일으킬 것 같아서 소름 돋는다.

“뭐, 여러 일이 있었으니까 말입니다.”

차마 그 무시무시한 과정을 서운경에게 알릴 수 없었다. 황실의 비밀을 함부로 발설할 수 없는 노릇이고 말이다.

이기호는 국화차를 후루룩 마시며 식은땀을 삐질 흘렸다. 심신이 다 지친다. 육체적으로도 정신적으로도 오늘은 너무 혹사했으니까.

하지만 이게 끝일 리가 없다.

"이제 시작이겠지."

"예?"

"아닙니다. 그것보다 차가 나날이 맛있어지는군요. 그리고 이 다과는 뭡니까? 맛있네요."

"강정인데 괜찮죠?"

"상당히 맛있습니다. 서 유모의 솜씨는 정말 대단합니다. 매일 먹고 싶네요."

서윤경은 호호 웃었다. 겉으로야 아무렇지도 않게 넘기고 있다지만 속은 진땀을 흘리고 있었다. 왜 이 사내는 아무렇지 않게 사람의 심장을 쥐고 흔드는지 모르겠다.

'여자에게 인기가 없는 건 아닌 것 같은데.'

지긋하게 뜯어보는데 이기호는 외모가 딱히 떨어지지 않았다. 오히려 상당한 호남이었다. 호위무사답게 체구도 건장하겠다, 성격도 무난하고 털털한데 아직 장가를 안 간 이유를 영 모르겠다. 뭣보다 가끔 던지는 말이 어찌나 여인의 가슴을 떨리게 하는지. 한숨을 쉬며 서윤경은 빈 찻잔에 차를 따라주었다.

"잘 마시겠습니다."

씩 웃는 얼굴에 또 가슴이 철렁. 그녀의 속마음을 모르는 이기호는 그저 싱글벙글 웃고 있을 따름이었다. 어쩌면 저 둔함 때문에 오던 여인들을 저도 모르게 철벽방어를 하고 있는지도 모르겠다.

"언제든지, 원하시면 솜씨를 발휘할게요."

"감사합니다."

"네."

기왕이면 그 철벽방어, 계속 유지해줬으면 좋겠다. 다른 여자들에게 주기에 아까운 남자이지 않던가. 이기호가 한 가지 몰랐던 것이 있다면, 서윤경이 옛 남편과 자식 때문에 재혼할 생각이 없는 건 아니라는 거다. 그녀도 여자다. 자고로 좋은 남자가 있으면 마음이 가는 것은 당연했다. 지 가문의 전 가주도 죽기 전에 재혼을 조심스레 권한 적이 있었고.

'엉뚱한 사람에게 넘기긴 그렇지?'

호호 웃으며 서윤경은 이기호의 둔함만으로는 안 되겠다는 생각을 했다. 자신도 견제에 들어가야 할 것 같았다. 그녀는 괜찮은 남자를 어떤 이유에서건 두 번 다시 뺏기지 않을 생각이었다. 병과 내란은 어쩔 수 없었지만 다른 여자들이라면 얼마든지 무찌를 수 있으니 말이다.

△▼△

풍 가문에는 때 아닌 감사대원이 들이닥쳤다. 아니 이게 무슨 일이냔 말인가! 풍각장은 혼이 쏙 빠져나가는 기분이었다.

"이게 무슨 일이냐!"

차마 감사대원에게는 아무 말도 못 하고, 그는 자신의 아들인 풍허융을 다그쳤다. 그러자 풍허융의 안색이 더더욱 거멓게 죽었다. 그는 소가주의 신분으로서 감사대원을 직접 맞이하기까지 했다. 원칙적으로야 가주가 직접 나서서 해명하고, 책임까지 다해야 하지만 높은 가문의 가주는 그러하지 않았기 때문이었다. 체면이 있지 어찌 감사대에게 탈탈 털리겠냐는 말이었는데, 아무튼 그런 이유로 인하여 그는 새벽바람부터 관리들에게 콩 타작하듯이 낱낱이 까여야 했다.

"국보사냥꾼 때문입니다."

"뭐라? 그들이라면 어제 극적으로 타결하지 않았느냐!"

"임금 지불 면에서야 그랬지요……."

그들이 선택한 것은 남에게 돈을 빌리는 것이었다. 사실 풍 가문은 이미 빚이 꽤 많은 상황이었다. 여기서 더 부채를 늘린다면 나중에 가문을 일구는 것이 위태로워질 정도였는데, 그 부담을 지고서라도 더 돈을 끌어온 이유가 있었다.

"그놈들은 임금까지 받아 가놓고 왜 이렇게 굼떠?"

청수경.

그것이 어디에 있는지 알아냈기 때문이었다. 게다가 하필이면 그 사실을 지 가문에서 먼저 알아챘다. 이미 그것만으로도 손해이긴 했다. 청수경을 마치 가지고 있는 것처럼 풍각장이 말했으니까. 신뢰성이 떨어졌으니 앞으로 어떻게 할지 내내 걱정했다.

하지만 그 상황에서 지 가문의 원로 중 가장 깐깐한 지화성이 도움의 손길을 줬다.

「허흠. 내가 말했다고 알리지 마시오. 어흐흠!」

그가 말하길 청수경은 웬 어린 여자가 가지고 있다고 했다. 문제는 그 여자가 지 가문에게 영 도움이 안 될, 오히려 해가 되는 사람이고. 그녀 손에 청수경이 있는 것보다 풍 가문에서 가져가 혼사를 이루는 것이 더 좋다나 뭐라나.

이 말을 들었을 때 이게 웬 떡이냐 싶었다. 대놓고 지 가문의 원로가 도와주는데 그걸 못 가져가면 호구지 사람이겠는가!

그는 우선 돈을 빌렸다. 국보사냥꾼에게 지불할 임금을 모두 빌린 다음 그들을 불렀다. 밀린 거 다 내줄 수 있다. 하지만 그 대신에 조건이 있다. 너희가 원래 가지고 왔어야 할 청수경을 마저 회수하라. 겸사겸사 그 청수경을 가지고 있는 여자도 납치하고. 이런 식으로 타이르자 국보사냥꾼의 수장이 임금을 더 높게 불렀더랬다. 뭣하러 그런 일까지 하느냐고.

「임금은 필요없고? 그럼 다른 사람을 시켜야겠군.」

하지만 갑은 풍 가문이었다. 그가 임금을 지불하지 않겠다고 버티자 결국 일을 받아들였다. 풍각장은 수염을 쓰다듬으며 흥흥 웃었다. 지 가문에서 꺼리는 여자라? 분명 뭔가 대단한 비밀이 있을 터였다. 그 여자도 청수경과 함께 데려 와서 이것저것 캐묻고

지 가문과의 협상에서 유리한 고지를 입점할 생각이었다.

그렇게 일을 처리한 것이 불과 어제였건만!

"감감무소식이라니!"

아예 수도 밖에 사는 것도 아닌데 일처리가 이상하게 늦다. 뿐이랴. 오늘은 날벼락을 맞았다. 감사대가 들어와 풍 가문을 수색했는데, 그 이유가 섬뜩했다.

"민원이 잔뜩 쌓였다고 합니다."

"그러니까 그걸 대체 누가 발설했느냐는 거야!"

"숨긴다고 해도 국보사냥꾼이 흘리면 끝이죠."

"그걸 잘 관리하라고 임금을 비싸게 준 거였는데, 쯧."

감사가 가문을 수색할 때는 크게 세 가지가 있다. 첫째, 반란. 그야말로 이 이유로 걸렸다면 두말 안 하고 죽었다고 보면 된다. 확증이 있을 때만 수색이 들어오기 때문에 이때는 죄송하다고 손이 발이 되도록 빌어도 소용이 없었다. 가문 내 식솔 전원 참수형이 떨어지니까 말이다. 사실 감사대가 이런 이유로 감사하는 경우가 거의 없지만, 워낙에 살벌하고 무서워 가장 먼저 떠올리는 죄목이기도 했다. 가문의 핏줄 중에 살아남는 사람은 고작해야 출가외인이 된 여식 정도다. 그것도 죄에 가담하지 않았다는 전제 하에.

두 번째 이유는 지금과 같은 민원이 쌓였을 때였다. 사실 말이 민원이지 감사대가 움직일 정도면 고발에 가깝다. 지난 몇 년간 국보사냥꾼이 벌인 행패로 인해 민심이 흉흉한 거야 알고 있었다. 하지만 풍 가문에서 얼마든지 무마할 수 있는 수준이었고, 그들이 배후라는 것은 거의 알려지지 않았었다. 철저하게 비밀엄수를 하고 있었다는 뜻이다. 꼬리 잡힐 만한 짓도 되도록 자제했고. 그런데 이번에 임금이 자꾸 밀리자 지 가문의 대문 앞에서 그들이 농성 비슷한 것을 벌였다.

아마 그게 기폭제가 되었을 확률이 높다.

"이걸 빌미로 임금을 차감해야겠어."

"절반으로 차감할까요?"

"하, 그것도 아깝지! 삼 할만 준다."

국보사냥꾼들이 들었으면 펄쩍 뛸 이야기를 두 부자가 도란도란 나눴다. 그러나 그들의 안색은 썩 좋지 않았다.

"풍 가문의 가주."

감사대장이 저승사자 같은 인상으로 다가왔기 때문이다. 그는 붉은 도깨비 얼굴이 등에 새겨진 검은 옷을 입고 있었는데, 허옇게 뜬 얼굴 때문에 그냥 귀신같았다. 감사대장치고 드물게 젊고 단정한 얼굴이었지만 이건 좋은 요소가 되지 못한다. 젊은 나이에 저 위치까지 올랐다는 것은 그만큼의 성과를 올렸다는 뜻이고, 그만큼의 성과만큼 많은 가문의 비리를 밝혀온 실력자라는 것을 반증할 테니까!

"국보사냥꾼을 만들어내 고용했다는 것이 밝혀졌소."

"그것은……."

"나라를 위해 물심양면 나서준 것은 고맙소만, 도가 지나쳤소. 폐하께서 국보의 귀환보다 백성의 무사를 더 귀히 여긴다는 것을 모르지는 않을 것이오."

소매에서 두루마리를 하나 꺼낸 감사대장은 주르륵 펼쳤다. 그것은 민원서류의 목록이었는데, 무려 오백스물여섯 건에 달했다. 정식으로 기소된 민원서류만 오백스물여섯 건! 대부분의 농민이 까막눈이라는 것을 떠올려봤을 때 아마 이것보다 적어도 다섯 배는 많이 피해를 봤을 것이다.

"처벌은?"

풍각장은 기왕지사 이렇게 된 것 매도 일찍 맞는 것이 낫다고 여겼다. 어차피 이번 고비만 넘기면 청수경은 넘어오지 않는가? 그럼 황위계승권도 올라가고 지 가문과 혼사를 맞이하여 빚도 다 갚을 수 있었다!

"민원 한 건당 금 백 냥이요."

"배, 백 냥!"

그러나 생각보다 처벌이 매웠다. 한 건당 백 냥. 그 말은 즉 내야 할 돈이 금 오만이천육백 냥이라는 뜻이었다.

어마어마한 벌금에 곁에 있던 풍허융이 입을 떡 벌렸다.

"너무 과하지 않소!"

"그럼 건당 금 쉰 냥으로 하시오."

"당연히 그랬어야지! 아니, 쉰 냥도 많은데 더 낮출 수 없는 것이오?"

"단, 쉰 냥으로 낮출 경우 앞으로 들어올 민원만큼 늘어날 것이오."

감사대장은 희미하게 웃었는데, 단정한 얼굴에 어울리지 않도록 살벌했다. 만약 이 자리에 이기호가 있었더라면 '소가주다!' 하고 외칠 정도였다.

"정하시오. 이 민원 목록만큼 백 냥을 내겠소? 아니면 앞으로 들어올 것까지 합하여 건당 쉰 냥을 내겠소?"

풍각장의 낯이 새파랗게 질렸다.

△▼△

'머리 빠지게 고생하고 있겠군.'

지야곤은 어제보다 독기가 한 줌 빠진 표정을 하고 있었다. 오랜만에 맹한 기운을 폴폴 내며 그는 서류를 처리했다. 쿵쿵 인장을 찍는 손놀림이 제법 가볍고 명쾌하다.

반면 그의 곁에서 무슨 일을 하는지 다 지켜보고 있었던 이기호의 안색은 썩 좋지 않았다. 그는 체한 것처럼 해쓱하기까지 했다.

그는 밤새 지야곤이 일을 처리하는 걸 봤다. 그랬다. 지야곤은 지 가문으로 들어와서 지금 이렇게 해가 쨍쨍할 때까지 잠도 자지 않고 일하고 있었다. 뭘 그렇게 열심히 하는지 슬그머니 보니, 풍 가문을 벼랑 끝으로 몰아넣는 작업을 하고 있었다.

가문 하나를 말아먹으려고 아주 작정을 한 지야곤은 꽤나, 그래. 이게 문제였다. 꽤나 즐거워 보였다! 그답지 않게 가볍고 산뜻하게 이것저것 일을 벌이더니, 기어이 하룻밤 사이에 감사대장을 움직인 것이다. 그런데 그냥 찌르기만 한 것이 아니었다. 그것뿐이었더라면 민주려를 건드린 것에 그만큼 민감했구나 싶었을 것이다.

"저, 소가주."

"응?"

"괜찮은 겁니까? 제가 머리도 나쁘고 정치도 잘 모르지만……."

이기호는 머뭇거리며, 잠을 자지 못해 까칠해진 자신의 얼굴을 마른세수했다.

"보통 자기편까지 찌르진 않잖습니까."

감사대장이 하룻밤 사이에 어떻게 무거운 엉덩이를 떼었느냐. 풍 가문의 비리? 국보사냥꾼 정도로는 살짝 아쉬운 감이 있다. 하지만 무려, 지 가문의 원로라면? 이 두 가문의 비리라니! 이건 고양이에게 생선을 맡기는 정도가 아니었다.

그냥 한 달 굶은 독사에게 맛난 먹이를 던진 것이다!

"가문 청소도 하고, 시간도 벌고. 일석이조로군."

"소가주……."

"그리고 원래 정치란 것은 아군이 없는 법이지."

자기 편? 제 앞가림이나 하고 남 생각해주는 거다. 실수나 틈을 내보이기가 무섭게 서로 헐뜯기 바쁜 정치는 하물며 더했다. 그 약간의 틈을 물어뜯으려고 노리는 맹수들 틈에서 살아남는 방법은 남을 찌르는 거다.

최선의 방어는 최선의 공격인 법! 대학관의 가르침을 이렇게 잘 써먹을 줄은 지야곤도 몰랐다. 덧붙여 말하자면 아예 틈을 있는 대로 만들어서 어딜 찌를지조차 모르게 하는 사도 같은 방식을 구사하는 사람도 있다. 황제의 사촌동생이면서 한량처럼 사는 규석이 그러했다.

"오후에는 감사대장이 찾아오겠군요."

"어쩌면 내일, 혹은 모레일 수도 있을 거다."

"시간이 지체되는 이유라도 있는 겁니까?"

"풍 가문의 비리가 국보사냥꾼 하나만일 리가 없으니까."

털어서 먼지 안 나오는 사람이 어디에 있던가. 하다못해 민주려의 집도 구석구석 잘 뒤져보면 진짜 먼지가 나오는데. 그렇게 꼼꼼한 그녀도 먼지와 씨름하며 대청소를 한다.

그런데 풍 가문? 그곳에 있는 다른 비리가 없을 리가 있나. 분식회계부터 시작하여 뇌물수수라든가 걸릴 항목은 넘쳐났다.

"누가 도와주지 않는 한 못 빠져나올 거다. 그래도 감사대장에게는 이틀이 한계겠지."

그 무시무시한 작자는 지야곤이 서신을 통해 자료를 넘겨주자마자 바로 사람을 꾸려서 움직였다. 과연 젊은 나이에 아무나 장(長)을 맡는 건 아닌가 보다.

게다가 그의 특징은, 가장 굵직굵직한 죄목을 잡은 다음에 몰아쳐서 벌금을 때리고 다른 일을 한다는 거다. 알맹이만 쏙쏙 빼서 일하고 잔업은 부하에게 맡기기 때문에 일처리 속도가 눈부시게 빨랐다.

이틀.

그 안에 지 가문의 원로들은 뒤집어질 것이다. 특히 지화성은 가문 내에서 조사한 것만으로도 우수수 뭔가가 쏟아진다.

그리고 복장 뒤집어질 만한 것이 하나 나왔는데, 원래 지야곤에게 와야 했을 재산을 원로 측에서 쏙 빼간 것이다.

명목이야 그가 가주가 된 다음에 물려주겠다는데, 설마? 지야곤은 이 항목을 이제야 알았다. 그것만큼은 감사대장에게 맡기는 것조차 짜증이 나 따로 빼두었다. 아주 두고두고 쪼아주리라.

"이것만 하면 좀 쉴 수 있어."

"그게 뭡니까?"

"서신."

멋들어지고 유려한 필체가 빼곡하게 적힌 서신은 평범했다. 지 가문의 인장이 찍힌 것만으로도 비범해지겠지만, 내용 자체야 은사(恩師)에게 보내는 소소한 것이었다.

지야곤은 그것을 잘 접어서 이기호에게 넘겼다.

"인편입니까?"

"이것도 가져가도록 해. 함부로 들어갈 수 없는 곳이니까."

그리고 어쩐 일인지, 지야곤은 이기호에게 또 다른 패를 넘겨주었다. 그것은 지야곤이 그를 보증한다는 가문의 패였는데, 어지간해서는 쓰지 않는 것이었다. 청녹라로 만들어진 패라니. 이기호는 도대체 자신이 가야 할 곳이 어디기에 이런 것을 주는지 알 수 없었다. 그래서 슬그머니 수신자를 봤다. 그리고 납득했다. 편지에 적힌 장소를 보니 그럴 만도 했다.

[차아 수도 대학관 수신자 청서원 선생.]

"최대한 빨리, 전해줘."

이기호는 고개를 끄덕였다.

△▼△

민주려는 좀이 쑤셨다. 매일 바쁘게 살았는데 요즘은 그렇지 않았다. 돈도 안 벌고 이렇게 까먹는 건 진짜 얼마만인가. 하루하루 불안하고 온몸이 근질거렸다.

"으으. 쉬는 동안 일했으면 적어도 금 스무 냥, 아니지. 서른 냥은 벌었을 텐데!"

안타까움에 몸부림치며 방바닥을 데굴데굴 구르던 민주려는 곧 벌떡 일어났다. 머리카락이 곤두서는 이 느낌.

"주술이다!"

청수경을 끌어안고 숨을 죽였다. 그리고 문까지 살금살금 다가가 살짝 여는데, 뭔가가 마당을 빙글빙글 도는 것이 보였다. 그녀는 우선 안도의 한숨을 내쉬었다. 저것은 위험한 것이 아니었다.

문을 활짝 연 민주려는 손을 뻗었다.

"자자, 이리 와. 내가 주인이거든!"

살짝 주술의 힘을 흘리자 새처럼 날아다니던 그것이 그녀의 손에 들어왔다. 바스락 소리가 나는 것이 서신이었다. 예전에 민주려가 지야곤에게 마음을 표현하기 위해 머리끈을 날렸던 것과 같은 주술에 걸려 있다.

"흠흠. 신기하네. 이거 어지간해서는 쓰지 않는데."

주술사들이라도 술식을 그리는 게 귀찮아서 그냥 인편을 쓰는데 말이다.

게다가 이 주술, 굉장히 깔끔하다.

그녀는 오랜만에 느껴보는 솜씨 좋은 주술에 요모조모 뜯어보다가 서신을 펼쳤다. 그러다가 깜짝 놀라고 말았다.

"세상에! 청서원 선생님의 서신이잖아!"

청서원. 그는 민주려에게 있어 그야말로 은사였다. 대학관에 다니는 학생 중에서도 집안이 별로 좋지 않은 편이던 그녀의 사정도 많이 봐 준 사람이었다. 장학금도 이것저것 알아봐주고 나중에 집안 사정 때문에 그만둘 때조차 많은 배려를 해준 선생님이지 않은가.

"어이구. 그러고 보니 내가 서신을 보낸 적이 없구나. 찾아뵙지도 못했고. 불초제자네."

사는 게 바빠서 잊고 있었다. 게다가 학관에 서신을 보낸다고 해도 워낙에 감시가 철저해서 조금만 이상한 내용이 있으면 전해지지 않았다. 그만큼 철통보안 되는 곳이 그녀가 나오는, 차아에서도 제일인 대(大)학관이지 않던가.

"음. 잘 지내셨구나. 여전하신 것 같고."

청서원은 상급 주술반을 가르치는 선생님이었다. 무려 상급 주술이니 그의 주술 솜씨가 얼마나 대단하겠는가.

게다가 그는 집안도 끝빨 나게 좋았다. 청(淸) 가문은 물의 주술을 기막히게 잘 다루기로 유명한 주술 명가였다. 사실 그것 때문에 대학관에 선생으로서 취직도 하고 그랬는데 우습게도 정작 청서원 주특기는 땅의 주술이었다.

「땅의 주술만 익히면 뭐…… 언젠가 쓸모 있지 않겠어요?」

하하하 웃으며 주술반 학생에게 거의 반 강제로 땅의 주술을 가르치던 그가 떠올랐다. 다들 그 시간이 가장 싫었다고 하던데, 민주려에게는 금쪽같던 나날이다. 그때 배운 주술의 대부분이 밥벌이에 가장 많은 도움이 되었기 때문이었다.

"흠흠. 요즘 애들이 말 잘 안 듣는구나. 예전과 다르게 박박 기어오르기에 땅에 묻어 두……."

정말 여전하시네. 민주려는 어색하게 웃으며 끝까지 다 읽었다. 그러다가 거의 말미에 와서 점점 두 눈이 커졌다.

"엉?"

도무지 믿기지 않는 내용이 안에 적혀 있었다.

"조교?"

서신에는 청서원을 보조해주던 조교 자리가 비니, 도와달라는 내용이 적혀 있었다. 정식으로 조교가 되기 위해서는 대학관을 졸업해서 시험을 치러야 했다. 그러니까, 정식이 아니라 임시고용 형태였다. 여태까지 민주려가 해왔던 방식 그대로. 게다가 보수는 하루에 무려!

"여, 열 냥!"

선생직이 그렇게 꿀 발라놓은 곳이라던데 이런 뜻이었던 건가! 게다가 상황이 너무 절묘했다. 다른 곳에서 금 스무 냥을 줘도 포기했을 테지만 대학관은 다르다.

"이제 되었다. 수아 님, 청아 님, 안전 문제 해결되었어요!"

청수경을 붙들고 민주려가 방방 뛰며 외쳤다.

"대학관에서 일하면 된다고요!"

그곳은 많은 인재가 모여드는 곳이었다. 황실의 일원인 규석도 가르침을 받고 가는 곳이기에 그 어느 것보다 안전에 치중했다. 재산 중에 가장 먼저 지켜야 하는 것은 '인재'라고 말하는 차아에서 가장 신경 쓰는 그곳이 가장 유명한 까닭은 따로 있었다.

"하늘이 무너져도 솟아날 구멍은 있다더니."

오랜만에 활짝 웃으며 민주려는 서신을 꼭 끌어안았다.

차아의 제일인 대학관.

그곳은 차아제국에서 유일무이한 치외법권(治外法權)이었다!

二十章

판 위에 모두 놓인 장기 말

보퉁이를 끌어안고 민주려는 멍하니 대학관의 대문 앞에 서 있었다. 차아의 대학관은 푸르고 희다. 특별한 주술을 걸어서 만든 푸른 기와는 햇볕에 반짝거리고, 그 푸르른 기와가 도드라지게 새하얀 자작나무가 주변을 둘러쌌다. 푸른색, 흰색이면 보통 가벼워 보일 만도 하건만 대학관은 그 크기가 워낙 커서 그런지 오히려 묵직한 무게감이 있었다.

자작나무로 만들어진 대학관의 문도 여전히, 희고 깨끗했다. 시간의 흐름을 빗겨간 것처럼.

"오랜만이네."

조금 쑥스러운 기분이 들었다. 이곳을 나올 때만 해도 절대 돌아오지 못할 거라고 여겼다. 명예롭게 졸업도 못하고, 집안 사정으로 자퇴를 했으니 말이다.

민주려는 손을 들어 자작나무 대문을 만졌다. 그러자 지이잉 하고 주술의 힘이 흘러나왔다. 아무나 들어갈 수 없도록 만들어놓은 대학관의 대문은 결코 뚫을 수 없는 철옹성과도 같았다. 내란 때도 무너지지 않았던 대학관이니 그럴 만도 했다.

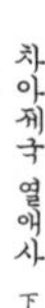

소란스러운 와중에 대학관을 공격했던 무리들은 전부 호된 대가를 치르고 도망갔다. 그 뒤로 대학관은 난공불락이라는 별명을 하나 더 얻었다.

"후우."

하지만, 그녀는 뚫을 방법을 하나 알고 있었다. 땅의 주술의 힘을 있는 대로 때려 부어서 대지를 파헤치면……!

"그 방법은 피해주셨으면 합니다. 아직은 비장의 한 수로 남겨두고 싶거든요."

안타깝게도 민주려의 생각은 시도에서 그쳤다. 땅의 주술을 쓰려고 힘을 왕창 끌어올리고 손을 꼼지락거리는 순간 누군가 재빨리 대문을 열었기 때문이었다. 새하얀 자작나무 사이로 보이는 얼굴은 이제 이립(而立)이나 되었을 법한 청년. 살짝 그을린 피부와 반짝이는 눈동자가 인상적인 그는, 민주려가 만나고 싶었던 사람이었다.

"청서원 선생님!"

"오랜만입니다, 민주려 학생."

그의 입매가 짓궂게 씩 올라갔다.

"아무리 제가 보고 싶으셔도 그렇지, 이렇게 무식한 방법으로 부르다니요. 이 대문, 수리비가 얼마나 비싼데."

"서신을 보내면 들어가는데 오래 걸리잖아요?"

"몸도 마음도 튼튼한 민주려 학생답지 않게 엄살이군요. 어차피 차 석 잔 마시는 것밖에 걸리지 않았을 텐데. 그 화끈한 성격은 여전하네요."

"쉬운 방법이 앞에 훤히 있는데 굳이 어렵고 힘든 방법을 선택할 이윤 없지요. 시간 아깝게."

"그렇긴 하죠. 하하하."

"후후후."

둘 사이에 넘실넘실 보랏빛 기류가 떠다녔다. 그리고 때마침 그곳을 지나가고 있던 학관의 학생 몇몇의 안색이 그 모습을 보고 순식간에 창백해졌다.

'뭐, 뭐지. 누가 청서원 선생님하고 대화를 나누고 있어!'

'게다가 저 비슷한 느낌! 위험해!'

'누구지? 가족? 여동생인가?'

대학관의 학생들은 불길함을 느끼고 우르르 이 사실을 알리기 위해 뛰었다. 하지만 그들은 몰랐다. 이와 같은 섬뜩한 기분을 앞으로 몇 번이고 느끼게 될 거라는걸!

△▼△

청서원은 민주려를 자신의 연단실로 데려갔다. 연단실이란 대학관의 선생이 학생들을 가르치는 교실을 의미했다. 선생 한 명에게 배정된 연단실은 하나. 대학관의 규모는 엄청나지만 그 안에서 공부하는 학생들은 더 많다. 물론 전공마다 있는 선생님의 수도 만만찮았다. 스승이 무거운 엉덩이를 움직일 수는 없는 법! 학생들은 각자 들어야 하는 수업에 따라 연단실을 부지런히 이동해야 했다.

'그런 때도 있었지.'

민주려는 추억을 떠올리며 훈훈하게 웃었다. 이놈의 대학관 크기가 어찌나 큰지, 그리고 또 얼마나 미로 같았는지. 신입생이 아니라 몇 년 다닌 학생들도 까딱하면 연단실을 잘못 들어가는 수가 있었다. 건물의 외관이 비슷비슷하다 보니 엉뚱한 건물로 와 있다거나, 전혀 다른 수업을 듣고 있거나. 특히 학기가 시작될 때가 가장 대혼란이었다.

학관의 선생은 연단실을 한 학기마다 바꿀 수 있었다. 그런데 이게 또 선택제이고, 선생끼리도 협의가 되어야 하기 때문에 언제 어떻게 어느 선생의 연단실이 바뀔지 미지수였다. 그래서 유독 새 학기 때 다들 연단실 찾기에 혈안이 되었다. 출석을 못하면 점수가 팍팍 깎이니 말이다.

"그립네요."

"그렇습니까?"

"특히 선생님 교실 찾기가 가장 어려워서 출석을 제대로 채운 사람이 거의 없었잖아요."

"규석 학생과 지야곤 학생, 그리고 민주려 학생만이 꼬박꼬박 들어왔지요."

이건 또 의외다. 지야곤이야 둘째쳐도 규석이 꼬박꼬박 들어왔다니. 하긴 한량처럼 굴어도 성적이 나쁘진 않았던 것 같았다. 황족으로서의 체면도 있으니 나름대로는 노력했을 거다. 고귀한 혈통인데 낙제! 이러면 참 곤란하니 말이다.

민주려는 고개를 끄덕끄덕거리며 그의 뒤를 따랐다. 후후후 웃으며 오랜만에 사제지간 대화를 나누는데 어째 주변에서 히이익! 거리는 것이 조금 신경 쓰였지만 말이다.

"응? 선생님은 연단실 위치가 안 바뀌었네요!"

"명당이잖아요. 이런 자리를 어떻게 놓쳐요?"

그건 그랬다. 청서원의 연단실은 가는 길이 복잡하긴 하지만 정말 명당이었다. 대학관의 딱 가운데에 있고 햇볕이 잘 들어왔다. 봄이 되면 꽃이 절경으로 피는데, 그것이 훤히 보이는 곳이기도 했다.

"이제 겨울이 되었으니, 새하얀 자작나무 숲을 잘 볼 수도 있고요."

청서원이 후후 웃으며 연단실의 문을 열었다. 그러자 책상과 의자가 다닥다닥 붙여져 있는 것이 보였다. 그의 자리는 한쪽의 벽을 다 메워버린 석판의 앞이었다. 석판 앞에는 대리석으로 만들어진 책상이 있었는데, 이 역시 청서원만이 쓰고 있는 것이었다. 다른 사람들이 대학관에서 지급한 나무책상을 쓸 때, 그는 땅의 신령에게 부탁해 직접 대리석을 가져와서 멋들어진 책상을 만들었다.

굳이 그렇게 한 이유는 '부서지지 않아서 좋아요.'였던가. 어쨌든 그의 연단실은 민주려가 자퇴하기 전과 달라진 것이 거의 없었다. 나무로 촘촘하게 짜여 있는 바닥이라든가, 낡은 책상과 의자, 검은 석판과 청서원의 대리석 책상. 그래. 딱 하나만 제외한다면 말이다.

"음. 선생님?"

"네?"

"창문이……."

민주려가 기억하는 창문은 평범했던 것으로 기억했다. 팔각형으로 만들어져서 창호지를 곱게 덧댄, 날 좋은 봄과 가을이면 활짝 열어 그 경치를 볼 수 있었던 창문이었다.

"왜 없어졌죠?"

하지만 그 팔각형의 창호지 창문이 뻥 뚫렸다. 새하얀 자작나무가 밖에서 허허로이 서 있고, 그 뚫린 창문을 통해 찬 바람이 솔솔 들어오고 있었다. 민주려는 기가 막혀서 창문으로 쪼르르 다가갔다. 그런데 일부러 떼어낸 것이 아니라, 무식하게 뜯겨나간 흔적이 있었다. 경첩이 찌그러질 정도면 사람이 아니라 주술이라는 건데…….

민주려는 창문의 본래 모습을 떠올리다가 조용히 한숨을 쉬었다. 네모난 창문도 아니고 팔각형 창문은 단가가 비쌌다. 아마 청서원은 대학관의 재정을 담당하는 행정관에게 어마어마한 잔소리를 들었을 것이었다.

"실은 그것 때문에 불렀습니다, 민주려 학생."

"이렇게 만든 범인을 잡으라고요?"

"범인은 이미 잡혔습니다."

"그럼 왜요?"

그러니까 청서원의 말은 이러했다. 자신이 이번에 맡은 대학관의 신입생은, 정말, 이루어 말할 수 없이 사고뭉치였다. 민주려는 거기서부터 대략 감을 잡았다. 어지간하면 하하하 웃으며 다

엎어버리는 그의 입에서 사고뭉치라니! 도대체 얼마나 망나니이기에 그런 소리가 나온단 말인가?

조심스럽게 상황을 물어보는 민주려의 질문에 청서원은 단호하게 절망적인 대답을 내놓았다.

"제 손을 벗어났어요."

"선생님이 못하면 당연히 저도 못 하죠!"

"아니요, 민주려 학생은 할 수 있을 거예요. 지야곤 학생도 길들였다면서요?"

"거기서 선배는 생뚱맞게 왜 나오는 건데요?"

갑자기 이루어진 기습에 음이탈이 나버렸다. 삐끗 올라가는 그녀의 목소리에 청서원이 하하하 웃으며 품에서 서신을 하나 꺼냈다. 그리고 그것을 민주려에게 넘겨줬는데, 두 손으로 받아서 읽은 그녀의 얼굴이 홍시처럼 붉어졌다.

"축하합니다. 국수 언제 먹여주나요?"

"흠, 흠흠. 아직 거기까지 간 것은 아니고요."

민주려가 대학관의 조교로 오게 된 것은 결코 우연이 아니었다. 지야곤이 그녀의 안전을 위해 미리 손을 쓴 것이었다. 청서원은 민주려가 위험하니 도움을 줄 수 있느냐는 뜻을 담은 서신을 읽자마자 마침 곤란한 때 잘되었다! 하고 민주려를 부른 것이었다. 지 가문에 빚도 지우고 간만에 제자도 보고 골칫거리도 해결하고. 일석삼조였다.

"어쨌든 저 좀 도와주세요."

"그래도 어렵지 않을까요? 그것보다 선생님이 애먹는 제자라니 어느 수준일지 가늠이 안 되는데요."

"조교로 일하면 싫어도 알게 될 겁니다. 그리고 민주려 학생."

"네?"

"애먹는 제자가 아니라, 애먹는 멍멍이들입니다."

"!"

한 명이 아니었어? 아니 그것보다 멍멍이들이라니! 가감 없이 나오는 그 말에 민주려는 입을 뻐끔뻐끔 열었다. 그는 사람 좋게 웃고 있었지만 주변에 어둠의 기운을 폴폴 풍기고 있었다. 그동안 고충이 많으셨구나. 그가 안쓰러워지는 한편 그녀는 걱정도 되었다.

청서원도 못하는 걸 과연 자신이 할 수 있을까? 이런 생각에 끙끙거렸지만 곧 대차게 마음먹었다.

'금을 열 냥이나 주는데 당연히 이만큼의 일은 해야지! 몸도 안전하고 돈도 받으니까! 언제 튀어나올지 모르는 사람들을 상대하는 거보다 가르치는 게 더 낫지 않겠어?'

물론 이 생각이 고쳐지는 데는 반나절도 걸리지 않았다.

△▼△

"아, 귀찮아. 어차피 할 줄 아는데 뭣하러 수업을 들어야 해?"

"조금만 노력하면 이 정도는 누구나 할 수 있는 거 아니야?"

"그것보다 단영영은 어디로 간 거야? 땡땡이 쳤나."

"응. 아까 보니까 날씨 좋다고 먹을 거 바구니에 싸가지고 나가더라."

"나도 갈걸."

낄낄대는 검은 머리 짐승이 셋. 민주려는 입을 틀어막고 연단실이 엉망으로 변해가는 과정을 지켜보았다.

당장 서류 처리는 할 필요 없으니 옆에서 지켜보라는 청서원의 말에 따라, 그녀는 수업이 시작하자마자 그의 옆에 얌전히 서 있었다.

그런데 때가 되어도 아무도 들어오지 않았다. 전에는 이런 적이 없었기에 민주려는 당황스러웠다. 아니 자신이 다니던 때에는 다들 수업참여율이 얼마나 높았는데! 실력 뛰어난 주술사의 면모를 가진 이들만 들을 수 있는 주술 상급반이, 이렇게 텅텅 비다니?

「기다려보세요. 차라도 한 잔 마실래요?」

안절부절못하는 그녀와 다르게 그는 주전자를 꺼냈다. 물론 차는 민주려가 끓였다. 대학관을 그만둔 대신에 밖에서 몸을 굴려가며 배운 차 우리는 솜씨에 청서원이 무척 좋아했다. 맛이 좋네요, 간식 먹을래요? 하고 다과를 내밀기에 냠냠 먹고 차까지 한 잔 배부르게 마시니, 그때서야 떠들썩하게 학생 세 명이 들어왔다.

「저희 왔어요.」

「오냐.」

딱 봐도 그들은 신입생이었다. 이제 겨우 열넷? 열다섯? 막 자라기 시작한 사춘기 남자애들은 청서원에게 기본적인 예의만 차리고 아무 자리에나 털썩털썩 주저앉았다. 그러자 청서원이 일어나서 수업을 진행하려는데, 한 명이 손을 들더라는 거다.

「저희 수업과정에 있는 거 다 할 줄 알아요. 그러니까 수업 하지 않아도 되죠?」

듣는 사람을 아찔하게 만드는 개념무시 발언이었다. 민주려는 그 순간 청서원의 눈치를 살폈다. 그는 여전히 웃고 있지만, 그래. 웃는 게 웃는 게 아니었다. 저걸 확 팰 수도 없고 어떻게 해야 하나라고 생각하는 것이 훤히 보였던 것이다!

「봐요. 이렇게 이렇게 하면 쉽다니까요? 그러니까 저희 쉴게요.」

그것을 아는지 모르는지 대학관의 신입생 세 명은 이리저리 주술을 펼쳤다. 물론 그 나이 때를 떠올린다면 민주려도 무심코 감탄할 만큼 솜씨가 빼어났다. 다만 그 좋은 재능을 국 끓여먹고도 남을 무개념한 태도에 기가 막힐 따름이었다.

"선생님."

"네?"

"무슨 말씀인지 이제 알 것 같아요."

"역시 내 애제자. 제 심정이 이해가 되나요?"

"네. 무척. 무진장. 아~~주우우우~~우요."

청서원도 처음에는 사근사근하게 굴었을 것이다. 하지만 그 말을 들었을 거였으면 저렇게 막무가내로 굴지도 않았을 테지. 하다하다 안 되니까 민주려에게 도움을 청한 것이다. 왜? 이 이상 진심으로 청서원이 나섰다가는 저 멍멍이들 목숨을 장담할 수 없을 것 같았으니까! 청서원은 제자들을 위해서 그녀를 부른 게 아니라 자신을 위해서 그녀를 부른 것이었다.

"요컨대 잘 조절해서 참교육을 실현하면 된다는 거죠?"

"맞아요. 저는 지금 손을 뻗으면 힘 조절이 안 될 것 같습니다."

"선생님의 고충을 제가 덜어드려도 될까요?"

"얼마든지요. 그러려고 불렀는걸요."

하하호호. 사제는 웃으며 차를 마셨다. 후루룩 맛있게 차를 음미한 뒤, 민주려는 찻잔을 내려놓았다. 빈 잔을 내려놓는데 타악 그 소리가 꽤 커서 세 멍멍이들 시선을 끌었다.

"안녕하세요. 인사가 늦었습니다. 이번에 청서원 선생님의 보조로 들어온 민주려라고 합니다."

멀뚱멀뚱 있는 세 멍멍이들. 그들에게 민주려가 살갑게 웃었다. 겉보기에 앞의 신입생들과 거의 나이 차이가 나 보이지 않는 말간 얼굴인지라 다들 경계심을 풀었다.

"인사 안 해요?"

"어, 서란단지입니다."

"단영랑이요."

"민치헌."

가면 갈수록 짧아지는 말투다. 특히 마지막의 저 민치헌이라는 멍멍이는 세상만사 귀찮다는 표정을 짓고 있었다. 문득 지야곤이 떠올랐으나 민주려는 고개를 회회 가로저었다. 지야곤이라니, 그는 적어도 타인에게 무해하게 멍을 때렸다. 그런데 저 앞에 있는 놈은 건드리면 세상을 향해 와락 화를 토해낼 것처럼 혼자 개똥 무게를 다 잡고 있었다.

"저도 청서원 선생님에게 주술을 배운 제자랍니다."

"오, 정말요?"

일단 관심을 돌려본다. 첫 번째로 걸려든 것은 서란단지라는 멍멍이였다. 민주려는 고개를 끄덕이며 손짓했다. 그러자 찻주전자에 얌전히 담겨 있던 찻물이 술렁술렁 올라왔다. 아주 간단한 주술이지만 주문을 외우지 않고 하는 것은 무척 어려운 일이었다. 그것을 민주려가 가볍게 해내자 이번에는 단영랑까지 관심을 보였다.

"물의 주술이네요. 과연, 청서원 선생님의 반인가요?"

"그렇죠. 청서원 선생님은 물의 주술이 아주 뛰어나세요."

"청 가문이니까요. 핏줄을 타고 대대로 내려온 그 뛰어난 물의 주술은 황궁에서도 극히 아낀다고 들었어요."

단영랑이 하는 말을 들어보니 머리에 든 것이 아주 없지는 않았다. 기본적인 것은 아는 모양인데, 왜 저렇게 수업태도가 불량한지 알 수가 없다. 민주려는 찻물을 둥글게 뭉친 다음에 주문을 외웠다.

"끓어올라라. 뜨겁게, 수증기가 피어오르도록."

짧고 간결한 주문에 찻물이 데워졌다. 따뜻하게 우려진 그것은 얌전하게 청서원의 찻잔을 채웠다.

그는 '좋은 조교를 두었네요.' 하고 다시 차를 마셨다. 참 한가로운 태도였다.

"자. 이건 어떤 주술일까요?"

"공기의 유동이 없으니 찻물 자체를 다룬 물의 주술. 물을 가열한 것은 불의 주술. 상극인데 쉽게 다루시네요."

"정답이에요, 단영랑 학생."

상으로 빈 찻잔에 차를 담아 주술로 건네줬다. 지금까지 그녀가 펼친 주술은 사소해 보여도 까다로운 것들뿐이었다. 주술은 사람의 기원을 말로써 표현하는 것. 하지만 정말 간절한 기원이라면 말을 하지 않아도 기적이 일어나는 법이었다. 그 마음을 가다듬어야 하기 때문에, 주술이란 참으로 어려운 것이었다. 크고 위력적으로 내는 것은 쉽지만 이렇게 세세한 조절을 해야 하는 것이라면 더더욱.

누가 말했던가. 주술은 마음의 수양이라고. 딱 자신이 원하는 만큼의 일을 이루기 위해서는 정신을 갈고닦아야 했다. 그러기 위해 학문만큼 좋은 것도 없다. 적어도 그녀 앞에 앉은 세 학생만큼 어린아이들에겐 말이다.

"주술은 잘 조절하면 생활할 때 아주 유용하게 쓰여요. 사소하게는 이렇게 차를 맛있게 끓이기도 하고요, 크게는 집 안 청소도 할 수 있어요."

"집 안 청소가 커요?"

"직접 비랑 걸레 들고 해봐요. 어디 쉽나."

딴죽 거는 단영랑에게 민주려가 샐쭉하니 쏘아붙였다. 그러다가 자신의 옆에서 흥미진진하게 바라보고 있는 청서원을 걸고넘어졌다.

"여러분이 원하는 큰 거 한 방이라면 청서원 선생님이 대표적이죠."

“이런. 저는 섬세한 사람입니다.”

“섬세하신 분이 지급용 연단실 책상은 잘 부서질 것 같다고 대리석을 깎아 오진 않죠.”

“딱히 누구에게도 피해를 끼친 적은 없습니다만.”

“땅의 신령께는 피해를 끼쳤을 것 아니에요. 이만한 대리석을 떼 오려면 약간이나마 지형이 변했을 텐데요.”

“하하.”

이번에는 민치헌이라는 멍멍이까지 관심을 보인다. 하긴 저 나이 또래가 가장 관심을 기울이는 것은 강함이다. 힘의 크기. 진정한 강함은 그런 것이 아닐 텐데도 말이다.

“땅의 신령? 선생님께서 신령을 부르신다고요?”

서란단지의 두 눈이 휘둥그레졌다. 청서원은 찻잔을 입에 가져다 댈 뿐 대답은 하지 않았다. 하지만 침묵은 무언의 긍정이다. 그에 다들 놀란 듯 시선이 청서원에게 꽂혔다.

민주려는 품에 숨겨놓은 청수경의 존재를 떠올렸다. 신령. 확실히 그들은 참으로 놀라운 존재였다. 주술을 부리는 것의 최정점에는 항상 그들이 있었다. 사람의 힘으로 해결할 수 없기 때문에, 그들의 도움을 받아야만 했다. 하지만 그것이 쉬웠다면 최정점이라고 하지 않았을 것이다.

신령을 불러낼 수 있을 만큼 뛰어난 주술사는 차아에서도 드물었다. 특히 땅의 신령이라면야 말할 것도 없이, 이 나라에서 다섯 손가락 안에 들 것이다.

“수업이 필요 없다고 해서, 저는 여러분이 신령까지 부를 수 있는 줄 알았습니다."

가만히 차를 마시고 있던 청서원이 안타깝다는 듯 혀를 끗끗 찼다.

"설마 아직도 못 부르고 있을 줄이야. 수업진도가 더디군요."

오오. 청서원이 도발을 하고 있었다. 그러자 한창 질풍노도의 시기인 멍멍이 셋이 움찔 한다.

특히 민치헌이라는 멍멍이의 눈빛이 살벌한 게, 자존심을 제대로 건드린 듯했다.

"그걸 어떻게 해요? 수업과정에도 안 나오잖아요, 그런 건."

"수업과정에 굳이 넣어야 익힙니까? 제 제자들은 그런 것 없이도 스스로 익혔습니다."

그건 사실이긴 했다. 민주려가 땅의 신령을 부르고, 지야곤이 바람의 신령을 부르는 것처럼 말이다. 확실히 그녀가 속했을 때의 주술 상급반은 아주 훨훨 나는 수재, 영재가 똘똘 뭉쳐 있었다.

"참, 선생님. 제 정혼…… 아니, 지야곤 선배가 바람의 신령을 부르신 건 알고 계셨어요?"

"아, 그가 벌써 바람의 신령을 불렀던가요?"

"여름에 부르시더라고요. 깜짝 놀랐지 뭐예요? 선배는 주술 상급반이긴 했어도 전공은 무학으로 알고 있었는데요."

"그거라면 복수전공이에요. 그는 무려 세 개를 같이 전공했거든요."

"세 개!"

"제 기억이 맞다면, 그는 무학과 주술, 그리고 정치를 전공했습니다. 우수한 성적으로 졸업한 것이 떠오르네요. 만약 복수 전공을 하지 않았더라면 수석을 규석 학생에게 빼앗기지 않았을 텐데요."

이번에는 민주려도 조금 놀라고 말았다. 수석이 규석이라니! 능글능글한 그 태도로 수석이라. 왠지 그때의 졸업생 선배들이 조금 불쌍하게 느껴질 정도였다. 자신이라면 참 기분이 나빴을 테니까.

대화를 마친 후 눈을 돌려 앞을 보니 멍멍이들의 표정이 멍하게 굳어 있었다. 대학관의 수업은 그냥 좀 힘든 정도가 아니라 가혹하다는 말이 나올 정도로 공부할 양이 많고 일정이 빡빡했다. 물론 지야곤처럼 복수전공을 하는 사람이 아예 없는 건 아니지만 무학, 주술, 정치는 셋 다 공부할 양이 많고 시험도 많아서 보통은 하나만 하지 두 개를 같이 하진 않았다. 아니, 못 했다. 너무 힘들어서.

그런데 그걸 한 사람이 있다니 적잖이 놀랐으리라. 저 세 멍멍이는 아마 자신들이 최고로 잘난 줄 알았을 것이다. 그러니까 저렇게 인하무인처럼 굴었을 테지.

'뛰는 놈 위에 나는 놈 있다는 것도 모르는 멍멍이들. 에휴, 쯧쯧.'

민주려는 혀를 차며 손을 한번 휘저었다. 세상 물정 모르는 강아지들에게 쓴맛을 보여줄 때가 되었다.

그러니까 먼저 할 일은,

"어휴, 추워. 어차피 밖이나 안이나 똑같은데 우리 밖에 좀 나가지 않을래요?"

겨울 찬 바람에 아주 정신을 바짝 차리게 하는 것이었다!

△▼△

창문을 고치지 않는 이상 연단실은 계속 쌀쌀할 터였다. 손발 시린 곳에 있고 싶어 하는 사람은 없는 법이다. 그러나 나름 주술을 잘 다루는 사람이 있다면 달라졌다. 추위쯤이야 간단한 주술로 막을 수 있으니 말이다. 그래서 청서원도 얌전히 자신의 연단실에서 차나 끓여 마시지 않았던가. 세 멍멍이도 연단실 안에서 노닥거렸고 말이다.

하지만 밖으로 나온 순간 그 훈훈함은 싹 다 사라지기 마련이었다. 애초에 연단실에서 따뜻하게 보낼 수 있는 것은 주술을 부리기 쉬운 공간에 있었기 때문이었다. 창문으로부터 들어오는 찬 바람만 막는다면야 연단실 안은 그럭저럭 있을 만한 곳이었다. 그러나 밖은 달랐다. 사방에서 몰아치는 찬 바람을 다 막을 수 있을 만큼 뛰어난 주술을 부리는 건 청서원이나 민주려밖에 할 수 없었으니까!

"호호. 오늘 날씨 정말 좋아요, 선생님."

"그렇군요. 하얀 자작나무를 보니 눈이 다 시원해집니다."

"이렇게 된 거 우리 자작나무 숲으로 교외학습 나가는 건 어떨까요?"

"역시 내 애제자. 제가 조교 하나는 잘 두었군요. 아주 좋은 학습의견입니다. 자연에서 힘을 빌리는 주술은 역시 자연을 가까이에 두고 해야지요."

오순도순 나누는 두 사제의 말에 세 멍멍이의 표정이 좋지 않았다. 아까 졸업생들 이야기를 듣고 조금 기가 죽어 말은 순순히 듣기는 했는데, 영 마땅치 않다. 이렇게 추운 겨울에 교외학습이라니?

"위험하지 않을까요? 숲이면 곰도 있을지 모르고……."

서란단지가 소심하게 딴죽을 걸었지만 민주려에겐 얄짤도 없었다.

"어머, 곰이 있었어요? 그거 좋네요! 곰 한 마리가 얼마나 알차게 쓸모가 많은데요!"

"네?"

"쓸개가 정력에 그렇게 좋아서 약재로 비싸게 팔리거든요. 웅담이라고 해요. 게다가 고기는 또 어찌나 별미인지 음식집에서 부르는 게 값이에요! 가죽도 두껍고, 털도 질겨서 겨울옷으로 그만이랍니다. 특히 사냥꾼들에게 인기가 많죠."

한 마리라도 나타나면 좋을 텐데요. 그럼 아주 좋을 텐데. 이러고 호호 웃는 민주려를 보는 학생들의 표정에 경악이 떠올랐다.

'아니, 생긴 건 연약한 토끼 같은데 왜 저런 무시무시한 말을 하는 거야!'

체구도 작고 말랑말랑한 외견의 조교는 생각보다, 무척, 다부졌다. 아니 저건 다부진 수준이 아니라 괴상한 생명체에 가까웠다. 적어도 그들이 아는 여자란 좀 더 연약하고 지켜줘야 할 것 같던 존재이지 않았던가?

그 선입관을 깬 민주려는 방긋방긋 웃었다.

"그리고 서란단지 학생은 좀 더 상식 공부가 필요할 것 같아요."

"왜요?"

"곰은 동면하거든요. 겨울 숲에 나타날 리가 없잖아요!"

"어, 어어?"

게다가 평소라면 실수할 리 없는 상식 면에서도 무참하게 발렸다. 서란단지의 얼굴이 벌겋게 물들었다. 그리고 그 주변에 있던 단영랑이 킥킥 비웃다가 그에게 발을 채였고, 민치헌은 반 발자국 떨어져 나갔다. 아니, 이것들이 친구를 도와주지 못할망정!

"궁금한 것이 있는데요."

자작나무 숲으로 가기 위해 대문까지 나왔을 때, 단영랑이 질문을 했다.

"주술을 배우는데 굳이 숲으로 갈 필요가 있나요? 어차피 저희 다 할 줄 아는 건데요."

"흐음. 다 할 줄 안다라. 단영랑 학생, 아까 전에 저희 이야기 듣지 못하셨나요?"

"졸업생들이요?"

"네. 왜 저희 기수가 그렇게 뛰어난 실력을 겸비했는지 말이에요."

"……청서원 선생님의 수업을 잘 들어서?"

"어머, 틀렸어요."

주저하면서 꺼낸 말이 틀렸다고 돌아오자 단영랑은 물론 민치헌의 시선도 민주려에게 꽂혔다. 그도 그럴 것이 그들을 기죽게 한 전 기수의 졸업생들이 그렇게 주술이 뛰어난 것은, 자신들에게 없는 뭔가가 있을 거라고 생각했기 때문이다. 그중에 하나가 바로 수업태도였다. 마음에 들지 않지만, 그들도 인정한다. 자기들이 얼마나 수업태도가 안 좋은지. 그래서 굳이 그걸 꼬집었는데 틀리다니?

"청서원 선생님. 저희 기수가 선생님 말을 잘 들었나요?"

"음. 수업태도는 좋았다고 생각합니다."

"에이, 제대로 말씀해주세요."

"바로 말하죠. 수업참여율도 높고, 수업태도도 참 좋았는데 딱 하나만큼은 죽어라 말을 안 들었죠."

대학관의 대문을 열고 나와, 자작나무 숲까지 들어왔을 때 청서원이 말했다. 그는 후후 웃으며 자신의 옆에 있는 자작나무를 쓰다듬었다. 새하얗고 거칠거칠한 나무 표면의 느낌이 손바닥을 타고 올라왔다. 차가운 겨울 숲의 공기는 아직까지도 가을의 흔적이 남은 것만 같았다. 그 눅눅함과, 가슴을 차분하게 하는 싸늘함이 공존하여 숲은 와도 와도 질리지 않는다.

"여태까지 제가 이번 기수의 학생에게 묻지 않은 것이 있었습니다."

바람이 불자 위이잉 소리가 울렸다. 벌써 잎이 다 떨어진 메마른 나뭇가지에서 흉흉한 소리가 나자, 세 학생은 청서원이 마냥 무른 사람이 아니라는 것을 깨달았다.

"여러분."

그의 웃음은 사람이 좋기 때문이 아니라, 그저 습관과도 같다는 것을 말이다.

"강해지고 싶습니까?"

"신령을 부린다는 선생님처럼 강하게 해주실 수 있나요?"

"물론요. 참고로 민주려 학생의 기수 때는 아주 대단했지요. 그들처럼 학습한다면 여러분도 빠른 시일 내에 신령을 부릴 수 있을 겁니다."

"하고 싶어요!"

하지만 아직 어린 그들은 의심할 틈도 없이 덥석 미끼를 물었다. 청서원이 만족스럽게 웃으며 민주려를 돌아보았다. 그녀는 흐흐 웃으며 소매에서 부채를 꺼내들었다. 바람의 주술이 걸린 부채. 지야곤이 선물해준 그것은 이미 그녀의 손때가 묻은 만큼 길이 잘 들어 있었다.

"예전처럼 할까요, 선생님?"

"제가 하지 말라고 해도 했잖아요, 민주려 학생."

한때 청서원이 가르치는 학생 중 수재, 영재가 똘똘 뭉친 해가 있었다. 그들은 그가 가르치는 주술을 쑥쑥 빨아들인 것도 모자라 청출어람을 실현시켰는데, 그 근간은 놀랍게도 '청개구리' 심보였다.

청서원을 존경한다.

하지만 배움이란 무릇 스승을 뛰어넘기 위해 있는 것이 아니던가?

하여, 그 기수의 학생들은 대부분 청서원이 가르친 것을 배우자마자 바로 반대가 되는 것을 공부했다. 그가 물을 얼리는 주술을 가르치면 얼음을 물로 되돌리는 주술을, 땅을 뒤엎는 주술을 가르친다면 그 땅을 다시 가라앉히는 갖가지 술법을 고안해내었다. 따라서 상급 주술반의 학생들은 만났다 하면 연구하고 실험하느라 바빴다. 당연히 혼자보다는 여럿이 하는 것이 더 좋았기에 그들은 거의 대화도 하지 않고 주술을 부렸고, 연단실을 초토화시키는 일을 막기 위해 이렇게 자작나무 숲에 나와서 실습을 했다.

그 모습을 본 타 학생들은 이렇게 말했다.

「저것이야말로 주술 결투!」

그저 실험했을 뿐이지만 땅이 뒤집어지고, 돌이 날아다니고, 칼바람이 씽씽 불며, 불이 뿜어지니 그런 말이 안 나올 수가.

어쨌든 청서원이 말려도 그것만큼은 학생들은 그만두지 않았다. 우리의 학구열을 막지 말라! 사실은 청서원이 하도 잘 가르치고 강해서 한 번쯤은 이겨보고 싶은 마음도 있었기 때문에 다들 그만둘 수 없었다. 규석은 그저 재미있어서, 지야곤은 다들 하기에 묻어가는 형식이었지만 말이다.

"자자. 사정 봐주지 않을 거예요."

"?"

"우리 기수가 강해서 신령까지 부릴 수 있던 이유? 별거 아니에요. 좋은 스승 밑에서 잘 배웠고, 그만큼 주술을 많이 사용해서거든요. 어떻게? 이렇게!"

"으아아악!"

자작나무 숲에는 때 아닌 비명이 울려 퍼졌다. 대학관의 연단실에서 잘만 공부하던 학생들은 화들짝 놀랐고, 선생들은 '그리운 비명 소리군.'라며 허허로이 웃었다.

바야흐로 멍멍이 갱생 교육의 시작이었다.

△▼△

"망했어."

규석은 시들시들한 표정으로 널브러졌다. 그리고 그를 보는 지야곤은 시큰둥하게 서류를 처리했다. 그는 벌써 며칠째 지야곤을 찾아와 저 말만 반복하고 있었다. 규석은 차아의 지엄하신 황제, 규전을 만나기 위해 분투하고 있었지만 그게 쉽지 않았다. 분명 사촌형제이지만 친척이라도 만나기 힘든 사람이 바로 황제였으니 말이다.

"어이, 내 말 좀 들어봐. 정말 망했대도?"

"폐하께서는 그 정도로 바쁘신가?"

"바쁜 정도가 아니야!"

그 말을 기다렸다는 듯이 규석이 다다다 말했다.

"이 시국에 외교라니 미쳤다고 신하들이 수군거린다고! 내란이 끝난 지 얼마나 되었다고 외교? 지금 나라를 정돈해야 하니 쇄국정치를 펼쳐야 한다고 다들 반발하고 있어. 이러다가 만약 외교관이 암살이라도 당한다면 아주 그냥……."

"외국의 사신은 벌써 왔다는 소리로군."

"그래. 그게 바로 문제야. 차라리 이웃나라면 좀 오지 말라고 거절이라도 하는데, 이번 외교관은 그 거절의 서신이 닿지 않는 곳에 있어서 문제거든."

처리하던 서류를 잠깐 멈추고 지야곤이 규석을 바라보았다.

서신이 닿지 않는 나라.

그가 알고 있기로, 그런 나라는 하나뿐이었다.

"바다 건너 대륙에 있는, 제국. 헤스키츠라는 웃긴 이름의 나라 말이야."

배를 타고 몇 개월을 가야만 도착할 수 있는 나라가 있다. 대륙 자체가 다르며 사람의 생김새와 문화까지도 상이하다는 곳, 헤스키츠 제국. 아마 이 세상에 제국이 있다면 또 다른 대륙이 있지 않는 한 차아와 헤스키츠 이 둘뿐일 것이다. 그렇기 때문에 두 나라는 서로에게 관심이 많았다.

두 제국과 두 황제. 이것은 아무리 멀리 떨어져 있어도 서로 끌리는 것과 동시에 경각심을 일으켰기 때문이었다.

"외교관이 왔다는 것은 둘 중에 한 의미이겠군. 정말 순수한 친선이든가, 아니면……."

"염탐이겠지. 언뜻 들리는 소식으로는 그곳은 내란도 없이 평화로운 치세를 펼치는 모양인데, 그게 지겨워서 전쟁을 일으킨다거나."

"말도 안 되는 소리다."

심드렁한 규석의 투정에 지야곤이 고개를 가로저었다.

"전쟁은 많은 물자를 소모하는 일이니, 정신이 똑바로 박힌 황제라면 일으키지 않겠지. 내부가 평화롭다면 더더욱."

"만약 그 전쟁물자가 있다면?"

"그렇다 해도 지금 당장 전쟁이 일어나지는 않아. 헤스키츠라는 나라는 치세가 안정되어 있다 본인 입으로 말했으면서 왜 그리 심통이지? 무릇 위가 조용하면 나라도 순조롭게 자라는 법. 평화로운 치세이기에 타국에 관심을 가질 수 있는 거라고 봐. 고인 물은 썩는다. 흐르지 않으면 살 수 없어. 외국에 나가지 않는 나도 그곳이 내란은 물론 다른 나라와 전쟁을 일으켰다는 소식은 듣지 못했어. 지금은 아마 친선일 거다."

"네 말의 뜻은 알아. 하지만 나는 불안하고 찝찝하단 말이지."

규석이 한숨을 푹푹 내쉬며 찻잔의 주둥이 부분을 손으로 덧그렸다.

"딱 봐도 평화로운 제국이, 호기심과 선의로 외교를 제의했는데 우리나라 상황을 보일 수는 없어. 너도 알지만 차아는……."

정말 싫다는 듯이 규석이 입을 열었다.

"아직도 내란이 끝나지 않은 나라니까."

지야곤의 입이 꾹 다물어졌다.

규석은 친우의 얼굴을 보고 고개를 숙인 후 무릎 위에 올려놓은 손을 꾹 쥐었다. 힘줄이 튀어나올 만큼 강하게.

△▼△

한때 태평성대를 이루었던 차아제국은 평화가 독이 된 적이 있었다. 황실의 식구가 가장 많았을 때였던 그해, 차아의 황제가 실수한 것은 단 하나였다. 자신의 형제를 소중히 여겨 살뜰히 챙겼던 것. 황제는 인자했고 정이 많았다.

물론 백성들에게는 덕이 있는 황제가 군림하는 것이 더 좋다. 하지만 정치라는 단어 아래에서 권력이 무엇인지 보고 자란 이들에게는 그 훌륭한 인품이 틈으로 보였다. 형제들은 황궁에 머물면서 위험한 꿈을 가슴에 품기 시작했다.

"백성들은 모르는 비밀, 하지만 높은 사람이라면 다 알지."

십여 년 전에 끝난 줄 알았던 그 내란의 진실.

"내란의 흑막은 바로 규씨라는 것을."

선황은 유약한 사람이었다. 태평한 나라를 평화롭게 이끄는 방법은 알았으나 자신의 형제가 들이대는 칼날을 어떻게 막아야 할지는 몰랐다. 너무나도 무른 사람이었다. 만약 지켜야 할 황태자가 없었더라면 슬퍼하며 자신의 목숨을 스스로 끊었을지도 모를 정도로.

길고 지루한 싸움은 휘말린 모두를 서서히 시들게 했다. 혼란을 어느 정도 마무리 지었을 무렵, 이미 황실은 태풍이 한 차례 지나간 듯 황폐해져 있었다.

규라는 성을 달고 있던 황실의 식구는 절반 이상 죽었다. 한 명, 한 명 주동자들에게 사형을 내린 것은 성인이 채 되지 못하고 황위에 오른 현재의 황제였다. 선황이 내란 도중에 몸이 허약해져 숨을 거두자, 현 황제는 이를 악물고 내란을 종식시키려고 했다. 하지만 단 한 명만큼은 잡지 못하였다.

규봉.

그는 선황의 동생이었다.

"아직도 기억난다. 내란이 시작될 때 선봉에 섰던 이가 모든 꼬리를 끊어내고 뻔뻔하게 황실로 돌아온 것을. 잡아들이려고 해도 그의 뒷조사 결과는 너무도 깨끗하였어. 황실의 핏줄만 아니었더라면 고문이라도 해 자백을 토해내게 했을 텐데……."

신음과도 같은 한숨이 흘러나왔다. 차아의 내란은 끝나지 않았다. 규봉, 그자가 버젓이 살아 있는 한 말이다. 아마 지금도 호시탐탐 황제의 위를 노리고 있을 것이다. 그를 견제하기 바쁜 현 황제 규전은 요즘 헤스키츠 제국에서 외교관까지 들이닥치는 바람에 정신이 없었다. 사촌동생이 간절하게 만나자고 하는데도 거절할 정도면 정말 심한 것이리라.

"망했어."

으아아! 규석이 난동을 피웠다.

"요즘 규봉, 그 망할 놈이 궁에 들락날락한다고! 젠장, 그 얼굴을 보고 있노라면 소름이 끼치고 속이 울렁거려서 오래 있을 수가 없어! 그거 일부러 그러는 거야. 뭔가 냄새를 맡고 궁 근처를 맴도는 거라고!"

"그래도 폐하를 만나야 해."

"누가 모르냐고!"

"꼭 만나야 한다."

지야곤은 미간을 좁혔다. 규석이 난리를 피우는 동안 창문을 통해 날아온 서신이 있었다. 주술로 날려 보낸 그것을 펼치자마자 그는 혀를 찼다.

"이걸 보도록 해."

"뭔데?"

"감사대장이 보낸 거다."

서신을 수놓은 필체는 과격했다. 그 단정한 생김새와 어울리지 않게 감사대장은 악필이었다. 특히나 이 서신은 얼마나 짜증이 났는지 평소보다 더 격한 감정이 드러나 있었다.

"이건……."

"풍 가문을 압박하던 감사대장을 윗선에서 막았다. 그 감사대장조차 움직이지 못하게 하는 윗선이란 어디지?"

"황실, 밖에 없어."

"그리고 현재 황실에서 남은 규씨 중에 이런 명령을 내릴 수 있는 사람은?"

"아, 진짜!"

쾅!

규석이 자리에서 벌떡 일어났다. 서신을 꾸깃꾸깃 쥔 채로 탁자를 부수듯이 친 손이 벌겋게 달아오르는데도 그는 눈 하나 깜짝하지 않았다. 다만 심호흡을 몇 번 크게 하더니 차분해진 표정으로 입을 열었다.

"형님을 뵈어야겠어."

"……."

"미안하다. 어쩌면 판이 커질지도 모르겠어. 너희한테 내가 휘말리는 것이 아니라."

너희가 우리한테 휘말릴 것 같아.

나직하게 마지막 말을 내뱉고 규석은 옷자락을 휘날리며 밖으로 나갔다. 그 모습을 지야곤은 어두운 표정으로 지켜본 후 조용히 문을 닫았다.

△▼△

민주려는 후련함에 방긋 웃었다. 아아, 정말 오랜만이었다. 의도치 않게 노동을 못하게 된 이후 최근 제대로 움직여본 적이 거의 없었다. 그래서 더더욱 기분이 날아갈 것 같았다.

"매일 이랬으면 좋겠네!"

깔깔 웃으며 부채를 살랑살랑 흔드는데 그녀의 밑에 드러누운 세 멍멍이가 진저리를 쳤다. 그녀에게 주술을 부리며 덤벼든 뒤로 고작 반 시진. 세 학생은 그녀에게 처참하게 발렸다. 그렇다. 그냥 진 것도 아니고 발렸다!

'거짓말. 이건 거짓말이야! 무슨 주술이 저렇게 강한 거야?'

서란단지의 눈에는 심지어 눈물마저 그렁그렁 매달린 상태였다. 그는 불의 주술을 아주 잘 다뤘는데, 얼마나 그 위력이 파괴적인지 주술을 펼칠 때 주의하라는 말을 종종 들을 정도였다. 그런데 그가 민주려에게는 마치 걸음마 뗀 아기처럼 손쉽게 요리된 것이다.

그뿐만이 아니었다. 굼벵이처럼 꿈틀거리다 간신히 자리에서 일어나 앉은 단영랑은 자신이 가장 자신 있어 하던 바람의 주술로 무참하게 쓸려나갔고, 누워서 꼼짝도 하지 못하는 민치헌은 떡이 되었다. 민주려에게 제일 많이 달려든 그는 괘씸죄로 그만큼 많이 얻어맞았기 때문이었다. 이럴 때 흔히 세상 사람들은 말하곤 한다. 가만히 있으면 반은 간다고.

"거기 있는 학생도 저랑 실습할래요?"

"히끕!"

"있는 거 알아요. 어서 나오지 않고 뭐 해요?"

세 멍멍이가 무참하게 당할 때, 먹을 것 싸들고 즐거이 땡땡이를 치던 단영영은 나무 위에서 숨은 채 오들오들 떨며 그 장면을 목격해야만 했다. 그리고 그녀를 단박에 알아챈 민주려가 방긋방긋 웃으며 손짓했다. 그게 단영영에게 있어서 저승사자가 손짓하는 것처럼 보였음은 당연하리라.

"죄송해요!"

남자와 여자의 차이인가. 상황파악이 빠른 그녀는 제 쌍둥이 오빠와 다르게 재빨리 고개를 숙였다. 사실 대학관 생활을 널널하게 즐긴 까닭은 저 세 명이 워낙에 설치고 다녀서 '이만큼이면 티도 안 나겠지.' 하는 마음이 컸었다.

서란단지, 단영랑, 민치헌은 이 대학관에서 가장 문제아들이자 주술 실력이 뛰어나기로 손꼽히는 삼인방이었다. 그런데 저 세 명을 저렇게 쉽게 요리하다니! 어린아이 손목 꺾는 것보다 더 쉽게 민주려는 주술로 그들을 제압했다.

차라리 다른 것으로 이겼으면 저들도 저렇게 기가 죽지 않았을 것이다. 가장 자신 있어 하던 주술로 졌으니 저러는 것이지. 단영영은 조교에게 납작 엎드려야 자신이 살 수 있다는 사실을 본능적으로 깨달았다.

"이름이 뭐예요?"

"단영영이에요."

"상급 주술반인가요?"

"……네에."

"만나서 반가워요. 청서원 선생님의 보조로 온 민주려라고 해요. 그런데 손에 든 그 바구니는?"

"드, 드실래요?"

그리고 얼결에 나온 이 한마디가 단영영을 살렸다.

△▼△

청서원은 가만히 뒤에서 지켜보다가 즐거운 듯 웃었다. 비록 인원은 적지만 예전으로 돌아간 기분이었다. 그의 반은 항상 떠들썩했다. 개성만점 학생들이 주술에 대한 토론을 나누거나 실습을 했는데, 가끔 예상치 못한 결과가 나오기도 하고 사고가 좀 터지기도 했다. 그 '좀'이라는 것 때문에 자작나무 숲이 한번 사라질 뻔했다는 것은 차치하고서라도 즐거웠었다.

민주려는 싱글벙글 웃으며 돗자리를 펼쳤다. 단영영의 바구니 안에는 놀고먹기 좋은 것들이 가득했다. 주술이 걸린 돗자리는 물론 찻잎, 다기도 있고 뭣보다 주전부리가 가득이었다. 그것을 척척 펼쳐든 그녀의 곁에 자리를 잡고 앉자 알아서 차가 우려지고 빈 찻잔을 채운다. 그는 차를 받아 마시면서 생각했다. 이번 학기에 그가 가장 잘한 일이 있다면, 민주려를 보조로 들인 것이라고.

"다들 안 일어납니까? 수업이 끝났으니 쉬어야죠."

"예?"

바닥에 엎어져 끙끙대는 세 멍멍이와 어리둥절하게 있는 단영영의 귀에 땡땡 종치는 소리가 스쳐 지나갔다. 그렇다. 그들이 엎어지고 으아아악 난리를 치는 동안 수업시간이 후딱 가버린 것이다. 하지만 섣불리 일어나는 학생은 아무도 없었다. 다음 수업이 없다는 것도 있지만, 민주려의 눈치가 보여서였다.

그저 무시하기엔 그들의 조교는, 너무, 아니, 무척! 험악하고 무서웠다.

"차나 마실래요?"

청서원이 사람 좋게 권하자 다들 쭈뼛거렸다. 하지만 그들에겐 거절할 권리 따위는 없었다. 안 하면 하게 시키는 능력을 가지고 있기 때문에 청서원이 대학관에서 스승 자리를 차지한 것이니 말이다.

"봄에 나는 잔디도 아니고, 땅을 덮고 있는 사람들 좀 일으켜 세워주시겠습니까?"

『그럴까?』

"저 못난이들 좀 돗자리 위에 올려주십시오. 흙은 안 떨어지게요."

『자네 말이라면 얼마든지! 꽤 재미있는 구경을 시켜줬으니 이 정도는 해주도록 하겠네. 엣헴!』

흙을 뚫고 쑥 들어난 작은 머리가 낄낄 웃었다. 단영영이 놀라 히이익 소리를 냈다. 작은 머리는 땅의 신령이었다. 땅의 신령은 들썩들썩 땅을 움직여 세 멍멍이를 높이 튕겨냈다. '으아악!' 비명이 울리고 돗자리 위에는 어느덧 세 명의 학생이 올라와 있었다. 참고로 눈치 좋은 단영영은 진즉에 자기 발로 돗자리 위에 앉은 상태였다.

"땅의 신령……."

돗자리 위에 올라와 간신히 앉은 민치헌이 땅의 신령을 알아보고 눈을 가늘게 떴다. 땅의 신령. 이 오래된 자작나무 숲을 일굴 정도면 신령 중에서도 꽤 힘이 강하리라. 신령의 급과 힘에 따라 들어가는 주술력도 늘어난다. 그 신령을 너무도 손쉽게 불러낸 청서원이 색달라 보였다.

『그런데 이상하지.』

땅의 신령이 킁킁 코를 벌름거렸다. 그는 밭에 있던 신령들과 달리 수염 하나 없는 매끈한 얼굴이었는데, 사람보다는 무슨 뿌리 같았다. 머리에 대롱대롱 달고 있는 것이 산삼의 잎사귀처럼 생겨서 민주려가 넋을 놓고 있을 때, 땅의 신령이 그녀 곁에서 고개를 갸웃 했다.

『익숙한 냄새가 난단 말이야.』

"네?"

『나랑 비슷한 냄새가 나. 꽤 힘은 강하지만 대지로부터 얻은 기운은 아니야. 오히려 물의 기운이 함께 서린 것이, 독특해.』

"허업!"

잠깐 멍하게 있던 민주려는 땅의 신령의 말에 소름이 쫙 돋았다. 그녀가 지니고 있는 청수경의 기운을 읽다니! 이런 경우는 예상해본 적이 없었기에 더더욱 당혹스러웠다.

"최, 최근에 땅의 신령을 불러낼 일이 있었거든요."

『그래? 그럼 이 물의 기운은……?』

"물의 신령님도요!"

『그렇구만. 하긴 우리를 부를 수 있다면 물의 신령도 어렵지 않게 불러낼 수 있겠지. 우린 물과 친하거든.』

홀홀 웃으며 땅의 신령은 되돌아갔다. 청서원이 손인사를 하며 그를 배웅하자, 땅의 신령도 마주 인사하며 흙을 파헤치고 꾸물꾸물 기어들어갔다.

『아, 참.』

그는 머리 위에 흙이 완전히 덮여지기 전에 찜찜한 말을 남겼다.

『최근에 이상한 기운이 들어왔다더군.』

"이상한 기운?"

『그래. 이 땅의 것과 다른, 아주 낯선 것이라지? 바다 건너 우리와 근본이 다른 것이라던데, 무척 궁금허이. 그것 좀 알아봐 주어. 인간들의 일은 항상 재미있단 말이야. 허허허!』

쏙 하고 그가 사라지자, 신령이 있던 흔적도 같이 온데 간데없이 사라졌다. 그것을 멍하니 보던 민주려는 안도의 한숨을 푹 쉬었다. 만약 그때 말을 잘못 했더라면 청수경을 들켰을지도 모르는 일이었다. 가슴을 쓸어내리며 차를 다시 따르려는데, 그녀를 말리는 사람이 있었다.

"선생님?"

"오늘 참교육을 하느라 수고했어요. 마지막으로 차는 제가 우리죠."

"와, 감사해요."

"거기 학생들도 받아요."

서란단지, 단영랑, 단영영, 민치헌. 네 학생은 얌전히 청서원의 차를 받았다. 수업시간 초반의 땡땡이 및 무개념한 태도를 보였던 것에 비해 장족의 발전이었다. 주술을 요령 없이 쓰느라 힘이 다 빠졌을 텐데도 용케 무릎을 꿇고 앉는다. 나름 예의 차리는 모습이 만족스러운지 청서원의 입가에 흐뭇한 웃음이 걸렸다.

"민주려 학생, 아니지. 그러고 보니 이제는 조교라고 불러야 하는군요. 민주려 조교와 대련해 본 느낌이 어떤가요?"

"어, 어. 강했어요. 정말 여자라는 것이 믿기지 않을 정도로요."

"주술을 다루는 솜씨가 야무졌다고 해야 하나. 낭비가 없다고 해야 하나. 시기적절한 판단력이 대단했다고 생각합니다."

"……."

민치헌은 끝끝내 대답은 하지 않았지만, 민주려의 강함에는 이견이 없는 듯했다. 그리고 슬그머니 단영영이 자신의 의견을 덧붙였다.

"공방이 깨끗했어요. 주문도 짧았고요."

"가장 좋은 걸 짚었습니다. 왜, 민주려 조교만 주문이 짧았을까요?"

"네?"

"대련을 할 때 세 학생이 그녀에게 밀린 까닭은 바로 저 이유가 큰 비중을 차지합니다. 주문을 외우는 속도. 분명 제 앞에 있는 네 학생은 꽤 길었지요?"

'수업을 하시려는구나.'

민주려는 고개를 끄덕였다. 종친 후 수업하는 것만큼 짜증나는 것도 없지만 요 앞에 있는 아가들한테는 필요했다. 가장 기본인 것을 잊고 있었으니까. 뭣보다 청서원한테 기가 눌렸을 때 재빨리 군기를 팍 잡아야 한다. '이만큼이나 잘 가르치는 훌륭한 선생'이라고 각인시키기만 하면 요 녀석들의 객기가 한풀 꺾이고 청서원한테도 존경심을 보일 것이다.

"주문을 외우는 까닭을 아십니까?"

"주술을 발현시키기 위해서……."

"거기에 '보다 쉽게'라는 말이 들어가야겠지요."

주저주저하며 대답하는 단영랑에게 청서원이 빙긋 웃었다. 그리고 그는 돗자리를 도닥도닥거렸는데, 돗자리를 경계선으로 흙의 벽이 쑥 솟아올랐다. 그것에 다들 화들짝 놀라 찻잔을 떨어뜨렸다. 주문도 없이, 그저 기원만으로 일으킨 기적(奇蹟)이었다.

"아주 오래전의 주술은 기적을 일으키는 기원에서부터 시작되었다고 합니다. 하지만 누구나 할 수 없어, 보다 많은 사람들이 사용하기 위에 언어를 빌렸다고 하지요."

가장 처음에 배우는 내용이다. 민주려는 그리운 기분에 젖어

두 눈을 감았다. 초겨울이지만 그들 주위는 그렇게 춥지 않았다. 몸을 움직여준 것도 있지만 따뜻한 차가 식지 않게끔 그녀가 슬쩍 주술을 부렸기 때문이었다. 아직도 민주려의 손에는 지야곤이 선물해준 부채가 쥐여져 있었다.

"주술을 부리기 위해 외우는 주문은 정해진 것이 없습니다. 사람마다 다르지요. 그 이유를 아십니까?"

"사람마다 부리기 쉬운 주문이 달라서?"

"반은 맞고 반은 틀렸습니다."

단영영의 대답에 청서원이 고개를 가로저었다.

"주문은 그 사람의 마음을 확고하게 다져주는 역할을 하기 때문입니다."

"그럼 길면 길수록 좋은 것 아닌가요?"

"좋지요. 좀 더 또렷하고 세세하게 주술을 이룰 수 있으니까요. 하지만 마음을, 정신을 수련한다면 그 대단한 주술조차 주문 없이 할 수 있답니다. 그건 아주 커다란 이득이지요. 가령 예를 들어……."

청서원은 설명을 들으며 고개를 끄덕이고 있던 단영랑의 손에 들린 과자를 빼앗았다. 주술로 앗 하는 사이에 약과를 빼앗긴 단영랑이 두 눈을 휘둥그레 떴다. 청서원은 아무런 주문도 외우지 않았기 때문이었다.

"이렇게 제가 과자를 아무에게도 들키지 않고 가져갈 수 있지요."

"선생님이 가져가셨잖아요. 다 들켰어요."

"아니요. 이건 제가 주술을 부린 게 아닙니다."

"네?"

"그렇죠, 민주려 조교?"

두 눈을 감고 있던 민주려가 한 쪽 눈을 뜨며 배시시 웃었다. 그 말대로 그녀가 부린 주술이었다. 척하면 착이라고. 청서원의 보조를 딱딱 맞춘 민주려는 아무 말 없이 손을 휘휘 저었다. 그러자 서란단지 앞에 놓였던 강정이 단영랑의 손으로, 그녀의 앞에 있던 약밥이 민치헌에게로 갔다.

다들 감쪽같이 속아버렸다.

"실력이 높아질수록 주술의 호흡이 짧아지고, 공방은 보다 다양해지며, 무엇보다 은밀해지죠. 참고로 황제 폐하의 직속 호위단은 주문 없이 주술을 몇 가지나 동시에 부릴 수 있다고 합니다."

"그렇게 하려면 어떻게, 해야 한……합니까?"

오오. 민주려가 속으로 손뼉을 쳤다. 내내 삐쳐 있는 것 같던 민치헌이라는 멍멍이마저 관심을 보였기 때문이었다. 그녀는 기대를 품고 청서원을 바라보았다. 난다긴다하는 인재도 그에게 배움을 청하는 걸 주저하지 않았다. 그만큼 그는 잘 가르치기도 하지만,

"배우면 됩니다. 전 그러기 위해 있는 선생이니까요. 제가 여러분을 그렇게 할 수 있도록 가르치겠습니다."

사람을 잘 휘어잡기 때문이었다.

이번 기수는 초반에 좀 어려웠지만 결국 그의 뜻대로 흘러가게 되리라.

'모처럼의 평화네.'

그녀는 고개를 끄덕거리며 두 눈을 반짝거리는 네 학생을 뿌듯하게 바라보았다. 흘긋 고개를 젖혀 하늘을 보니, 그러나 어라.

"흐려?"

초겨울, 하늘은 흐릿하니 먹구름이 몰려들고 있었다. 그 기이한 불길함에 그녀는 미간을 찌푸렸다.

△▼△

규석이 떠나고 또다시 사흘이 흐르자, 지 가문은 바늘 하나 떨어지는 소리도 나지 않았다. 얼마 전부터 감사대원 몇몇이 들락날락거렸지만, 이번에는 기어이 감사대장까지 발을 디뎠기 때문이었다. 감사대원 백 명을 다 합쳐도 감사대장보다는 덜 무섭다. 그가 움직였다는 것은 뭔가 커다란, 가문이 발칵 뒤집힐 만큼의 비리가 있다고 여겨질 때밖에 없었다. 허나 다행인지 불행인지 감사대장은 지 가문을 수색하는 대신에 아직도 가주직을 물려받지 않고 있는 지야곤과 독대하기를 청했다.

"감사대장, 태만석이라고 합니다. 지 가문의 소가주를 뵙습니다."

그는 풍 가문의 가주인 풍각장에게 한 것과는 달리 예를 차렸다. 지야곤은 고개를 끄덕이고는 자리를 권했고, 태만석은 옷자락 하나 흐트러지지 않고 착석했다.

"서신을 보셨을 겁니다."

"봤소."

"소가주. 모처럼 좋은 건수이기도 하거니와, 꼭 필요한 일이기 때문에 저도 응했습니다. 풍 가문의 모든 비리를 드러내는 것이야말로 한층 더 차아를 청렴하게 할 것이라고 믿었기 때문이지요."

그것은 태만석의 신념이었다. 차아에 풍기는 비리라는 악취를 박멸하기 위해 감사대장이 되었고, 혁혁한 공을 세우고 있었으나 이번과도 같은 일은 정말 처음이었다.

"그런데 저를 막아 세우는 것이 있었습니다."

"……."

"황제 폐하의 명을 받은 독립적인 단체, 감사대를 막을 수 있는 것이 무엇인 줄 아십니까?"

단 하나밖에 없었다. 황실. 지엄하신 황제 폐하의 명령에만 움직이는 감사대를 일시적이나마 막을 수 있는 것은 규씨 일족밖에 없었다. 그것도 꽤나 높은 관직을 가지고 있는 황족 말이다.

태만석은 그로서는 보기 드물게 날카롭고 사납게 반응했다.

"내란에 대해 어느 정도 아는 자들이라면 다 아는 사실이 아닙니까. 진정한 흑막은 다름 아닌 황실, 그 자리에 멀쩡히 살아 숨쉬는 이라는 것을."

"……."

"감사대장이 되자마자 그에 대해 수색했습니다. 꼬리를 잡기 위해 온갖 수를 다 써봤지만 이미 깨끗하게 지운 뒤더군요. 단서라도 잡으면 좋으련만, 그 단서조차 잡을 수 없도록 별의별수를 다 써놓았더랍니다. 그것 때문에 화가 나서 화풀이라도 할 겸 다른 가문을 탈탈 터는 도중이었는데…….”

단순한 '화풀이' 수준이라고 보기에는 너무 독했지만 지야곤은 잠자코 있었다. 태만석의 말을 끊기에는, 그가 하려는 말이 상당히 중요했기 때문이었다.

“풍 가문에 손을 대고 얼마 지나지 않아 그 작자가 나서더란 말입니다.”

규 가문에서 감사대를 멈춰 세울 수 있는 사람은 단 두 사람밖에 없었다. 한 명은 황제인 규전, 그리고 나머지 다른 한 사람은 규석이 이를 가는 한 사람.

규봉.

내란을 일으켰다는 심증은 그 누구보다 크나 물증이 없어 풀려난 황실의 사람이었다.

“묻고 싶어서 이곳에 왔습니다. 지 가문의 소가주.”

태만석이 두 눈에 귀기를 피워 올리며 이를 드러냈다. 차아를 그 누구보다 사랑하는 사람인 그에게 있어, 가장 큰 고름이자 썩은 악취를 풍기는 규봉이라는 자는 천하에 둘도 없는 원수였다.

“대체 어떤 일 때문에 그자가 풍 가문을 싸고도는지 알고 있습니까?”

“……말할 수 없소.”

“소가주!”

“그건 내가 말할 수 있을 것 같은데.”

그들의 대화에 끼어드는 이가 등장했다. 태만석은 그 정체에 깜짝 놀라 자리에서 벌떡 일어났고, 지야곤은 한숨을 내쉬었다.

대화가 밖으로 새어나가서는 안 되는데 벌컥벌컥 문이 열리다니. 문 앞을 지키고 있던 이기호는 헛기침을 연신 흘렸다. 아무리 호위무사인 그라도 황실의 일원인 규석을 막을 담은 없었던 모양이다. 지야곤은 손을 휘저었다.

쾅!

문이 거세게 닫혔다. 그것도 모자라 그는 주술을 더 부리기로 했다.

"바람의 아가씨."

『나 불렀어?』

"이곳에서 나가는 소리를 모두 막아주시오."

『아주 쉬운 일이지.』

바람의 신령이 허공에 스르르 나타나 손을 휘저었다. 그러자 미풍이 흔들리나 싶더니, 희미한 바람의 소용돌이가 그들 사이를 유유히 맴돌았다. 그녀의 힘이 미치는 이 집무실에 '소리'가 갇힌 것이다. 이제 그들의 대화를 엿들을 수 있는 사람은 아무도 없었다.

"이야기 도중인 것은 알지만 잠깐 끼어들도록 하지."

"감사대장이 황실의 일원이신……."

"인사할 시간 없어. 급하니까."

그 말대로 규석은 무척 빠르게 달려온 티가 났다. 머리카락은 다 흐트러졌고, 초겨울인데도 불구하고 땀을 흘리고 있었다. 최대한 빨리 지 가문에 오기 위해 발을 분주히 놀렸기 때문이리라.

"풍 가문이 청수경을 찾았다는 거, 들켰어."

"그게 무슨 소리지?"

"망할. 누구긴 누구겠어? 우리 숙부 되시는 분께서 알아차리신 거지!"

청수경. 그 말이 흘러나오는 순간부터 감사대장은 두 눈을 번뜩였다. 그것은 나라에서 애타게 찾고 있던 국보가 아닌가. 그걸 풍 가문에서 찾았다니.

"그것뿐이면 말을 안 해. 중요한 건 그 작자가 청수경의 비밀을 알고 있는 황실의 일원이라는 거야."

"……."

"너와 지 가문의 원로, 그리고 풍 가문의 알력 같은 건 단숨에 알아냈겠지. 그는 이것을 가지고 형님을 공격했어. 나라를 제대로 다스리지 못해 중요한 국보를 알력다툼의 소재로 변질시켰다고!"

"그런 것이 아니거늘……."

"아닌들 무슨 상관이야. 그 작자가 사촌형님의 흠을 잡았다는 게 중요한 거지. 민주려 후배를 대학관으로 보낸 것은 잘한 일이야. 그곳이라면 규봉, 그 작자라고 하여도 손을 댈 수가 없으니까. 하지만 그것도 얼마 가지 못할 거야."

규석은 입술을 세게 물었다. 그가 청수경에 대해 황제인 규전에게 말을 올리기도 전에 규봉이 먼저 칠 줄은 몰랐다. 가뜩이나 외교관 때문에 뒤숭숭한 황궁이다. 그가 규전에게 다가가지도 못하고 맴맴 돈 것은 규봉이 계획한 일이었다. 그는 일부러, 자신을 규전과 만나지 못하게 한 것이다. 청수경에 대한 일을 미리 알고서!

"형님께서 마음을 돌리셨다."

"무슨 소리지?"

"청수경에 대한 걸 규봉에게 들킨 이상 숨길 수 없다는 뜻이야. 게다가 너에게 빚을 지우고 숨기는 것은 사실 사촌형님에게 큰 이득이 될 수 없어."

지야곤이 안색을 굳혔다. 그도 이것이 무척 확률이 낮은 도박이라는 것을 알고 있었다. 그러나 이 정도일 줄은 몰랐다. 차라리, 차아제국의 황제가 못났더라면 지야곤의 의도대로 민주려에 대한 일은 묻혔을 것이다. 그러나 지금의 상황은 반대였다.

혹독한 시련을 겪은 현 황제는 성군이었고 물렀던 아버지 때문에 일어난 내란을 보고 자란지라 문제가 조금이라도 일어날 것 같으면 미리 그 싹부터 뽑아내는 철저함마저 갖추었다.

"사촌형님은 지 가문에 빚을 지워 자신의 수하로 두는 것보다."

차아의 황제가 너무도 곧고 능력이 출중하기 때문에.

"이 나라 백성의 안녕을 위하는 것이 당연하다고 하셨다."

그의 정혼녀는 황실의 손아귀에서 벗어날 수 없었다. 청수경은 주인이 없으면 그 힘을 제대로 내지 못하는 귀물이었다. 현재 땅의 주술을 능숙하게 잘 부리면서 청수경의 주인으로 선택받은 자는 그녀밖에 없었다.

"규봉 때문에 더 엉망진창이 된 황궁으로 인해, 외교관을 대학관으로 보내게 되었어. 그 기한은 고작해야 열흘."

이제 때가 왔다.

"그 안에 너와 민주려 후배에게 남은 선택지는 두 가지야. 하나는 예외 없이 그녀를 황궁에 보내거나."

어쩌면 그녀와 함께하는 순간부터 이렇게 될 것을 눈치 챘는지도 모른다.

"아니면 도망치거나."

선택의 기로에 선 것을 지야곤은 느꼈다.

△▼△

"이곳이 대학관인가!"

감탄을 터뜨린 소년이 활짝 웃었다. 초겨울 추위에 발갛게 달아오른 뺨이 유독 도드라질 정도로 새하얀 피부가 인상적인 그는 씩 웃을 때마다 송곳니가 반짝거렸다.

"교육기관은 어디든 팔팔한 기운이 난단 말이지."

헤스키츠에서 막중한 임무를 짊어지고 온 외교관. 어린 외모에 현명함이 가득 담긴 눈빛이 몹시 인상적인 자.

"그럼 실례하겠습니다!"

인사는 힘찼다. 물 건너 찾아온 에쉬 티움 로이드의 등장이었다.

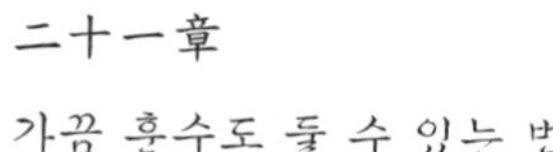

二十一章

가끔 훈수도 둘 수 있는 법

대학관은 헤스키츠 외교관이 찾아온 일로 발칵 뒤집혔다. 난데없이, 황제의 명이 떨어졌던 것이다. 정말 급작스러운 일이라 미처 준비할 틈도 없었다. 얼마나 혼란스러웠으면 외교관이 찾아왔을 때 마중 나간 사람이 학관장도 아니고 나이가 지긋한 선생들도 아닌 민주려였다. 정식 교사도 아니고 조교가 마중을 나가다니. 이런 실례가 다 있을 수가 있나 싶지만, 그 정도로 다들 혼을 빼놓고 있었다. 그리고 대학관에서도 민주려를 내보낸 이유가 있긴 했다.

이번에 온 외교관이 무척 젊다 못해 어리다는 소문이 났다. 그래서 날벼락을 맞은 학관장은 나름대로 머리를 썼던 것이다. 호호할아버지인 고위직 선생들을 내보내는 것보다, 비교적 젊고 경계심을 늦출 수 있을 만한 민주려를 보내는 쪽이 더 낫다고 판단을 내렸다. 물론 민주려의 얼굴도 한 몫을 했다. 토끼같이 순한 인상은 국적을 불문하고 호감을 주니 말이다.

"네? 서른두 살이요?"

"그렇습니다. 보기보다 나이가 좀 많죠?"

"흐아……."

물론 그런 배려는 사실 쓸모없는 것이었다.

에쉬 티움 로이드. 바다 건너 헤스키츠에서 온 이 젊은 소년의 외모를 지닌 외교관은 놀랍게도 나이가 먹을 만큼 먹어서 서른두 살이었다. 대학관의 높은 이들이 하나 생각을 못한 게 있었으니 외교관이라는 직은 지식과 경험이 필요해서 어느 나라건 다 나이가 좀 있는 이들을 파견한다는 거였다. 물론 에쉬 티움 로이드가 외교관 치고도 젊은 건 사실이었지만 말이다. 보통은 마흔 이상의 노련한 사람을 보낸다.

"제가 혼혈이라서요."

"인외(人外)의 혼혈이라니. 차아에는 좀처럼 없거든요."

"그런가요? 하지만 헤스키츠에는 혼혈이 많답니다. 숲의 요정 엘프, 재주 좋은 드워프 등은 이미 저희 사회에 녹아든 지 꽤 세월이 흘렀지요. 그들이 사람과 사는 것에 거리낌이 없어지면서 저희 가문처럼 뒤죽박죽 섞인 경우도 적지 않습니다."

에쉬 티움 로이드, 줄여서 에쉬는 자신의 가문이 유독 다른 이종족과 친하다고 하였다. 그래서 자신의 피에 어느 종족의 피가 더 진할지 가늠이 안 된다며 껄껄 웃었다. 그나마 혼혈이라서 좋은 점이 수명이 길고 젊음이 제법 오래간다는 것이었다. 늙기 시작하면 보통 사람과 비슷한 속도로 늙는다는데 그래도 아직 한참 먼 훗날 이야기란다.

"민주려 아가씨라고 했나요? 아마 당신의 손녀가 결혼해서 또 아이를 낳을 때까지도 살아 있을 겁니다."

"헉, 정말 오래 사시네요!"

"앞으로도 백 년은 더 살겠지요. 저는 이 세월을 교육에 힘을 쏟고 싶습니다."

"교육……."

"지금은 정치에 몸을 담고 있습니다만, 다 학생들을 가르치기 위한 저만의 공부라고 생각하고 있어요. 나중에 나이가 오십쯤 넘으면 우리나라 최고 아카데미의 교사로 들어갈 생각입니다. 그리고 열심히 가르칠 겁니다. 나라를 부강하게 하는 방법 중에 가장 좋은 것은 인재를 많이 길러내는 것이지요!"

"오오."

생각보다 외교관을 대하는 것은 어렵지 않았다. 말도 잘 통하거니와 무척 유쾌한 에쉬의 성격 덕도 있었다. 무엇보다, 그는 열정과 꿈을 가지고 있었다. 자신의 주관이 뚜렷한 그를 보고 있노라니 민주려는 살짝 부끄러워졌다. 그녀는 딱히 뚜렷한 목표 없이 살아왔기 때문이었다. 굳이 있다면 그놈의 생활고 좀 탈피해서 노후 준비를 빵빵하게 해놓는 것이었던가. 돈을 최우선으로 생각했던 민주려는 하하 헛웃음을 흘리며 뺨을 긁적였다.

'이렇게 보니 진짜 부끄럽네.'

노후 준비를 해야겠다는 생각만 했지, 앞으로 무엇을 할 것인가에 대해 진지하게 고민하지 않았다. 정확히는 고민할 시간도 없었다는 것이 더 맞겠지만 말이다. 민주려는 끄응 신음 소리를 내며 자신의 미래를 그려보았다.

'일단 선배랑 호, 혼인부터 하고. 그리고 애를 낳고, 내조를 하고…….'

"……."

어라. 이거 아무리 떠올려봐도 그려지지 않는 미래였다. 지야곤의 얼굴이나 그녀의 얼굴이나 두리뭉실한 것이, 영 또렷하지가 않다. 너무 막연한 느낌도 있고 상상해보니 썩 즐겁지도 않았다. 그냥 평범한 아내로서 내조하게 될 자신이라니. 어쩐지 그것은 그녀 자신에게 잘 안 맞는 것 같았다.

"민주려 아가씨?"

"아가씨라고 굳이 부르지 않아도 되는 데요."

"그럴 순 없죠. 저희가 있는 곳에선 미혼의 숙녀를 레이디라고 하거든요. 레이디 민주려, 이렇게 부르면 차아 사람에게는 어색하지 않을까요?"

배려심도 넘치는 에쉬에게 민주려는 고개를 끄덕였다. 확실히 레이디 민주려. 뭔가 어감이 독특한 것이 익숙하지 않았다. 결국 두 사람은 각자 이름을 부르는 것으로 타협을 보았다. 게다가 어찌나 죽이 잘 맞던지, 겉모습만 보면 무슨 십년지기처럼 보일 지경이었다. 그렇게 된 데에는 에쉬의 어려 보이는 외모가 컸지만 말이다.

"이곳이 연단실이에요. 학생들은 자기가 들을 수업을 가르치는 선생의 연단실을 찾아 이동합니다."

"그건 헤스키츠도 비슷한 방식을 따라요. 흥미롭네요, 교육은 어딜 가도 비슷하군요."

"그리고 저희는 강의를 하는 선생과, 그것을 보조하는 조교로 나누고 있어요. 수업할 때 조교도 함께 참여하여 보다 촘촘한 교육을 하지요."

"음. 저희 아카데미는 그런 게 없어요. 조교란 행정을 도와주는 의미가 더 강하거든요. 무엇보다 조교에게 수업참여권을 주게 되면 교수, 그러니까 선생의 권위가 줄어들지 않을까요? 학생들이 수업을 들을 때 혼란을 줄 수도 있고요."

대화의 논점이 주로 '교육'이다 보니 아무래도 대화가 열띨 수밖에 없었다. 민주려는 헤스키츠라는 곳의 교육방침이 굉장히 유연하다는 것을 느꼈는데, 실리를 위해 기존의 내려오는 관습을 바꾸는 경우가 왕왕 이루어진다니 신기했다. 반면 대학관의 교육은 오랜 전통에 따라 흘러내려온다. 그래서 교육방식이 바뀌는 경우가 거의 없었다. 이미 검증된 방법이니 이대로 쭉 정통을 해치지 말자는 관념이 강했다. 그 때문인지 민주려의 기수가 보였던 청개구리 심보가 유독 도드라졌던 것이다.

"헤스키츠 제국이란 곳은 참 체계적인 것 같아요. 그, 교육에 관한 관점이요."

"지금이야 평화롭지만 저희도 한때 전쟁으로 괴로웠던 역사가 있거든요. 그때 뼈저리게 느낀 것이 인재의 부재였다고 합니다. 지금도 헤스키츠는 인재에 목말라 하고 있습니다. 제국은 크고 이종족도 많이 융합되어가고 있는데, 지역마다의 문화도 그렇고 통합이 쉽지 않아 행정인원이 많이 필요하거든요. 직업도 참 많고요."

"헤에."

"아카데미, 그러니까 저희 교육기관이 예전에 군인 양성의 역할을 했던 영향이 남아서 더 체계적인 것도 있을 겁니다. 하지만 무력에 치중하지 않고, 학생의 재능에 초점을 맞춰서 교육하려고 노력하고 있습니다. 학문, 예술, 무예 등 뜻을 펼치고 싶다면 마음껏 할 수 있도록 말이지요."

"하지만 등록금은 비싸겠죠?"

"장학금이라는 제도가 있지요. 하지만 역시 교육의 질이 높을수록 들어가는 돈도 늘어나는 법이라서. 하하하."

여기나 거기나 공통점은 학비가 비싸다는 것이었다. 그것을 어떻게 해결할 방법이 없는 것은 헤스키츠도 마찬가지인 모양으로, 장학금을 통해 보조하고 있다고 한다. 그런데 다 줄 수는 없고 특정한 조건에 해당하는 학생만 준다고. 문제는 그 조건에 맞지 않아도 분명 힘든 학생이 꼭 있다는 것에 있었다. 그것 때문에 전 학생에게 무상교육을 실시하는 것에 대한 안건이 국정에 올라온 적이 있었다고 한다. 물론 그 계획은 시끌시끌하게 떠들다가 금방 사장되었지만. 재정부에서 불가능하다고 머리에 띠를 맨 채 회의실 바닥에 벌러덩 누워버렸단다.

"어라? 왜요? 좋은 것 같은데."

"사람이 공짜 좋아하면 대머리 된다, 그 속담 여기에도 있습니까?"

"어? 있어요! 우와 신기하네, 헤스키츠에도 그런 속담이 있어요?"

"예. 그런데 그게 무상교육에도 따라간다는 겁니다. 배려를 권리로 느끼고 책임과 의무를 다하지 않을 가능성이 너무 높아서요.

그래서 무상교육은 휘리릭 날아갔습니다. 실제로 아주 오래전 공산주의, 사회주의 체제를 만들었던 나라가 생긴 적이 있었지만 이백 년도 가지 못하고 망했지요."

으아아. 대화가 너무 재미있어서 멈출 수가 없다. 민주려는 오랜만에 타오르는 이 학구열과 호기심을 잠재울 수가 없었다. 그래서 신나게 떠들다 보니 수업이 끝났다는 종이 땡땡 울렸다. 그리고 약속했다는 듯이 연단실의 문이 열리고 학생들이 우루루 쏟아져 나왔다.

"우왓."

문이 벌컥 열리자마자 바로 에쉬를 본 학생이 기겁하며 놀랐다. 백짓장처럼 하얀 피부에 빨간 머리카락, 그리고 회색 눈의 조합은 차아에서 절대 볼 수 없는 것이기 때문이었다. 오늘 헤스키츠에서 외교관이 온다는 소식을 듣지 못한 대학관의 학생들은 웅성거리기 시작했다. 폐쇄적인 차아에서 외국인을 보기란 참 어려운 일이었다.

"와. 차아에서도 학생은 교복을 입는군요!"

무척 즐겁다는 듯이 에쉬가 말했다. 사람들의 시선 같은 건 익숙하다는 듯이 설렁설렁 넘기는 것이, 본인이 말한 나이처럼 연륜이 묻어나왔다. 하지만 그 곁에 있는 민주려는 저 시선들을 견디기 어려웠다. 차라리 그녀에게 왔으면 다행인데, 나라에서 국빈 취급하는 외교관에게 저런 불손한 눈빛들이라니! 신기한 원숭이 보듯 보지 말란 말이다! 문제가 생기면 내가 전부 책임을 져야 한단 말이다!

"음. 저희는 교복이 아니라 학관복이라고 해요."

"하얗고 예쁘네요. 헤스키츠에서는 몸에 딱딱 맞아 떨어지는 옷을 입습니다. 그것도 군대를 양성했던 때의 영향의 잔재로……."

"우왓, 이게 무슨 귀신이야?"

오순도순 잘 이어가던 대화가 순식간에 막혔다. 굉장히 날카로운 목소리에 민주려도 흠칫하며 고개를 돌렸다. 요즘 들어 청서원의 말을 잘 들으며 수업 듣는 멍멍이들보다 더 싸가지가 없어 보이는 얼굴이다. 거드름이 뚝뚝 떨어지는 표정을 보아하니 대학관에 들어온 지 얼마 안 된 학생으로 보였다. 그것도 꽤 높은 집안의 도련님인 듯 피부가 희고 고왔다.

'아직 기강이 안 잡힌 모양인데?'

가끔 이런 일이 벌어진다. 학관, 그중에 대학관에 들어오는 인재 모두 한번씩은 신동 소리를 들어본 적이 있는데 그 때문에 거만함이 자신도 모르게 배어 있는 아이들이 종종 있었다. 하물며 잘 사는 집안 출신은 더했다. 아주 어화둥둥 떠받들어 주며 키우다 보니 기고만장해지는 것은 기본이다. 그러나 대학관에 오는 순간 그 높은 콧대는 단번에 날아갔다. 이곳에는 자신과 비슷한 수준의 학생이 바글바글하기 때문이었다. 그래도 나 잘난 맛에 살다가 사고치는 사람이 꼭 한둘은 있는데, 그럴 땐 대학관의 선배가 친히 나선다.

「아이고, 우리 예쁜 후배님들. 아직 정신을 덜 차리셨죠? 하하하!」

기강을 잡는다고 하는데, 참고로 민주려 때는 규석이 직접 나섰더랬다. 그의 정체를 몰랐던 어떤 신입생이 제대로 진상을 부렸던 모양이다. 그 이후 그 신입생은 규석의 그림자만 보여도 피할 정도로 심하게 참교육을 받았다. 보통 그 시기는 한 해의 끄트머리로, 학기 끝에 신입생이 저지른 모든 실수와 잘못을 모아다가 결산을 한다. 그래도 안 고쳐지는 몇몇은 있지만 대부분 이맘때 고쳐지기 마련인데……. 아직 기강을 잡지 않았는지 눈앞에 있는 신입생을 비롯해 몇몇이 대놓고 얼굴을 찌푸리고 있었다.

"학생들은 다음 수업을 위해 이동해야죠? 어서 가도록 해요!"

하지만 시기와 장소를 잘못 선택했다. 그녀의 곁에 있는 사람은 헤스키츠의 외교관이자, 이야기를 나눠보니 무려 높은 귀족인 것 같았다. 차아식으로 따지면 한 힘 하는 세력가인 것 같던데 이러다가 큰 사고라도 뻥 터지면 수습불가였다. 그래서 민주려는 신입생들을 배려하기 위해 주의를 돌렸지만 영 먹히지 않았다.

"세상에, 머리카락이 무슨 피를 뒤집어쓴 것처럼 빨갛잖아!"

"저게 바다 건너온 사람이야? 되게 미개해 보여."

근데 가면 갈수록 태산이었다. 노골적인 경계와 혐오가 뒤섞인 눈빛은 누구라도 기분 나쁠 것이다. 하긴 저 신입생 중 몇몇이 저렇게 반응하는 것은 어쩌면 당연할지도 모른다. 심각했던 내란의 상처 속에서 태어난 아이들은 부모님이 힘들어 하는 모습을 보고 자랐다. 아마 그것을 마지막으로 보고 뼈저리게 느낀 마지막

기수가 이 앞에 있는 신입생일 터. 한번 환란을 겪은 나라는 어쩔 수 없이 폐쇄정치를 고집하게 된다. 망가졌던 내부를 다져야 하기 때문이다. 그리고 그 영향은 고스란히 아이들에게 내려와 바깥, 즉 낯선 것에 대해 예민한 반응을 보이도록 만든다.

'생각이란 걸 좀 해야지. 그렇게 수군수군 거리면 다 들린다고!'

자기들 딴엔 안 들린다고 여긴 모양이다. 혹은 들려도 어떻게 할 수 없다고 생각한 것인지 멈추지 않는다. 민주려는 저것들을 어떻게 참교육을 시켜야 할지 가늠했다. 그리고 그녀가 나서려는 순간!

"야, 야. 가자. 어차피 그래 봤자 미개한 나라야. 우리나라에 왜 왔겠어? 뭐 뜯어먹으려고 왔겠지. 걸인한테 적선하는 것쯤이야 선의로 할 수 있어."

뚝. 뭔가 인내심이 뚝 끊기는 소리가 들렸다.

"하하하."

에쉬가 웃었다. 근데 눈 밑에 그늘이 진 것이 엄청 무서웠다. 민주려는 속으로 비명을 삼켰다. 저 멍청한 것들이 폭약의 심지에 불을 붙인 것 같았다.

△▼△

"이놈들이이이이."

물론 그 폭약의 심지에 불붙은 사람은 따로 있었다. 심상치 않은 분위기에 안절부절못했던 몇 명이, 참으로 현명하게도 주변의 선생을 부르러 간 것이다. 그리고 하필이면 연단실에서 막 갱생한 멍멍이 네 학생을 가르치고 나온 청서원이 걸려들었고. 그는 빠른 걸음으로 다가오면서 무슨 일이 있었는지 대충 들은 후, 막판의 말도 딱 잡았다.

아주 귀에 쏙쏙 박혀서 어쩔 줄 모를 정도로.

“귀빈에게 무슨 말본새입니까?”

네에? 하고 하하하 웃는데 에쉬보다 더 침침하고 무서운 기류가 피어올랐다. 당연히 신입생들은 깨갱하고 말았다. 청서원에게 대들 수 있는 것은 한 때 막나갔던 그 네 멍멍이밖에 없었던 듯 한 마디도 못하고 애처롭게 낑낑대었다.

“저기, 미안해요. 에쉬.”

“민주려 아가씨가 미안할 일이 뭐가 있겠어요. 저렇게 막 대드는 학생은 어디서나 있는 법이지요.”

“대학관의 학생들이 다 이런 건 아니에요.”

“압니다. 정치적인 입장으로 봤을 때, 외국인에게 배타적일 수밖에 없겠지요. 다 이해하고 이번 외교관으로 왔는걸요.”

에쉬가 이해심이 많아서 참 다행이다. 그렇게 훈훈한 마무리가 되려고 했을 때 정작 터진 것은 청서원 쪽이었다.

“거지? 적선? 당연?”

어이쿠, 일 났다. 신입생이 그동안 있었던 일을 해명하려고 어물어물 말했던 모양인데 하필이면 저 단어를 반복해서 나열한 것이 문제였다.

“이번 신입생들은 예쁘다, 귀엽다며 다들 봐주어서 기강을 아직 안 잡았다는 것을 알고 있습니다. 하지만 다른 손님도 아니고 외교관에게 이리 무례하게 대하게 내버려두다니. 이것은 신입생만의 책임은 아니겠지요.”

왔다! 민주려는 에쉬의 옷자락을 잡고 뒤로 슬금슬금 물러났다. 자고로 대학관에서 벌 중에 가장 무서운 벌은 막대한 양의 숙제도 아니요, 반성문도 아니요, 매도 아니었으니.

“연대책임, 이의 없으시죠?”

한 명이 잘못하면 여러 명이 싸그리 벌을 받는 것이었다.

민주려도 딱 한 번 받아본 적 있는 청서원의 연대책임에 대한 벌은 어마어마했다. 그는 다른 건 몰라도 대학관에 폐가 되거나 사건을 크게 만드는 것은 좋아하지 않았다. 멍멍이 셋이야 넘어갈 수 있었지만 아무래도 이번에는 도를 넘어섰기 때문에 그냥 넘어갈 것 같지 않았다.

대학관에서 짬밥 좀 먹어본 학생들은 도망갈 생각도 못 하고 체념 어린 표정을 지었다. 그게 딱 지옥불인 줄 아는데 직접 뛰어드는 표정인지라 민주려는 마음이 짠했다.

청서원이 제대로 힘을 쓰는 것을 대체 얼마 만에 보더라. 그 장면을 하필 에쉬가 보게 되다니. 그는 운이 좋은 건지 나쁜 건지 모르겠다.

“잠에서 잠시 깨어나라. 대지의 송곳이여 일어나라!”

짧은 영창이 이어지고 곧 대학관 곳곳에 땅이 일어나기 시작했다. 진흙처럼 꿀렁이는 흙은 곧 학생들의 몸을 꽁꽁 얽매였는는데, 그건 청아가 예전에 보여줬던 그것과 비슷했다. 하지만 그 범위가 달랐다. 청서원이 얼마나 뛰어난 주술사인지 보여주기라도 하듯 대학관 곳곳에서 땅이 있는 곳이면 모두 그렇게 일어나 학생들을 옭아맸다. 그리고 하늘 높이, 대학관의 지붕보다도 높이 올라갔는데 고소공포증이 있는 학생들은 이중으로 고난을 겪었다.

"으아악! 누가 또 사고 쳤어!"

"청 선생님의 벌이다! 어설프게 반항하지 말고 얌전히 있어! 안 그러면 벌이 더 심해진단 말이다!"

"흐어엉. 나 위는 싫어. 속이 울렁거린다고. 우웩!"

난리도 이런 난리가 없다. 그야말로 어마어마한 규모의 주술! 에쉬도 입을 딱 벌린 채 멍청하게 그 광경을 보는데, 청서원의 눈썹이 꿈틀했다.

"호오?"

"헉."

땅의 주술의 힘이 강력하게 발휘된 이 시점에, 미세하게 그의 힘이 방해받고 있었다. 어딘가로 끌려가듯이 말이다. 청서원이 그것에 흥미를 보이자마자 민주려의 안색이 창백해졌다. 그녀도 청서원의 힘이 불안정하게 흔들리고 있다는 것을 느꼈다. 땅의 주술사인 그녀는 자신의 보퉁이에 꼭꼭 숨겨둔 청수경을 떠올렸다. 땅의 주술의 힘이 가득 퍼지자 분명 흡수한 것일 터. 무려 그녀보다 더 뛰어난 땅의 힘이니 옳다구나! 하고 빨아들인 게 틀림없었다.

"기물(奇物)?"

조마조마한 그녀의 심정을 더 부채질하는 것은 존경하는 스승의 태도. 청서원이 관심을 보이고 있었다. 마침 청수경이 있는 그의 연단실도 여기서 멀지 않았으므로 민주려는 그만 울고 싶어졌다. 그는 학생들을 그대로 위에 묶어놓고 주술의 힘을 빨아들이는 쪽으로 걸음을 옮기기 시작했다. 에쉬가 곁에 있으니 그를 무작정 따라갈 수도 없고, 그렇다고 멍청하니 청서원을 가게 내버려둘 수도 없고.

한참 갈팡질팡하던 그녀는 곧 정말로 연단실로 들어가려는 그에게 달려가 옷자락을 잡았다.

"잠깐만요, 선생님!"

"네?"

"그게요. 그러니까……."

그런데 아뿔싸. 민주려를 졸졸 따라온 호기심 많은 에쉬가 연단실 문을 연 것이 문제였다. 그리고 청서경이 정말 배부르게 땅의 주술의 힘을 흡수한 것도 문제였고, 이렇게 힘을 불어넣어 불러낼 정도로 급박한 상황이 아닌지 걱정하여 모습을 드러낸 청아와 수아를 에쉬와 청서원이 봐버린 것도 문제였다.

그러니까.

"망했다."

망했다고! 그것이 민주려의 심정이었다.

△▼△

끄아아악…….

저 멀리서 학생으로 추정되는 사람의 비명이 울렸다. 여전히 뻥 뚫린 청서원의 연단실 창문 너머로, 과일을 콕콕 이쑤시개로 찌른 것 같은 모습이 연출되었다. 이번에 벌을 확실히 줄 생각인지, 혹은 벌을 풀 정신이 없는 것인지 청서원은 학생들을 높이높이 들어 올린 주술을 풀지 않았다. 그리고 그것을 좌불안석의 심정으로 바라보는 민주려와, 청아와 수아에게 흥미 가득한 모습으로 이런저런 질문을 던지는 에쉬까지.

한 줄로 정리하자면 아주 딱 죽겠다.

"그래서 이리로 왔군요. 흐음. 그거라면 지야곤 학생이 움직인 이유를 알게 되었다고 해야 하나."

"네에."

한숨을 푹푹 쉬며 민주려는 고개를 끄덕였다. 복잡한 사정이었지만 의외로 차근차근 정리해서 설명하니 전부 말하는 데 그리 오랜 시간이 걸리지 않았다.

"확실히 옳은 판단입니다. 대학관은 치외법권이니까요."

"오, 그런가요? 저희 헤스키츠에서도 아카데미 한 곳이 치외법권입니다. 헤스키츠 제국 아카데미. 최고의 교육기관이지요."

"인재를 중히 여기는 것은 차아나 헤스키츠나 같은 모양입니다. 그나저나 민주려 조교. 그렇게 고개 푹 숙이고 있지 마세요. 제가 제 애제자 한두 번 보는 것도 아니고, 잘못도 없는데 풀죽어 있는 것은 좋지 않습니다."

어차피 이야기도 새어나가지 않을 터였다. 지나다니는 학생들은 다 지붕 위에 묶여 있어 연단실을 훔쳐 볼 수도 없고, 소리도 밖으로 나가지 않도록 주술로 힘을 써놨으니까. 청서원은 심각한 사항의 이야기를 듣고도 여유롭게, 혹은 뭔가 굉장히 시원하고 후련한 웃음을 지으며 차를 우렸다. 그리고 그것으로 에쉬에게 대접하며 입을 열었다.

"민주려 조교는 뭘 어떻게 하고 싶습니까?"

"네?"

"청수경은 국보입니다. 그 비밀을 알아버린 이상 아무래도 위험하지요. 심지어 사용자이니 황궁에서는 반드시 데려갈 겁니다."

"……."

"평생 대학관에 있는 것도 좋은 수겠지요. 하지만 알고 있을 겁니다. 그 누구도 법을 어길 수 없지만, 그 법을 바꿀 수 있는 사람이 한 명 존재한다는 것을."

누구에게도 평등하게 내려지는 법. 그러나 그 법 위에 단 한 명, 존재하는 사람이 있다.

"황제 폐하……."

제국을 통치하는 하늘, 황제였다. 설마 그럴 리 없지만 청수경을 위해 그가 마음을 먹는다면 빈대 하나 잡기 위해 초가삼간 태우는 짓을 할 수도 있었다. 대학관을 치외법권으로 한다는 것을 철회하게 된다면 민주려가 피할 곳은 없다. 그리고 그렇게 된다면 그녀 한 명 때문에 학문의 성지라고 불리는 대학관에 두고두고 피해를 주게 될 것이다.

"임시적인 치외법권 철회. 이것만 걸어도 민주려 조교는 대학관에 있을 수 없습니다."

"그건 안 돼요."

"어째서죠?"

"폐를 끼치는 것은 최악이니까요. 이건 엄밀히 말해 저와, 지야곤 선배의 일이에요. 저희 둘의 일을 대학관에까지 피해를 끼칠 순 없죠. 해결해야 한다면 저와 선배가 해야지 다른 사람에게 맡길 순 없어요."

고개를 들고 턱에 힘을 준다. 또렷하게 말하는 민주려의 모습에 청서원이 흐뭇한 웃음을 지었다.

"그렇다는군요, 헤스키츠에서 오신 손님 분."

"흐음. 청 선생님이 저희 헤스키츠 쪽으로 오셔도 잘하실 것 같습니다. 어떻습니까? 차아 전담 외교관 자리를 행정부에서 만들어드리겠습니다."

"사양하지요. 귀여운 애제자를 위해 그 제안은 못 받아들이겠습니다."

껄껄거리며 청서원과 에쉬가 대화를 나누었다. 중간에 낀 민주려만이 어리둥절하게 있는데, 그녀의 어깨에 수아의 팔이 부드럽게 감겼다.

『사랑스러운 아가.』

투명한 음성이 불안해했던 민주려를 다독이듯 울렸다.

『장기판에는 나와 상대만이 있는 게 아니란다.』

『때로는 타인이 끼어들 수도 있지.』

청아가 민주려의 곁에 앉으며 흘긋 에쉬에게 시선을 주었다.

수아는 에쉬라는 자가 몹시 마음에 들었던 모양인지 빙긋 웃음을 지었는데, 마침 눈이 마주친 에쉬가 한쪽 눈을 찡긋 했다.

『너무 힘든 상황이면 곁에 있는 지인이 훈수를 둘 수도 있다는 말이다.』

△▼△

"그 방법뿐이냐?"

늦은 저녁. 감사대장은 앞으로의 계획을 위해 먼저 돌아갔다. 그는 바빠질 날을 기대하며 귀기 어린 웃음을 흘리고 갔는데, 규석은 저 미친 것 같은 사람이 나라를 위해 움직이는 진정한 충신이라는 것이 믿기지 않은 듯 몇 번이고 고개를 저었다. 하지만 어찌 되었건 감사대장인 태만석이어야 말로 이번 계획의 핵심 중 하나가 될 것이다.

"무엇이?"

"네 그 결정 말이다. 감당할 수 있겠느냐고."

둘의 앞에 놓인 찻잔은 이미 싸늘하게 식었다. 김이 피어오르지 않은 찻물은 씁쓸했고, 규석의 속내는 그것보다 더 떨떠름했다.

"사랑하는 여자 때문에 모든 것을 포기할 수 있겠어?"

"포기가 아니다."

"그럼 네가 하려는 짓은 대체 무엇인데?"

"가장 소중한 것을 얻기 위해서."

지금 그의 손에 없는 보드랍고 사랑스러운 그녀를 위해.

"앞으로 달려가는 것뿐이야."

그는 선택을 내렸다. 그리고 그의 선택에 보답하듯 주술이 담긴 서신이 왔다. 가장 걱정되었던 부분까지 해결할 수 있는 내용의 서신이.

지야곤은 사람을 불러 채비를 하라고 일렀다.

"어디로 가시려고요?"

뒤숭숭한 가문의 상황에 갑자기 자리를 비우려는 지야곤에게 서윤경이 걱정스레 물었다. 그는 검은 상복 위에 두툼한 겨울 겉옷을 걸쳐 입으며 대답했다.

"그녀에게."

머뭇거릴 시간은 없다. 이제 움직일 때였다.

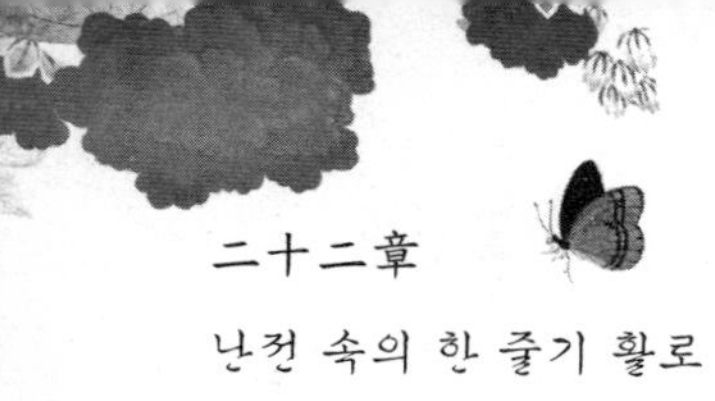

二十二章

난관 속의 한 줄기 활로

연대책임으로 지붕 높이 묶인 학생들이 무사히 땅에 발을 붙일 수 있게 된 것은 늦은 저녁이었다. 몇몇은 아직 수업이 끝나지 않았노라 항의했지만, 이번 사태가 워낙에 심각한 만큼 선생들은 자체 휴강을 하기에 이르렀다. 물론 수업진도를 걱정한 몇몇 선생의 경우 청서원에게 부탁하여 자신의 학생들을 한 군데에 몰아넣은 뒤, 지붕 위에 올라가 강연을 했다.

연단실이 아니면 강의를 하지 않는 선생이 이렇게 지붕 위에 올라오거나, 아니면 휴강을 하게 되었을 정도로 이번 일이 크긴 컸다. 아무리 달갑지 않은 손님이라도 국빈은 국빈. 사절단의 대표격인 외교관을 험담하다니 확실히 이번 신입생들은 간이 커도 너무 컸다. 들키지나 말지 대놓고 하는 바람에 일이 생각보다 더 커졌다. 이 사건을 쉬쉬할 수도 없고 곧장 황궁에 올라가게 되어 더 난리가 나버렸는데, 그나마 대학관이 치외법권이라 망정이지 그게 아니었음 뭣도 모르는 신입생에게 아마 매서운 벌이 내려졌을 것이다.

"지금도 어마어마한 벌을 받고 있지만요."

그렇게 고소할 수 없다는 듯이 청서원이 말했다.

지금 신입생들은 에쉬의 강력한 주장으로 봉사활동을 하고 있었다. 그들에게 내려진 봉사활동 기간은 무려 백 일. 대학관에서 채울 수 있는 날짜는 오십 일밖에 없기 때문에, 나머지 절반은 반드시 밖에서 채워야 했다. 부정행위를 할 수 없도록 대학관의 선생이 공증해야 한다는 것까지 깐깐하게 정해놓았다. 참고로 이 봉사활동을 채우지 못한다면 절대 졸업시켜주지 않을 거라고 못까지 박아버렸으니 이제 신입생들은 방학 때마다 열심히 일해야 할 것이다.

어쨌든 신입생들이 거나하게 사고를 쳐준 덕분에 화들짝 놀란 것은 황궁이었다. 가뜩이나 뒤숭숭한 궁 안의 사정으로 인해 그나마 조용한 대학관에 모셔두었건만, 그 대학관에서 이런 사고가 터질 줄은 몰랐을 터. 그들은 '어마, 뜨거라!' 외교관을 접대할 관리를 찾았다. 이번 일을 수습해줄 높은 신분에 젊고 유능한 인재로!

그리고 하룻밤 새 그 자리는 당연히 지야곤이 솔개가 병아리 채가듯 날래게 낚아버렸다.

"주려."

그를 알고 있던 사람이라면 놀라 자빠질 것 같은 달달한 음성이다. 실제로 청서원은 연단실에서 그가 민주려를 부르는 모습을 보고 놀라 차를 흘리고 말았다.

"선배!"

그동안 얼마나 많은 고생과 시련이 있었는가! 아주 이를 아득바득 갈면서 버텼더랬다. 서로의 마음을 확인한 지 얼마나 되었다고 이렇게 떨어져 있을 수 있냐는 말이다!

민주려는 그가 연단실에 오자마자 끼적이던 서류를 집어 던지고 그에게 달려갔다. 이 순간 그녀에게는 부끄러움이나 남의 눈치를 살필 여유 따위 없었다.

"세상에! 야윈 것 좀 봐요. 가문에서 또 밥을 제대로 안 줘요? 이를 어째. 안색도 나쁘고 피부도 까칠해졌네!"

민주려의 눈에는 오로지 지야곤밖에 안 보였으니까!

작은 손으로 이리저리 만져대는 그녀에게 지야곤은 그저 웃기만 하였다. 그의 사랑스러운 연인은 잘 지내고 있는 것 같았다. 건강하고 활기찬 것이 참.

"당장 살림을 차리……."

"거기까지."

슬쩍 이성이 끊어질 뻔한 그를 붙든 것은 청서원이었다. 땅의 주술을 부려 발목을 꽉꽉 붙들어 맨 그는 민주려를 끌어당겨 자신의 옆에 앉혔다. 소개할 사람도 있고 앞으로 할 일이 태산이었다. 꿀처럼 달아 보는 사람은 텁텁한 기분이 드는 꽁냥질을 더 이상 두고 볼 수가 없었다.

"만나서 반가운 것도 알고, 서로에게 절절하게 애탄 것도 아는데 이성은 잃지 맙시다."

"아."

"예전에도 헌앙했지만, 정말 많이 성장했군요. 지야곤 학생."

"오래만에 뵙습니다, 청 선생님."

그제야 핫 하고 정신을 차린 민주려가 주술을 부렸다. 쾅쾅 문이 닫히는 것은 물론이요 뻥 뚫린 창문조차 흙을 끌어다가 막아버린다. 어두워진 실내에 촛불이 켜지고, 소리가 새어 나가는 것까지 완벽히 막고 나서야 그들은 비로소 이야기를 할 수 있었다.

"그럼, 사건을 정리해볼까요?"

청서원의 얼굴이 촛불의 일렁거림에 기묘히 드러났다.

△▼△

밖으로 빠져 나가서는 안 될 이야기가 수없이 오고 갔다. 그 자리에는 네 명의 사람과 두 명의 신령이 자리했고, 민주려는 입을 다물고 그들의 이야기를 경청하는 수밖에 없었다. 하지만 그녀도 이후의 말이 나왔을 때는 입을 열었다.

"안 돼요!"

그녀답지 않은 절박한 외침. 그것에 오가던 대화의 흐름이 끊기고 시선이 민주려에게 몰려들었다. 하지만 그녀의 시선은 그가 연단실에 들어오고 나서부터 지금까지 쭉, 지야곤에게 향해 있었다.

"어떻게 그런 생각을 하실 수 있어요?"

"……."

"저는 기다릴 수 있어요. 시련이 반복된다면 그것조차 감당할 각오로, 그럴 각오로……!"

선배를 사랑했던 것인데.

그 말은 차마 이어지지 못하고 민주려의 입 안에 맴돌았다. 청수경, 황실의 비밀, 내란의 흑막, 대학관과 더불어 이 모든 일에 휘말리고 만 어린 연인. 복잡하다면 복잡하다고 말할 수 있는 이 사건은 선불리 손을 댈 수 있는 것이 아니었다. 그저 서로가 좋아 이어지기에 두 사람은 너무 깊고 거대한 운명의 소용돌이 속에 서 있었다. 절벽 위에서 외줄을 타는 것보다 더 위험천만한 상황인 것이다.

하지만 그런 외줄에 스스로 타기로 마음먹은 것은 민주려가 지야곤을 사랑하기 때문이었다. 그를 사랑하고, 그의 마음을 받겠다고 굳게 다짐했기 때문이다. 대신에 그녀는 굳게 맹세했다. 결코 지야곤에게 피해를 주지 않겠다고. 그가 가져야 할 것들을 포기하지 않도록 지켜주자고. 비록 그 길이 너무도 험난하다고 해도 그 정도 각오는 이미 머리끈을 날렸을 때 한 뒤였다.

"왜 전부 포기하려고 해요?"

한창 대화를 이어가던 도중 앞으로의 일에 대해 어찌할 것이냐에 대해 주제가 올라왔다. 그리고 지야곤은 그때 이렇게 대답했다.

「도망칠 것입니다.」

너무도 담담하게.

「모든 것을 내려놓고.」

그는 자신이 가진 모든 것을 포기하겠노라고 했다. 그것은 민주려가 가장 바라지 않았던 결론이었다.

"포기하는 것이 아니야."

"하지만, 선배!"

"내가 지야곤일 수 있는 것은."

민주려가 벌떡 일어나서 그에게 뭐라고 하려고 했을 때, 지야곤이 그답지 않게 그녀의 말을 잘랐다. 청서원은 그의 모습에 감탄했다. 그는 기억하고 있었다. 지야곤이 어떤 학생이었는지. 아주 뛰어난 재능을 가지고 있으나 오히려 그 재능 때문에 인간관계가 느슨해진 사람이었다. 너무도 많은 것을 가져서 가질 것이 없는 자.

"지 가문의 소가주이기 때문이 아니야."

그래서 그는 열망도 없고 열의도 없는 인형 같은 사내였다. 하지만.

"너를 사랑할 수 있어서 지야곤일 수 있는 것이다."

지금의 그는 누가 보아도 사람이었다. 열망도 열의도, 깊은 애정까지 갖춘 사람.

청서원은 말 못 할 먹먹한 감정에 휩싸인 연인을 보며 고소(苦笑)를 지었다. 만약 그의 학구열이 조금만 낮았더라면 진즉에 혼인해서 예쁜 자식을 놓고 오순도순 살았을까?

젊어 보이지만 청서원의 나이는 보기보다 적지 않은 편이었다. 주술의 경지가 높아지면 그 힘에 의해 노화도 늦춰진다. 실제로 청서원은 예쉬보다 연상이었다.

"부럽네요."

가만히 그들을 보고 있던 에쉬가 은은하게 웃으며 부러움을 토로했다.

"아, 저도 얼른 아내를 보고 싶습니다."

"이런. 결혼하셨습니까?"

"귀족들은 어릴 때 약혼하는 경우가 많거든요. 그것을 차치하고서라도 공무원, 이곳에서 관리라고 부르는 직책을 얻을 거라면 결혼을 빨리 시킵니다."

"호오, 왜 그런가요?"

"일이라는 개미지옥에 빠져서 결혼도 못 하고 노총각, 노처녀가 될 게 뻔하니까 주변에서 미연의 방지를 하는 거죠."

이거 참, 여기나 저기나 사람 사는 건 다 똑같은 모양이었다. 청서원은 자신에게 쌓인 일을 떠올렸다. 앞으로 제자들을 도와주기 위해 나서서 일을 만들어야 하는데, 그것을 전부 처리하려면 혼인은 물 건너갔다.

『대신에 좋은 지기는 얻을 수 있을 테니, 아쉬워하지 않아도 좋다.』

청서원을 위로한 것은 청아였다. 그에 청서원은 피식 웃으며 고개를 끄덕이고는 손뼉을 쳤다. 짝! 하고 날카로운 소리에 모두 그를 주목했다.

"사랑도 좋지만, 현실을 파악하도록 하죠. 작금의 상황에서 제 애제자가 혼인도 하고 아이도 낳고. 이렇게 알콩달콩 살려면 도피가 좋습니다. 하지만 이 도피에 가장 문제되는 점이 몇 가지 있지요. 안 그렇습니까?"

"네. 도피 장소와 방법, 그리고 사태수습도 있지요."

에쉬의 대답에 청서원이 고개를 끄덕였다.

"제가 가르쳐서인지 유난히 뛰어난 둘이 도피를 못할 리는 없을 테고. 역시 장소를 확정하는 것과 뒷마무리가 문제로군요. 사실 가장 골치 아픈 것이 후자, 맞습니까?"

도망이야 마음만 먹으면 할 수 있다. 그러나 사랑의 도피도 정도 것이지 남은 사람들에게 피해가 가게 할 수는 없는 노릇이었다.

민주려야 당장 천애고아라지만 지야곤에게는 정말 많은 것이 남아 있다. 그의 가족, 재산, 그리고 가신들까지. 거대한 지 가문을 떠받치고 있는 이들에게 어느 날 갑자기 소가주가 사라지면 얼마나 혼란스러울까? 하물며 청수경과 관련된 일이니 황실의 시선도 무시할 수 없었다. 규씨가 지씨를 탄압해도 할 말이 없다는 뜻이었다.

"여기서부터는 제가 나설 때로군요."

가만히 이야기를 듣고 있던 에쉬가 나섰다. 그는 대화를 꼼꼼히 듣더니 표정이 확 밝아져 있었다.

"해결 방법이 있습니다."

이 세상에 두 제국이 있다. 문화도 역사도 전혀 다른 제국은 서로 우열을 가릴 수 없었다. 바다를 두고 멀리 떨어져서라는 이유도 있지만, 무엇보다 두 제국의 장기가 달랐기 때문이었다.

차아제국이 농경사회와 문화를 중점적으로 꽃피워냈다면, 그 옛날 무수히 치렀던 전쟁과 융합으로 인해, 헤스키츠 제국은 '이것'을 발전시켰다.

"이와 비슷한 사례가 제가 기억하기로는 여섯 건 정도 있었으니까요."

바로 역사와 기록, 그리고 '정치'였다.

△ ▼ △

길었던 회의는 해가 저물자 끝났다. 그리고 그들은 곧장 자리에서 일어났다. 그들의 계획이 지체 없이 실행되려면 빠르게 움직일수록 좋았다. 에쉬는 본국에 연락을 해야 한다며 수정 구슬이라는 것을 챙기러 떠났고, 청서원은 연단실에서 서신을 작성했다.

"……."

그리고 지야곤 또한 돌아가야만 했다.

"후회해?"

"아뇨!"

고개를 푹 숙였던 민주려는 그의 말에 퍼뜩 고개를 들었다. 후회라니 뚱딴지같은 소리였다. 그녀는 적어도 그와 함께함에 있어 후회한 적이 없었다. 티끌만치도! 풀죽어 있던 것이 거짓처럼 느껴질 정도로 생생한 민주려를 보며, 지야곤은 손을 뻗어 그녀의 뺨을 쓸었다.

"그렇다면 웃어."

"선배."

"나는 그러기 위해 모든 것을 걸 테니까."

그의 말에 그녀는 웃었다. 그녀를 위해 모든 것을 건다는 사내가 웃는 것을 원한다는데 어떻게 거절할 수 있단 말인가. 민주려는 이를 악물었다. 그래, 이 정도까지 했는데 우리가 이어지지 못한다면 그건 하늘이 잘못된 것이었다.

"있잖아요, 선배."

민주려는 지야곤의 손을 꼭 잡았다.

"우리, 반드시 행복해져요."

그 누구보다도 행복해질 것이다. 그들을 방해한 시련을 비웃고 박장대소를 할 정도로 잘 살 것이다. 그렇지 않고서는 이 분한 마음을 어떻게 할 수 없었으니까.

"세상에서 제일! 제일 행복한 부부가 되는 거예요!"

지야곤의 두 눈이 커졌다. 처음이었다. 민주려의 입에서 '부부'라는 소리가 나오다니. 그는 결국 작게 웃음을 터뜨리며 고개를 끄덕였다.

"그래."

세상에서 제일 행복한 부부.

그것을 목표로 둔 연인은 세계 최강이 된 것처럼 자신만만하게 웃었다. 그리고 마침내 그가 가문으로 돌아가기 위해 대학관을 나섰을 때, 그를 배웅했던 민주려는 연단실로 돌아와 한바탕 눈물을 터뜨렸다. 아무리 그래도 속상한 것은 속상한 것이었다. 청서원은 서럽게 우는 자신의 제자를 달래기 위해 맛있는 차를 가져오겠다며 자리를 비켜주었다.

『아가.』

수아가 옷자락을 펼쳐 민주려를 감싸 안았다.

"나 때문에, 선배가아."

『그는 아무것도 포기한 것이 아니란다.』

"그래도……."

『우리를 보렴. 불행해 보이니?』

그제야 민주려가 눈물을 멈추고 수아와 청아를 보았다. 수아는 손을 들어 민주려의 눈물을 쓸어주었다. 시원하고 청량한 기운 덕분에 빨갛게 부었던 눈두덩이 가라앉았다.

『그는 그저 네가 최우선이었을 뿐이다.』

청아가 손을 들어 민주려의 머리카락을 쓰다듬어주었다. 단단하고 포근한 기운. 땅의 신령답게 그는 든든한 기둥, 아버지 같았다.

『내게 있어 수아가 그러했듯이, 그도 네가 제일일 테니까.』

"나중에, 후회하면요?"

『그는 후회하지 않을 거다. 나는 단 한 번도 내 땅을 포기한 것을 후회하지 않아.』

『나도 마찬가지란다. 세상을 흐르는 것을 멈춘 지금도 아쉽지 않단다.』

『우리는 언제나 함께이니.』

괜한 걱정이라는 듯이 청아가 씩 웃었다. 그리고 수아의 허리를 번쩍 들어 그의 어깨에 앉혔다. 그의 장난에 수아가 못 말린다는 듯이 소매로 입가를 가리고 쿡쿡 웃었다. 수아는 자신의 긴 옷자락을 펼쳐 청아를 휘감았다.

『이것을 보렴, 아가야.』

투명한 물방울들이 허공에 비산한다. 반짝반짝 빛나는 물방울이 그들의 주위를 맴돌고, 그 사이에서 두 신령은 부드럽게 웃고 있었다.

『겁내지 마렴. 세상에 불가능한 것은 없고, 행복과 사랑은 항상…….』

항상.

『네 곁에 있단다.』

△▼△

서윤경은 다과를 챙겼다. 이번에는 다섯 명 분이었다. 묵직한 다과상을 드는데, 요새 피곤한 일이 많아서인지 잠깐 휘청거렸다. 그런 그녀의 뒤를 단단히 받친 사람이 있었다.

"어머나."

"무거우면 이리 주시죠."

이기호였다. 그는 서윤경에게 다과상을 빼앗아들었다. 그리고 천천히 복도를 걸었다.

마침내 지야곤의 집무실에 다다랐을 때, 둘은 천천히 걸어오는 지야혼과 지야희를 만나게 되었다.

"유모."

지야희는 서윤경을 발견하고, 그리고 그 곁에 있는 이기호를 보더니 의미심장한 웃음을 지었다. 물론 그녀를 어렸을 때부터 키운 서윤경은 익숙하게 모른 척해달라며 한쪽 눈을 찡긋했다. 두 여자가 뜻 모르게 웃고 있는 것을 모르고, 이기호는 지야혼에게 인사를 했다.

"그나저나 이상하네요. 큰오라버니께서 이렇게 갑작스레 부른 적이 없었잖아요."

지야희가 작게 속살거렸다. 확실히 이상하기는 했다. 대학관으로 간다고 했던 그가 갑자기 가문으로 돌아와 동생들을 부르다니. 이 상황에서 가장 찜찜함을 느끼는 사람은 지야혼이었다. 지야곤은 예전에 비하면 소가주로서의 책임을 열심히 지고 있었다. 하지만 그 모습이 마치 그가 마치 어딘가 멀리 떠나기 전에 정리하는 것처럼 느껴진 것은 착각일까?

"일단 들어가자꾸나."

지야혼은 지야희를 데리고 집무실로 들어섰다. 그러자, 외출복을 채 벗지도 않은 지야곤이 앉아 있었다.

"앉아라."

그의 말에 지야혼과 지야희가 앉았다. 서윤경은 이기호가 들고 있는 다과상에서 다기를 들어 차를 우렸고, 그윽하게 향이 나는 차를 각자에게 주었다. 다과까지 내려놓고 나서, 나머지 두 잔은 이기호와 나눠 잡았다.

"너희에게 할 말이 있다."

그리고 시작된 그의 이야기는 서윤경의 손에서 찻잔을 떨어뜨리기에 충분했다.

"나는 떠날 것이다."

“그게 무슨 소리입니까?”

“말 그대로다. 떠날 것이다.”

“형님.”

놀란 것은 서윤경뿐이 아니었다. 지야희는 두 눈을 동그랗게 뜬 채 찻잔을 쥘 생각도 못하고 있었다. 그중에 가장 침착한 것은 지야혼이었다.

“정확히 말씀해주십시오. 가문으로부터입니까? 그도 아니면…….”

하지만 침착하다고 해도 그조차 놀라지 않을 리가 없다. 지야혼의 손은 덜덜 떨리고 있었다.

“이 나라로부터입니까?”

지야곤은 두 눈을 감았다가 떴다. 그의 두 눈 앞에는 창백하게 질린 두 동생이 보였다. 지야희는 가엾게 떨고 있었고, 지야혼은 언제나 그러했듯이 침착하기 위해 애를 쓰고 있었다. 영특한 동생이다.

“전부다.”

“……이렇게까지 해야 했습니까?”

“황실의 비밀과 얽혀버렸다. 너무도 깊숙해서, 빠져나올 수가 없다.”

“지 가문의 힘은 약하지 않습니다.”

지야혼이 주먹을 꾹 쥐었다.

“가문의 힘을 동원한다면 어떻게든 될 것입니다. 그리고 황제 폐하께 아뢴다면……!”

"그리되면 이 가문은 턱없이 약해질 터."

"하지만 형님."

"나도 너희와 헤어지는 길을 택하기는 쉽지 않았다."

"……."

"자랑스러운 내 동생들. 나는 어렸을 적부터 너희를 보아왔다."

어머니를 어렸을 적에 잃고 세 남매는 서윤경의 손에 자라왔다. 지야곤은 아직 어린 동생들을 두고 자신이 장남임을 잊지 않았다. 그들에게 다정한 형, 오라버니는 될 수 없어도 든든한 버팀목이고 싶었다. 부담스러운 책임도, 일도, 모두 그가 짊어질 것이었다. 사람들이 지정해준 길로만 가면 그와 동생들은 평탄한 앞날을 보낼 터였다. 그래서 그는 그 길로 걷기로 했다. 어차피 그는 욕심이 없는 사람이었다. 하고 싶은 것도, 되고 싶은 것도 없는. 그러했기에 적어도 그의 가족들에게 의미 있는 길로 가고자 했다.

"꼬마일 때부터 숙녀였던 여동생, 의젓하고 똑똑한 남동생을 둔 나는 얼마나 복 받은 사람이었던 것이냐."

"……큰오라버니."

"형님."

그러나 그에게 처음으로 욕심이라는 것이 생겼다. 그것은 그 무엇과도 바꿀 수 없는 한 여자였다.

"야희처럼 좋은 신부에게 어울리는 신랑을 이 손으로 고르고 싶었다. 지 가문은 물론이고, 결혼하게 될 가문의 살림도 잘 꾸리겠지. 그래서 이 오라버니는 걱정을 더는구나."

"큰오라버니……."

"그리고 야혼."

"저는 아무것도 듣지 않겠습니다."

벌떡, 지야혼이 자리에서 일어났다. 그는 더 이상 지야곤의 말을 듣고 싶지 않았다. 그의 형님이 가문을 내버려두고, 그와 여동생까지 버리고 떠나겠다는 말을 어찌 들을 수 있단 말인가.

"네가, 가문을 이어야 한다."

"형님!"

"알고 있다. 네가, 아버지를 도와 가문을 틈틈이 돌봤다는 것을."

"그게 무슨……."

놀라서 뻣뻣하게 굳어버린 지야혼. 지야곤은 잘못한 것을 들킨 아이처럼 놀란 동생을 보며 슬쩍 웃었다. 그도 이 일에 대해 알게 된 것은 얼마 되지 않았다. 그의 아버지가 돌아가시고 업무를 인수받으면서 알게 되었으니까.

지야혼은 어렸을 적부터 유달리 죽은 전 가주를 따랐다. 그리고 그의 뒤를 졸졸 쫓아다니며 하는 일을 유심히 지켜보고는 했다. 이것저것 심부름도 하고 일도 좀 거든다고 생각했지만 그 정도로 열심히 하는 줄은 몰랐다. 일부러 감추고 있던 모양인데 지야혼은 이미 지야곤이 하는 일의 대부분을 할 수 있었다. 뿐이랴, 어느 분야에서는 그보다도 더 잘했다.

그래서 지야곤은 깨달았다. 지야혼이 가문을 참으로 사랑하고, 돌보고 싶어 한다는 것을. 만약에 지야혼이 장남이었더라면 이상적인 가주가 되었을 것이다.

실제로도 그의 동생은 가주가 되고 싶어 하는 것 같았다. 그러나 지야곤이 있기에 그 마음을 덤덤히 접고 돕기만 한 것이다.

"우형(愚兄) 대신에 가문을 돌보아다오."

"……제 꿈보다 형님이 더 중합니다."

"그렇다면 더더욱 허락해주기 바란다. 이 길이야 말로, 내가 나로서, 한 여자를 사랑하는 사내로서 가장 행복해지는 일이니까."

지야혼은 두 눈을 질끈 감았다. 그렇게 있기를 얼마. 결국 그는 허탈한 한숨과 함께 다시 의자에 주저앉았다. 지야혼은 마른세수를 몇 번 한 끝에 간신히 입을 열었다.

"방도는 있는 것입니까?"

"작은오라버니! 큰오라버니를 이대로 보내실 건가요?"

"형님께서 처음으로 고집을 부리신 것이지 않느냐."

"하지만 그렇게 되면 큰오라버니를 영영 못 볼지도 모르잖아요!"

"지야희. 떼쓰지 마라."

지야혼의 꾸지람에 지야희는 입술을 깨물었다. 그리고 눈물을 그렁그렁 매단 채 고개를 푹 숙였다. 여동생이 안쓰럽지만 지야혼은 달래줄 수 없었다. 갑자기 닥치게 될 이별의 예고를 받아들이기에 그의 여동생은 아직 어렸다.

"형님에게 필요한 것은 도피 방법과 장소, 그리고 가문을 수습하기 위한 조치입니다."

"알고 있다."

"그것을 할 계획을 끝냈기에 말을 꺼내셨겠지요."

"그렇다."

"설명해주십시오. 앞으로 어떻게 할 것인지. 그리고 지 가문이 현재 얼마나 큰 풍랑의 가운데에 있는지를."

과연. 지야곤은 흡족한 표정을 감출 수 없었다. 냉철하고 머리 좋은 지야혼. 그의 동생은 벌써부터 이 지 가문을 이끌 지도자의 자질을 보이고 있었다. 아니, 사실 숨기고 있었다는 것이 더 옳을 것이다.

지야곤은 두 동생에게 현 상황에 대해 알려주었다. 특히 국보와 풍가문, 그리고 규봉에 대한 이야기가 나왔을 때는 지야희의 안색이 거의 기절 직전까지 갔다.

어지러운지 머리를 짚는 그녀와 오히려 차분히 이야기를 듣는 지야혼의 모습은 꽤 대조적이었다.

"……해서, 내일부터 움직일 생각이다."

"빠르군요. 아니, 적기(適期)입니다."

"그리 여기는 것이냐."

"늦을수록 적이 대비할 기회를 늘려주는 꼴밖에 되지 않으니까요. 하지만 시기적으로 좋군요. 난전 속에도 한 줄기 활로는 있다더니."

하지만 문제는 그 활로가 정말 하나밖에 없다는 것이었다.

"이래서 도피를 택한 것이었습니까?"

"그래."

"이제야 알 것 같습니다. 형님이 왜 도피를 택하셨는지."

지야혼은 어쩔 수 없다는 것처럼 웃고는 차를 마셨다.

"전부를 지키고 싶으셨던 것이로군요."

"……그래."

"알겠습니다. 이미 계획은 진행되어가고 있는 것 같고, 제 쪽에서도 손발을 맞추겠습니다."

"부탁한다."

"우선 이것부터 시작해야겠군요. 훗날, 후손들은 아무것도 모르게 하는 것으로. 형님은 단지……."

"사랑의 도피를 했다."

"네. 그것만 알려지도록."

마침내 찻잔이 다 비워졌다. 지야혼은 빈 찻잔을 내려놓았다. 그리고 제 앞에서 흐뭇하다는 듯이, 아버지처럼 웃고 있는 지야곤의 모습에 씁쓸한 속을 감췄다. 어째서 그의 버팀목이 되어주는 사람들은 이리도 빨리 떠나는 것인지.

다만 한 가지 다른 것이 있다면, 아버지와 달리 그의 형은 행복을 찾아 떠난다는 것이었다.

그리고 그것이 유일하게 지야혼의 마음을 가볍게 했다.

"그것만이 알려지도록, 하겠습니다."

하지만 아무리 그래도 갑작스러운 이별 예고는 그로서도 아쉬운 일이라, 짓궂은 말을 덧붙일 수밖에 없었다.

"후대에 형님이 사랑에 눈먼 조상이라고 평가받도록 말입니다."

그 농에 지야곤이 웃음을 터뜨렸다.

△▼△

규석은 말도 안 된다며 학을 떼었던 계획이 착착 맞물려 진행되는 것을 보고 입을 다물었다. 그때는 몰랐다. 정말 이렇게까지 될 줄이야. 그런데 정말 되다니!

'무서운 놈.'

그는 혀를 끌끌 차며 정복을 입고 있는 지야곤을 보았다. 그리고 그의 곁에는 청서원이 유들유들한 웃음을 짓고 있었다. 참고로 이 자리에는 겉으로 보기에 총 네 사람이 있었다. 규석, 지야곤, 청서원.

"이 혼란한 시국에 알현이라."

그리고 이 나라의 하늘, 황제 규전.

"참으로 궁금하기 짝이 없군."

아직 이립(而立)도 되지 않은 젊은 황제의 의미심장한 말이 넓은 대전에 울렸다. 그로서는 이런 자리를 마련하는 것 자체가 무리였다. 제아무리 지 가문의 차기 가주라도, 아끼는 사촌동생이 부탁해도 말이다. 현재 차아제국은 겉으로만 평화롭지 속은 부글부글 끓고 있는 가마솥의 물과 다를 게 없었다. 구멍이 뚫리지 않은 가마솥뚜껑으로 잘 덮어두었지만 이대로 내버려두었다가는 펑 소리 내며 터질지도 모를 정도로 급박하다는 뜻이다.

헌데 그 틈을 파고든 사람이 있었다.

그 사람은 다름 아닌 지금쯤 대학관에서 학생들을 가르치고 있어야 할 청서원이었다.

"만수무강하셨습니까, 폐하."

"그대가 짐의 부탁을 매몰차게 뿌리치고 난 후로는 그다지 만수무강하지 못했네."

"신하의 뜻을 헤아려, 보내 주신 것이 아닙니까?"

"헤아릴 틈도 없이 대학관으로 피신하지 않았나."

지금으로부터 거의 십여 년 전. 내란은 종식되고 국보는 잃어버려 차아제국이 휘청할 때였다. 백성들에게 공급할 깨끗한 물을 위해 황제가 제일 먼저 한 일이 수도 산업을 개편한 것이었다. 그곳에 얼마나 많은 물의 주술사들을 때려 넣었던가.

그중에 가장 공을 들인 가문이 있다면 바로 청(淸) 가문이었다.

예전부터 대대로 물의 주술사로서 위명을 날렸던 청 가문이야말로 이 수도 산업에 없어서는 안 될 중요한 인재였다. 황제의 총애를 입고 청 가문은 나날이 건실해져갔는데, 청서원은 그중에서도 가장 뛰어나다고 인정받던 주술사였다.

그는 제대로 알려지지 않았지만, 희대의 주술사로 이름을 날릴 재능을 겸비한 천재였다. 그래, 천재(天才). 청 가문에서도 섣불리 손을 댈 수 없으리만치 뛰어난 사람이라고 하여 규전은 깊은 관심을 보였다.

그리고 그야말로 수도 산업의 핵심 인재에 가장 부합한 사람이라고 여겼고 말이다.

그러나 그의 바람과 달리 청서원은 미꾸라지처럼 쏙쏙 빠져나갔다.

「기력을 쪽쪽 빨려 단명하고 싶지는 않습니다.」

저게 바로 그 이유였다.

그때 얼마나 분통이 터졌던가. 가뜩이나 사람도 부족한데 왜 오지 않느냐고 호통을 쳤다. 하지만 청서원은 사람을 놀리듯이 대학관으로 쏙 들어가 버렸다. 치외법권 지역에서 농성이라도 펼치듯 절대 나오지 않았다. 결국 너무도 바쁘고 급한 그때 그는 청서원 대신에 다른 물의 주술사들을 대거 투입시켜야만 했다.

만약 조금만 더 여유가 있었으면 어떻게든 그를 황궁에 불러들일 수를 생각해냈을 것이다. 하지만 소 잃고 외양간 고쳐야 한다고 외쳐봤자 소용이 없는 법. 세월은 쏜살같이 흘러가 버렸다.

"걱정하지 마십시오. 곧 있으면 궁에 엉덩이 딱 붙이고 살 듯합니다."

"뜻밖에 좋은 소식이로군. 하지만 그대가 아무런 대가 없이 움직이지 않을 듯한데, 원하는 것이 무언가?"

"대가보다는 조건을 걸 것입니다."

"무엄하구나. 감히 짐에게 조건을 건다?"

"들어주실 수밖에 없을 것입니다."

"확언하는군."

"이 나라의 곪은 상처를 도려낼 일이니 말입니다."

규전의 눈썹이 꿈틀 움직였다. 그리고 그 모습을 본 규석은 속으로 한숨을 내쉬었다. 그의 스승인 청서원이 예전부터 참 대쪽 같다는 생각은 해봤지만, 설마 그의 사촌형님 앞에서도 저렇게 꼿꼿할 줄이야 예상도 하지 못했다. 아니 그 전에 수도 산업? 설마 청수경의 자리에 청서원이 들어갈 뻔했다니! 게다가 그것을 뿌리치고 대학관을 튀었다?

'이렇다는 말은 없었잖아!'

속으로 끄아악 비명이 절로 튀어나오고 있었다. 그는 아주 그냥 초조해서 죽을 지경이었다. 만약 이 사태를 잘 수습하지 못하면 불똥이 팍팍 튀는 것은 규석 그였다. 겉은 괜찮은 척, 여유로운 척 다 했지만 속은 이미 새까맣게 타들어 갔다.

"이 나라의 암적(癌的)을 신(臣)이 칠 것이옵니다."

하지만 규석의 속과 상관없이 대화는 물 흐르는 것처럼 이어지고 있었다. 지야곤은 정복을 입고 예를 취했다. 그러나 그가 입을 열 때마다 숨 막히도록 대전의 공기는 무거워졌다.

"짐의 귀가 잘못되었나?"

"잘못되지 않으셨습니다."

"그게 아니라면, 지 가문의 차기 가주가 어찌 그 무시무시한 말을 담는단 말인가. 감히, 짐조차 해내지 못한 일을 하겠다?"

"윤허해주신다면 소신이 할 것이옵니다."

"그리되면 지 가문은 차아에서 사라지겠지."

아무리 내란의 흑막이라도 규봉은 황실의 일원이었다. 그를 잡기 위해서는 감사대는 물론이요 무력이 반드시 필요했는데, 황실에서는 그것이 불가능했다. 황실의 비밀부대는 황가의 피를 이은 자에게 해를 끼칠 수 없기 때문이었다. 그렇다면 다른 가문의 도움을 받아야 하는데, 그 역시 좋은 꼴을 볼 수 있을 리가 없었다. 좋은 취지였어도, 황제의 명이었어도, 황가의 일원에게 무력을 드러냈다는 것은 위험한 일이었다. 목숨을 부지하려면 당장 가문과 연을 끊고 이 나라를 떠나서 망명을 한다면 모를까.

'잠깐, 망명이라?'

그 순간 영민한 규전의 머릿속에 스치는 생각이 하나 있었다. 규봉과 지야곤의 사이에 직접적인 관계는 없었다. 그런데 지야곤이 그를 친다? 그것도 청서원을 대동하고 말을 하다니, 그렇다면 단 하나의 물건에서 비롯되었다는 것을 그는 어렵지 않게 눈치 챌 수 있었다.

"청수경."

이제야 모든 의문이 풀렸다.

"하하, 맙소사. 그렇군. 고작 하나의 귀물(貴物)로 인해 이 모든 인과(因果)가 얽혔던 것이로군!"

황위를 탐낸 규봉은 내란을 일으켰다. 그 와중에 국보인 청수경을 잃어버렸고, 내란이 끝난 뒤 그 자리를 메우기 위해 규전은 청서원을 불러들였다. 하지만 청서원은 제안을 거절하고 대학관으로 도피하였으며, 그곳에서 세 명의 제자를 길러낸다.

그중에 한 명은 규전의 사촌동생인 규석이며, 다른 한 명은 지야곤, 그리고 현재 청수경의 주인이 된 소녀였다. 우연찮게 지야곤과 민주려 사이에 사랑의 감정이 싹 텄고, 이내 언약을 맺게 되었다. 그리고 그때부터 사건의 심지에 불이 활활 붙어버렸다.

내란 때 다른 나라로 피신했다가 돌아온 풍 가문. 그 가문에서는 황위계승권을 되돌리기 위해 국보사냥꾼을 부렸고, 그 와중에 부와 권력을 탐내 지 가문과 혼사를 맺기 원했다. 지야곤과 이야기가 되어가던 중에 청수경을 찾았다는 거짓 발언을 하였고, 그 청수경이 민주려에게 있다는 사실이 드러남으로서 두 가문의 알력이 시작되었다. 황실에 연인을 빼앗길까 두려워한 지야곤이 민주려를 대학관에 보내고, 수도 산업 때문에 청수경에 대해 어렴풋이 알고 있던 청서원과 다시 재회. 그리고 이 상황을 알게 된 규봉이 흥미를 느끼고 풍 가문을 감싸고…….

이 모든 상황을 타결하기 위해 지야곤이 선택한 것은 거래였다.

황제인 규전조차 손을 쓸 수 없는 규봉을 칠 무력을 제공하겠다. 하지만 그 무력을 제공하는 자는 표면적으로 지야곤 개인일 뿐. 규봉을 무력으로나마 묶어두면 그때부터 감사대장 태만석이 그의 비리를 밝혀내고, 그렇게 흑막을 뿌리째 뽑아낸다.

"그대가 원하는 것은 지 가문의 안전인가?"

"그렇습니다."

"모든 죄를 그대가 뒤집어쓴다면 가능이야 하겠지. 도피 장소도 아주 명확해. 헤스키츠인가?"

"……."

침묵은 긍정의 또 다른 의미라. 하기사 그만한 장소가 없을 것이다. 근처의 다른 나라라면 추격대를 보낼 수 있지만, 헤스키츠라면 시도도 할 수 없으리만치 먼 곳이 아니던가. 게다가 헤스키츠 쪽에서 차아와 친선을 맺기 위해 이곳의 사람을 데려가고 싶다는 입장을 표명했다. 한두 명 쯤이야 차아 쪽에서도 얼마든지 허락할 수 있었다. 그런데 그 누구도 아니고 지 가문의 사람이라니, 고위 신분이 아닌가. 그쪽에서도 두 팔 벌리고 환영할 것이다. 분명, 그 나라에서도 지야곤과 그의 연인은 귀한 취급을 받을 터.

"하지만 그대가 아직 내게 말하지 않은 것이 있다."

규전도 인정한다. 지야곤은 아주 쉬운 방법을 두고 어려운 길을 택했다. 그 선택지는 오로지 한 여인을 제 곁에 두기 위한 것이었고, 다른 누군가가 보기에는 어리석을 정도로 가진 것을 전부 포기하는 가시밭길이기도 하였다. 그러나 그만큼 그가 그녀를 사랑한다는 반증이기도 하여 얼핏 대단하다는 생각도 들었다. 자신의 모든 것을 버린다는 것은 그만큼 어려운 일이니까. 그러나 감탄은 감탄, 그는 황제였다.

나라에 해가 되는 결정이라면 그 어떤 것이라도 불허(不許)였다.

"청수경은 어찌할 것이지?"

지야곤과 민주려가 서로 손 잡고 망명을 가는 것이야 둘째치고, 청수경이 문제였다. 현재 청수경의 주인은 민주려였다. 만약 그녀가 떠난다면 청수경은 그저 고물에 불과했다. 아예 주인이 없었다면 모르지만 이미 주인이 있다는 것을 안 이상 그녀를 놓아줄 만큼 규전은 무르지 않았다.

"그래서 제가 있는 것입니다."

청서원이 앞으로 나섰다. 그는 빙긋 웃으며 주술을 부렸다. 그러자 곳곳에 숨어 있던 비밀부대가 움찔하며 기척을 드러냈다. 만약 규전에게 공격하려는 의사가 조금이라도 있으면, 청서원은 목이 날아갈 것이다.

하지만 그가 부린 주술은 그런 것이 아니었다.

『어이쿠. 이 무거운 것을 짊어지고 있는데 왜 부른 것이야?』

땅의 신령을 불러낸 것이다. 규전의 눈빛이 흔들렸다. 땅의 신령까지 부릴 수 있는 땅의 주술사가 흔한 것은 아니었다. 게다가 주술사가 다른 사람도 아닌 청서원이다. 청 가문에서도 송곳처럼 툭 튀어나온 천재, 청서원. 그가 땅의 주술을 부릴 줄 안다는 건 청수경을 다룰 수 있을지도 모른다는 거다. 황제는 주의 깊게 신령과 그를 지켜보았다.

"궁을 지탱하느라 힘든가 보군요."

『최근에 재미난 친우도 안 보여서 더더욱 심심해. 왜, 그 거울에 숨어 사는 이상한 물의 신령과 땅의 신령 말이다. 인간들처럼 부부 행세를 해서 더 신기했었지.』

"걱정하지 마십시오. 청아와 수아는 금방 돌아올 것입니다."

『그래? 최근에 들은 이야기 중 이것이 가장 즐겁구만! 그럼 나는 이만 돌아가도 되겠지?』

"물론입니다."

땅의 신령과 청서원의 대화는 모든 의심을 날려버렸다. 청서원은 씩 웃으며 자신의 머리카락을 쓸어 넘겼다. 황제 앞에서 내보인 태도치고는 일견 무례하기 짝이 없으나, 그는 청서원이었다. 오래전에 황제가 그토록 매달렸던 인재이자 청수경의 주인 될 자격을 갖춘, 현시점에서 가장 뛰어난 주술사였다.

"제가 청수경의 주인이 될 것입니다."

"……이럴 수가."

"그러니 폐하, 윤허해주십시오. 폐하께서 윤허만 해주신다면 모든 것이 해결됩니다. 청수경, 내란의 종지부까지 모두 말입니다."

규전은 고개를 숙인 채 깊은 생각에 잠겼다. 과연 이 상황이 차아에 얼마나 이득이 될 것인가. 모든 경우를 조합하고 또 생각했다. 썩은 부분을 도려내는 건 두 팔 벌려 환영할 일이었다. 실력이 확실한 지야곤과 지 가문의 비밀 부대가 나서는 것도 좋다. 헤스키츠에서는 고위급 인물의 망명을 환영할 테니 외교적 처리도 어렵지 않았다. 다만, 청서원이 문제였다.

그는 이전에도 황명을 당당히 피할 만큼 대단한 자였다. 머리가 비상할 뿐만 아니라 천부적인 능력, 그리고 고집을 가진 사람. 우습게도 이 나라의 하늘이, 지금은 가장 아쉬운 처지에 놓이게 되었다.

'이것도 인과인가.'

이것은 거래가 아니다. 거래를 빙자한 협박에 가깝다고나 할까. 하지만 무척 유쾌했다. 약간의 짜증을 훅 날릴 정도로!

"짐이 윤허한다면 그대는 바로 황궁으로 들어와 수도사업부를 맡을 건가?"

"그렇습니다. 다만 폐하께서도 아시다시피 대학관의 선생들은 맹세를 하지요. 평생 제자를 기르고 우리가 가진 모든 것을 전수하겠다는 스승의 맹세 말입니다. 그래서 교육의 의무도 버릴 수 없습니다."

그 말을 들은 규전의 눈썹이 꿈틀 움직였다. 저렇게 능글능글하게 말하는 태도가 예전과 똑같았다. 저걸 속된 말로 밑장 빼기라고 하지. 아니나 다를까 그는 얄미울 정도로 환한 웃음을 입에 걸쳤다. 그리고 이것저것 황제에게 요구할 것을 말하기 시작했다.

"방학 때 학생들에게 특별 강습을 해야 하므로 주술을 뻥뻥 때려도 부서지지 않을 튼튼한 연단실을 하나 만들어주십시오. 그리고 부적과 도구는 항시 필요하므로 재료는 최상급으로 갖춰주셔야 합니다. 거기에 더해서……."

잠자코 말을 듣고 있던 규전의 얼굴의 핏기가 사라졌다. 인재를 얻는 건 좋은데 그 인재를 부려먹기 위해서 들여야 하는 돈이 만만치 않았다. 게다가 저 목록을 봐라. 작심하고 온 것이 분명하다. 그럼 그렇지, 그 청서원이 손해 보는 거래를 할 리가 없다. 비록 그가 청수경을 다뤄 수도사업부를 맡는다면 예산절약에 지대한 도움을 얻겠지만, 그것을 도로 메울 기세로 요구하는 청서원의 조건이 참 무시무시했다.

"이 모든 시설을 갖추는 초기 자본은 꽤 들어가겠지만 만약 제대로 배운 이들 중 물과 땅, 두 가지의 재능을 다 갖춘 사람을 찾는다면 청수경을 다루는 다음 후계는 그 아이가 될 것입니다. 이런 걸 보고 꿩 먹고 알 먹고라 하지요."

"다음 대도 생각하라는 건가?"

"그렇습니다. 매번 개고생을 할 수는 없는 노릇 아닙니까. 폐하, 주술은 물론 타고난 재능이 아주 중요합니다. 하지만 노력이라는 것이 없으면 절대 이루어질 수가 없습니다. 민주려 학생이 청수경의 주인이 된 것은 그녀의 타고난 재능도 한몫했지만 수없는 연습에서 비롯된 능숙함이 컸기 때문입니다."

"능숙함?"

"네. 집안에 마련된 연단실에서 슬렁슬렁 연습한 실력과 제 애제자의 실력이 설마 똑같다고 생각하시는 건 아니겠지요? 민주려 학생은 실생활에서 숨 쉬듯이 주술을 사용했습니다. 목욕탕 청소, 밭 갈기, 설거지, 등등. 그야말로 응용의 끝을 보았지요. 세상에 거저 얻는 것은 없습니다. 모든 일에는 이유가 있는 법입니다."

"그래서 그대는 이제 어린 제자들을 그렇게 키워볼 생각인 거군."

"네. 민주려 학생처럼 스스로 학습할 수 있다면 참 좋겠지만 그런 녀석은 백 명 중 한 명이 있을까 말까라서 말입니다. 후려치다 보면 한 놈은 나오겠지요."

청서원의 말은 물 흐르듯 매끄럽고 거침없었다. 여전히 확실한 답을 주지 않는 황제를 본 규석은 답답함에 할 수 없이 마지막으로 나섰다.

"형님."

규전은 깜짝 놀라 자신의 사촌동생을 쳐다보았다. 사적인 장소가 아닌 곳에서 규석이 폐하라는 호칭을 부르지 않는 것은 참으로 드문 일이었다. 신하의 자리인 아래쪽에서 모든 걸 조용히 듣고 있던 그가 갑자기 척척 걸어와 그의 앞에 한쪽 무릎을 꿇은 후

품에서 두툼해 보이는 종이뭉치를 꺼내 내밀었다.

"공석에서는 폐하라고 불러야 하는 것이라고 몇 번이나 말하지 않았느냐."

그러면서 석이 네놈은 예절교육을 더 받아야 하느니, 편안하게 사석처럼 말을 놓았다. 청서원과 지야곤은 규전이 생각한 것 이상으로 규석을 아낀다는 것을 깨달았다. 그것은 그가 자신의 약점 중에 하나를 보여준 것이나 다를 바 없다.

이런 모습을 보여준 이유는 하나.

'인정받았군.'

그만큼 이 자리에 있는 이들을 믿는다는 뜻이었다. 아까보다 자세가 묘하게 편해진 규전은 규석이 내민 종이뭉치를 받았다. 정갈하고 익숙한 글씨체로 적혀진 여러 장의 서류들. 사촌동생 규석이 작성한 것이 분명한 그것들은 이제까지 나온 내용을 모두 정리해 명문화한 것이었다.

그는 이 서류를 내민 행동이 어떤 의미인지 알았다. 이제 그만 답을 달라는 뜻이었다. 사람 애태우지 말고.

이렇게까지 멍석을 깔아주는데 하지 않는 것도 문제일터.

"윤허한다."

대답은 한마디면 충분했다. 그리고 세 명의 신하들은 하늘을 향해 정중하게 고개를 숙여 예를 표했다.

二十三章

왕을 잡으면 판은 끝난다

계획이란 실행되어야 의미 있는 것이고, 실행할 계획은 꼼꼼하고 빈틈없이 짜야 안전하다. 허투루 하다가는 틀림없이 문제가 생기니 말이다. 또한 이번 같은 경우에는 조금 더 난이도가 올라가 그 기간까지도 지지부진해서는 아니 되었다. 그들에게는 시간이 없으니까.

"지긋지긋해."

규석은 토할 것 같은 심정을 토로했다. 회의라면 황궁에서도 조의(朝儀)에 종종 참석하여 경청했기 때문에 익숙한 편이었다. 하지만 이렇게 급박하게 돌아가는 안건은 없었다. 애당초 정말 찰나에 결정해야 하는 것들은 전부 황제가 혼자서 생각한 다음 도장을 찍고 보니 말이다. 정치는 속도가 생명, 그러니 느긋하게 신하들을 불러 모을 시간 따위 없는 거다.

그런 규석에게 민주려는 힘내라는 듯, 빈 그릇에 다과를 채워 주었다. 머리가 팽팽 잘 돌아가도록 그녀가 준비한 것은 견과류를 가득 넣은 영양만점 약밥이었다. 그릇을 본 규석은 윤기 자르르한 약밥을 입에 넣고 우물거렸다. 쌉쌀하면서 달짝지근한 것이 허기를 잠시나마 면하게 해주었다. 고소한 호두와 잣, 땅콩 등을 씹으며 텁텁한 입 안을 미지근한 차로 헹구니 좀 낫다.

소리가 밖에 새어나가지 않도록 꽁꽁 싸맨 청서원의 연단실에는 총 여섯 사람이 있었다. 규석과 지야곤, 가장 핵심 인물이라고 할 수 있는 태만석, 그리고 뒷수습을 위해 수정구슬이라는 것으로 본국과 바삐 통신했던 에쉬. 장소의 주인인 청서원, 민주려는 회의에 본격적으로 끼지는 않고 경청만 하는 중이었다.

회의만 벌써 다섯 시간. 슬슬 지칠 만도 했다. 민주려는 그들을 위해 다과와 차를 아끼지 않았는데, 나중에는 대학관의 부엌을 빌려 갓 만든 요깃거리도 내오곤 했다. 그 덕에 사람들은 그나마 너덜너덜해진 마음과 몸을 추스를 수 있었다.

"그럼 이제 정리해봅시다."

이 중에 가장 멀쩡한 사람은 의외로 에쉬였다. 외교관이라서 정치에 능한 줄은 알고 있었지만, 이 정도일 줄은 몰랐다. 혼혈이라서 체력이 좋은 게 아니었다. 정치라면 아주 이골이 날 대로 난 그는 연륜으로 눈 하나 깜짝하지 않고 회의를 이끌어 나갔다. 막히는 부분에서는 많은 조언을 아끼지 않았고, 두서없이 나온 의견들을 총합해 정리하는 서기관의 역할까지 완벽하게 해냈다.

"풍 가문은 규봉이라는 자가 막지 않는다면 충분히 터는 만큼 나온다는 것이죠?"

"그렇습니다. 굳이 제가 나설 필요도 없이 감사대의 인원 열 명만으로도 충분합니다. 여유만 주어진다면 가주가 입는 속옷 색깔도 알아낼 수 있습니다. 문제는 다른 적입니다."

풍 가문은 워낙에 빚이 많은지라 중요한 기밀서류 같은 것을 다른 곳에 숨겨두지 못했다. 비밀창고를 만드는 건 상당한 금력이 들어간다. 게다가 항상 관리하는 심복까지 둬야 하므로 한번 국외에 나갔던 풍 가문이 그 모든 것을 단기간에 준비하기에는 무리가 있었다. 그리고 현재 가주인 풍각장은 평지풍파를 많이 겪었다 보니 의심도 많아 약점이 될 만한 것은 전부 가문 내에 꽁꽁 숨겨두었다. 보통 찔리는 것이 많은 가문일수록 흔히 이런 방법을 사용한다. 분산시키는 것이야말로 가장 귀찮고 찾기 힘들다는 걸 알지만, 사람의 심리는 제 손에 쥐고 있어야 안심하기 때문이다.

"규봉, 그는 녹록하지 않습니다."

풍 가문을 먼저 친다면 규봉은 빠져나갈 구멍을 준비할 것이다. 그렇다고 반대로 풍 가문을 두고 규봉을 먼저 칠 수도 없었다. 이번 사태는 풍 가문과 규봉이 긴밀하게 연결되었기 때문에 틈이 생긴 것이었다.

그래서 그 틈을 비집고 들어가야 하므로 둘 다 공격하지 않으면 결국 하나는 놓치게 되는 상황이었다. 속내를 감추고 긴 세월을 높은 곳에서 살아온 이들이라 이제껏 잡지 못했던 것이니 말이다.

"그렇다면 양동작전으로 가야겠네요."

에쉬는 앳된 얼굴과 어울리지 않게 날카로운 웃음을 베어 물었다. 그는 차아제국의 글자를 몰라 풍 가문을 동그라미로, 규봉을 세모로, 감사대는 네모로 그려서 간단히 표기했다. 그리고 그 두 가문 주위로 작대기를 세 개씩 그었다. 차아와 헤스키츠는 기본적인 말은 다 통했지만 뜻을 표시하는 글자가 달랐다. 교류의 단계가 걸음마 수준이라 외교관인 에쉬도 아직 차아의 글을 익히지 못한 상태였다.

"전 언어를 익히는 것에 나름 재능이 있는 편입니다만 아무래도 이번에는 시간이 너무 짧아서 말이지요. 하지만 이 정도로 충분히 아시겠지요?"

"각개격파(各個擊破)라. 나쁘진 않지만 저희 인원은 한정되어 있습니다."

규석이 에쉬의 의견에 고개를 가로저었다. 지금 황실에서 무력을 지원할 수 없어 지야곤의 비밀호위대를 끌어다 쓰는 처지다. 안타깝게도 지 가문의 비밀호위대는 많지 않았다. 그 무력이 뛰어나기는 하나 두 가문을 한꺼번에 제압할 수 있는 수준은 아니라는 거다. 혹여나 한쪽을 놓쳐 도망이라도 가게 되면 끝장난다. 그것을 설명하자 에쉬는 청서원을 바라보았다.

"얼마 전에 이 근처에 있는 땅의 신령과 대화를 했는데 말입니다."

요즘 에쉬는 청서원의 도움을 빌어 근처에 있는 땅의 신령과 대화를 나누는 중이었다. 그는 자신의 지식욕을 채우면서 이것저것 신령에 대해 분석을 했고 곧 차아의 신령은 헤스키츠의 정령과 비슷하다는 것을 알았다. 본질적으로 같은 듯 다른 그들의 힘은 강했고, 신비로웠으며, 놀라운 기적을 펼쳤다.

"주술사의 능력만 된다면 작은 산을 만들어낼 수 있다고 하더군요."

"그 능력이 흔한 건 아닙니다. 하물며 신령을 부릴 수 있는 사람이 많은 것도 아니……."

규석은 말을 하다 말고 멈칫했다. 그리고 슬그머니 주변을 훑어보았다. 여유로운 표정의 청서원을 필두로 덤덤한 기색의 지야곤, 그리고 야무지게 차를 우리고 있는 민주려까지. 전부 신령을 불러들일 수 있는 최고의 주술사들이었다.

규석의 표정이 와그작 구겨졌다.

저들은 작은 산이 아니라 성벽이라도 만들 수 있었다.

"하지만 아무리 청 선생님이라도 두 곳은 무리입니다. 각 가문의 저택이 멀리 떨어져 있으니 말입니다."

"그거라면 문제없어요."

"음?"

"제가 있잖아요."

민주려가 사뿐하게 자신을 가리키며 대답했다. 이로서 양동작전을 세울 수 있는 기본적인 토대가 마련되었다. 민주려와 청서원이 주술을 일으킨다면 충분히 승산이 있었다.

하지만 그것에 반대하는 사람이 한 명 있었으니.

"위험해."

바로 민주려의 정혼자인 지야곤이었다.

"이 일에 적임자는 저예요, 선배. 냉정하게 따져서 청서원 선생님의 수제자이면서 땅의 신령을 불러낼 수 있는 사람 중 당장 동원할 수 있는 사람. 거기에 관계자니까 비밀엄수에도 문제가 없어요.

"그래도 안 돼."

그는 민주려가 위험한 일을 하는 것이 달갑지 않았다. 사랑에 빠진 사내의 마음이란 그런 것이라 가끔 이성보다 감성이 앞설 때가 있다.

하지만 그의 바람과 달리 다수결에 의해 민주려가 작전에 동원되기로 결정되었다. 그를 제외한 모든 이들은 알고 있었다. 아담하고 토끼같이 귀여운 민주려가 생긴 것과는 정반대의 성격에 심지어 힘까지 세다는 사실을. 주술로 남을 후려쳤으면 쳤지 자신이 맞지는 않을 것이었다.

회의의 결론이 마음에 들지 않아 보기 드물게 부루퉁한 그를 두고 민주려는 한숨을 내쉬었다. 꿀을 빼앗긴 곰도 아니고 저리 퉁퉁거리다니. 문제는 저 모습이 귀엽게 보인다는 것이었다. 연인의 콩깍지란 정말 대단했다.

'지금도 이 정도인데 나중에는 어떻게 되는 거야?'

아마 데굴데굴 굴러다닐 정도로 살이 쪄도 귀엽다고 보지 않을까.

여하튼 회의는 이후로 세 시간을 더 하여 구체적으로 안들이 나왔다. 기력이 쪽쪽 빨린 사람은 규석 혼자였고, 나머지 사람들은 나름 살 만한 모습으로 나갔다. 특히 태만석의 경우 규봉을 치는 조로 확정되어 귀신같은 웃음을 흘렸더랬다. 그동안 얼마나 쌓인 게 많았는지 사정을 잘 모르는 사람도 짐작할 수 있을 정도였다.

그리고 지야곤은 풍 가문을 치는 자신의 조에 민주려를 넣고 나서야 겨우 언짢은 기색을 풀었다.

△▼△

간신히 다다른 작전 당일 밤.

이제 얼마 안 있으면 새해라는 것이 믿기지 않을 만큼, 사방이 조용했다.

"좋은 날이네."

춥고 쌀쌀한 것이 눈이라도 한바탕 쏟을 기세다. 심지어 구름이 자욱해 달빛마저 평소보다 옅었다. 어둡고 차가운 밤이었다. 그러나 그것이 나쁘다는 것이 아니었다. 오히려 이런 날일수록 사람은 밖으로 나오지 않기 때문에, 몰아가는 데는 아주 좋았다.

청서원은 자신의 곁에 있는 사람들을 보았다. 감사대장 태만석은 단단히 벼른 듯, 정성스럽게 풀을 먹인 옷을 입고 있었다. 새카만 옷과 밤의 조화는 암살자처럼 은밀하였으며, 새하얀 얼굴 위로 맺힌 귀기 어린 표정은 저승사자 저리 가라였다. 그 기세가 얼마나 흉흉했는지 부하들조차 자신들의 수장이 무서워 조금씩 떨어져 있을 정도였다.

"느낌은 어떻습니까?"

"최고입니다."

"그렇군요."

새하얀 입김이 피어올랐다. 청서원은 씩 웃으며 주변을 둘러보았다. 과연 지 가문의 비밀호위대. 기척조차 흘리지 않아, 눈에 보이지 않았더라면 있는지도 몰랐을 것이다. 황궁의 비밀부대와 비교하면 손색이 좀 있겠지만, 이 정도 실력이라면 안심이었다. 아마 이 작전에서 누가 죽거나 크게 다치는 뒤탈은 없을 것이다.

"그나저나 확신하십니까? 자신의 집안에 기밀문서 같은 것을 숨기는 행동은 위험하다고 보는데요. 저라면 그러지 않을 것 같습니다."

"간자를 통해 몇 번이고 확인한 것입니다. 그리고 등잔 밑이 어둡다고, 제 경험상 가장 중한 것을 자신의 손에서 멀리 떨어뜨려놓는 이는 거의 없었습니다."

태만석의 말도 일리가 있었다. 청서원은 소매를 걷고 주술을 준비하기 시작했다. 이 작전의 생명은 바로 얼마나 빠르게 저택을 포위하는가에 달려 있었다. 자신의 역할이 아주 중요했다.

"흐음. 이번 일이 끝나면 감사대장은 무엇을 할 겁니까?"

긴장을 풀기 위해 가볍게 농담처럼 그는 물었다. 그러자 태만석은 짧고 간단하게 대답했다.

"쉴 겁니다."

전혀 뜻밖의 말이다. 저승사자라는 별명을 가질 정도로 냉혹하게 일을 하는 그가 휴가라니. 놀란 눈으로 바라보는 청서원을 본 태만석은 허연 입김을 뱉으며 웃었다.

"슬슬 혼인도 해야 하니, 여유를 좀 찾아야겠습니다."

알고 보니 태만석은 정혼자가 있는 몸이었다. 감사대는 여기저기 적을 안 만들 수가 없는 관직이라 감사대원 가족들의 정보는 전부 기밀로 취급된다. 그 사실을 잘 아는 터라 그는 더 묻지 않고 그저 살짝 툴툴거리기만 했다.

"여기도 저기도 짝이라니……."

어디 혼자인 사람은 외로워서 살겠나. 청서원이 혀를 쯧, 하고 차는데 신호가 왔다. 곧 작전을 개시한다는 신호가.

△▼△

"무리하지 마라."

"안 해요."

지야곤은 아무리 민주려가 괜찮다고 말해도 걱정을 덜지 않았다. 풍 가문을 치기까지 이제 얼마 남지 않았다. 곧, 저택으로 들이닥칠 것이었다. 그는 홀로 남을 그녀를 위해 실력이 좋은 비밀 호위무사 한 명을 남기려고 했다. 하지만 일손이 한 사람이라도 아쉬운 마당이라 그리할 수는 없었다. 결국 민주려를 지키는 사람으로는 이기호가 남기로 했다. 그나마 민주려가 익숙하고 실력도 온 사람들 중 평균은 간다는 이유에서였다.

"얼마 안 남았어요."

"그래."

"저는 제 몫을 다하고 싶어요. 앞으로 만들어갈 저희 미래에, 제가 떳떳할 수 있도록 도와주세요."

청수경을 끌어안은 민주려가 단호하게 이야기하였다. 자신도 도움이 되고 싶다고. 밝게 빛나는 그 눈동자를 보며 지야곤은 참을 수 없는 자신의 심정을 꿀꺽 삼켰다. 당장에라도 그만두라고 하고 싶지만, 이토록이나 씩씩하고 야무진 여자다. 마냥 묶어둘 수만은 없겠지. 민주려에게 가만히 앉아서 기다리는 건 어울리지 않는다. 인생의 모든 역경과 고난을 혼자 힘으로 해결하며 살아온 사람이었다. 지야곤이 허락의 의미로 고개를 끄덕이자 민주려가 활짝 웃었다.

"그럼 시작하겠습니다."

신호를 보내놓았다. 동시에 펼치는 이번 작전, 결코 실패해서는 안 된다. 민주려는 심호흡을 하고 자신의 힘을 때려 넣어 청수경을 활성화 시켰다.

『아가.』

『기다리고 있었다.』

청아와 수아가 청수경에서 나와 민주려를 감싸듯이 섰다. 민주려는 밝게 빛나는 청수경을 꼭 끌어안고 주변 사람들과 눈을 마주쳤다. 이제 시작이다. 모든 이야기에 종지부를 찍을, 중요한 한 걸음.

"처음이자, 마지막 부탁이에요."

민주려는 각오를 다졌고, 두 신령은 그것을 받아들였다.

"제게 힘을 빌려주세요."

『오랜만에 힘을 쓰겠군.』

『나도 도우마.』

주술을 부리는 것은 기원(冀願). 간절히 바라는 마음이 만들어내는 기적(奇蹟). 민주려는 이 순간 먼먼 미래를 떠올렸다. 행복하게 살고 있을 그녀와, 지야곤의 모습을 머릿속에 그렸다. 그 미래에서 살고 싶다. 지야곤과, 이 사내와……!

“움직여라! 얼어붙은 땅이여, 잠에서 깨어나 움직여라!”

행복하게 살리라.

“물이여 땅에 스며들어라. 비 온 뒤의 땅이 굳듯이 단단해져라!”

땅이 울린다. 드드드득 하고 울리는 땅에 무예를 익히지 못한 사람들은 대부분 중심을 잃고 휘청거렸다. 민주려도 다르지 않았다. 하지만 그녀를 지탱하는 사람이 있었다. 지야곤. 그가 그녀를 등 뒤에서 안아 단단히 받쳤다.

이토록 긴 주문을 대체 얼마 만에 외웠던가. 민주려는 쑥쑥 빠져나가는 기운에 이를 악물었다. 풍 가문의 거대한 저택을 감싼 땅이 울렁거린다. 물을 흠뻑 머금은 그것은 진흙처럼 물렁해 보여도 밀도가 상상 이상이라 마치 돌처럼 단단했다.

“……선배.”

이제 비밀 호위무사들과 감사대, 그리고 지야곤은 풍 가문으로 들어가야 한다. 벽을 유지할 민주려를 홀로 두고서. 마지막으로 힘을 쓰기 직전, 연인은 헤어진다.

“꼭 이기고 와요.”

“그래.”

하지만 그것은 다시 만나 이룰 앞날을 위한 잠깐의 헤어짐이다. 그러니 참을 수 있었다. 그들이 이어지기까지 만날 수 없었던 세월을 떠올린다면 이까짓 것은 아무것도 아니었다.

“단단한 벽이여!”

쿠웅.

묵직한 기운이 사방에 퍼진다. 민주려의 옷자락과 긴 머리카락이 너울거리고, 그 작은 몸에서 나왔다는 것이 믿기지 않을 정도로 거대하고 위압적인 주술의 힘이 저택을 옭아매기 시작했다.

"솟아라."

마지막의 주문은 속삭이듯 작았다. 하지만 그 위력은 목소리와 반비례하여, 무시무시한 영향을 끼쳤다.

땅이 솟아올라 풍 가문을 휩쌌다. 그 높이는 무려 차아제국의 성벽보다도 두 배는 높았고, 두께는 삼 장(長)에 이르렀다. 사람이 아니라 신벌이 내려온 것 같은 그 장엄함에 풍 가문 사람들은 얼어붙었다.

"헉, 허억."

마침내 벽이 풍 가문을 완전히 감쌌다. 민주려는 주저앉아 숨을 몰아쉬었다. 이 정도로 커다란 주술이라니, 다시는 하지 못하리라.

쿠웅.

그런데 허공에 솟아오른 벽이 저 멀리에서도 보였다. 이렇게 떨어진 거리에서도 보일 정도로 거대하고 높은 벽이라니. 언뜻 보기에 기둥처럼도 보이는 그것을 누가 했는지 그녀는 단번에 알 수 있었다.

"역시 청서원 선생님."

민주려는 청수경의 힘을 빌려 간신히 했는데, 청서원은 차원이 달랐다. 스스로의 힘만으로 저런 벽을 만들어버리다니 과연 그녀의 스승다웠다. 아무래도 그를 뛰어넘는 제자란 나오지 않을지도 모르겠다.

「청출어람이라니, 꿈도 야무지네요.」

대학관 시절에 그가 했던 말이 참 얄미웠는데, 지금은 인정한다. 그래, 가끔 청출어람 못할 수도 있지! 하물며 저런 천재를 어떻게 수재, 영재가 이긴단 말인가!

"뒷일을 부탁해요, 선배."

허허허. 큰일을 했음에도 한 것 같지 않은 이 기분은 뭘까. 민주려는 주저앉아서 지야곤을 응원했다. 그리고 그 뒤는 이기호가 공기처럼 조용히 서서 굳게 지키고 있었다.

△▼△

풍 가문 식솔들은 완강히 저항하지 못했다. 지 가문의 비밀호위대는 소수였어도 가문 내 무사들을 너끈히 이겼다. 뿐만 아니라 밖으로 빠져나올 수도 없이 높게 솟은 벽은 또 뭐란 말인가. 도망치지도 못하고 다들 우왕좌왕 하는 사이에 당해버렸다.

게다가 가문을 습격한 이의 우두머리 손에는 하필이면 그 패가 들려 있었다. 대리패! 주술로 만들어진 은패는 비상시 감사대장의 권한을 다른 이가 대신 사용할 수 있는 패였다. 그 권위에 대항하면 역모를 꾸미는 걸로 간주해 가문이 몰살당했다. 애당초 깨끗한 가문이라면 찔리는 것이 없어 가만히 있을 테니 말이다.

"네놈!"

풍각장은 지야곤에게 소리쳤다.

"이러고도 무사할 줄 알았느냐! 감히, 내 뒤에 누가 있는지도 모르고!"

"아버지, 참으십시오. 이렇게 흥분해서는 안 됩니다. 기다리면……."

"이익!"

그들이 누굴 기다리는지는 안 봐도 훤했다. 규봉. 하지만 그 작자도 현재 정신없을 것이다. 이쪽은 그나마 감사대 사람이 몇 명 정도이지만 그쪽은 감사대장 태만석이 갔기 때문이었다.

"발견했습니다."

그리고 태만석의 호언대로 감사대는 차 두 잔 마실 시간에 얼추 필요한 것들을 손에 넣었다. 꿀단지처럼 숨겨놓은 비밀스러운 장부를 아주 손쉽게 찾아낸 그들은 보람이 가득한 표정을 짓고 있었다. 묵은 때 청소를 끝낸 기색이 역력하다.

얼굴을 반 정도 천으로 가려 다 비슷한 모습들이지만 목소리에서 나오는 나이까지 숨기기는 어려웠다. 지야곤에게 보고를 하는 이의 나이는 꽤 젊었다. 허공에 펄럭이는 두툼한 책은 절대 들켜서는 안 될 것이었다. 풍각장의 얼굴은 하얗게 질렸다.

"국보사냥꾼과의 거래장부입니다."

"이것은 규씨 인장이 찍혀 있는 것으로 보아 암적과 내통한 것입니다. 아무리 꼬고 꼰 암호로 되어 있어도 이쯤이야 저희에겐

식은 죽 먹기죠. 쉽게 풀 수 있습니다."

"그리고 가장 큰 성과는 이것이지요."

방긋방긋 웃으며 마지막으로 그들이 내민 것은 커다란 궤짝이었다. 풍각장이 '안 돼!'라고 외쳤다. 풍허융도 이번만큼은 창백하게 질려서 달려들었다. 하지만 지야곤이 풍허융의 손목을 잡고 가볍게 발을 걷어차자 손쉽게 제압되었다.

"무엇이지?"

지야곤이 상자를 내려다보았다. 낡은 상자. 궤짝치고는 꽤 크고 무거워 보였다. 감사대는 이것을 가장 큰 비리의 증거로 보고 있었다. 그렇다면 보통 문제는 아니리라.

"금입니다."

"금?"

"빚이 어마어마하게 쌓인 풍 가문에서 이런 금 궤짝을 발견할 줄은 몰랐지만 말입니다."

"그, 그건 비상금이요!"

풍각장이 다시 소리쳤다. 하지만 감사대는 코웃음을 쳤다.

"만약 그 말을 대장이 들으셨으면 '저승에 가는 노잣돈도 이보다는 깨끗할 거다'라고 말하셨을 겁니다."

감사대의 움직임은 더 없이 신속했다. 한두 번 해본 솜씨가 아니라 누군가 끌과 망치를 들고 와 순식간에 궤짝을 열었다. 그러자 금괴가 번쩍번쩍거리며 그 모습을 드러냈다. 겉으로 보기에는 문제가 없어 보이는 금괴.

하지만 바로 여기에 함정이 숨어 있었다.

"이것을 보십시오."

얇은 면장갑을 낀 감사대 중 한 명이 금괴 하나를 들어 지야곤에게 보였다. 그러자 지야곤의 눈썹이 찌푸려졌다.

"문장이 없군."

"그렇습니다."

"불법유통인가?"

"그냥 벌금형으로 끝나지 않을 죄이지요."

금이란 어느 나라를 막론하고 화폐로서 가치가 있는 물건이었다. 그러나 그 가치의 크기가 매번 같지는 않았다. 어느 곳에서는 금괴 하나에 집을 살 수도 있었고, 반대로 한 달 여관비밖에 되지 않는 곳도 있었다. 물론 고급 여관에 한했지만, 그만큼 금의 가치가 달랐기 때문에 여러 문제가 발생하기도 했다. 예를 들면, 금의 가치가 낮은 곳에서 금을 많이 사들여, 가치가 높은 곳에서 펑펑 쓰는 것 같은 일들 말이다.

이를 방지하기 위해 각 나라에서 지정한 법이 있으니, 이름 하여 금괴 유통법. 금괴는 국가에서 지정한 대장간에서만 생산이 가능하며 금광을 가지고 있는 이들은 그 생산량을 엄격하게 확인해 매년 보고를 해야 했다. 그리고 만들어진 금괴에는 그 나라의 이름, 언제 금괴가 만들어지고 유통되기 시작되었는지를 상세하게 적었다. 금의 가격이 요동치면 경제가 흔들리기 때문에 나라마다 가장 엄격하게 통제하는 것이기도 하였다.

그런데 문장 하나 없는 금괴라니.

불법(不法) 중에서도 가장 죄질이 나쁜 것이었다.

"어디서 이런 금괴를 들였는지는 모르겠지만, 대충 짐작이 가긴 하는군요."

"그런가."

"뒤를 파헤치는 것은 저희보다 대장이 더 전문가 아닙니까. 아마 심증으로 끝나지 않을 테지요. 물증도 곧 찾아내 싹 정리하죠."

감사대 사람들은 껄껄 웃었다. 그리고 다시 부지런히 저택을 뒤지기 시작했다. 천장, 마루, 바닥까지 뜯어내는 것도 모자라 벽까지 파헤치는 모습이 인부처럼 보일 지경이었다. 이걸로 끝났으면 좋았겠지만, 풍각장에게는 매우 슬프게도 몇 개가 더 발견되었다. 가지각색의 연장을 들고 이리저리 두들겨보며 부수는 족족 비밀장부가 나왔다.

"찾았습니다!"

그러던 중에 가장 키도 작고 눈매도 앳되어 보이는 감사대가 '심봤다!'를 외치며 깨끗한 두루마리 서신을 흔들었다. 날쌔게 달려가 그것을 확인한 지야곤은 고개를 끄덕였다.

"끝이로군."

그 안에 적힌 것은 규봉이 직접 내린 명령이었다. 이것이 나왔으니 규봉은 압박하는 것은 물론이거니와 풍 가문은 끝이다.

"이, 이노오옴!"

결국 이성을 잃은 풍각장이 달려들었다. 비밀호위대가 움직이려고 했지만 지야곤이 말렸다. 그는 자신에게 위협적으로 손을 뻗는 풍각장의 멱살을 잡고 바닥에 꽂았다. 등부터 떨어졌지만 충격이 만만치 않았는지 풍각장의 입에선 컥! 소리가 절로 났다.

지야곤은 아주 작은 소리로 중얼거렸다.

"풍 가문에게는 빚이 하나 있었지."

"컥, 커헉!"

"그녀에게 손을 대려고 했던 그 죄."

아직도 민주려가 습격 받았던 날을 떠올리면 이가 아득바득 갈렸다. 그의 손에 절로 힘이 들어갔다. 숨이 막히는지 풍각장이 다리를 버둥거렸다.

"여기서 받겠다."

풍각장의 안색이 창백해졌다. 무시무시한 표정의 지야곤을 보고 감사대원들은 허허롭게 웃으며 수색을 마저 했다. 어떻게 파면 팔수록 계속 나오는지 신기하기 짝이 없다. 이렇게 비리로 얼룩진 저택을 보는 것도 참 오랜만이었다. 어느덧 태만석에게 물든 그들은 이 보람찬 수색을 마무리하기 위해 작업에 박차를 가했다.

△▼△

규봉은 자신이 당했음을 깨달았다. 헤스키츠에서 온 외교관과 독대를 가져야 한다며, 황제가 만날 수 없음을 알릴 때까지만 하더라도 찜찜함을 가지기만 했었다. 헌데 그의 거처로 돌아와 밤이 되자 상황이 급변했다.

그의 거처 주변으로 벽이 솟아오르고, 누군지 알 수 없는 부대가 그의 호위대와 첨예하게 싸웠다. 도망갈 틈은 없었다. 시간을 벌어 어떻게든 신호를 보내 지원세력을 부르려고 해도 그 찰나의 여지를 주지 않았다. 그리고 그의 앞에, 뻔뻔스레 웃는 태만석이 다가와 굳건하게 섰다.

"안녕하십니까."

"감사대장인가?"

"네, 감사대장 태만석입니다. 이렇게 얼굴을 마주 보게 될 줄이야. 세상 참 오래 살고 볼 일 같습니다."

"그런가. 황족에게 기본적이니 예도 갖추지 않다니. 감사대장이라는 직에 있는 자 치곤 참으로 무례하군."

"무례?"

태만석이 감추고 있던 이를 드러내었다. 그의 손에 들린 것은 황제가 내려준 감사대장의 패였다. 어느 누구든 그 패 앞에선 얌전히 협조해야만 했다. 하지만 규봉은 그것을 거부할 권력이 있었다. 그리고 그 힘을 이용해 수많은 비리를 저질렀다. 이 나라에, 평화롭고 잔잔했던 차아제국에 돌을 던졌다.

"무례한 것은 당신이지."

내란이 발발했다. 차아의 백성들은 그 여파에서 아직도 벗어나지 못했다. 그때 생긴 가난과 굶주림에 죽어간 사람이 얼마던가. 그 사이에는 태만석의 가족도 섞여 있었다. 만약 규봉이 없었으면 여전히 차아는 태평성대를 이뤄가고 있었을 터였다. 눈앞에 있는 이 사람 때문에 모두 많은 것을 잃었다.

사람, 평화, 행복. 그리고 삶.

"제 욕심을 채우기 위해 많은 것을 희생시키지 않았나."

그러니 이제 그것을 되찾을 때였다.

첨예하게 싸우던 무사들의 승패는 이미 결정되었다. 지 가문의 인력 지원을 받은 덕분에 평소보다 더 많은 무사를 동원한 태만석의 승리였다. 개개인의 실력이 대등한 것으로 보아, 황실의 사람은 비밀부대의 도움을 받기 때문에 사병을 기를 수 없다는 법까지 규봉은 어긴 상태였다. 만약 거대한 벽이 꿀렁거리며 일어나 적들을 붙잡지 않았으면 생각보다 더 힘든 싸움이 되었을 거다.

태만석은 청서원의 주술 실력에 감탄하면서 시린 웃음을 지었다.

"제 눈을 벗어날 비리는 없을 것이니 기대해도 좋습니다. 저번 판에서는 제가 왕을 잡지 못해 패배했지요. 하지만 이번에는 왕을 잡았으니 제 승리입니다. 판은 끝났습니다."

규봉은 주먹을 꾹 움켜쥐었다. 감춘답시고 잘 감추고 있었는데, 다 된 밥에 재가 뿌려졌다. 이제껏 없애버렸던 방해물과 태만석은 다르다. 독종 중에 독종이라고 소문이 날 만큼 그는 한번 잡은 먹이를 절대 놓치지 않는 사내였다. 이제 규봉이 할 수 있는 것은 뒤로 위협을 주며 겉으로 방관하는 것뿐이었다. 혹은 이곳에서 찾은 비리라고 하여도 나중에 가서 묻어버리도록 힘을 쓰는 정도.

그러나 그는 몰랐다. 자신의 손과 발로 쓰기 위해 만들어둔 세력들도 지금 감사대가 쳐들어가 비리를 물어뜯고 있다는 사실을. 그가 원하는 지원은 영원히 없을 터였다.

△▼△

동이 텄다. 민주려는 꾸벅꾸벅 졸다가 흙이 와르르 무너지는 소리에 눈을 번쩍 떴다. 일이 끝난 것이다. 생각보다 규봉 쪽 일이 먼저 끝났는지 그쪽에 솟아 있던 기둥이 사라졌다.

『이쪽도 끝난 모양이구나.』

수아가 살며시 안에 있는 사람들의 일이 끝났음을 알려주었다. 민주려는 고개를 끄덕이고는 주술을 거둬들였다. 그러자 위로 솟았던 벽이 우르르 무너졌다. 동트는 새벽, 많은 사람들이 오랏줄에 묶여 연행되기를 기다리고 있었다. 아직 정리는 덜 되었는지 어수선했지만 일이 잘 끝났음은 알 수 있었다.

"이제 정말 끝이네요."

그녀는 묘한 기분에 사로잡혔다. 한때는 이 사랑을 포기해야 할까 고민하게 만들었던 문제가, 이 하룻밤에 끝났다. 그리고 끝난 것은 그것만이 아니었다.

"정말로……."

푸르고 투명한 수아. 그녀를 감싸는 든든한 청아. 만난 지 얼마나 되었다고 정이 부쩍 들어버린 이들과 헤어져야 할 시간이 왔다. 그들은 민주려를 위해 황궁으로 돌아가는 것을 선택했다. 청수경을 다루는 것은 민주려보다도 청서원의 능력이 더 뛰어났고, 자신들 때문에 그녀가 불행해지는 것을 원하지 않았기 때문이다.

"고마웠어요."

민주려의 인사에 청아와 수아가 웃었다. 수아는 자신의 넓은 옷자락을 펼쳐 그녀를 감쌌다. 청명한 기운이 민주려의 몸을 감싸는가 싶더니 더러워진 민주려의 옷을 깨끗하게 정화했다. 말끔해진 자신의 몸에 민주려는 개운함을 느꼈다.

『아가. 우린 널 정말로 좋아한단다.』

수아가 부드러운 웃음을 지으며 민주려의 양 뺨을 자신의 손으로 감쌌다.

『네가 아니었으면 아이가 생긴다는 것을 몰랐을 거란다. 네 덕에 우리는 가족일 수 있었어. 어머니가 되고, 아버지가 되고…….』

그렇게 가족이 되어본 신령이 과연 어디에 있을까? 수아는 슬픔을 뒤로했다. 아쉽지 않은 이별이 어디에 있겠느냐마는 그녀도 민주려를 떠나보내는 것이 안타까웠다. 하지만 그것이 민주려를 위하는 것임을 알기에 참았다. 그 대신에 아주 작은 기대를 품었다. 언젠가 지야곤과 민주려의 후손이 이 차아에 다시 찾아와 준다면, 이때의 추억을 곱씹으며 웃을 수 있으리라.

『네 덕이란다. 우리는 정말로 너를 사랑해.』

"저도요."

『네가 행복하기를 우리는 바란단다. 그러니까 주려야.』

수아가 처음으로 환하게 웃었다. 언제나 은은히 미소 짓던 그녀의 웃음이 햇살에 부서질 듯 빛났다.

『세상에서 제일 행복한 부부, 잊지 마렴.』

천천히 흐려지는 둘의 모습이 보였다. 이제 민주려가 넣은 힘이 다한 것이다. 청아는 수아를 뒤에서 안으며 민주려에게 웃어 보였다. 아마 이것이 마지막이리라. 그녀는 눈물이 주르륵 쏟아지려는 것을 꾹꾹 눌러 참았다. 그리고 그들에게 환히 웃었다.

"네! 반드시 그럴게요!"

이내 그들은 사라졌다. 밝게 빛났던 청수경은 다시 낡은 청동

거울로 돌아와 있었다.

저 멀리서 누군가가 뛰어오는 것이 보였다. 지야곤. 그였다. 민주려는 자신에게 달려오는 사내를 보며 입술을 우물거렸다. 뭐라고 말해야 하는데, 입 안에서 맴돌 뿐이었다. 대신에 새하얀 입김만이 아침 햇살에 반짝이며 흩어졌다.

"끝났어."

다만 그 말이 안심되어서 눈물을 흘렸다. 뺨에 차가운 것이 닿았다. 눈. 하얀 함박눈이었다. 새해를 앞둔 한겨울의 눈은 차갑고 시렸으며.

"끝났어요."

포근했다. 마치 그녀를 끌어안은 그처럼.

△▼△

이후 새해가 되자마자 차아제국은 한바탕 떠들썩해졌다. 각 가문에 비리를 잡기 위해 감사대가 암행을 했는데 그중에 규봉, 황제의 숙부가 딱 걸렸다는 것이 널리 알려진 것이다. 황족이 감사에 걸린 적은 무척 드물었고, 특히 워낙 거물이 걸린지라 다들 혹시라도 연루될까 싶어 몸 사리기 바빴다.

그의 죄목은 정말 화려했는데, 사병을 기른 것은 그중 가벼운 죄였고 위조화폐와 문장이 없는 불법 금괴의 제조까지 이르자 점입가경에 다다랐다. 풍 가문이 특히 깊게 연루되어 있었는데, 그쪽의 죄목 역시 대단하여 두고두고 회자될 정도였다.

가문에서 나라에 바쳐야 하는 세금을 빼돌려 그 돈으로 국보사냥꾼을 고용하고, 나중에는 그 돈으로 규봉에게 뇌물을 사다 바치기 바빴다. 그러다 보니 임금이 밀린 국보사냥꾼들이 날뛰었고, 빚을 끌어 쓰는 것도 모자라 불법 금괴에 손을 대었다. 뿐이랴. 불법 금괴와 위조화폐가 모두 규봉의 손을 거쳐간 것까지 엮여 풍각장은 빼도 박도 할 수 없는 대역 죄인이 되었다.

그리하여 풍 가문은 삼 대(代)가 죽을 때까지 일해도 갚을 수 없는 벌금형에 처해졌다. 황위계승권을 빼앗긴 것이 가장 뼈아팠다. 그나마 다행인 것은 원래 같으면 일족 중 직계는 모조리 사형이었지만 연초부터 피를 보는 건 좋지 않다고 신하들이 말려 그나마 목숨은 건졌다.

그리고 규봉은 썩어도 준치라고 황족인 규씨라서 간신히 살았다. 다만 일가친척들은 전부 재산을 몰수당하고 국경 지역에 보내졌으며 그는 아무도 살지 않는 무인도에 유배되었으니 거의 사형이나 다를 바가 없는 벌을 받게 된 셈이었다.

△▼△

그리고 민주려는,

"으아아! 이 먼지들은 또 뭐야?"

집으로 돌아왔다.

"여기도! 저기도! 전부 때가 묻었어! 이 발자국은 또 뭐…… 이 녀석들! 아이고, 병아리를 깠구나! 한겨울인데 잠깐 방치해뒀다고 그새 병아리를 깠어!"

다만 사람 손이 안 닿았다 보니 집안 꼴이 엉망이었다. 수탉은 여전히 회를 치고 다니고, 암탉들은 그녀가 없는 틈에 달걀을 품어 병아리를 잽싸게 깠다. 이 추운 겨울에 용케 병아리가 죽지도 않고 살았다 싶었더니, 세상에. 암탉들이 부엌에 들어가 고이 모셔 두었던 쌀을 습격했더라.

민주려는 머리끝까지 화가 나서 빗자루를 잡았다가, 잠시 후 내려놓았다.

"어휴."

바쁘고 정신이 없어 제대로 모이를 챙겨주지 못한 그녀의 탓도 있었다. 오죽했으면 부엌까지 쳐들어왔나 싶기도 했다. 자식새끼를 살리기 위해 닭들도 이렇게 노력하는데. 아무리 쌀자루에 구멍이 났다 해도 그녀가 마냥 화낼 처지도 못 되었다.

이제 그녀도 미래를, 아이를 걱정할 때가 다가오고 있으니까.

"주려."

집으로 돌아온 그녀가 걱정 되어 잠시를 못 참고 지야곤이 찾아왔다. 그리고 귀신같은 감으로 부엌문을 열고 슬금슬금 들어 왔다. 생각에 잠겨 있는 민주려를 보고 지야곤은 잠시 고민했다. 말을 걸어야 하나 말아야 하나.

"민주려."

그는 다시 한 번 불렀다. 하지만 여전히 민주려는 석상처럼 가만히 서 있었다. 그녀의 머릿속은 마구 돌아가고 있었다. 대략 이런 생각들로 말이다.

아이. 그리고 가정을 꾸리기 위해서는 당연히 돈이 필요했다. 돈뿐인가! 혼인이란 건 이런저런 부가적인 것들도 딸려오기 마련이었다. 차아제국에서도 이 난리였는데 헤스키츠로 넘어간다고 괜찮아질까? 오히려 새로운 환경에 적응하고, 수입원을 어떻게든 뚫고, 집도 구하고 그래야 하지 않을까?

"결혼하자."

지야곤이 민주려에게 고백했다. 진지하게 고민을 하던 그녀는 그가 왔음에도 아무 대답도 못 하고 끙끙거렸다. 그러다가, 혼인을 하자는 이 남자에게 진지하게 되물었다.

"그럼 우리 생계는요?"

민주려에게는 우선 그게 중요했다. 그 말에 지야곤은 순간 말문이 턱 막혔고 그녀는 멍하니 서 있는 그를 보며 정신을 딱 차렸다. 아무래도 내일부터 부지런히 움직여야 할 것 같았다. 바다 건너 먼 나라에서도 밥 먹고 살려면.

二十四章

주머니가 든든하면 만사가 금상첨화

이제 연인은 찰떡궁합이었다. 척 하면 착이라고. 지야곤은 열성적으로 말하는 민주려의 의견에 고개를 끄덕였다. 헤스키츠로 넘어간다면 둘은 필히 귀빈 취급을 받을 것이다.

그러나 세상 이치라는 건 냉정해서 가는 게 있어야 오는 것도 있는 법. 거한 대접이 아무런 대가 없이 이루어질 리가 없다. 차아의 정보를 원하기에 그들은 차아에서 온 두 사람을 환영하는 것이니 말이다. 또한 그들 선에서 줄 수 있는 정보의 제공이 끝나면 아마 지원도 끊길 거다.

결국 그곳에서 평생 살기 위해서는 어느 정도 준비가 필요하다는 말이었다. 차아와는 달리 처음에 기반부터 다져야 할 테니 할 일은 산처럼 쌓여 있었다. 헤스키츠에 대한 걸 아무것도 모르기 때문에 어떻게 생활을 할 것인가에 대해서는 에쉬와 심도 있게 의논할 필요가 있었다. 쇠뿔도 단김에 빼랬다고. 연인은 바로 그날로 그를 찾아가 상담했다.

"재산을 가져간다면 좋죠. 하지만 통용되는 가치가 다르니 신중해야 할 겁니다."

에쉬는 굳이 가져가겠다면 차아에서밖에 나지 않는 희귀물품이나, 금이 좋을 거라고 조언했다. 아무래도 외국에서 들어오는 물품은 희귀성 때문에 부자에게 내놓으면 비싼 값에 팔린다고. 하지만 그런 물품을 많이 들고 갈 수는 없으니 들고 가기 좋은 금으로 재산을 바꿔놓으라는 것이다. 금은 차아뿐만 아니라 헤스키츠에서도 통용되는 최고의 재산이었다.

"어느 나라나 금덩어리가 한 재산 하는 건 똑같나 보네요."

"당연합니다. 가장 보편적인 것이 금이고, 그 외에도 진주, 다이아몬드, 루비, 에메랄드 같은 보석류는 전부 부피가 작아도 엄청난 가치가 있답니다."

"진주는 알겠는데 다이아몬드랑 루비는 뭔가요? 에메랄드? 그건 또 어떻게 생겨먹은 거야?"

"다이아몬드는 음, 보통 투명한 색에 세공을 하면 반짝거리는 보석입니다. 차아에는 없나요?"

그러자 가만히 듣고 있던 지야곤이 알겠다는 듯 민주려에게 말했다.

"다이아몬드는 금강석을 말하는 거 같군. 루비는 뭔지 들어본 적이 있지. 홍옥을 말하는 거다."

"으아, 말이 같긴 하지만 은근히 쓰는 단어가 다르네. 큰일 났다."

공부를 할 생각에 민주려는 눈앞이 캄캄해졌다. 그런 그녀를 보며 에쉬는 크게 웃었다.

"차아에서 들어오는 금을 헤스키츠에서 환전하다니. 최초의 사례가 되겠군요."

그는 이런 게 다 나중에 역사가 된다고 하였다. 어찌 되었든 역사는 나중에 후손들이 알아서 할 일이고, 둘은 당장 현실의 고난을 헤쳐 나가야 하는 게 더 중요하다. 이런저런 이야기를 하고 난 뒤 연인은 각자 손을 꼭 잡은 후 헤어졌다.

요컨대 이 나라를 뜨기 전에 가장 먼저 해야 할 일은 재산 정리였기 때문이다.

△▼△

"얼추 장롱은 다 판 것 같은데."

새해가 지나고 바로 가져가지 못할 물건들을 처분하기로 했다. 오동나무로 만들어진 장롱이라든가, 장미목으로 만들어진 책꽂이라든가. 부피가 커서 도저히 들고 갈 방법이 없었다. 이런저런 물건은 물론 헤스키츠에서 사면 되거나 쓸 수 없을 것 같은 물건들은 모조리 장에 가서 팔았다.

그러자 마을 사람들은 이게 어떻게 된 일이냐며 그녀에게 꼬치꼬치 캐물었다. 민주려는 그 와중에도 물건 가격을 적으며 담담하게 대답했다.

"멀리 이사 가요."

틀린 말은 아니었다. 그 거리가 너무 멀어서 바다를 건너가지만 말이다. 그 말에 마을 사람들이 발칵 뒤집혔다.

"이럴 수가! 어디로? 설마 우리를 버리고 가는 것은 아니지?"

"주려 같은 일꾼이 어디에 있다고! 네가 올해도 도와줄 거라고 철석같이 믿고 있었단 말이야! 잠깐, 이러면 대체 어디서 일꾼을 구해야 하는 거야?"

"어이! 돈귀신 민주려가 이사를 간다는데?"

"뭐? 안 돼!"

그러면서도 펼쳐놓은 판 위에 있는 물건들은 쑥쑥 잘만 팔렸다. 민주려가 내놓은 물건들은 다 쓸 만했고, 질에 비해선 가격도 저렴했다. 반짝반짝 윤이 나게 닦여 있는 물건들은 척 보기에도 그녀의 손을 많이 탄 것 같았다.

"이걸 가져가면 나도 돈복이 잘 붙으려나."

허허허 웃으며 다들 가져가는 것이, 굳이 살 필요가 없는데도 일부러 주머니를 연 것이리라. 민주려가 떠나는 것이 아쉬운 만큼 잘되라는 의미로 물건을 사주는 것이다. 일로 다져진 정이라는 건 정말 끈끈한 거다. 덕분에 민주려는 집안 살림들을 일주일에 거쳐 다 처분할 수 있었다.

그리하여 마지막으로 남은 재산은.

"어이구. 도대체 무슨 일이기에 이게 급매물이야?"

"사정이 있으니까요. 그런데 여기는 무슨 일이에요, 기친친 할머니?"

"네가 집을 내놓았다고 해서 한번 찾아왔지."

민주려가 사는 집이었다.

집.

그것은 그녀에게 있어 가장 든든한 울타리이자 보호자였다.

가족과의 추억이 담긴 집. 하지만 민주려는 단호하게 마을에서 가장 집을 잘 팔기로 소문난 부동산을 찾아가 매매를 하겠다고 말했다. 이 집이 있으면 계속 돌아오고 싶고, 그리워질 것이 뻔하니까. 마음의 정리를 위해 급매물로 내놓은 것이다.

물론 얼른 돈을 받아야 하기 때문에 시세보다 조금 싸도 상관없다고 했다. 부동산에서는 더 묻지 않고 혹 집을 보러 올 사람이 언제 갈지 모르니 되도록 멀리는 외출하지 말아 달라 대답했고 말이다.

"음. 집의 상태가 좋은 건지 나쁜 건지."

"하하하."

"중간에 관리를 좀 소홀하게 했지? 여기저기 고칠 데가 많아 보여. 저 기와는 또 뭐야? 쪼잔하게시리 조금조금 갈았군! 이렇게 되면 기와 색이 달라져서 지붕이 누덕누덕해 보이기 십상인데."

"돈이 많이 들어가는 걸 어째요. 기와 한 장이 얼마나 비싼데요? 아시면서."

"그 좋은 주술 뒀다가 뭐해. 한 장, 한 장 정성 들여 주술을 새기면 오래가지 않느냐."

"완전 힘 많이 들거든요! 그리고 그거 해도 고작 십 년도 못 간다고요! 노동력 대비 효율이 꽝이에요!"

기친친이 이거저거 흠을 잡았다. 원래 집을 사러 온 사람은 조금이라도 가격을 낮추기 위해 트집을 잡는 법이다. 물론 파는 쪽은 입장이 반대이니 그럴 때마다 민주려가 반박했고, 그 과정은 안방에서부터 부엌까지 이어졌다.

"그래. 금 팔천 냥. 그 정도에 집을 사마."

"네?"

"여기가 수도는 아니지 않느냐. 게다가 넓이가 딱 한 가정만 살 수 있는 집이기도 하고. 시장에서 멀지는 않지만 그렇다고 오가는 것이 쉽지도 않으니 시가로 금 육천 냥 정도일 게다. 맞지? 거기다가 이천 냥을 얹어서 내가 사겠다고."

기친친이 집을 사겠다니. 그것도 가격을 얹어서 사겠단다. 왕소금보다도 짠 그 기친친이!

민주려가 놀라서 입을 벌리자 그녀가 눈살을 찌푸렸다.

"왜, 싫으냐?"

"아니요!"

"그럼 부족해?"

"그것도 아니요!"

말 그대로 시세보다 후하게 받았다. 금 팔천 냥이라니. 금괴 하나가 금 천 냥 정도라고 보았을 때, 무려 여덟 개의 금괴가 생기는 것이었다. 민주려는 소름이 쭉 돋았다. 여기에 금괴 두 개만 더 있으면 헤스키츠 수도에 있는 작은 건물을 하나 사는 것도 가능했다! 모르긴 몰라도 지야곤이 그녀보다 더 적게 재산을 챙겨올 리는 없으니 일단 집은 확보한 거다.

그녀는 속으로 환호성을 지르다가 갑자기 의문이 들었다. 기친친은 대중목욕탕 건물 두 채에 본인 집까지 가지고 있다. 굳이 더 이상 집을 살 필요가 없었다. 왜 사는 거지? 궁금한 건 물어야 직성이 풀리는 성격이라 민주려는 눈을 깜박이며 물었다.

"갑자기 집을 사시려는 이유가 있으세요?"

"급한 건 네 처지인데 남의 사정은 왜 묻는 게야?"

"아니, 그냥 궁금해서요."

"별거 아니다. 대중목욕탕은 수입이 많은 듯하면서도 생각보다 적거든. 일이 익숙해지고 반복되니 심심하기도 하구. 이참에 부동산이나 좀 해보려고."

"돈을 얼마나 버시려고요……."

"뭐야?"

상재라고 일컬어지는 기친친이 부동산에도 손을 대겠단다. 그 어마어마한 현금력을 따진다면 인근의 땅을 다 사고도 남을 것이다. 민주려는 늙었음에도 기운차게 사는 기친친이 대단하게 느껴졌다. 그리고 자신도, 그녀를 본받아야겠다고 생각했다. 기친친이 하는 대로만 따라 한다면 인생에서 손해 보고 살 일은 없을 테니 말이다.

'음. 헤스키츠에서 장사나 해볼까?'

어차피 헤스키츠에서 살아가게 될 것, 진지하게 고려해야겠다. 거기서 일할 곳을 찾는 것은 쉽지 않을 테니까. 지야곤이면 몰라도 그녀에게 좋은 일자리가 데굴데굴 들어오지는 않을 거였다. 에쉬도 민주려 또래의 여성들은 대부분 출산과 결혼 때문에 일을 하기 어렵다 말했고 말이다. 그렇다면 역시 장사가 좋을 것이다. 뭐가 좋으려나.

민주려가 고민에 빠져들 때 그녀를 바라보고 있던 기친친의 입가에 주름 진 웃음이 떠올랐다.

"그래. 아이는 몇이나 낳을 게냐?"

"음. 한 명도 빠듯할 것 같은…… 네?"

"멀리 간다며. 보나마나 뻔하지. 그 청년하고 결혼하는 게지?"

"어, 어어……."

"내 눈을 속이긴 다 틀렸다. 어디 이 기친친을 속이려 들어?"

민주려의 눈이 동그래졌다. 들켰다! 식은땀이 절로 나오고 마른침만 꼴깍꼴깍 삼키는데 기친친이 크흘흘 웃었다.

"얼마나 멀리 가기에 축하도 안 받고, 국수도 안 먹여주냐?"

"사, 사정이 있어서요."

"돈에 대한 집착은 나보다 더한 년이 축의금도 안 받고 가겠다고?"

아아. 그건 확실히 아까웠다. 자고로 결혼식 때 가장 쏠쏠한 수입이 축의금이건만. 민주려는 아쉬움의 눈물을 삼키고 축의금을 포기했다. 마을 사람들을 불러 모아서 잔치를 하는 결혼식을 할 수 없을 테니까. 그녀가 선택한 남자와 함께하는 삶이란 그러했다.

"금 이천 냥은 내가 주는 축의금이다."

"너무 많아요!"

"원래 딸이나 손녀가 시집갈 때 주려던 돈이었어. 근데 어찌된 것이 내가 낳은 두 아이 모두 아들인데다, 두 아들도 아들만 줄줄 낳지 뭐냐. 그냥 수십 년 묵혀놓은 돈 썩기 전에 내놓은 것이니 부담 말어."

"그래도……."

"아, 주겠다는데 감사합니다! 하고 넙죽 받지 못할망정 자꾸 거절이야? 맘에 안 드냐? 도로 가져가?"

"감사합니다!"

기친친의 호통에 민주려는 깜짝 놀라 대답했다. 그러자 기친친이 낄낄 웃었다. 그런 그녀를 보자 민주려의 가슴이 뭉클했다. 축의금 대신에 주는 돈. 그것은 이미 축의금이 아니었다. 기친친이 민주려를, 딸이나 손녀쯤으로 여기고 있다는 뜻이니까.

금 이천 냥은 어머니가 딸에게 주는 혼수였다.

"게다가 이 집, 잘만 하면 두 배는 받을 수 있을 것 같단 말이지. 부자가 되는 집. 딱 좋아. 게다가 시집도 잘 가고, 관리 시험도 딱딱 붙는 집이라고 소문을 퍼뜨리면 더더욱 좋고."

중얼중얼하는 기친친의 말을 듣지 못한 민주려는 한바탕 뭉클한 속을 진정시켰다. 눈물이 왈칵 나올 뻔했지만 초인적인 인내심으로 참았다.

"대금은 언제 치를까?"

"빠를수록 좋아요. 사실 언제 떠날지 날은 안 잡혔는데, 봄이 되기 직전에 떠날 것 같아서요."

"한 두어 달 남았구만. 그 정도라면 넉넉하게 대금을 준비할 수 있겠어. 뭐로 주랴? 어음?"

"어음은 안 돼요. 아마 그거 쓸 수 없는 곳으로 갈 것 같거든요."

"좋아. 어음이 안 되면 화폐도 쓰기 힘들겠지? 그렇다면 금괴로 준비해두마. 부피도 작고 어딜 가도 쓸모 있는 것은 금이지!"

과연 기친친. 민주려가 원하는 것만 콕콕 찍어준다. 원래 집을 거래할 때는 대금을 세 번에 나눠 주는 것이 일반적이지만 그녀의 사정상 기다릴 시간이 없었다. 그래서 총 매매금을 이번 달이 지나기 전에 준다고 말한 기친친이 소매에서 뭔가 두꺼운 것을 꺼내 민주려에게 건넸다.

"이게 뭐예요?"

"요리비법을 넣은 책이지. 보통 시집가는 딸에게 준다더라. 근데 내가 살림하는 것보다 장사하는 시간이 더 많아서 개인적으로 만든 비법이 얼마 없다. 집밥이라면 너도 얼마든지 할 수 있을 것 같아서 고급요리 비법을 넣은 책을 구했지. 이거라면 어딜 가도 굶어 죽지 않을 게다."

나이가 든 사람에게 쌓이는 것은 지혜라고 했던가. 그녀는 민주려에게 꼭 필요한 것만 준비했다. 집을 사주고, 혼수비를 대주고, 요리책을 준다. 그로서 얼마나 많은 도움이 되었나.

민주려는 그녀가 넘겨준 요리책을 받자 갑자기 미래의 제 모습이 그려졌다.

이국의 수도에 있는 작은 건물.

그곳에서 요리하는 그녀와 그 곁을 지키는 사내.

그리고 그 둘의 사이에서 태어난 작고 귀여운 아이까지.

"완벽해."

비로소 아귀가 들어맞는 느낌이었다. 그저 내조만 하던 상상과 달리 먼 타지에서 일하고 있는 그녀는 생기 있어 보였다. 활기

차고, 복작복작한 가게를 일구고 살아가는 것이다. 남의 손을 빌리지 않고 가족끼리 오순도순, 행복하게.

행복한 때를 기리면서.

"정말로, 완벽해요. 완벽한 선물이에요, 기친친 할머니."

요리책을 끌어안고 민주려가 활짝 웃었다.

△▼△

민주려가 재산을 처분하는 사이, 지야곤이라고 한가한 것은 아니었다. 그는 자신의 동생에게 가주직을 인수인계하기 위해 겨울 내내 곁에 붙어 지내야 했다. 그리고 지금은 뜻밖의 상황이 닥쳐 곤란해진 참이었다.

"유모."

"어머, 그렇게 보셔도 아무 소용없어요."

"이곳에는 야혼과 야희가 남아 있으니 따라오지 않아도……."

"호호호."

그가 떠나겠다고 말한 날, 서윤경은 고민을 수없이 했다. 그러나 아무리 생각해도 결과는 하나였다. 그녀는 지야곤을 따라 헤스키츠로 이민가기를 마음먹은 것이다.

그에 식겁한 사람은 비단 당사자인 지야곤만은 아니었다. 그의 곁에서 호위를 하며 부슬비에 젖어가듯이 그녀를 흠모하고 있던 이기호로서도 이민선언은 날벼락이었다.

"이곳에는 작은 도련님과 아가씨를 돌볼 사람은 얼마든지 있어요. 하지만 도련님은 아무도 안 계시잖아요?"

"유모."

"도련님은 제 첫아이나 다를 바가 없어요. 첫아들의 결혼식은 적어도 보게 해주셔야죠. 첫손주도요."

"……."

그들의 실랑이는 끝날 기미가 보이지 않았다. 지야곤은 말렸고, 서윤경은 무시했으며, 이기호는 고민했다. 그리고 그 셋의 모습을 지켜보던 지야혼은 지야곤보다도 능숙하게 서류를 검토하고 결제하더니 입을 열었다.

"고집부리지 마십시오, 형님."

"너도 나서서 말려라."

"저희도 유모 말이 맞다고 생각하고 있습니다. 야희도 동의했고요."

"……."

"가문의 대소사는 이제 제 일입니다."

능청스러운 지야혼의 말에 지야곤은 입을 다물고 말았다. 정말 그동안 조용히 숨죽이고 살았구나. 이 성정을 어떻게 숨겼나 싶다. 뿐이랴, 인수인계를 해주는데 일을 할수록 안색이 훤해지는 것이, 그의 동생은 가주직이 체질이었다.

"그리고 외국으로 떠날 때는 빈 몸으로 가는 게 아닙니다."

"그에 한해서는 나도 준비한 것이 있다."

"개인 재산을 알차게 가져가시는 것 같더군요."

"아아."

지야곤이 개인적으로 가진 재산만 하더라도 가치가 꽤 되었다. 대학관을 졸업한 후 놀기만 한 것은 아니었으니 말이다. 또 부모가 비상시에 쓰라고 물려준 패물이며 귀한 물품들만 해도 몇 궤짝은 되었다.

특히 그가 중점적으로 챙긴 것이 있었으니, 지 가문의 원로들이 몰래 빼돌린 그의 재산이었다. 겉으로 보기에 고급스러운 나무 지팡이처럼 보이는 것이 실은 금 지팡이였다든가, 용 모양의 머리 장식 뚜껑을 열면 금강석이 드러난다거나. 그런 식으로 은밀하게 숨겨진 재산들을 다시 회수했더랬다.

아마 원로들은 까맣게 모를 것이다. 감사대가 들이닥친 것은 지 가문도 마찬가지였기 때문이다. 풍 가문과의 혼담이 오간 사실이 빌미가 되어 한 차례 홍역을 치렀다. 물론 규봉과는 아무런 관계가 없었기 때문에 아무 일 없이 무사히 넘어가긴 했지만. 그리고 강력하게 혼담을 주장했던 지화성의 영향력은 바닥에 떨어져 할 수 없이 원로원에서 은퇴했다.

"그나저나 원로들의 비리가 꽤 많군요."

"털어서 먼지 하나 안 나오는 게 이상하지. 그토록 오래 고인 물이라면."

"원로에게 따로 지급하는 지원금 때문인 것 같습니다. 앞으로 삭감하도록 하죠. 감사대에게 하도 많이 걸렸으니 반성하라는 의미로 밀어붙인다면 거절도 못 할 겁니다."

늠름하기도 하지. 지야곤은 어느새 서윤경이 자신을 따라온다는 것도 잊고 남동생의 일처리를 흐뭇하게 지켜보았다.

"그리고 형님께서 가져가실 재산을 조금 더 추가했습니다."

"그럴 것 없다."

"아뇨. 이번에는 제가 아니라 야희가 주관했습니다. 신부에게 주는 예물을 미리 준비했더군요. 현금만 가져갈 것이라 했지만 현물도 어느 정도 가져가는 것이 옳다고 여긴 모양입니다."

지야곤은 당혹스러운 기분을 느꼈다. 그가 알아차리지도 못하는 사이에 동생들은 어느덧 척척 일을 처리하고 있었다.

"그 목록은……."

"여기 있습니다. 마침 결제서류로 올라와 있군요."

결제서류에 적힌 목록이 길다. 지야곤은 하나하나 짚었다. 값비싼 옷감, 비단옷, 머리장신구, 노리개, 팔찌, 가락지, 값비싸고 작은 가구 등. 정말 많았다. 게다가 부피에 비해 가볍고 값도 고가인 것이었다. 헤스키츠에서 나올 것 같지 않은, 차아에서도 희귀한 물품이 그득해 지야곤은 순간 곤란해졌다.

이거 값어치만 해도 집 한 채는 거뜬히 나올 것 같다.

"가져가십시오."

지야혼이 지야곤에게서 결제서류를 빼앗았다. 붓에 먹을 더 묻히며 그는 서류에 필요한 부분을 더 적었다. 그것을 확인한 지야곤은 고개를 가로저었다.

"이건 네 것이 아니더냐."

"소가주가 아니기에 받을 수 있었던 재산목록입니다. 하지만 이제 제가 가주직을 위임받을 터이니 필요가 없지요. 가문에 남겨 놓으면 원로가 손을 댈 가능성이 큽니다. 그러니 가져가십시오."

"이렇게 많이는 필요 없다. 다 가져갈 수도 없을 게다."

"얼마 전에 헤스키츠로 떠나는 외교관이 탈 배를 확인했습니다. 거대한 배라 이 정도 짐은 티도 안 날 겁니다."

"그래도……."

"원래대로라면 성대하게 잔치를 하고 신부를 맞아들여야 합니다. 하지만 상황이 여의치 않으니 잔치 비용만큼을 보태는 것뿐입니다. 형님, 야희가 그러던데 신부에게 혼례복과 식만큼 중요한 것이 없다고 하더군요. 제대로 못하면 평생 바가지를 긁혀도 할 말이 없다고 합니다. 그러니 그곳에 가서 식을 올리고 형수님에게 고운 옷도 해주십시오."

철두철미하기까지. 지야곤은 결국 두 손 두 발 다 들었다. 민주려를 만나기 전에 맹하니 있었던 시간만큼, 그의 동생은 굉장히 야물어 있었다. 게다가 성인이 되었음을 알리기라도 하듯 지야혼은 제법 사내답게 강직해졌다. 어깨가 벌어지고, 턱은 고집스러워 보였다.

아. 지야곤은 그에게서 자신의 아버지의 모습을 보았다.

동생은 눈으로 그에게 말하고 있었다. 이제 자신들 걱정은 하지 않아도 좋다고.

"……그래."

결국 지야곤은 동생들의 호의를 받기로 했다. 서운한 감정보다는 대견함이 앞선다.

"고맙구나."

그의 말에 지야혼이 눈을 둥그렇게 떴다가, 그 어린 시절처럼 웃었다. 칭찬 받은 소년의 수줍은 웃음.

그 모습을 지야곤은 눈에 새겼다. 앞으로는 보지 못할, 소중한 가족의 모습을 나중에 추억하기 위해서.

△▼△

재산을 정리하는 일은 쉽지 않았다. 그냥 살 때는 없는 살림이라고 여겼는데, 막상 처분하려니 이렇게 많을 수가 없다. 그러나 민주려는 씩씩하게 모든 것을 처분했다. 말끔하게, 그래. 전부를.

"휑하네."

최소한의 짐만을 챙겨둔 채 그녀는 마루를 쓸었다. 차가운 마루, 빈집은 어딘가 쓸쓸하고 허전했다. 이미 닭과 병아리도 판 지 오래다. 정확히는 기친친에게 넘겼다. 집값을 워낙에 후하게 쳐줘서 그녀는 팔리지 않은 물건을 기친친에게 억지로 떠맡기다시피 줘 버렸다. 당연히 기친친은 거절하지 않고 다 받았다. 닭은 벌통과 멀찍이 떨어진 곳에 새로 만든 닭장에 집어넣었고 병아리는 손자에게 키워보라며 줬다고 한다. 덕분에 요새 기친친의 손자인 여덟 살 꼬마 호야는 고양이와 싸우느라 바빴다. 길고양이들이 병아리를 보며 자꾸 입맛을 다시기 때문이었다.

"조용하다."

눈을 감으면 느껴지는 것 같았다. 수탉이 우렁차게 우는 소리, 병아리가 삐약삐약 엄마 닭 뒤를 종종 쫓아가는 모습, 집 뒤에 있는 텃밭에 나는 맛난 채소들. 가을이면 나무에서 달콤한 과일을 따고, 비가 내리면 처마 아래서 턱을 괴고 구경하고. 부엌에서는 침이 다 고이게 맛난 밥을 지어 먹었다.

"마지막은 역시 밥이지!"

돌연 좋은 생각이 나서 그녀는 부엌에 들어갔다. 아직 언제 떠나는지 정확한 날짜가 잡히지 않아 먹을 것이 좀 쌓여 있었다. 기친친이 혹시 향수병에 걸릴지 모르니 식재료도 조금 가지고 가라 조언해주어서 양념과 장류는 최대한 많은 양을 남겨놓았다. 생각해보니 말이 같다고 해도 식재료까지 같지는 않을 것 같아서였다. 에쉬도 식문화는 꽤 차이가 있다고 조언했었고.

밀, 쌀, 보리, 수수, 조 등등. 곡식은 똑같았지만 요리 방식이 완전 달랐다. 특히 고추는 헤스키츠에서도 더운 지방에서만 사용한다고 했다. 된장, 고추장 같은 기본 장류는 아예 없었다. 그 말에 기겁한 민주려는 가격이 어마어마한 주술 부적을 사서 소중한 단지에 덕지덕지 붙인 다음 전부 다 들고 가겠다고 선언했다. 에쉬는 자신에게 거한 요리를 많이 먹여주겠다는 조건을 건 후 수락했고 말이다.

얼마 남지 않은 쌀을 불려 가마솥에 넣고 불을 피웠다. 겨울이지만 해 먹을 것이 정말 많음에 감사했다. 딱히 주술을 걸지 않아도 잘 보관되어 있는 고기를 꺼내 쫑쫑 썰어 빨갛게 볶았다. 제육볶음. 대파도 넣고, 양파도 넣고, 마늘도 빻아 더 맛나고 매콤한 요리였다. 마지막으로 참깨도 자르르 뿌려 준 뒤 각종 짠지를 꺼내고, 맑은 국도 끓였다.

그렇게 차려진 한 상.

김이 솔솔 나는 게 절로 군침이 돌았다.

"잘 먹겠습니다."

한 숟갈 푹 떠서 입에 넣는데 따끈따끈 고소한 것이 굳은 몸을 녹였다. 제육볶음도 매콤짭짤하니 잘되었고, 국도 잘 넘어갔다. 그렇게 배를 채우는데 주술에 걸린 서신이 왔다. 마지막 밥 한 톨까지 싹싹 비운 그녀는 서신을 펼치고 씩 웃었다.

헤스키츠로 간다는 날짜가 정해졌다. 간다, 간다 해놓고 거의 봄 직전까지 출발하지 않아서 불안했는데 날짜가 꽤 급박하게 잡혔다.

"주머니도 든든! 배도 빵빵! 이대로 가면 만사가 금상첨화일 것 같네."

사흘 뒤. 민주려는 차아를 떠난다.

하지만 두려울 것이 없었다. 그녀의 앞날은 묵직한 주머니만큼 풍요롭고 알찬 나날이 기다리고 있을 테니까!

終章
행복할 것을 맹세하다

"그래서 제 재산과 합치면 금괴가 총 스물네 개로군요."

"생각보다 적네요."

"아니에요, 그 외의 현물을 따지면 시가로 금괴 세 개분이니까요."

"혹시 몰라서 희귀한 향신료를 몇 개 추가했어요. 장과 요리기구 중심으로 가져가시는 것 같아서……."

"멋진 판단이에요!"

지야희는 고개를 끄덕였다. 그리고 안심했다. 이 여자라면 자신의 맹한 큰오라버니를 안심하고 맡길 수 있었다. 떠나는 날 새벽, 인사 차 만나게 된 둘은 서로를 보자마자 직감적으로 알아차렸다.

'동류다!'

'셈에 있어 천재다!'

부모를 일찍 여의고 생활전선에 뛰어든 민주려나, 어머니를 일찍 잃고 거대한 가문의 안주인 노릇을 해야 했던 지야희나 상황이 비슷했다.

둘은 상당히 닮아 있었다. 성향도 미묘하게 차이가 나는 듯하면서도 어찌나 비슷한지 서로 만나자마자 헤스키츠로 가지고 갈 재산 목록을 대조하기 시작했다. 지야희가 사람을 불러 깨끗하게 빈 두루마리를 가져왔고, 지필묵으로 쓱쓱 적어 내려가는데 아주 손발이 척척이었다.

"시간만 조금 더 있었으면 훨씬 많이 챙겼을 텐데요."

"아니에요. 시기 대비 효율은 최대로 뽑았죠. 그리고 금괴 스물네 개는 결코 적은 돈이 아니에요. 헤스키츠 기준으로 수도의 건물을 사고도 돈이 남으니까요."

"하지만 안락하게 살 수 있는 수준은 아니잖아요? 만약 장사라도 한다고 치면 부족할 수도 있어요. 건물을 사는 데 금괴 열 개에서 열세 개가 들어간다고 치고, 사업자금도 생각해야죠. 게다가 그곳의 물가도 알 수 없고요."

"몸 편하게 살 생각은 애초에 없었어요. 거기서도 열심히 일해서 자식새끼 먹여 살려야죠. 가족끼리 오순도순 잘 사는 게 최대 목표니까요."

지야희는 찡한 가슴을 부여잡았다. 이 여자가 자신의 새언니라니! 여태까지 사건사고만 없었더라면 지 가문의 안주인으로 멀쩡히 잘 들어와 살았을 것이다. 지 가문의 원로들이 반대해도 자신이 나서서 찍어 눌렀을 텐데! 저런 사람은 시집와서 재산을 열 배로 불렸으면 불렸지, 절대 줄게 내버려두지 않을 것이었다. 새삼 아쉽다. 이렇게 마음이 잘 맞는 사람을 찾기는 참 어려운데 말이다.

'그래도 오라버니 곁에 있어서 다행이야.'

처음에는 지야곤이 훌쩍 떠난다고 해서 서운했는데 이제는 괜찮았다. 민주려를 보니 아주 든든한 기분이 들었다. 동글동글 귀엽게 생긴 그녀의 새언니는 아주 똑 부러지고 셈에 밝았다. 만약 배가 잘 가다가 재수가 없어 좌초되어도 무인도에서 집 짓고 밥하고 악착같이 살아남을 생활밀착형이다. 똑똑하고 야무져도 평소에 맹하던 지야곤에게 딱 맞는 짝인 셈이다.

"이제 정말 떠나시는군요."

여자끼리의 대화에 끼지 못한 지야혼과 지야곤은 마지막 작별을 위해 인사를 나누고 있었다. 지야혼은 아직 상복을 벗지 않았지만, 가주만이 입을 수 있는 긴 장옷을 입고 있었다. 소리 소문 없이 가주직이 장남에게서 차남에게로 옮겨갔다는 것을 원로들이 알면 경악할 것이다. 그리고 그가 사라진다는 것도 아주 극소수만 알고 있으니, 지야곤이 떠나고 난 뒤 지야혼은 혼신의 힘을 다해 내부의 소란을 잠재워야 했다.

"안심입니다. 유모도요."

"그에 한해서는 불만이다. 하필이면……."

"투정은 금물입니다. 사랑하는 여인을 위해 외국까지 갈 결심이라니. 형님은 남 말 할 처지가 못됩니다."

떠나기 직전, 이기호는 지야곤을 따라가겠노라고 하였다. 그리고 직후 서윤경에게 청혼을 했는데, 그녀 대답이 더 가관이었다. 그럼 혼자 보낼 것이었냐고 웃는 얼굴이, 마치 덫에 사냥감이 걸려 흐뭇하게 미소를 짓는 사냥꾼의 낯이었다.

아주 그냥 잡혀 살 것 같던데요. 하하 웃으며 지야혼이 고개를 끄덕였다. 어떻게 보면 지야곤과 민주려보다 더한 부부지 않는가. 시련과 역경으로 따지자면 알게 모르게 그 둘이 더 많았을지도 모른다. 어쨌거나 모든 짐을 내려놓는 심정으로 지야혼은 바다에 있는 항구로 떠나기 직전, 지야곤을 배웅하러 왔다.

"저희는 여기까지입니다. 이 이상 따라가 배웅하지 못하는 점, 죄송합니다."

"네가 죄송할 것이 무어냐."

"이게 마지막이 되겠죠."

"……."

"연락은, 없을 겁니다."

비밀리 연락하기에 이제 그 거리가 너무 멀어지게 된다. 멀고 멀어 소식이 닿을 수 있을까. 아니, 아마 평생토록 없으리라. 그러기에는 이 나라에서 너무도 많은 일이 일어났다. 지야곤과 민주려는 두 번 다시 이 나라 땅을 밟을 수 없을 것이고, 그 자식도 마찬가지였다. 하지만…….

"언젠가."

지야곤은 입을 열었다.

"세월이 흐른다면."

영원한 이별은 없을 것이다. 언젠가, 세월이 흐른다면, 그의 후손이 다시 차아의 땅을 밟을 수도 있을 것이다. 그때가 된다면 청수경의 사건도 묻히고, 규봉은 무인도에서 죽고, 많은 비밀이 모래사장의 모래알처럼 다른 비밀에 가려지는 날이 온다면.

"우리의 후손이 만날 것이다."

그때 해후해도 좋으리라. 지야혼과 지야희, 그리고 지야곤을 닮은 아이들은 언젠가 만날 수 있을 것이다. 그것이면 족하다.

지야곤의 입매가 짙게 패였다. 지야혼은 깜짝 놀랐다. 제 형님이 언제 저렇게 부드럽고 멋스런 웃음을 지을 수 있게 되었던가.

"그렇군요."

퍽 안심이 된다.

"만나서 사고나 없다면 좋으련만."

농담하듯 말했으나 어째 불안했다. 설마하니 후손들이 사고를 칠까? 칠 것 같다. 아니, 어떤 사고도 칠 것이다. 워낙에 다사다난한 핏줄이 아니던가. 형제끼리 킬킬 웃음을 터뜨리는 사이 어느덧 시간이 다 되었다.

"안녕히 가십시오."

"잘 있어라."

형제의 인사는 짧았다. 하지만 그 안에 담긴 마음은 대륙과 대륙 사이에 있는 바다만큼이나 깊고 넓었다.

△ ▼ △

마차를 타고 항구로 가는 내내 이야기를 나눴다. 앞으로 어떻게 할 것인지, 어떻게 살 것인지. 그것은 매우 유익한 내용이었고, 가슴을 들뜨게 하였다. 미래를 그린다는 것은 그런 힘이 있었다.

"세상에."

민주려는 바다에 처음으로 왔다. 그저 물이 많다고만 들었지 이런 것이라고는 전혀 상상도 못 했다.

짠바람이 훅 끼쳤다. 짭짤하고 습한 냄새가 가득했고, 생선의 비릿함도 은근히 그 안에 섞여 있었다. 갈매기가 끼룩끼룩 하늘 위를 날고, 바다는, 바다는…….

"이 물이 전부 마실 수 있는 물이었으면 청수경 따위 없어도 되었을 텐데!"

"푸흡."

정말로 물이 많았다. 어떻게 저렇게 많은 물이 있는지 신기할 정도였다. 그리고 민주려는 아까웠다. 저게 전부 담수(淡水)였으면 얼마나 좋아! 그랬더라면 청수경 사건에 휘말릴 일은 없었을 것이고, 수도요금도 절반 이하로 냈을 것이다!

민주려가 아까워서 아이고, 아이고 곡소리를 내며 발을 동동 굴렀다. 그리고 그것을 보는 지야곤은 자꾸 웃음이 흘러나왔다.

"그렇게 따지면 청수경의 신령이 이어지지 못했을 터이니, 아쉬워 마라."

"아, 그랬죠. 청아 님, 수아 님. 잘 계셔야 할 텐데요."

"전에 보니 청 선생님과 대화를 잘 나누는 것 같던데."

"주술 실력은 저보다 훨씬 고강하시니까요. 정말 불세출의 천재시잖아요. 어떻게 그렇게 얌전하게 대학관의 선생 노릇을 했었는지 모르겠어요."

그가 진짜 천재라는 것이 언제 드러났냐고 하면, 남춘기가 입궁했을 때였다. 어쨌거나 이 나라를 뜰 마당에 기친친에게 도움도 받았고 해서 그녀는 노부부에게 의견을 물었다. 나라에서 찾는데 갈 것이냐고. 남춘기는 그저 그랬는데 기친친의 눈이 아주 그냥 번뜩했더랬다. 그래서 기친친의 들들 볶음에 남춘기는 그냥 허허 웃으며 입궁했는데, 때마침 학생들을 후려치고 있는 청서원과 딱 마주친 것이다.

번개 주술사와 땅의 주술사. 둘 다 흔하진 않지만 그래도 희소성이라면 남춘기가 으뜸이었다. 하지만 천재성이라면 청서원이 정말 불세출이라서…….

"번개도 다루실 줄이야."

남춘기와 말을 몇 번 나누더니 번개 주술을 배워버렸다. 그러니까, 청서원이.

"최악이었어."

"으악! 규석 선배?"

"말도 마라, 야. 정말 최악이었다고."

갑자기 튀어나온 규석이 마른세수를 했다. 그 자리에 그 누구보다 가까이 있었던 사람은 다름 아닌 규석이었다.

청서원과 남춘기가 만난 날이 하필이면 비가 내리던 날이었다. 겨울에 웬 재수 없게 비냐고 규석이 툴툴거렸었는데, 남춘기가 번개의 주술을 번쩍번쩍 부리더라는 것이다. 규전이야 국빈이로세! 이러고 극진히 모셨었는데, 그 모습을 빤히 보던 청서원이 이것저것 묻더니 곧장 따라해버렸다.

「우와. 이거 이런 원리였군요!」

번쩍! 번개가 파랗게 치는 가운데 웃는 청서원이 그렇게 무서웠다고. 나중에 그가 말하길 그게 하늘과 땅의 온도 차이로 인해서 번개가 치는 거라던데……. 범인인 규석이나 그 주변에 있던 사람들은 영 알아먹지 못했다.

「그렇지! 하늘과 땅이 날카롭게 이를 세울 때 번개라는 불똥이 튀는 것이다!」

그런데 또 항상 허허롭게 웃던 남춘기가 흥분해서 맞장구치더라는 것이다. 정말 우연찮게, 남춘기 할아버지는 그 자리에서 자신의 제자를 찾았다. 체질을 능가해서 주술을 배우는 제자라니. 미쳤다.

규석은 그 자리에서 오들오들 떨었다. 그리고 자신의 후배들 어깨를 잡고 아주 안쓰럽고 불쌍해서 어쩔 줄 모르겠다는 동정의 눈빛을 보냈다. 불쌍한 놈들. 너희는 저런 선생 밑에서 방학 내내 배우는 거야.

그러나 그 후배들의 눈빛도 만만치 않았다. 선배는 평생 궁에서 마주칠 거잖아요.

"불쌍한 사촌형님. 나는 청 선생님보다 더 무서운 사람이 있을 줄은 몰랐지."

규전은 그 자리에서 철저한 을이었다. 청서원은 번개 주술사의 후계자로서 자신의 위치를 더 공고히 다졌고, 그 위치를 이용해 규전에게 몇 가지를 더 뜯어냈다.

그뿐이면 괜찮은데 문제는 그 곁에 있던 기친친이었다. 그녀는 기막히게 서열을 읽었다. 황제의 머리 꼭대기에서 놀고 있는 청서원의 스승이 그녀의 남편이었다!

그날 그녀가 가져간 이득은 정말, 대단했다! 누가 되지 않을 정도의 상한선을 아슬아슬하게 지키면서도 욕심껏 챙겼더랬다.

“아마 그 부부는 부인 때문에라도 살면서 손해를 본 적은 없었을 거야. 그리고 앞으로도 그렇겠지. 아니, 인품이 아주 훌륭하시던데 어떻게 괄괄하다 못해 소금보다도 더 짠 부인하고 혼인을 한 거야?”

규석의 의문에 민주려는 조용히 답을 가르쳐주었다. 그녀도 얼마 전에 들어서 알게 된 사실이었다.

“기친친 할머니가 처녀 시절에 그렇게 미인이셨다네요. 결국 얼굴을 보고 첫눈에 반하신 거죠.”

“엥? 말도 안 돼!”

“말이 안 되는 거 같지만 그게 진실이에요. 근방에서 소문이 자자하게 났대요. 그래서 기친친 할머니가 혼인을 할 때 마을에 그림을 그리던 화가가 혼인식 장면을 그렸는데 다들 선녀가 따로 없다고 했대요.”

참고로 민주려는 남춘기의 보물인 그 그림을 직접 구경했다. 정말 종이 속의 기친친은 입이 딱 벌어질 만큼 아름다워서 그녀도 눈을 동그랗게 떴더랬다. 나올 때 나오고 들어갈 때 들어가고 눈은 크고 동그랗고 입술은 도톰하니 붉은 것이. 정말 예뻤다.

“할머니 닮은 딸을 낳으려고 그렇게 애를 썼는데 아들만 줄줄이 태어나서 아쉬우셨다고 그러셨어요.”

“그랬군. 나중에 한번 보여달라고 해야지.”

규석이 주먹을 불끈 쥐고 다짐하는 걸 보면서 그녀는 깔깔 웃었다.

△▼△

"아직도 수습 중일걸. 겨우내 벌어진 사건들 말이야."

규석이 조그만 목소리로 속닥거리기에 민주려는 고개를 갸웃거리며 물었다.

"규석 선배는 어떻게 왔는데요?"

"나? 사신을 배웅하는 입장이지. 이번에 헤스키츠랑 친선을 맺는 것도 나쁘지 않다고 형님이 생각을 고친 것 같아. 에쉬라는 사람 말 진짜 잘하더라. 다른 건 몰라도 정치와 역사의 깊이는 배울 만했어. 만약 헤스키츠에서 우리의 문화와 예를 잘 알고 접근한다면, 조만간 교류를 틀지도?"

"그거 반가운 말이네요!"

그들의 대화에 멀리서 일을 하고 있던 에쉬가 달려와 끼어들었다. 진심으로 규석의 말이 기분 좋은지 싱글벙글 웃는 게 민주려 보다도 어려 보였다.

"오랜만이에요, 민주려 아가씨. 그리고 지야곤…… 음. 아무래도 그 이름은 헤스키츠에서 못 쓰겠죠?"

"아, 그것도 있었네. 너 이민 가서 네 본명 쓰지 마라. 곧 교류할지도 모르는데 네 이름이 그곳에 있으면 일 복잡해져."

이거 배에 오르기도 전에 문제가 생겼다. 이름을 바꾼다는 것은 굉장히 어려운 일이었다. 부모님이 주신 것이니까. 그래서 민주려도 놀라 지야곤을 보았는데, 그는 뜻밖에 괜찮은 모양이었다.

"바꾸도록 하지."

"어? 너 괜찮겠어?"

"문제의 소지를 주지 않는 게 좋으니까."

잠깐 뜸을 들이던 지야곤은 바로 자신의 이름을 개명했다.

"하거가 좋을 것 같군."

하거(下去). 위에서 아래로 내려가다. 그의 상황과 기막히도록 잘 어울리는 이름이었다. 무겁고 외로운 위치에서 내려온 그는, 사랑하는 사람과 땅을 밟고 살 것이니까.

"헤스키츠 식으로 하면 하거 지가 되실 겁니다. 그리고 그거 아시나요? 헤스키츠에서는 결혼을 하면 어지간하지 않고선 아내가 남편 성을 따라가요."

에쉬의 설명에 의하면 이제부터 지야곤은 하거 지, 민주려는 주려 지가 된다고 하였다. 다행히 그녀까지는 개명할 필요가 없었다. 외국에 나가면 지 부인으로 불릴 테니까. 그거 참 신기한 문화라며 규석이 고개를 끄덕였다.

"그럼 외가의 성을 애들이 모르겠네요?"

"아, 그건 아니에요. 보통 어머니의 이름이나 성, 특별한 뜻을 담아서 중간 이름을 넣어요. 우린 이걸 미들네임이라고 부르는데, 귀족들이 그렇게 많이 짓죠."

"정말 배울 것투성이다. 너 가면 좀 고생하겠다."

규석이 혀를 차며 지야곤의 어깨를 두드리곤 친우의 손등을 툭툭 쳤다.

"고생을 기꺼이 감수할 용기가 나는 여자를 너도 찾아."

"……그런 여자가 흔할 리가 있겠어?"

"찾도록 해. 절대 후회하지 않을 거다."

"만약에 내가 노총각이 되면 다 네 탓이야. 하필이면 네가 친구여서……."

이런 애틋한 연애놀음이나 보여주고. 환상만 늘었지 않느냐며 규석이 한숨을 내쉬었다. 그는 흘끔 배를 보았다. 이미 짐은 다 실었다. 지야곤과 민주려도 슬슬 들어가봐야 할 것이다.

"들어가 있어. 이제 곧 해가 진다. 밤이 되면 바람이 거세지고, 그 바람을 타고 이 배는 빠르게 헤스키츠로 갈 거야."

"그래."

"이제 네 맹한 얼굴로부터 해방이네! 아, 속이 다 후련하다! 친구 뒤치다꺼리는 정말 힘들어. 다시는 하고 싶지 않아."

그리 말하며 규석은 지야곤의 등을 밀었다. 민주려도 마찬가지였다. 배 위로 올라가라며 쭉쭉 밀면서, 규석이 말했다.

"그러니까 네가 마지막이야."

바닷바람처럼 짠맛 나는 인사.

"잘 가라, 내 처음이자 마지막 벗이여."

지야곤이 흠칫 놀라 뒤돌았다. 하지만 이미 규석은 항구 저 너머로 걸어가고 있었다. 등을 돌리고 있는 그가 손을 휘휘 흔든다. 슬슬 해가 져서, 노을 진 그의 뒷모습이 따뜻해 보인다.

"고맙다."

가장 가까웠던 친우. 이제 안녕이다.

△▼△

민주려는 안내된 선실에 오자마자 짐을 하나 풀었다. 이제는 다시 보지 못할 아가씨가 그녀에게 꼭 안고 가야 한다며 건네준 것이었다. 내용물이 뭔지는 들어서 알고 있었다. 고운 보자기 안에는 지야희의 말대로 정말이지 예쁘고 고운, 혼례복이 있었다.

"이걸 언제 혼자 다 입지?"

입는 방식이 복잡하고 어렵다, 힘도 들고. 아마 주술의 도움을 얻어야 할 것이다. 민주려는 기운차게 주먹을 꾹 쥐고 방문을 닫았다. 지야곤은 에쉬에게 붙들려 이곳에 들어오지 못하겠지. 그녀는 후후 웃고는 깨끗하지만 낡은 옷을 벗었다. 그리고 한 장, 한 장, 혼례복을 입었다. 손끝이 아주 덜덜 떨린다. 이 옷 한 벌이 무려 금 이백 냥이나 한다. 얼마나 비싼 옷이야, 대체. 민주려는 보들보들 매끄러운 옷감에 감탄하며 부려 반 시진을 옷 입는 데 다 썼다.

"날이 어둡네, 벌써."

손이 바빠졌다. 이제 얼마 안 있으면 출발할 테니까. 에쉬 말대로라면 오늘 밤 사절단이 떠나는 것을 배웅하기 위해 주술사들이 재미난 것을 준비한다고 하였다. 그거라면 짐작 가는 바가 있어 민주려는 더더욱 서둘렀다. 이제 마지막은 머리장식만이 남았다. 그동안 고이 길러왔던 머리카락. 새카맣고 긴 머리카락을 틀었다. 원래대로라면 어머니가 해주는 것이지만, 그녀는 지금 혼자니까.

"어머니가 계셨으면 좀 더 솜씨 좋게 올려주셨을까?"

아버지는 아마 우셨을 거다. 고이 기른 딸이 벌써 제 품을 떠난다고. 예쁜 머리장신구들을 다 꽂고, 마지막으로 그가 준 비녀를 꽂는다. 분홍색, 이제 곧 올 봄날에 흩날릴 꽃잎을 연상케 하는 자개나비가 그녀의 머리카락 위에 앉았다.

"좋아."

동경으로 몇 번을 확인해도 완벽하다. 어렵사리 분도 발랐고 연지도 입술 선 벗어나지 않게 예쁘게 찍었다.

그리고 그녀는 보무도 당당하게 문을 열었다. 하지만 지야곤을 찾기란 쉽지 않았다. 이 배는 그녀가 예상한 것보다 훨씬 컸고, 넓었다. 또한 눈 색과 머리카락 색이 다른 사람들이 어찌나 그녀를 신기하게 쳐다보던지 잘만 걷다가도 넘어질 것 같은 기분이 절로 들었다.

"사랑스러운 아가씨. 아래는 위험하니 위로 올라가십시오."

한참을 헤매는 그녀를 도와준 것은 선원이었다. 느끼함이 철철 흘렀지만 참 친절했던 그는 대부분의 손님이 갑판에 있다고 알려주었고, 심지어 안내까지 해줬다. 손을 잡으라며 내미는 것을 보고 기겁해 치한 보듯이 봤지만, 그것도 이쪽 문화라니. 민주려는 과연 헤스키츠에 가서 잘 살 수 있을지 슬쩍 걱정이 되었다.

"여깁니다. 좋은 시간 되십시오."

"아, 감사합니다!"

갑판에 나오자 바람이 후욱 불었다. 막 항구에 왔을 때와는 다른 바람이다. 더 싸늘하게 식은, 뺨이 차갑게 얼어붙을 것처럼 시린 바람. 끈적끈적한 것이 그녀의 옷자락과 얼굴을 모두 옭아매는 것 같았다.

"이것이 밤바다구나."

해는 이미 졌다. 희미한 그 붉은빛만이 지평선 저 너머에 끈처럼 바다와 하늘 사이를 이을 뿐이었다.

짤랑. 머리장신구가 바람에 흔들리며 짤랑거렸다. 그 기묘한 소리를 반주 삼아, 민주려는 춤을 추듯이 발을 내디뎠다. 갑판의 끝, 바다가 아니라 땅을 바라보고 있는 사내의 등이 보인다.

"선배."

그녀의 남자.

"아니……."

사랑하는 고향을 버리고 이제 새 곳으로 가야만 하는 사내.

"당신."

그를 위해 해야 할 것이 있었다. 민주려는 그의 뒤로 다가가 손을 잡았다. 지야곤은 자신의 손을 잡는 차가운 손끝을 느끼며 옆을 돌아보았다. 그러다가 혼례복을 입고 있는 그녀의 모습에 두 눈을 둥그렇게 떴다.

"어때요?"

"그거, 혼례복이로군."

"네."

"전혀 예상하지 못했어. 혼례복을 입을 거라고는……."

"입어야죠. 말했잖아요, 가장 잘 살 거라고. 우리의 시작이 될 중요한 날인데 절대 빠뜨리고 싶지 않아요."

그런데 그녀의 예상과 달리 지야곤은 덤덤하기 짝이 없었다. 이렇게 예쁘게 꾸미면 좀 더 놀라거나 얼이 빠지거나 해야 할 텐데. 그는 침착했다.

"안 어울려요?"

"설마."

너무 잘 어울려서 문제였다. 지야곤은 한숨을 내쉬었다. 흘긋 주변을 둘러보니 갑판에 있는 선원 전원이 그녀를 보고 있었다. 이국적인 차아의 미녀. 그것도 혼례복을 입고 있는 민주려는 세상에 다시 없이 예뻤다. 길고 화려한 옷자락과 검은 머리카락을 솜씨 좋게 틀어 꽂은 비녀들. 반짝이는 보석과 옷감으로 감싼 인형을 보는 느낌이랄까.

꿈에서나 나올 법한 이 모습을 그가 아닌 다른 사내들에게도 보여야 한다니. 그는 이 순진한 신부를 지킬 생각에 골이 아파왔다. 하지만 일단은 칭찬부터.

"곱다."

"흠."

"정말로. 선녀보다도 더 고와."

"흠흠."

더 칭찬해라. 더! 예쁘다고 하는데 싫어하는 여자가 어디 있겠냐며, 민주려는 고개를 끄덕거렸다. 하물며 자신이 사랑하는 남자라면 그 칭찬이 더 반가울 수밖에 없다. 볼이 발갛게 물든 그녀를 보며 그가 눈을 휘었다.

"평생을……."

그가 무어라고 더 말하려고 했을 때였다. 덜컹, 항구와 배를 잇던 다리가 거둬졌다. 배가, 항구를 떠날 시간이 된 것이다. 민주려는 주술사들이 언제 주술을 부리려나 기대했다. 그런데 전혀 뜻밖의 목소리가 자신의 귀에 들렸다.

"주려야!"

"어?"

"민주려! 잘 살아야 한다!"

"배곯지 말고!"

"자식은 세 명까지 낳아야 한다아아!"

"잘 살아라!"

"……거짓말."

항구. 그 어두운 밤이 깔린 곳에 많은 사람이 서 있었다. 죄다 익숙한 얼굴들이었다. 기친친 할머니, 남춘기 할아버지, 구순이 아주머니, 그 외 많은 마을 사람들.

"못 살기만 해봐라!"

카랑카랑한 기친친의 웃음소리가 들린다. 덜컥, 배가 흔들리고 서서히 항구에서부터 미끄러져 나갔다. 배가 바닷물을 타고 나아가는 것이다. 민주려는 갑판에 몸을 최대한 빼고 항구를 보았다. 다시 보아도, 사람들은 여전히 그 자리에 있었다.

"잘 살아라."

주술에 담긴 목소리. 지야곤은 그게 규석의 것임을 알았다. 민주려를 위한 선물로 마을 사람들을 데리고 온 것이다. 입막음은 귀찮을지 모르나, 이것이 그녀를 위해 해줄 수 있는 최고의 선물이지 않았을까.

"고맙다."

안타깝게도 규석은 어디에 있는지 보이지 않는다. 그래서 목소리를 전할 수 없었지만, 마음이라도 전해지길 바랐다.

"고마워요!"

민주려가 웃고 있다. 참다 참다 결국 흘러내리는 눈물을 닦지도 못하고 외친다.

"잘 살 거예요! 세상에서 제일! 누구한테도 부럽지 않을 만큼!"

짜랑짜랑한 소녀의 선언이 하늘에 닿는다.

"가장 행복한 사람이 될 거예요! 그러니까 정말……."

목이 쉬도록 외쳤는데, 어느덧 너무 멀어져 버린 그들 사이로 목소리가 닿지 않는다. 하필이면 왜 어두운 밤에 떠난 것이었을까. 저 멀리 사람들의 얼굴이 보이지 않는다. 앞으로 평생 보지 못할 소중한 이웃들.

배의 속도가 조금씩 빨라졌다. 그녀는 거대한 힘이 배를 빠르게 밀고 있다는 걸 깨달았다. 물이 움직이고 있었다. 낯익은 물 향기는 수아의 것이었다. 험난한 길, 조금이라도 빨리 가라고 주술로 밀어주고 있는 것이었다.

민주려는 입술을 깨물었다. 눈물이 자꾸 흘러나왔다. 잘 참아왔는데, 정말 잘 참았는데.

"고마웠어요."

화장이 다 번지도록 눈물이 나왔다. 기껏 예쁘게 꾸몄는데 엉망진창이 되었다. 하지만 아무리 그래도 그녀가 세상에서 제일 예쁜 사람이 있다. 지야곤은 민주려의 얼굴을 감쌌다. 아직 봄이 오지 않은 밤바다의 추위는 생각보다 심해서 그녀의 얼굴과 귀는 이미 발갛게 달아올라 있었다.

"평생을 함께하자."

피이이잉. 무언가가 쏘아 올라가는 소리가 들린다. 곧이어 퍼펑, 퍼퍼펑 하고 불꽃이 하늘에 터졌다. 밤에 떠나는 이들을 위한 축하. 주술사들까지 달려와 보여주는 성대한 환송식은 하늘을 가득 메웠고, 그 불빛 아래 연인은 서로 마주 보고 있었다.

"맹세해."

반짝거리는 불꽃이 연인의 눈에 자리한다. 까만 눈 위로 노랗고 빨간 꽃은 끝없이 피었다 지고 있었다. 그 아름다움에 취해 그는 숨결이 닿을 듯 가까이 다가갔다.

"행복할 것을, 너와 함께 있어 한 줌의 후회도 남기지 않고 행복하리라는 것을."

그들의 앞날에 무슨 일이 펼쳐질지는 아무도 모르는 일이었다. 허나 그는 감히 맹세했다. 그와 그녀는 행복할 것이라고. 아니, 적어도 그는 그녀 곁에 있어 행복하리라. 어떠한 상황인들 뭐가 대수일 수 있을까.

그의 곁에 그녀가 있는데.

"저도 맹세할게요."

민주려의 두 손이 지야곤의 뺨을 감쌌다. 발갛게 달아오른 손끝이 그의 눈가를 더듬는다. 항상 텅 빈 듯 잔잔하기만 했던 그의 눈동자. 그러나 이제 그 눈동자에는 그녀만이 담겨 있었다. 평생을 고요한 호수처럼 살아야 했을 그를 바다로 이끌고 나온 것이 민주려였다. 그녀는 책임을 질 것이다. 한 사람의 운명을, 미래를, 그 모든 것을 자신이 독차지하게 되었으니까.

"당신의 곁에 있는 저는 행복할 거라고."

그러니 사랑하는 님이여.

"사랑해요."

행복할 것을 맹세합니다.

퍼퍼펑 퍼펑 울리는 불꽃놀이 아래, 선상에서 연인은 입을 맞췄다.

外傳 五
선상 혼례

"지겨워 돌아버리겠네."

민주려의 말에 옆에서 열심히 뭔가를 쓰고 있던 에쉬가 깜짝 놀라서 물었다.

"지겹다고요?"

"네. 할 일이 없어도 너무 없어요. 다들 저보고 아무것도 하지 말라고 하잖아요."

그러자 그는 식은땀을 흘리면서 멀리 창밖에 펼쳐진 푸른 바다만 죽어라 보았다.

배가 차아에서 헤스키츠로 향한 지도 벌써 삼 주째. 도대체 차아제국에서 무슨 수를 썼는지는 몰라도 초반에 나아가는 속도가 무지막지하게 빨라서 통상 두 달이 걸리는 항해기간이 엄청나게 줄어들었다. 지금이야 본래의 느긋한 속도로 돌아왔지만, 운이 좋아 바람만 잘 분다면 일주일 안에 헤스키츠 제국의 영토에 도착할 수도 있을 것이다.

"제가 공부를 싫어하는 건 아닌데 아침에 일어나서 밤에 자기 전까지 온종일 이것만 하려니까 미치겠어요."

"하긴, 정말 열심히 했지요."

민주려와 지야곤은 헤스키츠에 대한 지식이 거의 없다시피 하므로 모든 걸 새로 배워야 하는 상황이었다.

특히 문제는 글이었다. 이민 수속 같은 복잡한 서류를 에쉬가 외교관 권한으로 좌르륵 한 번에 처리해주었는데, 그때 흘긋 본 종이에는 도통 알 수 없는 글만 적혀 있었다. 까막눈으로 살아가는 게 얼마나 불편하고 위험한 일이던가! 이민 수속 서류 한 장을 쓱 훑어본 민주려는 곧장 에쉬를 들들 볶아 공부를 하기 시작했다. 그리고 더불어 헤스키츠의 문화에 대해서도 조금씩 배웠다.

대륙이 달라서일까? 헤스키츠와 차아는 말이 같다는 것만 빼고는 온통 다른 점 투성이었다. 인사 예절부터 시작해 식문화까지, 비슷한 부분을 찾는 게 더 빠를 정도였다. 미묘하게 차이가 나는 단어도 있는 등 난항을 겪는 중이었다. 그중 가장 적응이 되지 않는 것을 꼽으라면 역시 관습이다.

에쉬가 타고 온 배는 거친 풍랑에도 끄떡없는 해군선으로 평범해 보이는 선원들은 사실 모두 군인이었다. 심지어 한 번도 교류가 없었던 타국에 가는 거다 보니 죄다 작위를 가지고 있는 고위급 장교들, 한 사람이 열 사람 몫을 해낼 수 있는 수재들로 이루어져 있었다. 여성인 탑승객은 민주려와 유모인 서윤경뿐. 여군이 없는 건 아닌데 이번 항해에는 오지 않았단다.

"그놈의 레이디 퍼스트인가 뭐 시긴가 하는 거 때문에 저보고 식칼도 못 잡게 해요. 답답해 죽겠어요."

그렇다! 건장한 남정네들이 잔뜩 있으니 민주려가 딱히 할 일이 없었다. 배 청소도 군인들이 알아서 쓱싹쓱싹 해버리고 요리도 취사병들이 척척 만들어준다. 게다가 그녀의 옆에서 딱 달라붙어 있어야 하는 지야곤은 바빴다. 에쉬나 다른 이들과 함께 일을 하고 있으니, 그녀가 하는 일이란 매일 방 안에서 뱃멀미로 골골대는 서윤경을 간호하거나 공부하는 게 전부였다.

에쉬가 내준 숙제를 하는 것도 하루 이틀이지. 살다가 이렇게 지루해본 적이 없어서 민주려는 지금 손끝이 부들부들 떨렸다. 이쯤 되자 그녀는 팽팽 잘 돌아가는 자신의 머리까지 원망스러웠다. 대학관에 들어갈 정도의 수재였던 탓에, 에쉬가 가르쳐주는 것은 익히다 못해 복습까지 다 끝내버렸던 탓이다. 정말 할 게 없다.

"낚시를 하러 나가는 건 어때요?"

"요리사 아저씨가 더 이상 보관할 곳이 없다고 그만 잡으래요."

"음, 창고가 가득 차긴 했죠."

통통 볼이 부어 있는 그녀를 보다 못한 에쉬가 선장과 의논해 그녀에게 전수한 것이 바다낚시였다. 초심자가 월척을 낚는 것은 어렵고 배가 계속 움직이고 있으니 더더욱 물고기가 잘 안 잡힐 거라 예상했다. 한동안은 시간을 벌겠지 하면서 둘 다 안심을 했는데, 이게 웬걸. 그들은 '돈귀신 민주려'의 명성을 너무 얕보았다.

처음 하루는 고전했다. 하루 종일 열심히 매달려 있었는데 잡은 물고기는 고작 다섯 마리가 전부였다. 물론 크기가 큰 것들이라 주방에서는 환호성을 지르며 거한 요리를 만들었지만 말이다.

하지만 그 뒤 다음 날부터 그녀 옆에 있는 양동이가 순식간에 그득 차기 시작했다. 민주려가 주술을 이용해 물고기들을 배 근처로 몰아 미친 듯이 잡아들여서 였다.

'잡은 물고기는 전부 항구에서 팔아 해군 운영비용으로 쓴다는 말을 하면 안 되는 거였는데.'

집도 사야 하고 아이도 낳아서 길러야 하니 자금은 많으면 많을수록 좋다. 민주려는 돈을 벌 수 있는 마지막 기회를 결코 놓치지 않았다. 선장과 합의를 본 후 그녀는 빈 식료품 창고를 하나 받았고, 그 안에 비싸고 큰 물고기들만 가득 채워 넣었다.

"아직 도착하려면 칠일이나 남았다면서요."

"네. 그렇죠."

"으아아아, 땅을 밟고 싶어! 에쉬, 물의 주술로 배나 한번 밀어볼까요?"

"엄청 힘들 겁니다. 이 배는 아주 크거든요. 제국에서도 다섯 손가락 안에 들어가는 규모이니 시도하지 않는 것을 추천하겠습니다."

하긴 에쉬의 말이 맞았다. 민주려의 주술이 강하긴 하지만 이런 큰 배를 미는 건 솔직히 엄청나게 힘들었다. 아마 웬만하게 힘을 써서는 티도 안 날 것이었다.

"아, 황비마마께 드릴 선물을 만든다고 했잖아요. 어떻게 되었나요?"

"아직 좀 더 만들어야 해요. 그거 손이 많이 가거든요."

"그런가요?"

"네. 생각난 김에 그거나 얼른 끝내야겠네요. 미완성인 걸 드리는 건 예의가 아니지요?"

"그렇죠."

그 말에 민주려는 쪼르르 일어나 그에게 인사를 하고는 문밖으로 달려 나갔다. 속성으로 배운 것 치고는 치맛자락을 들고 인사하는 모습이 제법 괜찮았다.

"손이 빠른 것 같던데."

익히는 속도가 빠른 만큼 요령이 좋은 그녀는 뭐든 획획 처리해내고는 했다. 아마 손 많이 간다던 그 선물 역시 이틀도 되지 않아 후다닥 끝낼 터. 에쉬는 턱을 괸 채로 고민에 빠졌다. 민주려가 지루하다고 노래를 부를수록 난감해지는 건 해군들이었다. 저 작고 귀여운 레이디가 심심하다고 하는데 어찌 가만히 있을 수 있을까! 뼛속깊이 레이디 퍼스트가 박혀 있는 해군들은 그녀가 돌아다닐 때마다 안절부절못하고 어쩔 줄 몰라 허둥거리기 일쑤였다.

커다란 덩치의 남자들이 움찔움찔하는 꼴이라니.

같은 남자로서 참 봐주기 힘드니, 아무래도 지야곤과 의논을 해봐야 할 것 같았다.

△ ▼ △

"무슨 일입니까?"

단정하게 앉아 묻는 모습은 여전히 흔들림이 없었다. 그는 순간 이곳이 배 위가 맞는지 고민했다. 물론 차아에서도 다섯 손가락 안에 꼽을 만큼 큰 배라서 기울임은 거의 없다지만, 그것을 감안하고서라도 그는 너무도 고요했다. 홀로 바람 한 점 불지 않는 호수 위에 떠 있는 것처럼.

지야곤은 차아의 황제가 선물한 그림 같은 사내였다. 검고, 차분하며, 나지도 않는 먹 냄새가 코 밑을 아른거리게 하는 느낌의 사람. 잠깐 넋을 놓고 있었던 에쉬는 곧 정신을 차리고 여태까지 일어난 일에 대해 설명했다.

"심심하다, 입니까?"

"그렇습니다. 어지간한 꼼수를 다 썼는데도 모자라더군요."

"그녀는 정적인 생활에 익숙하지 않으니까요."

생각해보면 그녀는 매일 활기찬 생활을 했었다. 집을 돌보고 일을 하고, 만약 일할게 없으면 만들어서라도 하는 성격이었으니 지금 불만족스러울 만도 했다. 배 안에 가만히 있어야 한다니. 게다가 이 주변의 헤스키츠 사람들은 그녀만 봤다 하면 다섯 살 어린아이 대하듯 조심스러워 했다. 나쁜 뜻이 있어서가 아니라 호의로 있던 일도 빼앗아가니 오죽 답답했겠는가.

그러나 그렇다고 물러갈 그녀이던가. 분명 뭔가 열심히 하긴 했을 것이다. 혹시나 하고 주위에 앉아 있는 다른 사람들을 쭉 둘러보니, 각자 한 입씩 거든다.

"주방에서 물고기들을 죄다 회쳐 놓으셨답니다. 그래서 해군들이 처음으로 회를 먹어봤지요."

"갑판은 그, 주술이라고 했나요? 하여간에 마법 같은 걸로 번쩍번쩍하게 다 닦아버렸습니다."

취사병을 시작으로 각자 그녀의 업적(?)을 늘어놓았다. 청소를 어찌나 열심히 했던지, 배 안까지 반들반들 빛났다. 그런데 가만히 듣고 있자니 뭔가 이상했다. 활동량만 따지면 그녀는 오히려 차아에 있을 때보다 더 열심히 움직이고 있었다. 그것은 곧 심심하다는 의미가 일을 못해서라는 뜻이 아니었다.

"정말 심심했군."

새로운 것 없이 되풀이되는 일정에 물린 것이다. 그녀에게 지금 필요한 것은 기분전환이었다.

"하지만 배 위에서 할 일은 한정되어 있지요. 재료가 한정되어 있어서 새로운 요리를 알려주는 것도 한계고요. 게다가 그 자그마한 손으로 칼을 드는 걸 주방장이 허락할 리도 없습니다. 저번에 회치는 사건도 주방장이 없을 때 사사삭 해낸 일이라서요. 그리고 공부는……."

"이미 글자를 얼추 떼고 쉬운 책들도 죄다 읽었을 겁니다."

"네. 그 말대로 달달 외우더군요."

그녀는 정말로 총명해요. 에쉬는 난감하다는 듯이 웃었다. 그리고 그는 그 웃음의 방향을 지야곤에게도 보냈다. 지야곤도 대단했다. 그의 머리가 어찌나 좋던지, 헤스키츠의 복잡한 양식의 서류를 보여주면 얼추 어디에 쓰이는지 감으로라도 때려잡았다. 이 뛰어난 연인이 이민 온다니 두 팔 벌려 환영하지만 이 상황에선 이 총명함이 득이 아니라 실이다.

한편 지야곤은 생각에 잠겼다. 그녀 또래 아가씨가 기뻐할 만한 것이 뭐가 있을까? 그의 여동생은 우울하거나 힘들 때 집안에

상인들을 불렀다. 그리고 예쁜 장신구 하나를 샀다. 정말 세심하게 딱 하나만 고른 뒤, 집안까지 찾아온 상인들에게 발품을 판 답례로 약간의 사례금을 쥐어주고 보냈더랬다. 새 옷도 그렇게 지은 적이 있었지만, 여기서는 다 불가능하다. 결국 그는 나이든 이의 지혜를 빌리기로 했다. 뱃멀미로 꼼짝도 못 하고 있는 서윤경에게 도움을 청했다.

"어머나. 제 앞에서는 내색 하나 안 하셨는데. 그럼 기분전환 거리가 필요하겠네요."

서윤경에게는 아주 뛰어난 지혜가 있었다. 이럴 때일수록 반짝반짝 빛나는 한 수가!

"아주 간단하답니다!"

그녀는 이기호가 정성껏 적신 물수건도 옆에 두고 일어나 앉아 설명했다. 그러자 주위 사람들의 표정이 확 밝아졌다.

"어때요? 이러면 만사가 다 해결되겠죠?"

"그렇군요. 역시 이런 일은 현명한 여성에게 묻는 것이 제격이었습니다. 이 배에는 여자가 없어서 곤란하던 참이었거든요."

다들 고개를 끄덕이며 자리에서 일어나, 서윤경의 말대로 준비하기 위해 방문을 열고 나갔다. 그리고 서윤경도 머리카락을 묶고 파리한 안색으로 이것저것을 챙기기 시작했다.

"괜찮은 겁니까?"

이기호는 그녀가 한없이 걱정되었다. 젊어 뵈는 외모와 달리 그녀의 나이가 제법 있음을 알기 때문이었다. 게다가 뱃멀미가 어찌나 심하던지 그녀는 삼 주째 제대로 먹는 것이 거의 없었다. 연모하는 이의 살이 쪽쪽 빠지는데 걱정 안 되는 사람이 어디에 있겠는가!

"조금 익숙해졌어요."

"익숙해진다고 나아지는 건 아닙니다."

"음. 사실 그래요. 두 번 다시 바다를 횡단하는 건 못 할 것 같아요."

그녀도 배를 처음 타보는 터라 자신이 멀미가 심한 체질인 줄은 몰랐다. 하지만 인간이란 어떻게든 적응하기 마련이지 않는가. 선의가 준 약을 먹고 견디다 보니 처음보다야 나아졌다. 사람들이 걱정하니 얼른 자리를 털고 일어나야지, 싶다가도 이기호가 곁에서 안절부절못하는 모습을 보면 어리광을 부리고 싶어진다. 그도 그런 것이 이 남자, 제법 귀엽다. 겉으로는 까칠하게 생겨서 속은 어찌나 무르고 여린지 곤란하게 할 맛이 났다.

'좀 더 놀리고 싶지만 안 되겠지?'

힘든 건 사실이지만 아쉽다. 서윤경은 자꾸 이 남자에 한해서 짓궂어지려는 자신을 다독였다.

"좀 더 쉬시지요."

"제 건강을 걱정해주는 것은 고맙지만, 혼례보다는 못해요. 신부에게는 혼례란 인생 최대의 사건인걸요."

그랬다. 서윤경이 말한 기분전환의 해결책은 바로 혼례식이었다. 그녀는 재혼이고, 이기호도 나이가 있는데다가 시끌벅적한 건 서로 좋아하지 않아서 간단히 혼인신고만 했더랬다. 하지만 민주려와 지야곤은 다르지 않는가. 갖은 고생 끝에 간신히 이루어진 사랑이다. 게다가 여러 사정 때문에 성대한 결혼식은 영영 못 열지도 몰랐다.

"여자는 나이가 들면 추억으로 살아가요. 물론 직접 만들어가는 것도 좋지만, 우리 도련님이 바가지 안 긁히고 오래오래 행복하려면 지금부터 잘해야 하는 거랍니다?"

"……혹시 당신도 혼례식을 열고 싶었습니까?"

"어머나, 괜한 걱정이에요. 제게 있어 혼례식은 한 번뿐이었는걸요."

"서 유모."

"또, 또 그렇게 부르네요. 있죠, 저는 욕심도 많고 겁도 많은 여자라서 지금 덫을 놓고 있어요. 정말 필요 없고 아무렇지도 않은 일인데 당신의 죄책감만 늘려가고 있는지도 몰라요. 이렇게 하면 좀 더 제게 잘해줄까, 하고요."

"그렇지 않아도 잘할 겁니다."

"그 말 믿을게요. 하지만 신뢰를 저버리면 혼나요?"

호호호 웃는 서윤경의 얼굴 너머 살벌한 기운이 넘실거렸다. 하지만 이기호는 그럼에도 웃으며 고개를 끄덕였다. 강한 듯 약하고, 연약한 듯 다부진 이 여인이 좋았다. 상냥하고 다정한 여자를 위해 그는 뭐든 해줄 생각이었다. 상상을 초월하는 연애를 누구누구씨가 옆에서 하는 바람에 그 마음마저 옮은 듯하여 이기호는 곤란한 심정에 사로잡혔다. 그게 싫다는 건 아니더라도 말이다.

"이럴 때가 아닌데! 지금 바빠요. 당신도 도와줘야 하고요. 몸단장을 혼자서 한다는 건 말이 안 되는 거거든요. 여기에서 신방을 차리는 건 무리지만, 제대로 차려입고 식을 올리는 것 정도는 가능하니 열심히 준비해야지요."

에쉬는 아마 그들이 헤스키츠에 도착하면 당분간은 매우 바쁠 것이라고 했다. 그렇다면 서윤경이 생각하기에 혼례를 올릴 수 있는 시간은 지금밖에 없었다. 다들 친해지기도 했고 배가 본토에 가까워져서 소수의 인원만 배를 몰아도 상관없으니 말이다.

혹시 몰라 챙겨온 화장도구를 들고 서윤경은 민주려의 방으로 갔다. 여자의 준비는 언제나 아무리 시간을 들여도 모자라는 법. 자신 혼자서 그 많은 치장을 해야 하니 빠듯했다.

△▼△

처음에 민주려도 혼례식을 거절했다. 혼례복장이야 약식에 가까워도 떠나던 날에 하지 않았나. 그녀는 그때 나름대로 혼례식을 말끔하게 끝냈다고 여겼다. 그런데 서윤경이 어찌나 들들 볶아대던지, 민주려는 그 순간 돌아가신 어머니가 떠올랐다. 어르고 달래고 윽박지르는 솜씨가 그만큼 대단했다.

"이게 원래 이렇게 입는 거였구나. 끄어어억! 숨 막혀요!"

"이래야 허리가 날씬해 보여요."

"수, 숨이! 갈비뼈가!"

"엄살 부리지 마요. 다들 이 정도는 조인다고요. 천이 은근히 두꺼워서, 그만큼 허리가 가느다랗게 보이려면 더 꽉꽉 조여야 한답니다. 혼례복의 관건은 얼마나 이 부분이 늘씬해 보이느냐, 예요! 한 마리의 나비가 되기 위해 힘내세요!"

이러다가 번데기 단계에서 죽을 것 같다. 그래도 그녀 혼자 했던 때보다 서윤경이 도와주니 비교도 안 되게 척척 모습이 갖추어졌다. 역시 남이 해주는 것은 다르다고, 격식에 맞춰 각이 잡힌다.

"배 안에 있는 주술사가 동그란 구슬에다가 이 모습을 담아준다고 했어요. 참 헤스키츠는 신기한 게 많은 거 같네요."

"주술사가 아니라 마법사예요!"

"아, 맞아요. 또 잊어버렸네. 어휴, 얼른 외워야 하는데."

"요 지긋지긋한 배에서 내리면 아마 머리에 쏙쏙 잘 들어올 거예요."

보스스 웃는 민주려의 머리에 비녀를 꽂으면서 서윤경도 웃었다. 뒤꽂이, 비녀, 떨잠 등 여러 개를 꽂았지만 역시 지야곤이 선물한 비녀만큼은 아니었다. 꽃처럼 예쁜 색상에 나비 모양이라니. 보통 나비 모양의 장신구는 은이나 칠보장식을 하는데 말이다.

"자, 다 되었어요. 밖이 얼마나 준비가 되었나. 보고 올 테니까 잠시만 앉아 있어요."

그 말에 민주려는 고개를 끄덕이고 얌전히 의자에 엉덩이를 딱 붙였다.

서윤경은 시끌시끌한 소리가 들리는 쪽으로 조심조심 나아갔다. 굉장히 큰 배라지만 완벽하게 수평을 유지하는 건 아니었다. 파도가 거셀 때는 중심을 잃기 쉬웠기 때문에 발걸음이 절로 종종거리게 된다. 강한 바닷바람을 맞으며 강당으로 들어가니, 화려하게 치장된 연회장이 보였다.

"어머나, 예쁘네요."

"해군에서 행사를 할 때 사용하는 천으로 한번 꾸며봤습니다. 어떤가요?"

"무척 밝아 보여요. 근데 도련님은 옷을 다 갈아입으셨나?"

"네. 아주 멋있던데요?"

에쉬가 싱글벙글 웃으면서 맨 앞에 마련된 단상에 종이를 한 장 놓았다.

"그게 뭔가요?"

"혼인신고서입니다. 아직 이건 처리를 안 했거든요. 헤스키츠에서는 결혼식 때 서명하는 게 관습이라서요."

"그런 것까지 다르네요."

차아에서는 언제 신고하든 상관없었다. 마음이 맞으면 식을 올리기도 전에 신고한다. 서윤경이 처녀 때는 내란이 한창이어서 거의 모든 집안이 제대로 된 식을 올릴 수 없었기 때문이었다. 그나마 그녀는 간소하게라도 했지만, 역시 결혼식은 그녀와 영 연이 없는 것 같았다. 그래서 이번에도 과감히 생략하고 떠나기 전에 혼인신고서를 접수했다. 아예 부부로 이민을 가는 거여서 이와 관련된 서류는 몰랐던 것이다.

"역시 헤스키츠의 종이는 빳빳하고 고운 것 같아요. 이 금박도 예쁘고요."

"차아의 한지도 좋던걸요. 보관만 잘하면 안 상한다면서요?"

"그 보관이 어렵답니다. 물에 젖으면 끝나요."

꼬불꼬불한 글씨가 잔뜩 적혀 있는 종이의 테두리가 금박으로 반짝거리는 게 참 고와 보였다. 이런 종이로 신고하는 거라면 어쩐지 보관하고 싶을 것 같았다. 아쉬운 마음을 달래며 그녀는 에쉬와 이야기를 이어나갔다.

"차아의 혼례는 복잡한 방식이라던데. 그래도 흥겹다고 들었습니다."

"마을에서 잔치를 벌이거든요. 신랑, 신부는 신방으로 들어가고 다른 사람들은 밤새도록 놀고먹는 답니다. 하지만 식을 올리는 것도 중요해요. 그 절차 안에서 서로가 얼마나 소중한지 일깨워주는 것이니까요."

"저희도 크게 다르지 않습니다. 신랑, 신부가 연회에서 인사를 다닌 다음, 손님들은 파티를 즐기지요. 배라서 근사한 방을 차리는 건 무리지만 연회는 가능할 겁니다. 취사병들도 아주 열심히 요리를 하고 있고요. 달이 좀 더 높게 떴을 때 시작하죠."

에쉬의 의견에 서윤경은 고개를 끄덕이고는 다시 방으로 총총 돌아갔다. 달이 높은 때라니 꽤나 멋스럽다는 생각을 하면서.

△▼△

"자, 이제 식을 시작하도록 하겠습니다."

마법사들이 연회 때 많이 사용하는 마법을 잔뜩 부려서 근사한 결혼식이 시작되었다. 의자가 빽빽하게 채워진 연회장은 배를 움직이는 인원 외에 모든 사람들이 다 와서 앉았다. 마침 저녁식사 시간이기도 해서 축하와 식사를 한꺼번에 해치우자는 선장의 의견이 반영된 거였다.

차려진 요리는 다양했다. 항해기간이 줄어든 덕분에 식재료가 남아돌아서 취사병들이 있는 솜씨, 없는 솜씨를 다 발휘한 것이다. 민주려에게 배운 솜씨로 생선회와 초밥이 올라온 것은 물론이요, 생선과 관련된 요리는 다 올라온 것 같았다. 맑은 탕 요리와 생선 튀김, 생선 구이, 생선 찜! 주재료가 생선이었지만 요리 기법이 워낙에 현란하고 소스가 전부 달라 다 먹음직스러워 보였다. 거기에 파티에서는 절대 빠질 수 없는 닭 오븐 구이와 커다란 케이크까지 식탁을 푸짐하게 했다. 사람들은 그 요리들을 보며 얼굴에 웃음꽃을 피웠다.

해군 중에 악기에 소양 좀 있다는 사람들이 급히 결성해 연주하는 음악이 울렸다. 중간중간 어설픈 부분이 드러났지만 그것에 타박하는 사람은 아무도 없었다. 오히려 정감가고 재미있었다.

잠시 후 문이 열리고, 혼례복을 차려 입은 두 사람이 나왔다. 그러자 다들 커다랗게 박수쳤다.

곧 부부가 될 연인은 잘 어울리는 한 쌍이었다. 잘생기고 듬직한 신랑과 아담하고 사랑스러운 신부는 한 폭의 그림처럼 어여쁘고, 젊었다. 불편한 옷 때문에 휘청거리는 민주려를 단단히 받쳐주며 지야곤은 맨 앞 사람이 없는 단상 위까지 쭉 올라왔다. 단상 위에는 종이 한 장이 놓여 있었고, 그것을 보며 두 연인은 작은 웃음을 흘렸다.

“제대로 된 격식은 아니지만, 괜찮나?”

“괜찮고말고요. 그리고 나름 격식은 다 갖췄잖아요. 혼례복도

입고, 차아 형식과 헤스키츠 형식 둘 다 썼으니까요. 어쩌면 저희가 최초로 혼합형 혼례식을 하는 걸 수도!"

"이것 역시 역사가 되겠군."

"기록된다면, 이 역시 역사지요. 저희 추억 속에 새겨질 소중한 역사요."

수줍음과 기대를 담아 신랑 신부는 서로를 향해 인사를 한 번, 그리고 하객들을 향해 한 번 더 했다. 그 뒤 에쉬의 물 흐르는 진행에 따라 혼인신고서에 이름을 적고 자리에 앉았다. 원래 여기서 맹세의 입맞춤이라도 해야 하지만, 차아에서는 신방도 아니고 남들 보는 자리에서 남우세스럽게 그 짓은 못한다고 해서 빼먹었다. 그게 못내 아쉬운지 해군들은 입맛을 쩝쩝 다셨지만, 서윤경이 무시무시한 눈빛으로 노려보자 시선을 쓱 돌렸다.

"부부의 행복한 앞날을 기원하며 건배!"

"건배!"

무척 건전한 혼례식이 끝나고, 다들 건배했다. 항해 중이니 술을 마시는 건 안 되기 때문에 주스와 음료수로 아쉬움을 달래야 했다. 애당초 많이 싣지도 않은 술이니 어쩔 수 없었다. 하지만 잔치는 잔치인지라 분위기만큼은 술이 있는 연회 못지않게 떠들썩했다.

"이게 뭔가요?"

민주려는 하얗고 큰 케이크가 신기했다. 처음에는 커다란 떡인 줄 알았는데, 사람들이 푹푹 자르는 걸 보니 쫀득한 식감과 다른 모양이었다. 에쉬는 그런 그녀가 조카처럼 귀여워서 한 조각을 잘라 접시 위에 올려주었다.

"케이크입니다. 책에서 본 기억나죠?"

"아! 그게 이거구나. 이런 잔치에 꼭 올라온다던."

차아의 다과나 떡처럼 달콤하고 맛난 간식이라고 했었다.

"차아에서 좋은 일이 있을 때 떡을 만든다고 했지요? 그것처럼 헤스키츠에서는 생일이나 결혼식, 그리고 특별한 행사가 있을 때 케이크를 만듭니다. 그나저나 장식이 대단하네요. 이건 초보자가 한 솜씨가 아닌 거 같은데."

"허허, 우리 취사병 중 집이 빵집을 하는 병사가 한 명 있거든."

선장의 말에 모든 의문은 풀렸다. 민주려는 긴 옷자락을 걷고 조심조심 포크로 하얀 크림과 빵을 잘라 한입에 물었다.

"맛있어!"

떡과 질감이 달랐다. 쫀득쫀득 말랑거리는 떡과는 달리 케이크는 보드랍고도 포슬포슬했다. 똑같이 단데도 이쪽은 좀 더 가볍고 산뜻한 맛이 난다. 그야 말로 난생 처음 먹어보는 맛! 구름 한 점 떼어다가 먹으면 이런 맛이 날까 싶었다. 꽉 조이는 허리띠만 아니라면 더 많이 먹을 수 있을 텐데. 그녀는 아쉬워하면서도 순식간에 한 조각을 다 해치웠다.

"선배, 아니지. 당신도 드세요."

정식으로 부부가 되었으니 호칭도 바뀌어야 함이 마땅하다. 그녀가 볼을 붉히며 하는 말에 지야곤도 음식을 들었다. 사실 그는 지금 민주려를 눈으로 먹는 기분이었다. 예쁜 포장지에 싸인 달달한 다과를 보듯 하자 그녀도 그 시선을 눈치 채고 헛기침을 허험하고 터뜨렸다.

"두 분의 결혼을 축하하는 의미에서 제가 노래 한 곡 뽑겠습니다!"

어느 나라나 잔치에는 춤과 노래가 빠지지 않는 법. 키가 크고 목소리가 좋은 병사는 솜씨 좋게 노래를 부르기 시작했다. 이국의 노래라 차아의 것과는 사뭇 다른 음이었다. 하지만 가사를 알아들을 수 있기 때문에 의미는 충분히 전달되었다.

"연가(戀歌)구나."

어디선가 흘러나오는 잔잔한 반주에 맞춰 울리는 가사는 사랑 노래였다. 익숙하지 않지만 예술이라는 것은 묘한 힘이 있어서 민주려의 가슴을 찡하게 울렸다. 식탁 아래 무릎 위에 있는 손을 슬쩍 드러낸 그녀는 슬금슬금 옆에 있는 그의 손을 잡았다. 평생 잊지 못할 밤이 될 것이었다. 둘이 하나가 되었기 때문에.

그렇게 밤은 깊어졌고 선상 혼례는 무사히 끝났다.

外傳 六

새색시 황궁 생활기

"오늘은 여기까지 하지요."

"수고하셨습니다."

두꺼운 책을 덮고 민주려는 자리에서 일어나 사뿐하게 고개를 숙여 인사했다. 그리고 앞에 서 있던 이십 대 중후반의 여성도 똑같이 인사를 했다. 서로가 서로에게 배우는 입장이기 때문에 예도 똑같이 차리는 것이다. 그리고 둘은 눈을 맞춘 후 방긋 웃었다.

"자자, 어제 부엌을 빌려서 떡을 했답니다. 드시고 가세요."

"어머나, 이번에는 무슨 떡인가요?"

"동글동글하고 달콤한 송편이에요."

그 말에 주변에 주루룩 서 있던 시녀들까지 손뼉을 치며 좋아했다.

민주려와 지야곤이 헤스키츠에 도착한 지도 벌써 몇 달이 지났다. 멀고 먼 이국에서 온 손님에게 황제는 무척 호의적이었다. 그야말로 구세주 보듯이 대하는 터라, 첫 이민자인 그들을 위해서 황궁의 수많은 건물 중 하나를 통째로 내주었다. 말 그대로 국빈 대접을 한 것이다.

물론 오기 전에 예상한 대로 공짜는 아니었다. 오는 게 있으면 가는 것도 있는 법. 차아의 정치와 사회 구조에 정통한 지야곤은 외교부가 침을 질질 흘리는 먹잇감이었다. 그는 열흘 굶은 구렁이가 달려드는 것처럼 몰려오는 사람들을 감내해야만 했다. 각종 지원을 받는 대가로 헤스키츠의 어린 외교관들에게 차아의 모든 지식을 전수하기로 한 이상, 도망칠 구실은 없었다.

그나마 다행인 것은 그의 성격이 무덤덤하다는 것이었다. 지야곤은 절대 당황하는 법 없이, 어떻게 보면 느긋하게 지식을 전수했다. 그는 선생님으로서 전혀 부족한 것이 없었다. 헤스키츠에 대해 기본적인 것들은 배에서 에쉬에게 속성으로 가르침을 들은 것도 있었고, 원래 무인인지라 체력도 좋았다. 담담하고 절제된 목소리와 체계적인 가르침은 외교관들로 하여금 존경심을 갖게 했다. 게다가 그는 그 와중에도 헤스키츠의 글과 문화에 대해 배우는 것을 멈추지 않았다. 어찌 되었거나 이곳에서 그와 그의 가족이 살아야 하니까.

지야곤만 바쁘냐고 묻는다면 아니었다. 의외로 이기호는 무술을 쓸 줄 안다는 이유로 군에 끌려가듯 채용되었다. 헤스키츠와 차아의 무술 차이를 연구해서, 군에 적용할 훈련방식을 개발해야겠다며 건장한 장군 두 명이 찾아왔었다. 그들은 서윤경에게 정중하게 양해를 구하고 이기호를 납치하듯이 데려갔다.

처음에 불안해 보였던 그녀는 곧 익숙해졌는지 고개를 끄덕였다. 봉급이 상당히 센 편이었던 데다가, 이기호가 거기서 제 적성을 찾았기 때문이었다. 과연 호위무사 출신. 호신술과 제압이 아주 뛰어나서 로열나이트 둘은 무기 없이도 거뜬히 상대했다. 그는 현재 매일매일 황궁 안 연무장에서 열심히 구르고, 굴리며 생활하고 있었다.

남은 두 명의 여성에게는 황비의 배려로 선생님이 붙었다. 그것은 에쉬가 차아에서 출발하기 전에 보고를 하며 황제에게 부탁했던 몇 가지의 주문 중의 하나였다. 이민자가 완벽하게 헤스키츠에 적응하고 살기 위해서는 생각보다 많은 교육이 필요했다. 특히 지식인 층에 속하는 민주려나, 첫 이민자 무리에 속하게 된 서윤경의 경우 대단히 중요했다. 그 이유는 그녀들이 곧 엄마가 되어야 하기 때문이었다.

그녀들은 헤스키츠에서 아이를 낳는 최초의 차아 출신의 어머니가 될 것이다. 아이에게 지식을 물려주고, 키워내, 이곳에서 살아가게끔 하는 아주 중요한 위치에 서 있게 된다. 그러므로 보다 체계적이고 섬세한 교육이 필요했다. 또한 그녀들을 가르치면서 차아의 문화를 배울 수 있으니 이만큼 좋은 일도 없었다.

황비는 보고를 받자마자 선생님이면서도 학생이 될 만한 또래의 여성을 찾았다. 그녀는 고심하며 귀족가의 여성 둘을 골랐고, 그중에 한 명이 민주려의 앞에 있는 데어 백작 부인이었다. 그녀는 헤스키츠 제국 아카데미를 우수한 성적으로 졸업한 재원이었다. 그 학교가 차아의 대학관과 맞먹을 정도로 뛰어나다고 하니, 황비가 얼마나 이 일에 신경을 쓰는지 드러났다.

"가을이네요. 단풍도 알록달록하고 참 시간이 빠르게 흘러요."

"그러게요. 여기에 막 도착했을 때는 새순이 돋는 봄이었는데. 계절이 벌써 이만큼이나 지나갔어요."

헤스키츠 식으로 말하면 지 부인이 된 민주려는 정말 바쁜 나날을 보냈다. 그녀는 우선 글을 완벽하게 익혀야 했다. 까막눈만큼 위험한 게 어디에 있겠는가! 그래서 책을 읽고 공부하는 데 가장 많은 시간을 투자했다. 수박 겉핥기식으로 배웠던 지식도 더욱 깊게 익히고 말이다. 그러면서 그녀는 에쉬가 얼마나 기본적인 것밖에 알려주지 않았는지 깨달았다. 사실 그 이상 알려주기도 어려웠을 것이다. 제일 좋은 교육은 경험이지 구전(口傳)이 아니니까.

민주려는 차아에 없고 헤스키츠에만 있는 것들이 신기했다. 실제로 보고, 사용하고 익히는데 매일이 새롭고 놀라웠다.

또한 그녀는 자신을 도와주는 시녀들과 데어 백작 부인에게 지식을 전수해야 하는 선생님이기도 했다. 차아제국의 문화와 관습이 어떠했는지, 음식과 복식, 집은 어떻게 생겼고 어떤 행사들을 하는지 등등. 가르칠 것이야 산더미처럼 많았다. 아무렴 하나의 제국을 알려주는데 어디 끝이 있겠는가.

헤스키츠의 황제는 어떻게든 자신의 치세 때 차아와 외교를 원활하게 하고 싶은 듯했다. 그러나 외교란 정보가 있어야 할 수 있는 법. 깊고 자세한 정보일수록 더욱 쉬워지는 것은 당연했다. 고로 민주려와 데어 백작 부인 둘에게 부탁을 가장한 명령을 하나 내렸다. 둘에게 서로에 대한 배움을 아끼지 말라고 말이다. 높은 사람이 저렇게 다그치니 게으름을 피울 수 있을 리가 없다. 하물며 둘 다 성격이 활달해 지루한 건 못 참았다.

서윤경도 연륜을 살려서 자신의 선생님이 된 엘도바 남작 부인과 좋은 관계를 유지했다. 이제 삼십 대로 나이는 젊은 편이지만, 그녀는 오랫동안 큰 가문의 유모로서 살림을 돌봐왔었다. 그 때문에 서윤경의 지식은 차아의 상류층 쪽에 더 가까웠다. 민주려가 젊은 청년층의 지식인이자 민생에 빠삭했다면, 서윤경은 차아의 상류층이면서 예법과 격식에 능통하였다. 이 둘 덕분에 헤스키츠의 차아제국에 대한 이해도는 날이 갈수록 높아졌다.

"슬슬 추석이 다가와서 만들어봤어요."

"아, 맞다. 추석 때는 제사라는 행사를 하고 맛있는 걸 많이 만들어 먹는다고 했지요?"

"네. 송편은 다 같이 모여서 만들어 먹는 음식이에요. 이거 다 손으로 빚거든요."

"확실히 여러 명이 있어야 하겠네요."

이런 식으로 배움은 이루어졌다. 데어 백작 부인이 민주려를 가르칠 때도 거의 같은 방식을 사용했다. 백문이 불여일견이라고. 백 번 듣는 것보다는 한 번 보는 것이 훨씬 효과가 좋았다.

"남편 분께서 맡고 있는 수업도 진척이 많이 되었다고 하더군요. 이번에 또 사절단이 출발한대요."

"들었어요. 황비마마께서 말씀해주셨는데 슬슬 무역을 시작할 거라고 하시더라고요."

"지 부인이 가르쳐준 맛난 음식들을 만들려면 향신료와 식재료가 더 많이 필요하니까요. 채소도 종자가 달라서 수입을 해야 하고."

"장신구와 천도요!"

"예술작품들도 아름다워요!"

시녀들까지 한마디씩 거드니 금방 방 안이 소란스러워졌다. 민주려는 재잘재잘 말하는 사람들을 보면서 가만히 차를 마셨다. 아마 몇 년 후면 헤스키츠도 그리 낯설지만은 않은 곳이 될 것 같았다. 지금은 두 부부뿐이지만, 곧 이민자도 늘어날 것이리라. 그 날을 상상하니 조금 기대가 되었다.

△▼△

"다녀오셨어요."

"응."

셔츠와 바지, 차아의 복잡한 옷과 달리 헤스키츠의 남성복은 간편하기 그지없었다. 귀찮은 걸 싫어하는 지야곤에게는 그야말로 딱 인지라 최근 그는 차아에서 가져온 옷은 잘 입지 않았다. 그리고 민주려 또한 남편이 차아의 옷보단 헤스키츠 쪽 옷을 입는 걸 선호했고. 빨래가 확 줄어들어서 집안일을 많이 줄여 주기 때문이었다. 시녀가 많지만 빨래, 요리, 청소 등. 자신이 최대한 할 수 있는 일은 하는 편이었다. 언젠가는 이곳에서 나가야 한다는 걸 알고 있기 때문에 그녀는 게으름에 물들지 않으려고 노력했다.

"오늘은 뭘 했어?"

자상하게 묻는 남편의 질문에 민주려는 손을 꼽아가면서 대답했다.

"아침에는 설거지랑 청소를 했고 점심 이후에는 공부를 했지요. 마치고 나서는 모두들 다 같이 송편을 나누어 먹었어요."

"그랬구나."

길고 풍성한 드레스 자락이 나풀나풀 움직이는 모습을 바라보다가 그는 민주려를 살며시 끌어안았다. 처음에는 얼굴이 홍시처럼 붉어졌지만 이젠 익숙해져서 나름 팔도 뻗어 같이 토닥거려준다. 검은색 머리카락에 검은 눈은 헤스키츠에서 참으로 귀한 색이라 그의 부인은 황궁 사람들 눈에 이국적인 미인으로 보이는 모양이었다. 특히 황비가 아담하고 앙증맞은 것이 인형 같다고 몹시 좋아해서 딸처럼 이것저것 챙겨주었다. 드레스도 그중 하나였다.

본인은 무겁고 불편하다며 그다지 좋아하지 않지만, 황궁이라는 곳이 하고 싶은 대로 다 하면서 살 수는 없는 노릇이었다. 할 수 없이 꾹 참고 팔랑거리는 옷을 입은 채로 쪼르르 돌아다니고 있었다.

"일은 잘되었나요?"

"사절단이 출발할 준비를 하느라 바쁘지만, 큰 탈은 없을 거다."

"배로 가려면 힘들겠네요."

"아무래도 주술의 도움을 얻지 못할 테니까. 마법이란 편리하지만 주술처럼 큰 힘은 내지 못하더군. 하지만 곧 비행선이 도입된다고 하니, 두 나라는 더 가까워질 테지."

하늘을 나는 배, 비행선. 민주려는 날아다니는 걸 몇 번 본적은 있어도 타본 적은 한 번도 없었다. 주술의 힘을 이용해서 띄우는 신기한 탈 것은 차아에서도 있긴 있었다. 물론 굉장히 비싸서 고위급 관리들이나 부자들만 탈 수 있는 거였다. 그마저도 여행보다는 유희에 가까워서 실생활에 이용되는 일은 거의 없었지만. 하지만 헤스키츠는 달랐다. 그들은 유희에서 그치지 않고 군용으로 개발했다. 그리고 지금은 기술이 더 발달해서 일반인들도 탈 수 있게 되었다. 문제는 표 값이 무척 비싸다고. 아마 그것은 세월이 해결해줄 것이라고 했던가.

아무튼 헤스키츠는 대단했다. 하늘을 훨훨 날아 멀리까지 가는 상상을 다 하다니. 그녀로서는 하늘에서 떨어질까 봐 무서워서 엄두도 못 냈을 것이다.

"비행선은 그, 뭐더라. 아, 선착장을 만들어야 하잖아요."

"응. 많은 비용이 들지. 수도 없는 금이 소모될 거야. 하지만 각 대륙마다 경쟁적으로 만들고 있고 시간이 단축되는 걸 생각하면 꼭 필요한 거니까."

차아의 황제도 헤스키츠의 황제도 원대한 꿈을 꾸고 있었다. 양쪽을 다 만나본 지야곤은 왠지 미래의 모습이 머릿속에 그려지는 듯했다. 깨인 군주가 있는 국가는 발전할 수밖에 없다. 아마 그들이 손자, 손녀를 볼 나이가 되면 세상은 많은 것이 변해 있을 것이다.

"우리 아이들이 자식을 낳아 기를 때에는 지금보다 더 편해지겠지."

"그건 맞아요. 지금은 우리밖에 없지만 나중에는 이민 오는 사람들도 더 늘어나겠죠. 글이 다르다는 거 빼고는 헤스키츠나 차아가 큰 차이는 없는 거 같아요. 왜 사람 사는 데 다 똑같다고 하잖아요? 차아제국의 황궁 복식은 이 드레스보다 못지않게 복잡하기도 하고요."

황비, 후궁은 말할 것도 없고 그들을 지척에서 모시는 상급 궁녀만 하더라도 옷이 대단했다. 걷는 것이 신기할 정도로 칭칭 감아 놓으니까. 그걸 생각한다면 이 드레스는 그나마 가벼운 것이었다. 나름 입을 만하고. 그런데 이것도 많은 개혁이 있었다고 한다. 민주려 바로 전 세대에는 코르셋이란 게 있어서 그걸 입지 않으면 안 되었다든가. 그건 여자들을 죽이는 흉기였다고 하던데.

"여기가 이런 옷만 있는 것도 아니래요. 무릎까지 오는 짧은 치마도 있고, 일할 때 입는 옷도 따로 있더라고요! 결국 어떻게든 다 살 수 있다는 거죠."

처음이야 모르는 것이 너무 많아 실수하기 일쑤였다지만, 열심히 공부한 덕에 지금은 괜찮아졌다. 모자를 쓰고 얌전히 앉아 있으면 헤스키츠의 훌륭한 아가씨, 아니 부인이라고 다들 봐주었다. 딱 하나 아쉬운 게 바로 어려 보이는 얼굴이었다. 딱 아가씨까지는 말해주는데 기혼 여성인 줄은 모르더라.

간편한 옷으로 갈아입고 둘은 사이좋게 저녁식사를 했다. 요리는 전부 민주려가 직접 만든 것이었다. 몇 달 동안 헤스키츠의 요리를 배우고, 본인도 연구한 끝에 그녀는 양 대륙의 사람들이 전부 맛있게 먹을 수 있는 요리기법을 여럿 개발했다. 얼마 전 밤에 그에게 속닥거리기를 황궁에서 나가 독립하면 식당을 차릴 거라고. 그가 맛있게 냠냠 먹은 요리는 그때 식당 차림표로 내놓을 것이라고 했다.

"맛있다."

"그쵸?"

"응. 따뜻해."

그녀의 요리가 어떻게 변하든, 그에게 있어서는 최고였다. 그녀의 사분사분한 마음이 녹아든 음식은 항상 가슴을 간질거리게 하고, 포만감이 든다. 그것이 배든 마음이든 말이다.

"여기 채소는 달달한 게 많더라고요. 이건 샐러드라고, 날것 그대로에 양념을 쳐서 먹는 거래요. 겉절이처럼 비벼 먹기도 하던데, 짜고 매운 건 안 넣는대요. 새콤한 양념에 견과류를 잘게 부수어서 넣는다고 하기에 깨가루를 섞어봤어요. 고소하죠?"

"응."

"여기 이건 고추처럼 생긴 건데요……."

새로운 요리재료가 신기한지 민주려의 설명이 그치질 않는다. 활기차게 웃는 얼굴이 보기 좋다. 그가 먹는 샐러드의 채소는 그녀가 이곳에서 기른 채소들이었다. 꽃과 꽃나무가 가득한 정원을 보며 땅이 아깝다고 몇 번 중얼거리더니 금세 텃밭자리를 따내 가꿨던가. 그녀의 애정을 먹고 자란 채소는 정말 싱싱하고 달았다.

'나중에 살 집에는 꼭 밭을 만들 만한 정원이 있어야겠어.'

차아의 기와집 뒤, 그녀가 가꾸었던 채소밭이 아직도 눈앞에 생생하게 그려진다. 그곳에 있는 감나무처럼 과일나무를 심는 건 어렵겠지만 그 외의 것은 괜찮을 것이다. 상추도 심고, 대파도 뽑으면서 예전과 같은 일상을 보내리라. 둘의 삶이 이어지는 것처럼 말이다.

"잘 먹었습니다."

가슴속에 여러 소망을 담으면서 그는 식사를 마쳤다. 그리고 재료를 지지고 볶느라 고생한 부인에게 고맙다는 말을 잊지 않았다. 싹싹 비운 그릇에 민주려가 흐뭇하게 웃었다.

▵▾▵

"맛있나요?"

"네! 쿠키만큼 맛있습니다. 이것의 이름이 뭐였더라, 강정이라고 했지요?"

"맞아요. 강정이랍니다. 우리 태자는 똑똑하기도 하지요."

황비는 웃으면서 달콤한 약과도 하나 황태자의 손에 쥐여주었다. 이제 일곱 살이 된 황태자는 그녀가 마흔 줄이 넘어 목숨을 걸고 낳은 유일한 후계자였다. 황녀를 넷이나 낳은 후 황비의 몸이 많이 약해졌다. 더 이상은 안 되겠다며 황제는 후계는 황녀가 낳을 아들에게 물려주어야겠다고 마음을 굳혔었다. 그런데 어쩌다 보니 아기가 생겼고 검사해보니 아들이란다. 다들 말리는 데도 그녀는 눈 하나 깜짝하지 않고 버텨, 결국 승리했다. 늦둥이 아들은 총명하고 귀엽기까지 해서 황제 부부의 기쁨이었다.

"지 부인은 참 신기합니다. 동화책에 나오는 요정 같아요."

"호호, 그런가요. 확실히 그림책에 나오는 요정과 닮긴 했지요."

난생 처음 보는 음식을 만들고, 그림 같은 글씨를 펜도 아닌 붓으로 쓱쓱 써내는 민주려는 어린아이들의 눈에 딱 요정처럼 느껴지는 모양이었다. 덕분에 황실의 아이들에게 인기가 무척 좋았다.

"바다 건너 먼 나라에는 지 부인처럼 검은 머리카락, 검은 눈을 가진 이들이 산다고 했지요? 얼른 자라서 가보고 싶어요."

"폐하께서 좀 더 빨리 갈 수 있는 방법을 만들고 계시니 황태자가 어른이 되면 아마 금방 갈 수 있을 거랍니다. 그때 선물을 많이 사와야 해요. 호호호."

"네!"

씩씩하게 대답하는 아들을 보며 황비는 흐뭇하게 웃었다. 접시가 텅 비자 시녀가 와서 티타임이 끝났음을 알렸다.

"저녁에 뵈어요, 어마마마."

"공부 열심히 하고 좀 있다 봐요."

이 큰 제국을 이끌어야 하니 어린 황태자도 마냥 놀 수가 없었다. 황제의 나이가 적지 않기 때문에 황비부터 시작해 거의 모든 사람들이 후계자의 교육에 적지 않게 신경을 썼다. 본인도 대충 눈치로 공부를 안 하면 안 된다는 것 정도는 아는 터라 의젓하게 참으면서 공부방으로 갔다.

"황비마마, 지 부인께서 엄청난 음식을 만드신다고 합니다. 보러 가시겠습니까?"

"호오, 가야지. 이번에는 뭐라더냐."

"김치라는 차아의 전통 음식을 만든다고 합니다. 재료가 굉장히 다양하게 들어가더군요."

"들어본 적이 있는 거 같군. 맵지만 맛있는 음식이라고 했었지. 우리 제국에서 나는 채소는 종자가 달라서 제맛이 안 난다고 하더니."

"왜 동쪽 궁 정원을 죄다 밭으로 만드시지 않았습니까. 거기에서 여름 내내 채소를 기르시더니 재료를 확보했다고 하시더군요."

"세상에, 대단하기도 하지. 어쩜 그렇게 야무진지 모르겠어. 지 부인은 사막에 떨어뜨려놔도 살 사람이야. 살롱의 영애들하고는 차원이 틀리다니까. 한 명이라도 좋으니 좀 닮으면 좋겠는데. 우리 황녀들도 지 부인 같았으면 내가 세상에 걱정이 없었을 거야."

"강하니까 먼 나라에 와서 살 마음도 먹은 거겠죠. 정말 낭만적인 부부입니다."

시녀들의 얼굴이 다들 조금씩 붉어졌다. 지야곤과 민주려가 왜 이민을 와야 했는지, 그 자세한 사정은 차아의 국가 기밀이기 때문에 헤스키츠에서도 아는 이가 황제와 에쉬 같은 고위급 관리 몇밖에 없었다. 황제는 철저하게 부인인 황비에게도 자세한 사정은 비밀에 부쳤다. 그래서 황궁의 대부분 사람들은 차아에서 아는 표면적인 이유, 사랑의 도피밖에 몰랐다.

선남선녀의 낭만적인 연애, 불꽃같은 사랑! 바다를 건너 새 삶을 찾는다는 건 소설에서나 나올 법한 이야기인지라 다들 두근거리면서 이국의 어린 부부를 지켜보는 것이었다.

"지 부인도 그렇고 이 부인도 그렇고. 둘 다 참 강한 사람인 거 같아. 외모는 그렇게 안 보이는데 말이지. 어디 보자, 그 김치란 것이 어떻게 생겼는지 구경하러 가야지. 황궁 요리사에게 일러 이번에도 요리법을 잘 배우라 하여라. 그쪽에서 사절단이 올 날도 머지않았어. 지금부터 열심히 준비를 해놓아야지."

황비의 말에 시녀 한 명이 우아하게 고개를 숙이곤 바로 밖으로 나갔다. 아마 남들 눈에 보이지 않는 곳에서는 전속력으로 뛸 것이었다. 최대한 빨리 당장 전해야 하니까!

△▼△

"에휴, 꼭 성공해야 하는데."

"그러게요. 사절단에게 김치를 사오라고 할 수도 없는 노릇이니."

민주려와 서윤경은 산더미같이 쌓인 배추를 보며 걱정을 했다. 시녀와 황궁요리사의 도움을 받아 밑 준비를 하면서도 과연 다른 나라에서 똑같은 맛이 날 것인지 계속 의문이 들었다. 물론 배추, 소금, 고춧가루, 젓갈 등등. 최대한 재료를 동일하게 갖추긴 했지만 아무도 해보지 않은 걸 하다 보니 매번 고뇌의 연속인 거였다. 음식 재료를 아까워하는지라 모든 집중력을 퍼부어서 거의 구할 정도는 성공을 했지만 말이다.

"으그그, 배추가 알맞게 절여지기를 빌어야죠."

"내일은 하루 종일 치대겠네요."

어깨와 팔을 통통 두드리는 두 사람을 보면서 황비와 다른 사람들은 그만 기가 질리고 말았다. 이제까지 민주려와 서윤경이 만든 차아의 전통 음식들은 모양을 찍어내는 과자나 정갈하게 재료를 담아 끓인 탕 같은 것이라서, 이번에도 작은 접시에 소스를 버무려 담은 샐러드 같은 걸 상상했었다. 그런데 실제로 보니 김치는 무시무시하게 규모가 큰 요리였다.

"지, 지 부인. 내가 궁금한 것이 있는데."

"네, 황비마마."

"이 김치라는 것은 하루 만에 만들 수가 없는 건가?"

"네. 음, 일단 배추를 소금에 절여야 하는데 그게 하루 정도가 걸린답니다. 그리고 양념을 만들어야 하는데요. 비율을 잘 맞춰서 저기 저 통에 가득 찰 만큼 섞어야 해요. 마지막에는 숨이 죽은 배추에 양념을 버무린 후 잘 모아서 단지에 넣으면 끝이지요."

"양은 원래 저렇게 많이 만드는 거고?"

"네. 적게 만들 수도 있긴 한데 보다시피 과정이 복잡하고 귀찮다 보니 보통 일 년에 한 번에서 두 번 정도 많이 해서 두고두고 먹습니다. 그리고 김치는 겨우내 상하지 않고 오래 먹을 수 있는 좋은 반찬이거든요! 많이 해두면 봄까지 밥반찬으로서 활약하죠. 느끼한 음식 먹을 때도 좋고요. 큰 가문에서는 몇백 포기씩 담기도 한답니다."

"스케일이 크기도 하지. 전에 술처럼 발효시켜서 먹는 거라고 했으니, 완성된 걸 먹으려면 기다려야 하는 구나."

"내일 바로 먹어도 되긴 하는데 아무래도 잘 삭은 게 맛있죠.

술이 잘 익은 게 맛있는 것 처럼요."

"차아에서는 따로 이런 반찬을 파는 가게가 있겠군."

"팔기도 하는데 보통은 집에서 만들어 먹는 게 일반적이랍니다. 데어 백작 부인께서 헤스키츠는 빵 맛을 보면 안주인의 솜씨를 알 수 있다고 하셨어요. 차아도 김치 맛을 보고 안주인의 살림 솜씨가 어떤지 점수를 매기지요."

"그럼 거의 모든 집에서 다 이렇게 한다는 건가."

"네, 그렇습니다. 원래 이 양의 두 배 이상은 해야 하는데 배추가 모자라서 지금은 양이 적어요."

그 말을 들은 황비는 절로 벌어지려는 입을 잽싸게 다물었다. 민주려의 키만큼 쌓인 채소의 산만 봐도 자신은 기가 질릴 정도인데 저게 적은 거라니. 반밖에 안 된다니! 차아의 좋은 신부 조건은 헤스키츠의 좋은 신부 조건보다 훨씬 까다로운 거 같았다. 아마 하늘하늘한 영애들에게 이렇게 시켰다가는 백이면 백 다 손을 들고 도망가리라.

'차아의 영애들은 어떻게 가정교육을 받는지 알아낸 다음 좋은 건 우리도 따라 해야겠다. 이대로 가다가는 사교계 기 싸움에서 전부 지겠어. 교류가 활발해지면 부부 동반으로 사절들이 올 텐데. 어휴, 저쪽 부인들은 저런 걸 다 할 줄 안단 말이지. 대단하기도 해라.'

황비가 본 차아제국의 여성들은 민주려와 서윤경 둘뿐이니 모든 판단의 기준은 둘의 행동을 근거로 이루어졌다. 특히 민주려가 나이도 어리고 평민으로 살았기 때문에 그녀를 참고하는 경우가 더 많았다. 서윤경은 이쪽 식으로 따지고 본다면 공작가 정도의 명문가에서 유모로 있으면서 시녀장까지 한 축에 들어가니 말이다.

하지만 헤스키츠 황궁 사람들이 모르는 것이 있었으니. 민주려는 차아에서도 아주 특별하고 매우 뛰어난 축에 속한다는 사실이었다. 공부도 나름 많이 했고 인생 경험도 풍부하고 가진 바 능력도 뛰어났다. 그녀는 평균이 아니라 일등이었다.

차아에서도 김치를 친정집에서 받아먹는 젊은 부인들이 많았다. 본인이 만들 시간이 없는 경우 사 먹는 집도 적지 않았다. 그러나 이러한 현실을 차아에 가보지 못한 황비는 까맣게 몰랐다.

그해 겨울, 헤스키츠 제국의 귀족 영애들은 황비가 각 귀족가문에 보낸 편지를 받고 꽤 힘든 시간을 보내야 했다. 이렇게 저렇게 깨달았으니 앞으로 체력 단련에도 다른 공부에도 힘을 써라! 라고 단호하게 그녀가 명을 내렸기 때문이었다. 모임은 줄어들고 공부시간은 늘어났다.

한동안 귀족 가문의 정원에서는 근육통으로 아파하는 영애들의 비명 소리가 끊임없이 울려 퍼졌다.

外傳 七

호운(好運)

변화는 아주 작은 것부터였다.

“한 잔 더 부탁드려도 될까요?”

“물론입니다. 더우셨나 보네요.”

민주려는 시녀가 따라준 새콤한 과일주스를 기세 좋게 쭉 들이켰다. 평소에는 신맛이 너무 강해서 몇 모금씩 먹고 말았는데, 요새 희한하게 당겼다. 혀끝을 톡톡 쏘는 시큼함에서 감칠맛까지 나다니. 아무래도 피곤한 모양이었다.

“더운 날에는 일을 과하게 하는 건 좋지 않아요. 적당히, 알겠지요?”

“알고는 있지만요. 집이며 가재도구며 일이 굉장히 많아서 쉽지 않네요. 아무리 해도 끝이 안 나요.”

황궁에 머물게 된 지도 벌써 두 해가 지났다. 길다면 길고 짧다면 짧은 기간이었지만, 황제가 원했던 교류의 진척은 순조로웠다. 차아와 헤스키츠를 오가는 정기 비행선이 드디어 생길 정도로.

이제 지야곤이 맡았던 일도 거의 끝나서 부부는 드디어 독립

할 때가 왔음을 알았다. 그런데 마음만 앞서고 현실은 따라주지 않는다는 게 문제였다. 식당과 살림집이 합쳐진 건물을 찾았으나 공교롭게도 입맛에 딱 맞는 곳이 없었다. 찾다, 찾다 안 나와서 결국 새로 짓기로 마음먹은 것이 반년 전이었다.

"집은 잘되어가고 있나요?"

"층수가 많다 보니까 생각보다 더 걸리더라고요. 흔한 구조가 아니라서 공사기간이 자꾸 길어지고 있어요."

헤스키츠와 차아의 건축양식이 혼합된 집. 그것이 부부가 원하는 것이었건만. 없는 걸 처음으로 시도하는 것이라 아무래도 더딜 수밖에 없었다.

게다가 시행착오도 많아서, 보통 몇 개월이면 짓는 집을 반년째 계속 진행 중이었다.

"그렇다면 황궁에 좀 더 머물러요. 아직 가르쳐줄 게 산더미처럼 남아 있기도 하고."

"감사합니다, 황비마마. 그렇지만 더 이상은 폐가 되어서요. 남편의 일도 거의 끝난 상황이고 이제 새로 먹고살 길을 찾아야죠."

"외교부 쪽에서 들어오라고 한 것은 거절했다고 들었는데."

"사정도 있지만, 불공평하잖아요. 헤스키츠도 시험을 쳐 관리가 된다고 들었어요. 차아도 마찬가지이고 그 과정이 무척 어렵고 힘들답니다. 여기도 크게 다르지 않다고 들었는데, 다른 사람이 보면 얼마나 화가 나겠어요? 특혜는 그럴 때 쓰는 게 아닐 거예요."

뭣보다 충분히 오래 머물렀다. 이기호와 서윤경 부부는 벌써 황궁을 나가 작고 아담한 집에서 살고 있었다. 둘만 집 문제 때문에 자꾸 머무는 기간이 길어지고 있을 따름이지.

"부르신다면 자주 찾아뵙겠습니다. 드시고 싶은 음식이 있으면 얼마든지 말만 하세요, 황비마마."

"어머나, 그래도 되나?"

"물론이지요. 어머니처럼 이것저것 많이 챙겨주셔서 항상 감사하게 생각하고 있습니다."

황비가 낳은 첫째 황녀의 나이와 민주려의 나이가 비슷했다. 그녀는 낯선 곳에서 모든 것이 힘들 어린 신부를 위해 많은 배려를 했었다. 제 딸처럼 살뜰히 보살폈는데, 민주려는 그것에 감명받았다.

은혜를 입으면 갚아야 하는 것이 도리!

식당을 연 후에도 민주려는 황비에게 절대 돈을 받지 않을 생각이었다. 그동안 입히고 먹여준 값이 어마어마하니 말이다.

"그나저나 과일주스를 많이 마시던데. 전에 레몬은 신맛이 강하다고 잘 못 먹지 않았나요?"

"네, 근데 더워서 그런가. 자꾸 마시고 싶네요. 여름이다 보니까 몸도 축축 늘어지고 잠도 오고. 오늘도 마차 안에서 그만 졸아버렸어요. 깨워줄 때까지 세상모르고 잤답니다. 기가 허해졌나 봐요."

그러자 황비의 눈이 묘해졌다. 신 것이 먹고 싶고 몸이 피곤하고. 물론 계절이 한여름이면 다들 흔히 겪는 증상이지만, 올해의 민주려는 그 정도가 유독 심했다. 작년에는 배추밭에 물을 주면서 정원을 왕창 뒤집어놓지 않았는가.

'혹시…….'

황비는 좋은 일이 생길 것 같다는 예감이 들었다. 그래서 부채를 탁 펼쳐들고 민주려의 귀에 속삭였다.

"엥? 설마요."

"증상이 딱 그거인데. 한번 검사받아보는 게 좋을 거 같아요. 이래 보여도 감이 틀린 적은 없답니다?"

"하지만 갑작스러운걸요."

"언제나 선물은 갑작스레 오는 법이지요. 뭔가 특별한 일은 없었나요? 달라진 거라든가."

짚이는 게 하나 있긴 했다. 달거리 시기가 되었는데도 하지 않는 것 말이다.

민주려가 시뻘게진 얼굴로 고개를 숙인 채 말하자 황비의 눈이 빛났다.

이거야말로 빼도 박도 못하는 상황증거였다.

"날짜는 언젠가요? 혹시 이렇지는 않았나요?"

의사처럼 질문을 하는 모습에 정신없이 대답을 하고 나니 어느새 방 안에 있는 모든 사람들이 흥분한 얼굴을 하고 있었다.

"당장 전의를 불러야겠다. 지 부인은 검사를 받을 필요가 있어."

"즉시 연락을 하도록 하겠습니다."

"호호, 경사가 날 거야. 틀림없다니까!"

그리고 황비의 예상은 사실이 되었다.

△▼△

"임신입니다. 축하드립니다."

어린 신부가 엄마가 되었다. 민주려는 얼떨떨한 기분으로 의사가 건네주는 수첩을 받아 들고 주의사항을 들었다.

"저얼대! 무리하시면 안 됩니다. 초기이니 무조건 조심하시고, 일사병 위험도 있으니 그늘만 찾아다녀야 합니다. 특히 이런 땡볕? 한 발자국도 내밀지 마십시오. 영양보충은 필수고, 여기 임산부를 위한 이 약을 챙겨 드셔야 합니다. 식단은 여기에 적힌 것들 위주로 드셔야 하고……."

임산부 주의사항은 좀 많이 길었다. 거기에 이미 경험이 있는 황비와 다른 시녀들의 걱정까지! 민주려는 머리가 어지러워졌다.

"뛰지 마십시오. 되도록 조심해서 걸어야 합니다. 특히 길가에 있는 돌도 다시 보고 피해야 합니다. 넘어지는 것만큼 안 좋은 것도 없으니까요. 그 외의……."

진짜 주의사항이 많았다. 기겁할 정도로 세밀하고 많은 주의를 들으며 그녀는 어쨌든 간에 열심히 받아 적었다. 틀린 말은 하나도 없었으니까. 그녀가 마을 아주머니들에게 들은 것과 몇 가지 차이가 있었으나, 대부분 임산부가 지켜야 할 수칙은 어디나 공통이었다.

"우리는 아무 말도 안 할 테니 제일 먼저 알려줘요. 그래야 되는 거야."

"그, 그런 건가요?"

"당연하죠. 나이 든 사람 말 들어서 손해 보는 거 없다니까. 두고 봐요. 내 말이 맞지."

다들 이구동성으로 얼른 남편에게 직접 알려주라고 했다. 그리고 남편 반응을 유심히 살피라고. 그 느낌으로 앞으로 아이에게 얼마나 잘해줄지, 임산부인 아내에게 간이고 쓸개고 내줄 만큼 굴지 다 나온다고 하였다. 그리고 뜻밖에 귀여운 모습도 볼 수 있다나?

이런저런 설명을 들으며 그녀는 고개를 끄덕이고 마음을 굳게 다졌다. 집 공사현장을 보러 간 그가 돌아온다면 말하리라!

"입덧은 없나요?"

"아, 그 울렁거리는 거요? 아직은 없는 거 같은데……."

"없는 게 좋아요. 진짜 딱 죽고 싶을 정도니까."

"입덧은 정말, 입에서 절로 욕이 튀어나오게 할 정도로 힘들죠."

"전 막달까지 했어요. 특이 체질이라고 하더군요. 아기 낳고 나서 얼마나 후련하던지."

경험자들의 생생한 과거사가 펼쳐졌다. 황비부터 시작해 서윤경까지. 제각각 옛날 일을 줄줄 말하는데 그만 민주려는 겁을 먹고 말았다. 간이 크기로 소문난 그녀도 한 번도 경험해보지 않은 일을 하려니 손이 조금씩 떨린다. 앞으로 남은 기간을 잘 버틸 수 있을지 걱정이 되었다.

"남편이 많이 도와줘야 하는데."

"도련님이 밤에 일어나서 음식을 가져다주는 장면은 상상이 안 되네요."

"워낙 표정이 없으셔서 말이죠."

탁자에 둘러앉은 사람들이 하는 말에 민주려는 속으로 고개를 저었다. 표정이 있는 듯 없는 듯 많은 사람이 지야곤이었다. 겉으로야 맹하고 담담해 보인다지만, 속으로 이런저런 생각이 많은 사람이었다. 다정하고, 배려심 많고, 그리고 좀 아이처럼 귀여운 사람.

'해달라는 것도 다 해주는데.'

연애를 할 적에도 일을 하면서 불평 한마디 한 적이 없었다. 지금도 뭔가를 부탁하면 즉시 해준다. 사소한 거라도 그녀가 말한 건 절대 잊지 않았다. 물론 살면서 부부싸움을 한 번도 안 한 건 아니지만, 기본적으로 우여곡절 끝에 맺어진 사이다 보니 무척 금슬이 좋았다. 그 결과로 아기도 생긴 것이고.

사실 둘은 식당이 좀 더 자리를 잡으면 아이를 가질 생각이었다. 아직 집도 없고 준비도 안 되었다고 생각했기 때문에 나름대로 조심을, 조심을 하고 있는데……. 일이 요렇게 되어서 민주려는 말하지 않았지만 조금 당황한 상태였다.

하지만 이미 삼신 할미가 떡 점지를 해준 걸 또 어쩐단 말인가. 낳아야지. 그녀는 주먹을 불끈 쥐었다. 열심히 노력해서 좋은 엄마가 되리라! 그리고 돈도 많이 벌어서 풍요로운 삶을 영위할 것이었다. 그녀 자신이 집 하나 달랑 물려받아서 엄청나게 고생을 해보았으니까!

“집 지어지는 것도 그렇고 이렇게 되었으니 산후조리까지는 하고 나가요.”

“음, 그게 나을까요?”

“지금은 초기라서 괜찮지만, 곧 배가 엄청나게 불러올 거예요. 살림집은 위층이라고 하지 않았나요? 그러면 움직이기 무척 힘들 거랍니다.”

“맞아요. 계단은 배 불러오면 지옥이죠.”

호호호 웃으면서 황비와 서윤경이 하는 말에 민주려는 눈만 깜박였다. 뭐 아는 게 있어야지. 눈을 데굴데굴 굴리면서 생각을 한 후 그녀는 아무래도 이 문제는 지야곤과 의논을 좀 해봐야겠다는 생각이 들었다.

그런데 옆에서 차를 따라주던 시녀가 결정적인 한마디를 했다.

“출산이랑 산후조리는 돈이 많이 들어요. 병원비도 장난이 아니고 일단 한동안은 움직일 수가 없거든요. 저도 첫아이 낳을 때 수백 골드가 나갔죠.”

수백 골드! 차아의 금 한 냥과 헤스키츠의 골드 한 개가 비슷한 가치를 지니고 있다. 민주려의 머리는 팽팽 돌아갔다. 황궁에 있으면 마음 좋고 어머니처럼 살뜰히 챙겨주는 황비가 산후조리를 다 해줄 것이다. 뿐이랴! 이것저것 더 여러 가지를 가르쳐주거나 병원비도 공짜일 텐데! 여기서 황궁을 그냥 나가면 저 모든 것에 돈을 내야 했다!

"아기 낳고 산후조리 다 끝낸 다음 이사할게요."

"그러도록 해요. 폐하께는 말씀 잘 드릴 테니까요."

하하하, 호호호. 모두가 즐거운 티타임이었다.

△▼△

"다녀왔어."

지야곤이 돌아왔다. 그는 하루 종일 집 공사 현장을 감독하고, 틈틈이 외교부 문서도 번역을 한 터라 꽤 피곤했다. 밖에 있는 동안 머릿속에 둥실둥실 떠다닌 사람은 다름 아닌 민주려였다. 아내만 보면 기운이 날 텐데. 그 생각 하나로 일을 처리하고 집에 돌아오니, 항상 달려 나와주던 부인이 보이지 않았다.

혹시나 싶어 방 안으로 들어가자 의자에 앉아 꾸벅꾸벅 졸고 있는 민주려가 보였다.

"피곤한가."

요즘 가구와 살림살이들을 장만하느라 매일이 바쁘다는 건 알고 있었다. 조금이라도 싸게 사려고 민주려는 발품을 아끼지 않았다. 주문제작을 통해 차아의 요리도구들을 하나씩 만들기도 하고. 아침에 할 일 목록을 쭉 적는 걸 보면 그마저도 기가 질릴 정도였다. 더 무서운 것은 그걸 또 정해진 대로 무조건 다 해치웠다. 과연 돈귀신 민주려! 여기서 감탄할 부분은 아니지만 차아에서 다들 질려하며 그 별명을 부르는 기분을 좀 이해할 수 있을 것 같았다.

"음냐."

새근새근 잘 자고 있는 그녀의 배가 허전해 보여서 그는 얇은 이불을 찾아 덮어주었다. 마법 때문에 항상 시원한 황궁인지라, 자칫하면 감기가 걸릴 수도 있겠다 싶었다. 그가 옷을 갈아입고 나가니 때마침 시녀들이 식사를 들고 왔다.

"……."

이건 민주려가 만든 것이 아니다. 평소에 차려진 음식들과 비슷하지만 그는 바로 알 수 있었다. 누가 뭐래도 그녀의 요리를 가장 좋아하는 사람은 그였으니까. 아내의 사랑이 담긴 밥이 아니라 타인이 해준 것이라니. 먹고 싶은 마음이 슬그머니 없어지려는 것을 다잡고 그는 시녀들에게 물었다. 혹시 부인이 아픈 건 아닌지 말이다. 그러자 아픈 건 아니라는 대답만 돌아왔다.

"참. 지 부인을 깨워주세요. 식사는 절대 거르면 안 되거든요."

"역시 어디 아픈가?"

"아니요, 그렇진 않고요. 부인께 직접 들으세요."

뭔가 시녀들이 평소보다 더 즐거워 보인다. 그것을 좀 이상하게 생각하면서 그는 세상모르고 자는 부인을 살살 깨웠다. 머리카락을 쓰다듬고, 보드라운 뺨도 살살 문지르면서.

"후아아암, 미안해요."

눈을 비비는 모습이 마치 낮잠을 자던 토끼가 일어나는 것 같다. 역시 그의 부인은 몇 년이 지나도 아기처럼 작고 사랑스럽다며, 그는 그녀의 이마에 입을 맞추었다. 눈을 깜빡거리면서 애정을 받은 민주려가 배시시 웃었다.

"다녀왔어요?"

"그래."

"어서 오세요."

지쳤던 오늘 하루는 이것으로 치유 완료. 지야곤은 배고플 자신의 아내를 위해 더 하고 싶은 애정행각은 그만두기로 했다. 저녁을 먹기 위해 나오자 민주려가 짧게 감탄을 흘렸다.

"오늘은 화려하네요."

가짓수 많은 요리. 반짝거리고, 예쁘고, 그런데 양이 조금씩 적었다. 민주려는 그것을 보고 주방에서 임산부를 위한 요리들로 나름 신경 서서 만들었다는 것을 깨달았다. 먹고 체하지 않도록 양과 맛까지 신경 써서 요리해주다니. 고기와 채소의 식감을 그대로 살린 반찬에 갓 지은 고슬고슬한 밥, 맑은 탕에서 맛있는 냄새가 났다.

"얼른 먹어요."

"응."

이제 민주려는 하나가 아니라 둘이었다. 그것을 자각해버린 탓인지 배가 무척 고팠다. 밥을 한술 떠먹고, 고기 한 점을 야무지게 씹은 다음에 생선요리로 젓가락을 옮겼다. 노릇노릇하니 잘 구운 고등어였다. 그러고 보니 주방에게 고갈비를 알려줄까 싶다. 그냥 구운 것도 맛있지만 역시 고등어는 고갈비지. 고개를 끄덕이고 한 젓가락 집어 먹는데…….

"우욱!"

비릿한 것이 평소에는 상상도 할 수 없었던 맛이 혀끝에서 느껴졌다. 속은 마구 뒤집히고 세상이 빙글빙글 돌았다. 더는 못 참겠다 싶어서 벌떡 일어난 그녀는 화장실로 달렸다.

“우웨에에엑!”

심상치 않은 소리에 깜짝 놀란 지야곤은 덩달아 화장실로 달려가려고 했다. 하지만 그를 말린 것은 다름 아닌 곁에 있던 시녀들이었다. 아무리 입덧이라고 해도 토하는 모습, 남편에게 보여주고 싶은 아내가 어디에 있는가. 하물며 결혼생활 삼 년까지는 신혼이라는데! 예쁜 모습만 보여주고픈 게 바로 여자 마음이라고, 이럴 때만큼은 모른 척해주는 것이 옳았다.

시녀들이 잽싸게 고등어를 치우고 얼마간 씨름했을까. 민주려는 눈물이 글썽글썽한 얼굴로 간신히 밥상 앞에 돌아왔다.

“괜찮아?”

“괜찮아요.”

아니. 전혀 안 괜찮아 보였었다. 급체였나 싶어 물을 줄까 했는데, 문제가 되는 건 고등어뿐이었는지 나머지는 잘만 먹었다. 민주려가 밥을 두 공기나 비우자 지야곤은 더더욱 혼란스러워졌다. 속이 안 좋나 싶었는데 식욕은 왕성하다니. 어떻게 된 일이지? 지야곤의 머리 위로 물음표가 무수히 떠다닐 때 민주려는 냠냠 후식까지 해치운 뒤였다. 많이 먹은 것을 알기는 하는지 그녀는 소화에 좋은 매실차를 쭉 마셨다.

△▼△

‘언제 말해야 하나.’

저녁식사 때 그 난리를 쳐서인지 지야곤의 표정은 걱정으로 쭉 물든 채였다. 말없이 무슨 일인지 묻는 그의 얼굴을 보고 있노라니 양심이 쿡쿡 찔렸다. 당장 말하고 싶은데도 그윽한 눈만 보면 입이 딱 다물리는 걸 어쩐단 말인가. 결국 그녀가 입을 연 것은 자기 직전, 침대에 걸터앉았을 때였다. 아무리 생각해도 지금이 적기였다.

"여보, 있잖아요."

"응."

"아기가 생겼대요."

"응?"

난데없는 말에 지야곤이 눈을 휘둥그렇게 떴다. 아기라니? 어디에 말인가? 누가? 아니, 다 집어치우고 민주려가 그 말을 했다는 것은, 설마…….

"우리 아기가 생겼다고요. 아깐 정신없어서 말 못했는데 토한 거, 몸이 아픈 게 아니라 입덧이에요. 그러니까 걱정하지 말아요."

후아. 어쨌거나 말은 한 거다. 후련한 기분에 민주려는 싱글벙글 웃으며 지야곤을 봤다. 여자들이 이때 남편 얼굴을 잘 보라고 했으니 봐야지. 그런데, 이럴 수가!

'오, 오오오!'

지야곤이 한 번도 보여준 적 없는 얼굴을 하고 있었다. 놀라서 살짝 벌어진 입, 동그란 눈동자. 그리고 주변에 몽실몽실 피어나는 저 꽃배경은 뭔지!

'코피가, 코피가 터질 것 같아!'

첫날밤에도 본 적이 없었던 표정이었다! 저 수줍고 좋아서 발갛게 물든 뺨이라니! 곰인 줄 알았던 남편이 알고 보니 귀여운 새끼 고양이였다. 저 눈 반짝이는 거 봐라. 무심코 가슴이 덜컹 하고 내려앉을 정도로 치명적인 귀여움을 자랑했다. 이, 이건 위험하다. 위험했다!

"허억."

남편의 치명적인 사랑스러움에 굴복한 민주려는 가슴을 붙잡았다. 손이 바들바들 떨리는 것이, 더 오래 봤으면 큰일 났을 것이다. 첫째 낳기도 전에 둘째 생길 뻔했다. 사랑하는 남편을 덮쳐서 말이다.

"괜찮아?"

얼굴을 붉히며 비실거리는 아내를 걱정한 남편의 질문에 민주려는 고개를 끄덕였다. 그리고 안심했다. 저렇게 좋아하니 아마 앞으로의 길고 긴 임신 기간도 마냥 힘들지만은 않을 것이다. 분명 아이도 좋아해주겠지. 그리 생각하자 행복함이 조금씩 가슴에 차올랐다.

"네. 아직은 힘들지 않아요. 그런데 다들 아기를 낳고 이사를 가라고 하더라고요. 안정된 환경은 아주 중요하다고. 건물이 다 지어지지도 않은데다가 장사도 그렇고 바꿔야 할 일정이 산더미네요."

"그런 것들은 아무 상관없어. 너와, 우리의 아기가 중요해."

"우리의 아기요?"

"그래."

"그러네요. 영순위니까요."

평소보다 더 꼭 안아주는 지야곤. 민주려는 그 안락한 품에서 미소 지었다. 결혼하기 전이나 임신한 지금이나 참 착한 사내였다.

"우리 열심히 해봐요. 쉽지는 않겠지만."

"응."

도란도란 이야기를 하면서 둘은 기쁨을 만끽했다. 오늘의 검사 결과 민주려는 건강 체질이라서 사실 크게 걱정을 할 필요는 없었다. 남들이 조심하는 것처럼 얌전하게 살면 무사히 건강하게 출산할 거라고 의사가 보증했다.

"아기 태명을 지어야 해요. 꼭 지어서 매일 불러주라고 하더라고요."

"잘 지어야겠지. 이름은 중요하니까."

"난 좋은 게 좀처럼 생각이 안 나요. 당신은 이거면 되겠다, 싶은 이름이 있어요?"

품속에서 꼬물거리면서 묻는 말에 지야곤은 열심히 머리를 굴렸다. 소중한 아기였다. 세상에서 가장 훌륭하고 멋진 이름을 지어주고 싶었다.

"이곳에서도 우리랑 비슷하게 짓는다고 하더라고요. 복덩이, 예쁜이, 금덩이. 뭐 이렇게 한대요."

"그건 좀 그래."

단호하게 고개를 젓는 남편을 보고 민주려는 그렇구나 하면서 이름 예비 목록 중 말한 것들은 전부 싹 지워버렸다.

'그럼 뭐라고 해야 하지?'

그녀가 머리를 쥐어뜯어도 태명이 금방 불쑥 나오는 것은 아닌지라. 부부의 고민은 깊어져만 갔다.

"후암."

하품을 하는 민주려를 보고 지야곤은 시계를 보았다. 임신을 하면 잠이 많아진다는 말 정도는 그도 들어서 알고 있었다. 피곤하지 않게 빨리 재워야 한다. 그러자 갑자기 팟 하고 수면 위로 이름 하나가 불쑥 떠올랐다.

그는 한 단어를 입 밖으로 내뱉었다.

"호운(好運). 호운으로 하지."

"호운이요? 좋은 운수?"

"살면서 평생 좋은 일만 생기길 바라니까."

정말이지 다정한 사람. 민주려는 이렇게 속이 여린 남편을 두고 무뚝뚝하다고 하는 다른 사람들의 말을 믿을 수 없었다. 그녀는 지야곤의 손을 꼭 잡으며 고개를 끄덕였다.

"저는 좋아요. 발음하기도 쉽고, 묘하게 이쪽 느낌도 나고. 태명은 이것으로 해요."

"응."

"그럼 호운이가 되는 건가요? 이제부터 우리 아가는 호운이에요. 호운아?"

부르지도 않은 배를 도닥이며 부부는 행복한 분위기를 폴폴 풍겼다.

그렇게 아직 엄마의 배 속에 있는 아기 태명은 호운이 되었다.

그리고 여덟 달 뒤, 낳아놓으니 아들이라 태명은 그대로 이름이 되었다. 지 부부의 아들 호운 지의 탄생이었다.

外傳 八

개점! 행복한 시간

호운이 태어나고 백일잔치까지 끝나자 민주려는 본격적으로 움직였다. 건물은 다 지어졌고, 가구도 딱딱 들어맞았다. 예상한 부분과 달라진 것이 있다면 과감히 바꾼 그녀가 제일 먼저 한 일은 이것이었다.

"어때요?"

"맛있어."

"당신은 항상 맛있다고 해주잖아요. 이래선 안 돼. 어떻게든 수를 써야겠어!"

요리 개발. 황궁에서 만든 요리로는 부족했는지, 그녀는 더 많은 요리 개발에 힘을 썼다. 물론 부부가 여는 요리점은 차아제국식 요리가 주였다. 하지만 헤스키츠와 너무 달라 익숙하지 못한 손님이 더 많을 것을 알기에, 이곳 식으로 말하자면 퓨전 요리가 많이 필요했다. 현지인도 맛있게 먹을 수 있는 차아제국의 요리. 그것이 민주려가 원하는 것이었다.

"주변 사람들도 다 맛있다고 할 거다."

"그런 게 아니라 냉정한 평가가 필요하다고요. 단순히 맛있다, 에서 끝내고 싶지 않으니까."

"마아."

"응? 우리 호운이 배고프니? 맘마 줄까?"

기왕 하는 거 제대로 하자 싶은 그녀의 욕심 때문인지 식당의 개점일은 자꾸 미뤄지고 있었다. 하지만 그것에 다급함은 전혀 없었다. 식당보다도 더 중한 것이 이 자리에 있기 때문이리라.

"자, 아 해봐."

"아."

"그래. 아유, 잘 먹는다. 더 줄까?"

호운 지. 두 사람의 사랑의 결실이었다. 이제 겨우 스스로 앉을 수 있게 된 아기는 정말 귀여웠다. 동글동글 말랑말랑한 것이, 작은 아기 동물을 연상시켰다. 민주려가 토끼라면 호운은 다람쥐 같다고 해야 하나. 언젠가 그 말을 해주니 그의 아내는 깔깔 웃으면서 반박했다.

「그냥 당신 아들이라 귀엽죠! 작은 곰이라는 느낌!」

귀엽고 깜찍한 아기 곰. 호운 지의 별명이었다. 워낙에 외모가 출중한 아버지와 단아한 어머니 사이에서 태어난 아이라 다들 기대했는데, 뜻밖에 아이는 평범한 편이었다. 두 사람에게 있어서는 눈에 넣어도 안 아플 자식이라지만 기대했던 사람들은 좀 김샜다는 것 같다. 그도 그럴 것이 호운은 지야곤도, 민주려도 닮지 않았다. 귀엽지만 무난하고 말랑한 외모에 무척 순둥한 성격이었던 것이다.

대체 누굴 닮았느냐는 수군거림에 해답을 준 사람은 민주려였다. 호운은, 그러니까 그녀의 아버지를 꼭 닮아 있었다. 차아에서 8급 관리까지 했으면 나름 공부도 많이 하고 능력도 좋은 편이었지만, 성격은 너무 순해서 탈이었던 그녀의 아버지. 외모도 성격도 판박이가 따로 없었다.

민주려는 내심 지야곤을 닮았으면 더 좋겠다고 생각했지만, 그녀의 남편 마음은 또 달라서 그는 호운을 아주 예뻐했다. 아무렴 그가 사랑하는 사람과 더 닮은 아이인데 어찌 안 예쁘려고?

"아, 어쩌죠. 식당 열고 나면 아무에게나 막 먹을 것을 받아먹는 것은 아니겠죠?"

"낯을 가리니까 괜찮을 거다."

"그래도요. 이렇게 순하고 귀여운 아들인데. 차아의 사람을 처음 본다고 납치한다든가!"

"괜한 걱정이다."

아들바보가 되어가는 아내도 나름 귀엽고. 지야곤은 흐뭇하게 웃었다. 하지만 그러는 그도 충분한 아들바보였다. 왜냐하면 민주려가 납치 운운했을 때, 만약 그런 일이 일어나면 자신이 친히 칼을 빼들 생각이었기 때문이었다.

조금 아쉬운 것이 있다면 이곳에 와서 주술력이 약해졌다는 것일까. 그건 정말 예상외의 일이었다. 사람의 기원(冀願)은 그대로임에도 그것에 힘을 빌려주는 대상이 사라진 곳에서 주술은 쓸 수 없었다. 민주려도, 지야곤도 차아에서 쓸 수 있었던 주술의 힘을 보조해주는 것이 대자연의 신령이라는 것을 뼈저리게 느꼈다. 그들이 힘을 보태주고, 부탁을 들어주었기 때문에 강대한 힘을 낼 수 있다는 것을.

헤스키츠가 있는 대륙에는 신령이 없었다. 그것과 비슷한 존재는 있지만, 언제 어디서든 힘을 빌려주던 신령과 같은 존재가 아니었다. 어떻게 보면 배타적이었고, 어떻게 보면 평등하게 사람을 차별한다고 해야 하나. 그 덕분에 이곳에서는 마나라는 힘을 이용해 마법이라는 것이 발달한 것 같았다.

"그때가 되면 부탁해요, 여보?"

"응?"

"이상하네요. 당신이 넋을 놓을 때도 있고. 아니지, 원래 그랬나?"

민주려가 푸스스 웃으며 깨끗하게 빈 이유식 그릇을 치웠다. 그리고 호운을 둥기둥기하며 요리 걱정을 또 한다. 그녀는 정말 예전이나 지금이나 다를 것이 없었다. 주술을 대부분 못 쓰게 되었음에도 불편함 하나 없이 잘 지낸다. 아마 바지런했던 예전의 습관이 그대로 남아서일 것이다.

"오븐을 구하는 게 좋을 것 같아요."

"오븐이라면 화덕 같은?"

"네. 헤스키츠의 요리는 오븐을 많이 사용하더라고요. 그것을 이용하면 더 맛좋은 요리가 된다던가."

"기구를 늘림으로서 요리 방식도 늘린다는 거로군."

"바로 그거예요. 그리고 저희는 사람 손이 부족해서 통구이 같은 건 어렵잖아요. 오븐이 있으면 닭 한 마리 정도는 쉽게 요리한다고 하니까, 들여놔야 할 것 같아요."

사용법도 익히고, 그에 맞는 요리까지 또 개발해야 하지만 민주려는 주저함이 없었다. 지야곤은 그녀의 판단에 고개를 끄덕이며 바로 다음 날 오븐을 들였다.

△▼△

"어때요? 이거 맛있죠?"

"감칠맛이 독특해."

"역시 오븐이 답이었어요! 차아제국식의 요리도 좋고, 퓨전도 좋지만! 뭔가 부족하다고 여겼더니 기구가 문제였네요."

"하지만 재료 수급이 힘들겠군."

"주문 메뉴로 넣죠, 뭐. 그러면 재료를 구할 시간도 늘고요."

오븐을 구하고 민주려가 며칠 내 뚝딱 만들어낸 요리가 있었으니. 마늘 통닭이었다. 아직 명칭도 제대로 붙이지 않은 이 요리는 감칠맛이 아주 뛰어나고 속살도 촉촉하니 맛있었다. 한번 먹으면 잊을 수 없는 맛. 아마 몇십 년이 지나도 사람들이 찾는 그런 요리가 되지 않을까.

"그리고 이것도, 저것도! 전부 실험 완료예요! 반응은 그야말로 최고!"

완벽한 차아제국식 요리. 하지만 그 맛은 현지화에 맞춰 순화시켰고, 퓨전 요리는 이미 수십여 개에 이르렀다. 그것을 하나하나 주위 사람에게 맛보여 보완하고, 황궁까지 직접 싸들고 가 검증 받은 다음에 추린 메뉴가 무려 열다섯 개. 앞으로 이 안에서 줄이거나 늘리거나, 혹은 계절메뉴를 넣으며 자유로이 바꿀 거라고 한다.

"힘들지 않나?"

"전혀요! 호운도 좋아하고, 저도 좋은걸요."

"그렇군."

민주려의 시식대상 일순위는 다름 아닌 지야곤과 호운이었다. 부자(父子)는 그녀가 해주는 요리를 매일 먹을 수 있어 행복했다. 호운은 조금씩 맛보라며 한 입씩 얻어먹는 요리 덕에 벌써 토실토실해졌지만, 어리니까 그마저도 귀여웠다. 결국 이때 찐 살이 나중에 커서도 유지되리라는 것을 알았다면 조금 자중했을지도 모르지만. 지금이야 모르는 먼 훗날의 일이었다.

"재료도 기일에 맞춰 주문은 맞췄고, 식기도 테이블도 의자도 다 구비되었어요! 이제 손님만 받으면 끝이고요."

"마!"

"네, 네. 엄마 여기 있어요. 엄마가 아주 기분이 좋네, 호운도 그렇지?"

"마아!"

"아휴, 누구 아들인지 정말 예쁘네."

식당 개점일이 코앞으로 다가오자 민주려는 들뜬 모양이었다. 신이 나서 통통 뛰는 것이 처녀 때와 똑같다. 생기발랄한 그 모습을, 그는 턱을 괴고 지켜보았다.

많은 일이 있었다. 정말로 많은 일이. 사람이 부러워하는 모든 것을 가지고 태어난 만큼 감정이 결핍된 사내가, 세상에서 제일 빛나는 여자를 만났다. 공허한 그와 달리 차오르다 못해 흘러넘칠 정도의 열정을 가진 그녀는 반짝거렸다.

그녀에게 받은 감정, 가치, 삶, 그 무엇 하나 버릴 수 없던 사내는 중대한 결심을 내렸다.

그녀를 위해서라면 그를 이루고 있던 것을 모두 버리자고.

그래서야만 그녀의 곁에 설 수 있다면, 기꺼이 그럴 수 있었다. 그만큼 그는, 지야곤은 민주려가 소중했으니까.

"주려."

"네?"

"지금 어떻지?"

"기분 좋죠! 메뉴 개발도 끝났으니까요. 이제 식당을 잘 꾸려나가는 일밖에 안 남았어요. 황제 폐하께 얻은 치외법권을 알차게 써먹어야 하지 않겠어요? 우리의 아이가, 그리고 또 그 아이의 아이가 살아가기 좋은 장소를 만들어줘야 하니까요."

"살아갈 장소."

"네! 살아갈 장소. 우리가, 우리 가족이."

그의 아들을 끌어안고 있는 그녀는 왜 저리도 반짝거릴까?

"가장 행복한 때를 맞이할 수 있는 곳."

묻지 않아도 그는 알 수 있다.

"이곳은 그런 곳이 될 거예요!"

그녀는 행복함으로 충만하니까. 그의 곁에 있어 그녀가, 그리고 그녀의 곁에 있어 그가. 선상 위에서 맹세했던 그때처럼 한 줌의 아쉬움 없이 사랑으로 그득 찬 삶들이 앞에 펼쳐졌다.

뭉클, 가슴을 채우는 그 느낌에 지야곤은 참을 수 없었다. 그는 당장 자리에서 일어나 두 팔을 크게 벌리고, 자신의 아내와 아들을 끌어안았다.

이를 위해 이곳까지 달려왔다.

"행복해."

"저도 그래요."

"주려."

마침내 도착한 그들의 보금자리. 고향과 조금 멀리 떨어져 있지만, 가장 아늑하고 편안한 이곳에서 그들의 인생은 새로이 시작된다.

"사랑해."

보다 많은 이야기를 품고서.

그로부터 며칠 뒤, 헤스키츠 수도에 새로운 식당이 열렸다. 멀고 먼 바다 건너 대륙에서 넘어온 이민자가 연 이 가게는 특이하게도 차아의 요리를 선보였다. 독특하고 맛난 요리는 곧 헤스키츠 수도에서 가장 유명한 식당이 되었고, 그 식당의 이름은…….

'행복한 시간'이라고 하였다.

外傳 九

인생은 매 순간이 새롭다

동도 트지 않는 새벽. 민주려는 비척거리며 잠에서 깼다. 나이가 들면 잠이 줄어든다는 것이 사실인지, 그녀는 요즘 들어 퍽 일찍 일어나게 되었다.

"주려……."

"깼어요?"

게다가 부부는 사이좋게 눈을 뜨는 편이었다. 지야곤이 부스스 일어나자, 민주려는 짙은 웃음을 그렸다. 이 남자는 어쩜 나이가 들어도 이렇게 멋질까? 잘 웃지 않아 입가에는 절대 주름이 지지 않을 거라고 생각했는데, 어느덧 웃는 것이 습관이 될 만큼 이 사내는 바뀌었다. 그녀가 쪽 입 맞추는 입가에 잔잔한 주름이 생겼을 정도로.

"좀 더 자지 그랬어요."

"눈이 뜨였어."

"아직 아이들도 깨어나지 않았는 걸요. 지금부터 움직이면 시끄러워서 깨려나?"

"그렇다면 이리 와."

남자는 늙으면 아이가 된다는 말이 딱 맞다. 지야곤이 투정부리듯이 민주려의 몸을 끌어 당겨 제 품으로 쏙 집어넣는다. 익숙한 살 냄새. 그녀는 이 냄새를 벌써 수십 년째 맡고 있었다.

"게을러지면 안 되는데."

"조금은 게을러지도록 해."

"어머, 싫어요. 제게 바지런한 것 빼고는 남는 게 없잖아요."

"틀려."

기분 좋은 손이 민주려의 머리카락 사이로 파고들었다. 조심조심 쓰다듬던 손은 이내 그녀의 목덜미로 내려와 꾹꾹 주무른다. 절로 나른해지는 기분에 민주려가 기분 좋은 신음을 내자 지야곤의 입술이 그녀의 이마에 내려앉았다.

"내가 있으니까."

"얄미워라. 반박할 수가 없네."

하지만 그거는 그거고 이거는 이거였다. 민주려는 남편의 등을 토닥거리며 밀어내고 일어났다. 헝클어진 머리카락에는 어느덧 새치가 섞였다. 옛날에는 흑단처럼 곱고 까맸던 적이 있었는데 말이다. 그래도 아침마다 빗질을 열심히 하고 있어 여전히 반질반질했다. 잘 땋아서 틀어 올리면 끝. 비녀는 아쉽게도 지야곤이 청혼 선물로 준 자개나비 비녀가 아니었다. 험하게 일하는 편인데 혹시라도 떨어뜨려 망가지면 안 되니까.

"어때요?"

슬슬 동이 트고 있었다. 창문 틈으로 스며들어온 햇볕이 민주려를 비췄다. 드러난 그녀의 얼굴에 지야곤의 눈매가 부드럽게 휘어졌다. 깔끔하고 단정한 차림새. 세월의 흔적이 고스란히 드러난 그녀가 참 고왔다.

"세상에서 제일 예쁘다."

"입바른 말이라도 좋다니까요."

"참말인데."

"당신도 세상에서 제일 멋져요."

그녀의 말에 아직도 가슴이 두근거리는 게, 아직도 신혼인 것만 같다. 지야곤은 민주려의 뺨에 다시금 입을 맞추고 그 자신도 준비했다. 씻은 뒤 군더더기 없는 선의 셔츠와 바지, 그리고 슬슬 드는 나이 때문에 추위를 타게 되는 바람에 요즘 걸치기 시작한 차아의 상의. 반백의 머리카락을 깔끔하게 묶고 나자 준비가 끝났다.

"어머, 벌써 일어나셨어요?"

방 밖으로 나오자 환하게 웃는 사나 지가 있었다. 이기호와 서윤경의 늦둥이로 태어난 그녀는 호운보다 두 살 아래였다. 나이가 많은 중년 부부 아래 태어나는 바람에 부모를 일찍 여의었지만, 교육 잘 받고 자라난 참한 아가씨였다. 그리고 기어이 호운과 결혼하게 되어 민주려와 지야곤의 가족이 된 기특한 며느리이기도 했다.

"너는 좀 더 자도 괜찮지 않니? 몸도 무거운데."

"이 애는 둘째잖아요. 게다가 여자아이인지 굉장히 얌전해요! 타이젠보다는 훨씬 낫다니까요?"

"타이젠도 얌전한 편이었어. 네 남편은 말도 마라. 대단했단다."

"아내 앞에 있는 남편의 위신 좀 생각해주세요, 어머니."

"네가? 택도 없다!"

헤스키츠 제국에 있는 지 가문의 아침은 시끌벅적하다. 장성하여 벌써 두 아이의 아버지가 된 호운, 참하고 현명한 사나, 이 집의 첫 손자인 타이젠까지. 다섯 명, 아니 이제 곧 여섯 명이 될 행복한 시간은 아침부터 사람의 훈훈한 온기 속에서 시작된다.

"아우으."

"타이젠, 일어났니?"

"안녕히 주무, 흐아암, 셨어요?"

다섯 살 어린 손자가 깨어났다. 시끌시끌해서 깬 모양인데, 눈에 졸음이 덕지덕지 묻어 있었다. 민주려는 손을 뻗어 타이젠을 안아 올렸다. 묵직한 것이 조금 힘에 부친다. 하지만 그녀는 참지 못하고 타이젠의 뺨에 쪽쪽 뽀뽀했다.

"으이그. 누구 닮아 이렇게 귀여울까?"

"으응."

"어머님. 허리 아프세요. 제가 안을게요!"

"네 몸이나 신경 쓰렴. 만삭인 아이가 아침식사를 차린다고 고생하지 말고. 여보! 타이젠 좀 맡아줘요!"

지야곤이 다가오자 그녀는 곧장 타이젠을 안겼다. 그러자 민주려는 마음이 흐물흐물 녹아내리는 것 같았다.

호운이 태어났을 적에 그녀의 아버지를 닮는 바람에, 아들은 딱히 부모를 닮지 못했다. 그 이후로 열심히 노력했는데도 이상하게 아이는 호운 한 명으로 끝나고 말았다. 외동아들. 그게 아쉬웠는데 손자는 이제 둘이 될 것이다. 특히 첫손주가 지야곤을 빼다 닮아서 그녀는 흐뭇하기만 했다. 저 멍한 얼굴! 잘생긴 이목구비! 헤스키츠 식으로 말하자면 세트메뉴 같은 느낌?

"타이젠이 크면 당신 같아질까요?"

"똑똑한 아이니, 더 멋지게 자라겠지."

"누구와 달리 의사전달도 명확하고요. 잘 웃고, 잘 울고. 이런 아들을 낳고 싶었는데."

"어머니……."

"호운 네가 싫다는 건 아니고. 그냥 그랬다는 거란다."

"정말 너무하세요."

호운이 툴툴거렸다. 하지만 그녀는 안다. 순둥하기로는 타의 추종을 불허하는 그녀의 아들은 곧 화를 풀고 평소대로 허허 웃을 것이라는 걸. 아들 하나는 잘 뒀단 말이지. 어렸을 때야 너무 순해서 속을 썩었지만 크고 나서는 반대였다. 이리 좋은 아들이 어디에 있냐는 말이지.

"오늘은 특별석 예약은 없다고 했지?"

"네. 굉장히 평화로울 것 같아요. 상원, 하원도 없고요."

헤스키츠로 와서 외교관의 업무까지 거의 끝낼 무렵. 빨리 독립하려다가 민주려가 호운을 갖는 바람에 황궁에 더 머물렀을 때였다. 황제는 지야곤 덕에 차아와 교류를 더 빠르게 당겼다며 뭐든 들어주겠노라고 약속했다.

그때 그가 부탁한 것은 딱 한 가지였다.

'행복한 시간'을 치외법권으로 만들어줄 것.

또 하나는 지 가문의 식솔이 바랄 때, 황가는 두 개의 소원을 더 들어줄 것이었다.

즉, 총 세 가지 소원을 황제는 빚졌다. 세상 일은 모르는 것이니 신전에 가서 공증까지 받았다. 금은보화를 원해도 되었을 것이다. 혹은 차아에서 살았던 때처럼 헤스키츠에서도 대접받고 살 신분을 요구해도 되었다. 그러나 그가 원한 것은 애매모호한 것이었다.

이유는 하나.

「싸움 없는 곳. 누구나 맛있게 먹을 수만 있는 식당이라니. 위아래 할 것 없이 평등해지는 곳은 거의 없으니까요. 아무래도 다들 찾아오고 싶겠죠.」

신분 때문에 이를 세울 필요 없는, 서로를 똑바로 마주하고 맛있는 밥을 먹었으면 했기 때문이다. 마치 그가 그녀를 만나 그랬던 것처럼.

뒤의 소원 두 개는 후손을 위한 보험이었고 말이다.

"오늘은 모처럼 비는 날이니까, 어머님도 무리하지 마세요. 연세가 있으시잖아요."

"사나. 너는 안 그럴 줄 아니? 나이 들어 봐. 아마 그때의 너보다 지금의 내가 더 건강할 거다."

"호호. 말이 그렇다고요."

고부는 투닥거리며 아침 식사를 차렸다. 따뜻하고 고슬고슬한 밥에 삼삼한 소고기 무 국, 입맛을 돋우는 짭짤한 김에 계란부침, 달달새콤한 소시지 볶음과 담백한 나물반찬, 거기에 생선구이까지. 소화하기 좋은 음식이 주였으나 일할 것을 생각해서 든든하게 먹어두는 것이 좋았다.

타이젠은 밥 대신에 영양만점 야채죽을 먹어야 했다. 소화기능이 안 좋은지, 아니면 너무 일찍 일어나는 탓인지 그냥 밥을 먹으면 다섯 번에 한 번은 배가 아팠기 때문이었다. 그래도 요즘은 묽었던 죽이 점점 되도 괜찮아져서, 아마 한 달 후면 다른 가족들처럼 밥만 먹어도 될 것 같았다.

"사나는 밥 안 먹어?"

"이상하게 안 당기네요."

"밥 많이 먹어 둬. 이제 곧 예정일인데, 날도 더울 때 밥심이라도 없으면 애 못 낳는다?"

"그 이야기를 들으니 억지로라도 먹어야겠구나 싶은데, 정말 입맛이 없어요. 더위 먹었나."

이러면 안 되지만 젓가락을 들고도 깨작거리게 된다. 사나가 차마 밥상 앞이라 한숨을 못 쉬고 있을 때, 호운은 후다닥 일어나 주방에서 새콤한 과일 주스를 만들어 왔다.

사나가 '고마워요.' 하고 웃자 호운은 그저 부드럽게 웃었다.

"너, 이 어미한테는 한 번도 그런 적이 없었잖니."

"제가 해 드리기도 전에 아버지께서 다 해주셨잖습니까."

"어흠, 흠흠. 그건 그렇긴 한데……."

"제가 아내에게 잘 대해주는 건 아버지를 보고 자라왔기 때문입니다. 제가 받을 사랑까지 다 가져가셨으면서 질투는 곤란해요, 어머니."

"얘는 못하는 말이 없어."

민주려가 눈을 흘겼다. 그러자 호운이 지야곤을 흘끔 봤다. 아들이 도움을 청하는 눈빛에 그는 고기반찬을 그녀의 밥 위에 올려주었다.

"국이 식는다."

손수 반찬을 올려주자 넙죽넙죽 잘 받아먹는다. 그리고 그것을 손자인 타이젠이 뚫어져라 쳐다보는데, 아마 저 작은 머릿속에는 여자에게는 저렇게 해주는 거라고 배우고 있을지도 모르겠다.

△▼△

만삭이라 산처럼 부푼 배 때문에 계단을 오르락내리락 하는 것이 힘들어진 사나는 걱정스러운 눈빛으로 민주려를 보았다. 나이가 적지 않은 그녀가 식당에서 고생하지는 않는지 신경 쓰였던 것이다. 물론 민주려는 코웃음도 치지 않았다. 이 정도 일쯤이야 젊었을 적에 했던 막노동에 비하면 누워서 식은 죽 먹기였다.

"주문이요!"

"네, 네."

"여기 차아 정식 삼인분!"

"네에. 네."

바쁜 와중에도 여유를 잃지 않고 호운이 주문을 받는다. 주문은 호운이, 힘쓰는 일은 주로 지야곤이 맡는 편이었다. 그는 나이가 들어도 단련을 그만둔 것은 아니라서, 우습지만 젊은 호운보다 더 힘이 셌다. 아직도 젊은 사내 다섯 명은 거뜬하다던 말은 아마 거짓말이 아니라 진실이리라.

"여보. 저기 먹튀하는 손님 잡아요!"

그 예로 지금 이와 같이, 먹고 튀려는 손님 잡는 데 지야곤 만한 사람은 없었다. 가끔 이런 일이 있다. 무전취식하려는 사람들이! 돈이 없거나, 아니면 좀 악질적인 심보로 이러는 경우가 종종 있었다. 헤스키츠에서 좀체 볼 수 없었던 차아제국의 이민자가 세운 식당은 여러모로 유명했다. 맛도 있었고 가격도 합리적. 그것에 호기심 섞인 호의만 들어오는 것은 아니었다. 어딜 가나 배타적인 사람은 하나 둘 쯤은 나오기 마련이어서, 이런 식으로 악의를 드러내는 것이다.

예전에는 더 많았다. 하지만 이제는 많이 줄어들어 일 년에 서너 번 정도?

"으악!"

"무전취식은 곤란합니다, 손님."

"이것 놔! 경비대를 부르겠어!"

지야곤이 이렇게 하나하나 때려잡아버리니까 다들 안 건드리게 되었다. 그 외에도 황실에서 비밀리에 사람을 붙여준 상태이니 큰 사고는 일어나지 않는 편이었다. 어쩌다가 일어나도 민주려와 지야곤 앞에서 쪽을 못 썼다. 주술의 힘을 예전만큼 못 쓴다고 해도 민주려의 괄괄함은 여전했고, 사내 두어 명 정도야 나름 손쉽게 요리했다. 순한 편인 호운도 먹고 튀는 손님에게만큼은 나름 무서운 면모를 보이고 말이다.

"어휴, 놀래라."

무전취식 손님은 밖으로 쫓겨났다. 그러자 식당에 있던 손님들이 혀를 차며 그들에게 말했다. 헤스키츠 사람이 모두 저런 것은 아니라고. 그래. 나쁜 사람이 있으면 좋은 사람도 있는 거다. 그 정도도 이해를 못 할까. 민주려는 너스레를 떨었는데, 문제는 사나였다. 적잖이 놀란 듯 배를 쓰다듬는 게 좀 불안해 보였다.

"왜? 산기(産期)가 보여?"

"아닐 거예요. 그냥 좀 가슴이 울렁거려서……."

"혹시 모르니까 올라가 있어. 무리하지 마."

"괜찮은데요. 계산은 제가 하는 게 좋을 것 같고요."

"타이젠도 좀 봐 주고. 어서 올라가래도?"

결국 사나는 민주려의 등쌀에 위로 올라갔다. 호운의 도움을 받아 올라가는 며느리를 보며 민주려는 한숨을 푹 내쉬었다.

"무슨 애가 쉴 줄을 몰라."

그건 대체 누가 할 소리인지. 식당의 제법 오래된 단골들이 헛웃음을 지었다. 그녀는 그것을 아는지 모르는지 부엌에 들어가서 쉽게 넘길 수 있는 미음을 만들어냈다. 그리고 그것을 마침 내려온 호운에게 들려 보내는 것을 물론, 바로 옆에 있는 여관집에도 돌렸다. 그 집의 젊은 부부도 임신했다고 하니 신경이 배로 쓰였다.

"당신은 슬슬 쉬어."

"아직 장사 안 끝났잖아요?"

"그래도, 무리하지 마."

"이렇게나 정정한걸요. 봐요. 이 중에서 제가 제일 건강할 거예요."

당당히 허리에 손을 얹는 게 정말 그래 보이긴 했다. 그래도 지야곤은 걱정이었다. 그녀와 그의 나이는 결코 젊다고 할 수 없었다. 차아로 이민을 와서 적응하고, 식당을 열고, 바쁘게 살았다. 한 번쯤 쉴 만도 한데 그녀는 부지런하기만 했다. 그것이 나쁘다는 것은 아니다.

다만 세월이 이만큼이나 흘렀는데, 이제 그 누구의 눈치도 보지 않고 행복한 삶을 살게 되었는데 조금은 쉬거나 여유로웠으면 했다.

"주려."

"네?"

"요즘 고달픈가?"

"……."

뜬금없는 질문이다. 그녀가 이렇게 열심히 일하는 것이, 혹여나 생계라든가 걱정되는 것이 있는가 싶었던 지야곤. 하지만 그는 그녀의 답을 듣지 못했다.

위층에서 갑자기 들리는 비명.

사나의 진통이 시작되었다.

△▼△

날도 더운데 난리가 났다. 사나의 양수가 터지면서 진통이 시작되었고, 호운은 두 번째인데도 안절부절못하고. 타이젠은 옆에 있는 여관집에 잠깐 맡겼다.

"의사 선생님 불렀다! 조금만 힘내라!"

민주려는 사나의 손을 꼭 잡았다. 진통이 시작된 이상 병원까지 가는 건 무리였다. 그곳은 멀기도 하거니와 이미 양수가 터졌고, 뭣보다 두 번째라서인지 아이가 빨리 태어나려는 것 같았다. 뜨거운 물과 가위, 실, 그리고 수건을 잔뜩 준비해놓고 민주려는 자신의 며느리를 보았다. 이미 아이가 나올 길이 열린 듯 식은땀에 흠뻑 젖어 있었다.

"어, 어머님."

"아가. 정신 놓으면 안 된다. 알지?"

"아기, 아기가 태어나면……."

고통 때문인지 사나는 눈물이 그렁그렁한 눈으로 이렇게 말했다.

"어떤 이름을 지어줄지 생각 못 해놨어요!"

"엥?"

"으, 으윽. 그게 정신도 없고 성별을 일부러 듣지 않았잖아요. 그래서 태명도 어물어물해져 버렸고……아이 이름 어쩌죠?"

"잠깐, 사나야. 그게 급하니?"

"급해요! 나중에 아이가 자랐을 때 네 이름을 생각해두지 못했다고 하면! 얼마나 실망하겠어요!"

평소에 고아하고 차분했던 그 사나가 이렇게 흐트러진 적이 있었나? 민주려는 그만 헛웃음을 터뜨리고 말았다. 진통이 계속

되는 가운데 기운을 불어넣어줘야 하는데 그냥 웃기기만 했다.

"그럼 내가 지어줄까?"

"네?"

"아기 이름. 내가 촉이 좋은데, 분명 여자아이일 거야."

아주 귀엽고 사랑스러운. 얼른 보고 싶을 걸? 키들키들 웃으며 민주려는 계속 말을 걸어 주었다. 진통에 허덕이는 며느리의 신경을 조금이라도 분산시켜야 했다.

"첫째 아이는 이곳과 맞춰 타이젠이라고 지었지만, 그래. 이 아이까지 그럴 필요는 없겠지."

문득 민주려는 참 많은 시간이 흘렀다는 것을 깨달았다. 지야곤과 만났을 적의 그녀는 고작해야 열여덟 살의 어린 소녀였는데, 지금은 둘째 손주를 기다리는 할머니였다. 얼마나 바쁘게 살아왔는지 그 길고 긴 세월의 흐름을 전혀 느끼지 못했다. 그만큼, 참 보람되고 알찬 삶이 아니었나.

"아란이 어떻겠니?"

"아란……."

"예쁠 아(娥)에 알 란(卵)을 넣어서. 동그랗고 예쁜 알이 좋겠다. 많은 가능성을 품은, 모두가 애지중지 품을 수 있는 사랑스러운 아이라는 뜻을 담아서."

"훌쩍."

"우니?"

사나가 훌쩍 훌쩍 울기 시작했다. 아이가 태어나나 싶어서 확인하려는데, 사나의 목멘 말이 들렸다.

"이름이 참 예뻐요."

"얘가 별걸 다……."

"윽. 으악!"

"아가?"

"나, 나와요, 어머니!"

문 밖에서는 쿠당탕탕 소리가 울려 퍼졌다. 타이밍 좋게 의사 선생님이 왔고, 아기는 무사히 태어났다.

작고 꼬물거리는 아기는 민주려와 사나의 예감대로 여자아기였다. 그것도 아주 예쁜.

행복한 시간의 막내, 아란 지의 탄생이었다.

△▼△

"어이구, 허리야."

아란이 태어나고, 출생신고도 하고. 한바탕 난리가 끝난 다음 민주려의 입에서 나온 소리였다. 진짜 다사다난이라는 말이 옳았다. 그녀의 손녀는 태어날 적부터 몸이 약해서 신경을 많이 써야 한다는 주의를 단단히 들었다. 그뿐이랴? 사나가 몸을 풀자마자 예약주문이 미친 듯이 들어왔다. 나중에 알고 보니, 아란이 태어났다는 소식을 듣고 단골손님들이 우르르 궁금해서 찾아온 것이더라. 그럴 거면 그냥 선물이나 내놓고 갈 것이지!

"쉬어."

"음. 이번에는 괜찮다고 말 못할 것 같아요."

"그러니까 조금만 쉬도록 해."

지야곤이 민주려를 대신해서 식당 안을 치웠다. 호운은 사나의 곁에 있느라 정신없고, 타이젠은 늦은 시각인지라 꿈나라로 향했다.

적막한 식당 안.

어둡고 조용한 안에서 지야곤이 천천히 정리를 하고 있었다. 그의 뒷모습을 보며 민주려는 턱을 괴었다. 젊었을 적에는 그의 등이 가장 크고, 넓고, 단단해 보였더랬다. 그런데 지금 보니 살짝 왜소한 느낌이 들었다.

"여보."

하지만 그게 나쁘다는 것이 아니었다.

"응?"

"웃어 봐요."

바위 같았던 이 사람이 어느덧 저렇게나.

"헐거운 소리를 하기는."

부드러워졌을까?

민주려는 은은한 불빛을 받아 자연스럽게 휘어지는 눈빛을 보았다. 주름진 입가. 딱딱하고 무겁기만 하던 그가 이제는 저리도 순하고 가벼운 웃음을 지을 줄 알게 되었다.

"삶이 고달팠어요."

"……."

"부모님을 일찍 여의고, 공부도 도중에 그만두고. 어린 나이에 생활전선에 뛰어들어 고생이란 고생은 다 하고. 가끔 왜 이렇게 힘들까 서럽기도 했고요."

"그런가."

"몸으로 때우는 인생인지, 남자를 한 명 만났는데 쉴 틈도 없었지 뭐에요? 사건사고는 툭하면 일어나지, 사태는 점점 불어나 걷잡을 수 없지."

이렇게 들으니 지야곤이 민주려를 고생시킨 것 같다. 아니, 실제로 시켰나. 지야곤은 식은땀을 삐질삐질 흘렸다. 곤란해 하는 그의 모습을 즐기기라도 하듯이 민주려는 말을 더 이었다.

"그래도 이 남자를 놓치기는 싫어서 따르기는 했는데. 어머나, 세상에. 바다 건너 이민까지 와버렸네."

"흠흠."

"손끝에 물 한 방울 묻히지 않겠다는 말로 청혼하는 거짓말이라도 보통 하는 법인데. 이 남자는 그런 거짓말도 안 하고, 손에 물 마른 날 없고."

점점 무안해진다. 지야곤은 이제 민주려의 눈을 볼 낯도 없어서 고개를 숙였다. 숙인 고개, 낮은 시야. 그 안으로 민주려의 신발이 보였다. 어느덧 가까이 온 그녀가 손을 뻗어 그의 얼굴을 들어 올렸다.

"그런데도 왜 그렇게……."

착각이었을까. 어두운 식당 안, 그녀의 얼굴이 마치 그 옛날 처녀 시절로 돌아간 것 같았다. 작고 동그란 얼굴. 아기동물처럼 작고 귀여웠던 그 모습이, 차아제국에서 쌓아왔던 추억이 쉴 새 없이 머릿속을 스쳐 지나갔다.

"저는 행복했을까요?"

"……주려."

"도무지 한 시도 가만히 있을 수 없을 만큼, 즐겁고 즐거워서."

그녀가 환히 웃는다.

"이 정도 고달픔 쯤이야 아무렇지도 않아! 라고 여겨 버리게 되었잖아요."

"내 탓인가?"

"그럼요. 당신 탓이죠."

"미안……해야 하는 건가?"

"설마요!"

쪽. 가벼운 입맞춤이 그의 입술에 내려앉았다. 그에 울렁거리는 가슴을 참지 못하고 지야곤이 손을 뻗으려고 했을 때.

"흐으아앙."

위에서 아기 울음소리가 들렸다. 아기 아란이 단잠에서 깼는지 앙앙 우는 것 같았다. 노부부는 결국 서로를 보다가 푸훗! 웃음을 터뜨리고 말았다.

"인생은 매 순간 새로워요. 봐요. 저는 우리가 맺어지면 인생의 모든 것이 거의 끝나는 줄 알았어요. 가령 고생이라든가."

"그런데?"

"이렇게 들리는 데 모르겠어요? 아직 한참 남았잖아요!"

세상에는 아직도 넘쳐나고 있었다.

고생도, 즐거움도, 새로움도.

"가요, 여보!"

"그래."

그리고 사랑까지도.

– fin.

後記

차아제국 먹방사

쓰는 내내 작가들에게 야식의 유혹을 불러 일으켰던 이 작품! 연재 내내 독자님들에게 식욕을 불러일으킨 마성의 먹소! 네, '차아제국 열애사'. 드디어 후기입니다.

사실 eBook을 낼 때 한번 후기를 썼었기 때문에 이번이 두 번째 후기인데요. eBook 후기 때 어지간한 이야기를 다 해서 그런지 이번 후기에서는 그다지 독자님들에게 드릴 말이 없네요. 6월 중순 정도에 공저 eBook '헤스키츠 제국 아카데미 외전'을 출간하면서 근황도 전해드렸고요. 정 작가와 양 작가는, 잘 살고 있습니다. 일이 많긴 하지만요!

아, 하지만 생각해보니 종이책으로 이 작품을 처음 접하시는 분들도 계시겠네요. 처음이신 독자님을 위하여 수능 요점 정리처럼 알기 쉽게 설명 들어갑니다!

1. 이 작품은 두 작가가 합심하여 쓴 공저 작품이며 출간 전에는 인터넷 연재를 했습니다. 메인은 정 작가, 서브는 양 작가입니다.

2. 하나의 세계관을 공유하는 시리즈 작품이고 시간 순서상으로는,

차아제국 열애사(민주려 이야기)

헤스키츠 제국 아카데미(손녀 아란 지 입시 분투기)

헤스키츠 제국 아카데미 외전 칼리지, 허니문(아란 지 대학 생활 & 결혼 후 이야기)

이렇게 나아갑니다. 출간 순서는 요상하게 꼬였지만요!

3. 차아제국 열애사와 헤스키츠 제국 아카데미는 종이책 출간이 되었지만 헤스키츠 외전인 칼리지와 허니문(19세 미만은 구독 불가예요!)은 eBook밖에 없습니다.

4. 이 세계관으로 짜놓은 공저 시놉시스가 하나 더 있긴 한데 당분간은 못 쓸 거 같습니다. 개인작품 일정이…….

5. 이 소설은 집필 중 다이어트를 병행한 정 작가가 솟구치는 식탐을 누르기 위해 요리, 음식 묘사에 특히 공을 들였습니다. 읽는 사람에게 밥을 찾게 만드는 부작용이 있습니다.

자, 이제 딱 이해가 되시죠? '차아제국 열애사'에서 중요한 점은 대략 이렇게 다섯 가지입니다. 다이어트 중이신 독자님께선 5번을 중요하게 별표 땡땡 쳐놓으시기 바랍니다.

그나저나 시간이 참 빠르네요. 추운 겨울에 이 작품 원고를 쓰면서 해물순두부 뚝배기를 흡입하던 게 엊그제 같은데, 벌써 가을

이라니! 세상에 시간이 언제 이렇게 흘러간 건지. (ㅠ.ㅠ)

음, 그런데 생각해보니 일을 많이 해서 계절이 어떻게 가는지도 몰랐던 거 같네요. 저희 둘이 글을 쓰기 시작하면서 올해만큼 출간을 자주 한 적이 없었거든요.

정 작가는 '가희, 사랑할 지어다' 연재, '야수의 청혼' 개정판, 거기에 얼마 전에 연재를 시작한 '달빛을 밟는 아씨'까지! 가려던 취재여행조차 가지 못하고 소처럼 일했고요.

양 작가도 '파란만장 태자호위담' 연재 & 출간, '엘샤 꽃나무 아래에 앉아서' 개정판 작업을 하느라 일이 많은 달에는 집밖으로 외출도 잘 못 했답니다. 엘샤가 외전까지 합쳐서 총 6권이나 되는 장편이었거든요.

이런 가혹한 스케줄을 밟다 보니 정 작가는 여름이 되고 나서 운동을 몇 번 하러 가지 못했는데도 살이 빠지는 쾌거를 이루는 듯했습니다. 그런데 몸무게만 줄었지, 체지방은 늘어나서 또 혼이 났다고 합니다. 고생해서 살 빠지는 건 역시 몸에 별로 안 좋습니다. 독자님들은 꼭 운동과 채소를 챙겨먹는 식이요법으로 건강하게 다이어트를 하시기 바랍니다.

후기 제목답게 먹는 이야기가 계속 나오네요. 기왕 이렇게 된 거 먹는 이야기를 더 쓰자면, 작품에 나오는 음식들은 대부분 양 작가와 정 작가가 먹어본 것들입니다. 그래서 맛을 표현할 때 디테일할 수 있었어요. 하지만 글을 쓸 때 정 작가는 저 음식들을 먹고 싶어도 못 먹는 경우가 많아서, 슬픔의 눈물을 흘리며 집필을 이어나갔습니다.

그러니 독자님들, 꼬르륵 울리는 배를 안고 고통스러운 것은 작가도 마찬가지였습니다. 네, 저희도 민주려랑 지야곤이 먹는 음식을 몹시 먹고 싶었어요, 흑.

이거 계속 적다가는 먹을 것에 대한 한만 계속 늘어놓을 것 같네요(웃음). 정 작가는 새벽 5시에 이 후기를 쓰면서 몸부림을 치고 있습니다. 배가, 고파요(씁쓸). 그러니 이만 줄이도록 하겠습니다.

차아 제국 열애사를 봐주신 독자님들 감사합니다! 독자님들이 계시기에 양 작가와 정 작가도 무척 즐거운 마음으로 공저 연재를 할 수 있었답니다. 앞으로도 잘 부탁드리고, 언제나 행복하고 좋은 날을 보내기 바랍니다!

2014년 8월,

정연주 & 양효진